PRÉMONITIONS

DU MÊME AUTEUR
CHEZ POCKET

AMY GIRL
FAUX-SEMBLANTS

COLLECTION TERREUR
dirigée par Patrice Duvic

BARI WOOD

PRÉMONITIONS

PRESSES DE LA CITÉ

Titre original :
DOLL'S EYES

Traduit par Jacques Martinache

Si vous souhaitez recevoir régulièrement
notre zine « **Rendez-vous ailleurs** », écrivez-nous à :

« Rendez-vous ailleurs »
Service promo Pocket
12, avenue d'Italie
75627 PARIS Cedex 13

Cet ouvrage a été précédemment publié
sous le titre : « Double vue »

Édition originale : William Morrow, New York

ISBN 2-266-09398-3

A Jonathan et Pamela, Alexis et Zachary

Je prédis l'avenir, rien de plus facile. L'avenir de chacun est inscrit sur son visage... Mais qui peut connaître le passé? Vous passez vos nuits éveillé à tenter de déchiffrer votre passé. Que signifiait-il? Qu'essayait-il de vous dire? Réfléchissez! Réfléchissez! Cassez-vous la tête.

The Skin of Our Teeth, Thornton Wilder

Prologue

– Plus haut! Plus haut!

Il était de nouveau sur la balançoire, exigeant d'être poussé, et son fils à elle, doux, d'une obligeance stupide, s'exécutait. Le petit montait et redescendait; même de l'endroit où elle se trouvait, elle pouvait voir l'expression excitée de son visage.

– Plus haut! piaillait-il. Plus haut, Mikey...

Elle s'éloigna de la fenêtre; la voix s'estompa. La maison était silencieuse, et enfin propre. Le sol brillait, le tapis avait le poil dressé, ça sentait l'huile de pin dans la pièce de devant et les cookies au beurre dans la cuisine.

Elle retourna dans la cuisine, leva à nouveau les yeux vers le plafond. Elle n'arrivait toujours pas à y croire. Cela faisait près d'une semaine qu'ils habitaient cette maison et elle l'avait vue tous les jours mais c'était une de ces choses dont il fallait constamment se rappeler l'existence parce que cela semblait trop beau pour être vrai.

Une poulie.

Elle s'approcha du sac en papier marron posé sur le comptoir, en sortit le rouleau de corde à linge qu'elle avait acheté en ville le matin. La corde serait peut-être trop grosse pour la gorge de la roue mais ça valait la peine d'essayer de toute façon.

Elle sortit l'escabeau du placard à balais, l'appuya contre le mur, puis enleva la table du passage en prenant soin d'en soulever chaque extrémité pour ne pas rayer le sol. Elle plaça l'escabeau sous la poulie, défit l'emballage de la corde à linge. Gainée de plastique, elle se détendit comme un serpent.

Elle gravit trois échelons, fit passer la corde autour de la roue, tira, et la corde se glissa dans la gorge sans problème. Comme le réa était un peu grippé, elle força jusqu'à ce qu'il tourne parfaitement puis descendit et passa en revue ce dont elle avait besoin : couteaux de cuisine, sac à lavement, etc. Elle déplia un torchon propre sur le comptoir, disposa les instruments en une rangée étincelante sur le tissu blanc.

Seule la présence du sac à lavement serait difficile à expliquer si quelqu'un venait à le voir mais elle pourrait dire qu'elle voulait le laver parce que cela faisait longtemps qu'on ne s'en était pas servi et que la poussière se mettait partout... partout.

Elle retourna à la fenêtre de la pièce de devant.

Son garçon irait bientôt rejoindre ses copains. Moins d'une semaine qu'ils étaient là et il s'était déjà fait des copains.

– Plus haut! criait le petit.

Le reflet du soleil sur le lac marquait son visage d'ocelles tandis qu'il s'élevait à toute vitesse, renversé en arrière.

– Plus haut...

Le petit était joli, mais les putains qui se cachaient dans les entrées d'immeuble de Meade Row, là-bas chez elle, l'étaient aussi. Sa maison lui manquait; elle ne parvenait pas à comprendre ce qui avait pris à son mari de prendre cette location à la montagne. L'endroit aussi était joli, avec le lac, les sommets, des arbres à perte de vue : des apparences trompeuses destinées à vous faire croire à la bonté du monde.

Mike cessa de pousser; la balançoire perdit son élan. Le petit tenta de convaincre Mike de continuer mais celui-ci secoua la tête. Le petit s'efforça de s'élever tout seul, ne prit que peu de hauteur et se laissa glisser de la balançoire. Mike alla jusqu'au sentier tracé parmi les arbres et le petit, resté dans la clairière, le regarda s'éloigner.

Ses épaules se soulevèrent. Il pleurait, et elle pensa : *Je vais te donner une vraie raison de pleurer.* C'est ce que sa mère avait coutume de dire.

Mike disparut et l'autre se retrouva seul. C'était le moment. La corde à linge passerait autour de ses genoux, la poulie ferait le reste. Imaginant la scène, elle eut un frisson plus proche du plaisir que tout ce qu'elle avait jamais ressenti.

Elle ouvrit la porte d'entrée et l'appela.

Il les entendait parler dans la cuisine : elle leur disait sûrement qu'elle avait dû l'envoyer au lit sans dîner.

Il grimpa sur la couchette du haut, essaya de s'endormir mais cela lui faisait trop mal. Ça le démangeait, aussi, là où le sang coulait encore un peu.

Il avait envie de se laver à nouveau mais ils l'auraient vu se glisser dans la salle de bains, et descendre de la couchette le ferait probablement saigner plus fort.

La nuit tomba. Quand Mike entra dans la pièce, il ferma les yeux et écouta son frère se déshabiller.

– Hé, fais pas semblant, murmura Mikey.

Il ne répondit pas.

– T'as faim?

Il garda le silence.

– Dis donc, elle t'a mis une volée, hein? J'ai des cookies, là, si t'en veux.

– Ça va, dit-il.

– Bien sûr. Tu tiens le choc. Je pose les cookies à côté de toi au cas où t'aurais faim.

Il ne dit rien.

– C'est une vraie salope, déclara Mikey. Un vieux sac à merde.

Les montants du lit bougèrent quand il s'allongea sur la couchette du bas.

– Bonne nuit, chuchota Mikey.

– Bonne nuit, murmura-t-il en réponse.

La lune apparut à la fenêtre et dessina sur lui des

formes bizarres qui remuaient quand le vent soufflant du lac agitait les branches des arbres. Il en sentait la fraîcheur mais l'imaginait assez chaud pour sécher le sang. La douleur n'était plus aussi forte et il avait faim à présent. Il chercha à tâtons au bord de la couchette, trouva un paquet : Mikey avait enveloppé trois cookies dans une serviette en papier. Il se redressa avec précaution pour ne pas rouvrir ses blessures, sortit les gâteaux de leur emballage et les mangea en contemplant la lune par la partie supérieure de la fenêtre. Il ramassa ensuite soigneusement les miettes, les mit dans la serviette en papier, en fit une boule et la coinça en haut de la fenêtre ouverte, là où *elle* ne la verrait pas, puis il s'allongea de nouveau.

Il n'avait personne à qui raconter ce qui s'était passé aujourd'hui, personne à part Mikey. Mais elle l'avait prévenu que ce serait pire la prochaine fois s'il en parlait à Mikey. Il n'arrivait pas à imaginer ce que ça pouvait être et il n'avait pas envie de le découvrir.

Les taches de clair de lune ne cessaient de bouger et engourdissaient son esprit, sa mémoire. Il avait oublié ce qu'il avait fait pour mériter ce qu'elle lui avait infligé aujourd'hui. Ce devait être terrible, le crime le plus affreux qu'on puisse commettre à part tuer quelqu'un.

S'il avait fait quoi que ce soit.

Il fixa la lune jusqu'à ce qu'il eût chassé cette idée de sa tête. Bien sûr qu'il avait fait quelque chose, il ne s'en souvenait pas, c'est tout, et s'il pouvait oublier ce qu'il avait fait, il pouvait oublier ce qu'elle avait fait, *elle*. « Tu te débrouilles comme un chef », aurait dit Mike.

1

Eve ferma la porte du salon, décrocha le téléphone et composa le seul numéro qu'elle eût pour Sam. Quand il était parti, ils avaient décidé d'un commun accord qu'elle ne l'appellerait qu'en cas d'urgence. Elle lui téléphonait cependant une fois par semaine depuis deux mois et ils avaient une conversation brève et morose, lui essayant d'y mettre fin, elle s'efforçant de la prolonger. Au bout de quelques minutes, elle renonçait et disait : « Je voulais juste entendre ta voix, Sam. Je t'aime. »

Il marmonnait qu'il l'aimait lui aussi puis il raccrochait et elle attendait, le téléphone contre l'oreille, d'entendre la tonalité. Aujourd'hui, ce ne serait probablement pas différent, sauf qu'elle avait eu à nouveau des nausées ce matin, comme tous les jours de la semaine, et elle pensait qu'elle était enceinte. Elle n'en était cependant pas certaine, ignorant à quoi cela pouvait ressembler.

Elle ne lui en parlerait pas avant d'être sûre. Elle remettait sa visite chez le docteur parce qu'elle n'avait pas envie d'entendre dire qu'elle n'était pas enceinte, parce qu'elle avait peur d'entendre qu'elle l'était.

Je suis dans un état! se dit-elle en esquissant un sourire. Elle décrocha et composa le numéro. Elle entendit une sonnerie écourtée, un déclic puis une voix de machine récita :

– Je regrette, le numéro que vous avez demandé, 518-555-8797, n'est pas en service pour le moment. Veuillez vérifier...

Eve raccrocha brutalement avant la fin du message. Elle avait dû faire un faux numéro. C'était son mari, un homme qui avait toujours été responsable, et il ne pouvait pas disparaître comme ça. Peut-être n'avait-il pas réglé sa facture, mais dans ce cas, la formule était « ligne temporairement déconnectée », ce qu'on pouvait traduire par : *Vous avez composé le numéro d'un mauvais payeur.*

S'il avait déménagé, sa mère saurait où. Mais Eve avait la tremblote chaque fois qu'elle téléphonait à Sam et elle avait sans doute fait un faux numéro.

Elle tendait à nouveau la main vers le téléphone lorsqu'il se mit à sonner. Elle décrocha, espérant que c'était Sam, tout en sachant que ce n'était pas lui.

– Eve, c'est Meg.

– J'ai reconnu ta voix, répondit-elle sèchement.

Elles se parlaient au téléphone presque chaque jour depuis vingt ans.

– J'ai besoin d'aide, gémit Meg.

Autrefois, elle appelait juste pour bavarder ou proposer d'aller faire des emplettes ensemble, puis la mère d'Eve était morte, huit mois plus tôt, et Meg avait changé, comme tout le reste. Elle se servait à présent de son amie.

– Quelle sorte d'aide? s'enquit Eve avec méfiance.

– Tu le sais.

– Je ne peux pas.

– Dis plutôt que tu ne veux pas.

– Écoute-moi, Meg... (Les portes-fenêtres de la terrasse s'ouvrirent et Frances, la tante d'Eve, entra à pas feutrés.) C'est fini, terminé. Va voir une voyante, une cartomancienne.

Frances se tenait devant les portes et écoutait.

– Oh! mon Dieu, j'ai tellement besoin de toi! s'écria Meg. Moi, je le ferais pour toi, si je le pouvais.

Ce qui était probablement vrai.

– C'est la dernière fois, je le jure, promit-elle.

– C'est ce que tu as dit la dernière fois, rétorqua Eve.

Meg eut la sagesse de ne pas répliquer.

– Entendu, Margaret, soupira Eve, je te retrouve *Chez Burt* dans trois quarts d'heure. Mais ça ne servira à rien. C'est vraiment fini.

Elle raccrocha, se tourna vers sa tante et répéta :

– C'est vraiment fini, cette fois.
– Qu'en sais-tu?
– C'est la même chose quand on perd une dent. On sent qu'elle manque.
– Tu n'as pas perdu de dent depuis l'âge de huit ans, lui rappela Frances Tilden avec douceur.
– Merde, oui, d'accord. Mais c'est fini.
– Je l'espère, ma chérie, dit la tante.

Elle traversa la pièce d'un pas majestueux comme si elle était vêtue d'une tunique en soie, alors qu'elle portait un pantalon de flanelle et des socquettes de coton rouge. Elle avait probablement laissé ses chaussures de marche sur la terrasse pour ne pas laisser de traces de boue dans la maison.

Eve attendit qu'elle ait quitté la pièce puis monta se changer.

La maison était silencieuse; on n'attendait personne pour le dîner. Mrs. Knapp, la cuisinière, était allée voir sa fille à Hartford, et Larry devait être dehors à travailler sur l'une des voitures.

Eve se déshabilla, se lava devant le lavabo de granit en forme de conque dans la chambre qui avait autrefois été celle de sa mère. Elle s'était installée dans cette pièce après le départ de Sam pour prouver quelque chose à sa tante ou à elle-même – elle ne savait quoi au juste.

Elle leva la tête, regarda dans le miroir son visage ruisselant d'eau. Elle avait des cernes sous les yeux, ses pommettes saillaient; elle avait perdu du poids au lieu d'en prendre mais elle avait lu quelque part que perdre du poids était fréquent dans les premières semaines de grossesse.

Meg l'attendait au fond de la vieille gargote. Eve passa derrière les quelques habitués de l'après-midi, qui regardaient le fond de leur verre ou le poste de télévision géant fixé au mur près des étagères et se glissa dans le box, face à son amie.
– Merci, murmura Meg avec humilité.
– Finissons-en.
– Ne sois pas comme ça. C'est très important pour moi, plaida-t-elle.

Eve prit conscience que sa vieille amie en était venue à compter sur cette *chose* – elle ne trouvait pas d'autre mot. « Don » ne convenait pas : un don, c'est bénéfique, et cette chose lui avait probablement fait perdre son mari. Sa tante parlait de « talent », terme poli, mais Frances aurait été capable de trouver un terme poli pour viol. Talent ne convenait pas davantage. « Pouvoir » non plus, parce qu'il impliquait une certaine maîtrise.

– J'ai apporté ça, dit Meg.

Elle tira de son sac à main une longue écharpe tricotée qu'elle posa sur la table. Mary Owen, qui avait fréquenté le même collège que Meg et Eve, mais pas Rosemary Hall ni Wellesley, vint prendre la commande. Elle portait un pantalon au pli impeccable, une blouse claire amidonnée, et Eve pensa que Mary semblait plus soignée qu'elles.

– Joli, dit la serveuse en touchant l'écharpe. On dirait du cachemire.

– Cachemire et laine, précisa Meg. Je l'ai tricotée pour Tim, il l'a portée tout l'hiver.

Des larmes lui montèrent aux yeux. Embarrassée, Mary s'empressa de demander :

– Qu'est-ce que je vous sers ?

– Gin-tonic, répondit Meg en reniflant.

Eve prit un Seven-Up, que sa tante recommandait en cas de sensations nauséeuses.

– Alors ? fit-elle à voix basse après le départ de la serveuse.

Meg essuya des yeux dans lesquels Eve lut de la souffrance. Les questions naissaient toujours de la souffrance... les réponses causaient plus de souffrance encore.

– Tim a une nouvelle maîtresse.

– C'est absurde !

– Non. Avant, il rentrait tous les soirs par le train de 4 h 07, quel que soit le temps. Maintenant, deux à trois fois par semaine, il prend celui de 8 h 07. Ses vêtements sont fripés, sa chemise toute chiffonnée comme s'il l'avait enlevée et remise...

Mary apporta les verres. Eve but une gorgée de Seven-Up ; le liquide tomba sur son estomac comme une poignée de cubes de glace et elle fut un moment prise de nausée. Elle se cramponna au rebord de la table, ferma les yeux et pensa, *Laissez-moi tranquille... Pourquoi ne me laissez-vous pas tranquille, tous? C'est fini... Je ne peux pas vous aider. Je n'ai jamais pu vous aider parce que savoir ne sert à rien... Savoir, c'est encore pire... Laissez-moi tranquille.*

– Eve?

La nausée reflua. Elle rouvrit les yeux.

– Touche l'écharpe, suggéra Meg d'une voix presque enjôleuse.

– Je n'ai pas besoin de toucher quoi que ce soit pour te dire que Tim t'aime. Et s'il ne t'aime pas – s'il y a une autre femme – à quoi ça t'avancera de le savoir?

– Il pourrait vider nos comptes en banque pour partir avec elle.

– Foutaises. Il ne peut pas toucher à tes actions, tu le sais parfaitement. Combien as-tu en ce moment, Meg?

– Je l'ignore.

– Allons, je te connais bien. Tu le sais au centime près. Combien?

Meg se tordit les mains au-dessus de la table.

– Soixante-dix millions sept cent vingt-deux mille.

– Et sur ces comptes qui te préoccupent tant? Vingt, peut-être trente mille?

Elle hocha la tête, l'air abattu.

– Ce n'est donc pas une question d'argent, dit Eve.

– Bien sûr que non, répliqua son amie. Mais je n'arrête pas de l'imaginer avec *elle*, je ne peux pas supporter de le toucher ou de le laisser me toucher. J'ai envie de vomir quand il m'embrasse. Cela va nous détruire, Eve – il faut que je sache. Tu te rappelles m'avoir révélé que Tim Junior n'avait pas la maladie de Lyme, et que les émeraudes de grand-mère se trouvaient dans ce vieux coffre de dépôt, à Millbridge, dont nous avions oublié l'existence? Ou encore que le vieux Whitney ferait de Tim un associé principal et qu'il ne fallait pas lui servir du saumon poché quand on l'invitait à dîner parce qu'il avait horreur du poisson?

C'était une brève liste de menus services, de petits riens qui avaient rendu plus facile la vie de son amie. Rien de grandiose, de sombre ou de douloureux, en aucun cas l'œuvre d'une mortelle usurpant le pouvoir de Dieu. Alors pourquoi cela semblait-il si noir, si démoniaque, pourquoi cela lui inspirait-il une telle haine ?

Probablement parce que cette chose lui avait fait perdre Sam, comme elle avait éloigné son père de sa mère et tué sa grand-mère.

Mais c'était fini.

– Je ne peux pas, Meg.

– Essaie quand même. Il en reste peut-être un peu.

Eve regarda l'écharpe et son cœur se mit à battre follement parce qu'elle craignait soudain qu'il en restât effectivement un peu. Elle avait fait un essai la semaine dernière quand leur cuisinière, Mrs. Knapp, lui avait confié qu'elle n'avait pas de nouvelles de son mari depuis vingt-cinq ans, qu'elle ne savait même pas s'il était vivant ou mort. « Vingt-cinq ans, avait-elle dit. Billy avait sept ans, Margie seulement quatre. Comment retrouver un homme au bout de vingt-cinq ans pour lui annoncer qu'il est grand-père sans faire appel à un détective privé ? »

Cela avait donné à Eve l'idée de faire un essai. Elle était montée à la chambre de Mrs. Knapp, dans l'aile ouest, avait trouvé la porte ouverte et s'était glissée à l'intérieur en quête de quelque chose qui aurait appartenu au mari absent depuis si longtemps. Il y avait des photos encadrées de Billy et de Margie à tout âge sur la cheminée et, derrière, à demi cachée, une photo d'une Mrs. Knapp jeune et en short auprès d'un homme séduisant approximativement du même âge. Il était plus petit que sa femme, et très mince, avec des bras comme des bâtons sortant des manches larges de sa chemisette, des coudes pareils à des nœuds dans une branche d'arbre.

Eve avait fait glisser le carton du cadre, lu *Juin 1965* tamponné au dos de la photo. George Knapp devait l'avoir vue, touchée peut-être ; en tout cas elle le représentait.

Elle avait passé un doigt sur la surface lisse et brillante, pressé le cliché contre sa poitrine et attendu la sensation de chute libre qui accompagnait les visions. Eve n'avait jamais de sensation de chaud ou de froid, elle n'avait ni la chair de poule, ni les cheveux qui se dressaient sur sa tête – rien d'aussi spectaculaire. Elle avait juste parfois l'impression que ses oreilles étaient bouchées, comme s'il y avait de l'eau dedans ou qu'elle était en train d'attraper un rhume.

Elle avait attendu une dizaine de minutes dans la chambre de Mrs. Knapp mais il ne s'était rien passé. A présent, elle devait subir un autre test. Si c'était vraiment fini, elle n'avait aucune raison de s'effrayer : l'écharpe n'était que de la laine de couleur tricotée. Elle tendit la main, le cœur cognant si fort que la tête lui tournait un peu. Ses doigts tremblaient.

– Vas-y, Evie, fit la voix enjôleuse de Meg.

Eve enfonça les doigts dans le rouleau de laine. Son cœur battait la chamade mais elle n'éprouva pas de sensation de chute, ses oreilles ne se bouchèrent pas. Symptômes ridicules, pensa-t-elle. Ils auraient dû être plus impressionnants : les yeux qui passent du marron au vert, par exemple, le visage qui devient livide. Du tonnerre, des éclairs, un vent qui fait vibrer les fenêtres et craquer les branches des arbres.

Il ne se passa rien.

Elle enfonça plus profondément les doigts, sentit le plateau de la table à travers la laine. Rien. Elle prit l'écharpe, l'enroula autour de son cou, sentit une odeur de rhum, de pain, qui devait venir de la peau de Tim. Rien d'autre.

– Rien, dit-elle à Meg, en s'efforçant de ne pas avoir l'air ravi. Absolument rien. (Elle se pencha vers son amie, l'embrassa sur la joue.) C'est fini, Meggie. Réellement fini.

– Et c'est ça qui te rend si heureuse ? répliqua Margaret Carpenter, amère. Un moment, tu as été une femme possédant un pouvoir. Maintenant tu n'es plus qu'une pauvre conne démunie comme nous autres.

En sortant, Eve fit un détour par les toilettes pour téléphoner. Elle composa à nouveau le numéro de Sam au cas où elle se serait trompée les autres fois, obtint la même réponse enregistrée. Elle appela ensuite Greta, la mère de Sam, et lui demanda si elle pouvait passer la voir.

Petite et boulotte, Greta Klein avait gardé une peau rose et lisse à soixante-dix ans.

– Viens dans la cuisine, dit-elle à sa belle-fille. Je fais des gâteaux pour le club de bridge, ce soir.

Eve la suivit, s'assit à la table et la regarda travailler,

avec son tablier blanc orné de petits bouquets rouges et jaunes. La cuisine sentait le beurre et les noisettes grillées. Greta sortit du four une plaque sur laquelle étaient disposés des croissants de lune marron clair, enfourna une autre plaque, régla la minuterie et servit à Eve une tasse de café.

– Tu veux un cookie?

– Non, merci, répondit Eve.

Elle avala une gorgée de café avec précaution, de crainte que le breuvage ne provoque une résurgence de ses nausées.

– Bois, bois, fit Greta en s'asseyant en face d'elle. C'est du déca.

– Je ne me sens pas très bien.

– Oh? C'est pour ça que tu es venue me voir?

– En un sens. J'ai appelé le numéro que Sam m'a laissé. Ça ne répond pas.

– Je sais. Il a déménagé, il n'a pas encore le téléphone dans sa nouvelle maison. Mais de toute façon, il ne va pas revenir parce que tu ne te sens pas bien, ma biche. Je ne sais pas ce qui le fera revenir – je ne sais pas pourquoi il est parti, pour commencer.

Elle posa sur sa belle-fille un regard vif et ajouta :

– Il est fou de toi, tu sais. Il l'était même quand il est parti. C'est dingue, non?

Eve hocha la tête.

– Fou de toi, probablement dès l'instant où il t'a rencontrée. Tu es jolie, tu sais. Pas d'une beauté renversante, tu dois le savoir aussi. Mais jolie, et quand on te regarde un moment, peut-être même plus que jolie. Et il doit y avoir quelque chose en toi qui a rendu mon garçon amoureux. Au début, ça me tracassait : je me suis dit que s'il ne pouvait pas t'avoir, il ne voudrait de personne d'autre. Mais je n'aurais pas dû m'inquiéter, parce que tu es tombée amoureuse de lui toi aussi, non?

Eve acquiesça de la tête.

– Que s'est-il passé? demanda Greta. Comment avez-vous pu vous éloigner l'un de... (Elle se reprit.) Comment a-t-il pu te quitter, comment as-tu pu le laisser partir?

– Il est arrivé quelque chose.

– Ta mère est morte? Ce n'est pas une raison. On ne

quitte pas une femme qu'on aime parce qu'elle a perdu sa mère.

Eve ne répondit pas; Greta poussa un long soupir.

– Maintenant, tu veux savoir où il est.

Eve hocha à nouveau la tête.

– Il a trouvé un emploi dans une banque d'une autre ville du nord de l'État, il s'en est rapproché. Le même genre de poste qu'ici.

Sam avait été vice-président de la Bridgeton Trust; c'était ainsi qu'Eve avait fait sa connaissance.

– Il m'a dit qu'il ne veut pas que tu le retrouves sauf en cas de situation désespérée, reprit Greta. Et puis – à la manière des hommes – il m'a laissé le soin de juger ce qu'est une « situation désespérée ». Alors, je dois te poser la question, ma chérie : est-ce désespéré?

Sa belle-fille hocha la tête.

– Sois plus précise. Je pense qu'il se comporte comme un *nebbish* [1]... Tu as besoin d'une traduction?

– Non.

– Mais c'est mon fils, et je respecterai ses volontés. Alors, sois plus précise sinon je ne pourrai pas te le dire.

– Je crois que je suis enceinte.

Greta émit un son à mi-chemin entre le hoquet de stupeur et le gloussement de plaisir.

– Tu as mal au cœur? On dirait, à ta mine.

Eve hocha la tête.

– Prends un cookie, ça t'aidera, je t'assure. Et j'ai du Seven-Up au frigo. Rien de meilleur pour un estomac barbouillé, le Seven-Up.

– C'est ce que dit ma tante Frances.

– Devant ta tante, je me sens toujours comme un pet lâché dans une salle de bal, mais je ne l'ai jamais crue idiote.

Avant qu'Eve ne la quitte avec la nouvelle adresse de Sam dans une ville appelée Raven Lake, Greta la prit par le bras et dit :

– Un conseil. Tu as l'air d'avoir été renversée par un camion et mon fils t'aime. S'il te voit dans cet état, il reviendra. Il peut te dire non au téléphone, pas en face.

1. Mot yiddish désignant une personne molle et sotte. *(N.d.T.)*

– Il t'a pourtant dit non en face, objecta Frances. Quand il t'a quittée...

Les deux femmes étaient en train de manger une salade de thon et des pâtes au gratin préparées par Mrs. Knapp.

– Je pars, Frances. Je fais ma valise et je pars.

– Raven Lake, c'est dans les Adirondacks, non?

– Oui.

– La famille – les Tilden, s'entend, pas les Dodd – avait un chalet au bord d'un lac quelque part là-haut. J'ai oublié le nom. Nous y allions l'été, l'hiver et l'automne avant la mort de notre mère. Mais jamais à cette période de l'année, à cause des moustiques.

Eve picora sa salade de thon, se força à avaler une bouchée de nouilles.

– Bien, approuva Frances. Mange autant que tu peux, tu as une longue route devant toi. Trois, quatre heures.

– Quatre. Mais il est déjà tard, je m'arrêterai dans un motel sur le chemin.

– Il n'y a pas de motels ouverts en cette saison. Les moustiques...

Eve posa sa fourchette.

– Oublie ces putains de moustiques, Frances. Je pars.

– Je suis désolée, fit sa tante en baissant les yeux vers son assiette à laquelle elle n'avait pas touché. Ce ne sont pas vraiment les moustiques qui me préoccupent, tu le sais.

– Je sais.

Frances releva la tête. C'était une belle femme d'une cinquantaine d'années. Elle ne fêtait jamais son anniversaire, Eve n'en connaissait même pas la date. Elle savait en revanche que sa tante était... avait été... d'un ou deux ans plus jeune que sa mère. Eve avait vu de nombreuses photos des deux sœurs, bien sûr, ainsi que de leur mère, Olivia Dodd Tilden, qui était, elle, d'une beauté renversante, pour reprendre l'expression de Greta Klein.

La famille prétendait qu'Olivia était morte dans un accident, mais Eve avait entendu dire par d'autres enfants et par la mère de Meg que sa ravissante grand-mère s'était suicidée. Sa mère et sa tante refusant d'en parler, Eve avait renoncé depuis longtemps à poser des questions.

Frances ne s'était jamais mariée, n'évoquait jamais d'amour perdu, ne parlait jamais d'elle-même mis à part quelques réminiscences de ses victoires en natation dans les années 50. Eve tendit le bras par-dessus la table et prit la main de sa tante, mais celle-ci se dégagea. Autant qu'elle s'en souvînt, Frances ne l'avait jamais embrassée ou serrée dans ses bras. Sa mère non plus, mais elle, c'était parce qu'elle craignait de voir quelque chose concernant sa fille si elle la touchait.

– Écoute-moi, Frances. J'ai essayé de le faire; j'ai vraiment essayé parce que la pauvre Meg était très malheureuse. Elle avait apporté l'écharpe de Tim et je l'ai palpée, je l'ai passée autour de mon cou, je l'ai quasiment mangée. Et j'ai tiré de cette écharpe autant de renseignements sur Tim Carpenter que si j'avais examiné les entrailles d'une chèvre. C'est fini.

– Ça ne s'est jamais terminé, pour ta mère.

– Elle aimait peut-être ça. Ça pouvait être...

Eve chercha un mot, trouva « utile ».

– Pas pour elle, dit Frances. Ça lui a aussi coûté son mari. Elle en avait horreur...

Quand elles eurent fini de manger, Frances remplit une bouteille Thermos de café, la porta à la voiture de sa nièce, garée dans l'allée, puis insista pour mettre le sac de voyage dans le coffre.

– Tu ne me souhaites pas bonne chance, tantine? demanda Eve.

– Tu sais bien que si, répondit Frances. (Elle referma le coffre, s'éclaircit la voix et examina d'un œil critique la nouvelle petite LeBaron rouge d'Eve.) Je me demande ce qui t'a pris d'acheter un engin pareil. On dirait un haricot sur roues.

– Elle est équipée d'un *air-bag*, répondit Eve. Je conduis peut-être pour deux, maintenant.

– Oui...

– J'ai lu que deux LeBaron sont entrées en collision à près de cent à l'heure et que leurs chauffeurs s'en sont tirés grâce aux *air-bags*.

– Je préfère quand même la limousine, dit Frances que le gravier de l'allée semblait fasciner.

– Bien sûr, ma tante.

– Avec une limousine, pas besoin d'*air-bag* : ce que tu tamponnes est inéluctablement voué à la démolition.

– Oui, tantine.

– Garde les portières fermées à clef, surtout aux feux rouges.

– Il n'y a pas de feu rouge sur l'autoroute.

– Et téléphone-moi.

– Entendu.

– Et bonne chance, Eve, murmura Frances.

Elle se retourna, rentra dans la maison et ferma la porte derrière elle d'un geste ferme : elle n'était pas du genre à demeurer sur la terrasse jusqu'à ce qu'Eve eût disparu. Quelques lumières brillaient en bas mais le reste de la vaste demeure des Tilden était dans l'obscurité. Eve remarqua alors qu'il y avait aussi de la lumière dans le studio de Larry Simms, au-dessus du garage. Si Frances se sentait seule ou effrayée dans l'immense bâtisse, elle appellerait le chauffeur et il viendrait lui tenir compagnie.

Eve grimpa dans sa nouvelle petite voiture, qui avait effectivement l'air d'un haricot et sentait le cuir neuf. Elle prit le premier tournant de l'allée, s'arrêta pour regarder derrière elle. Une partie de la maison était cachée par les arbres mais le reste était encore visible. La première fois qu'elle y avait amené Sam, cinq ans plus tôt, il s'était écrié au sortir de ce virage :

– Vous vivez là-dedans ?

– Bien sûr.

– Vous l'occupez en totalité ?

– Nous ne louons pas de chambres, avait-elle répondu sèchement.

– Merde...

Elle avait enfoncé brutalement la pédale de frein d'une des Lincoln « personnalisées » de Frances.

– Arrête un peu, lui avait-elle lancé, craignant que l'opulence de la demeure ne le trouble. Tu es notre banquier, tu connais notre fortune.

– Ouais, avait-il répondu à voix basse, contemplant la maison à travers les branches dénudées (on était fin novembre) mais la voir sur le papier et la voir en pierres, en briques, en vitres, etc., ce n'est pas la même chose.

Frances rinça les assiettes sales, les plaça dans le lave-vaisselle de taille industrielle mais ne le mit pas en marche. Mrs. Knapp s'en chargerait après le dîner de demain. L'appareil serait quand même alors à moitié vide puisque Eve serait à Raven Lake. Frances se rappelait ce nom des étés passés à la montagne mais pas la ville elle-même. Elle ressemblait sans doute à la plupart des villes des Adirondacks, avec leurs boutiques vendant des skis et des pulls en laine, des sacs de couchage et de la nourriture lyophilisée pour campeurs, des bols ornés des cinq anneaux et des mots JEUX OLYMPIQUES DE LAKE PLACID : 1933-19... quelle que soit la date.

Sam y avait trouvé un emploi comparable à celui qu'il avait ici, d'après sa mère.

Il n'avait même pas tenu le coup aussi longtemps que le pauvre beau-frère de Frances. Personne n'avait eu de ses nouvelles depuis 1963, exception faite d'une carte en dentelle envoyée pour le vingt et unième anniversaire d'Eve, et dans laquelle le barde de Hallmark avait écrit : « Aujourd'hui vous avez tous accédé à l'âge adulte mais tu resteras éternellement l'enfant de mon cœur », et il avait signé « Ton père qui t'aime, T. William Leigh », comme s'il craignait que sa fille n'eût oublié son nom. Ou peut-être pensait-il qu'elle ne l'avait jamais connu. Ils n'étaient pourtant pas du genre à s'efforcer d'effacer son souvenir ou de le faire passer pour un goujat.

Un goujat? L'âge lui donnait un vocabulaire victorien.

Leur façon de traiter Will Leigh consistait à ne jamais parler de lui. Quand Eve posait des questions, on changeait de sujet. Elle tentait d'insister mais, ayant elle aussi les gènes réfractaires à toute confrontation des Tilden Dodd, elle n'imposait jamais une discussion.

Du moins jusqu'au départ de Sam : c'était le seul sujet sur lequel Eve revenait. Frances n'en voulait pas à Sam. Vivre avec une femme qui sait ce que vous allez faire avant même que vous ne le sachiez, ce doit être l'enfer. Une conception tout à fait neuve de l'intimité, mais pas de celle qu'on souhaite. Eve croyait que c'était fini et elle avait peut-être raison. La chose était peut-être partie comme elle était venue, et Eve récupérerait son mari.

Pauvre Sam, pauvre Will, pensa Frances. Ils s'étaient épris de femmes possédant un don, un talent, ou frappées d'une malédiction, selon la façon dont on voyait les choses. Le don de double vue, comme disait Nanny Temple, leur nurse, se signant chaque fois qu'elle prononçait ces mots.

Il était apparu chez Ellen un mois après la mort de leur mère. Ellen avait neuf ans, Frances sept. C'était le dernier jour d'école, une chaude journée de juin, et cela s'était passé dans la cour, à la récréation. Les enfants, excités comme des chiens fous, ne parvenaient pas à se fixer sur un jeu, abandonnant la cage à poules pour les balançoires, les balançoires pour le toboggan, le toboggan pour la corde à sauter.

Plus tard, Frances – Franny, à l'époque – estima que c'était ce climat d'énervement qui avait rendu Lindsay Muir assez téméraire et cruelle pour dire les choses terribles qu'elle avait prononcées.

Petite et frêle, Lindsay avait un long visage osseux et des yeux rapprochés. Frances avait entendu dire qu'elle s'était muée en une jolie femme mais c'était à l'époque une fillette gauche, au physique ingrat, qui détestait la mignonne Ellen Tilden au corps dodu et aux grands yeux sombres.

Lindsay avait murmuré quelque chose à l'oreille de son petit ami – dont Frances avait oublié le nom – puis s'était dirigée droit vers Ellen et avait lancé d'une voix sonore :

– Mon papa dit que ta maman s'est tuée.

Les autres enfants avaient cessé de jouer, s'étaient approchés. Haussant la voix pour être entendue de tous, Lindsay avait ajouté :

– Mon papa dit que ta maman s'est enfermée dans le garage, qu'elle a mis les voitures en marche et qu'elle aurait pu tous vous tuer avec les gaz.

Ellen Dodd Tilden, qui d'habitude ne tenait pas en place, semblait changée en pierre.

– Mon papa dit que se tuer, c'est le pire des péchés. Pire qu'être une putain et faire ça pour de l'argent. Mon papa dit que...

– C'était un accident, avait répliqué Ellen.

Sa voix étrange, rappelait à Franny l'homme que leur père les avait emmenées voir à la fête, l'été dernier. Il avait une marionnette avec un grand sourire rouge peint sur le visage, une mâchoire articulée qui s'ouvrait et se refermait quand elle parlait. La voix d'Ellen ressemblait à celle de la poupée de l'homme, avec une absence d'intonation qui effrayait Franny. En fait, tout était soudain devenu étrange et effrayant. Les cheveux de Franny semblaient crépiter autour de sa tête; sa jupe de coton, électrisée, se collait à ses jambes.

– Sui-ci-dée, sui-ci-dée... avait scandé Lindsay, ta mère s'est sui-ci-dée.

Ellen l'avait frappée. Pas une gifle comme en donnent parfois les filles, mais un coup de poing de boxeur. Lindsay avait été projetée contre le mur de brique de l'école; du sang avait jailli de son nez, coulé sur son menton et taché sa robe brodée de petites fleurs bleues. Frances la voyait encore, cette robe; elle aurait pu la dessiner, cinquante ans après.

Lindsay avait lancé à Ellen un regard hébété puis s'était mise à hurler, essuyant son visage, le maculant de sang, de larmes et de morve.

– Salope! Je le dirai à mon papa. Il te battra. Il racontera à tout le monde, pour ta mère. Il leur dira qu'elle était une putain, et qu'elle brûlera en enfer.

Le visage impassible, Ellen avait tendu la main vers Lindsay, qui s'était tue avec un hoquet. Elle n'avait ni tressailli ni reculé car il était évident qu'Ellen n'avait pas l'intention de la frapper à nouveau. Ellen avait lentement approché sa main, doigts écartés, comme un aveugle tâtonnant. Elle avait touché le devant de la robe que le sang avait orné de pois rouges, avait empoigné le tissu et dit de cette voix étrange :

– C'est ta maman, la putain, Linny. Ta maman le fait avec Mr. Owen pendant que ton papa est au travail.

Lindsay pleurait; les larmes ruisselaient sur son visage, se mêlaient au sang.

– Dans le bureau du garage, avait poursuivi Ellen, sur un vieux canapé en cuir au coussin éventré. Elle crie fort, et il essaie de la faire taire au cas où il y aurait un client dehors qui voudrait de l'essence.

– Menteuse, avait crié Lindsay, en sanglots.

Ellen l'avait lâchée. Le crépitement avait cessé et Franny s'était sentie inondée d'un flot de sueur. La pauvre Lindsay, affalée contre le mur, gémissait comme une enfant bien plus jeune que les neuf ans qu'elle avait. Elle l'avait cherché, mais comme disait souvent leur père, ce n'est pas parce qu'on l'a cherché qu'on le mérite.

Un jour, Mrs. Larkin avait effectivement surpris Mr. Owen et Mrs. Muir dans le bureau en désordre de la station-service de la Standard Oil of New Jersey (où, selon la rumeur, Mr. Owen vendait au marché noir de l'essence pour laquelle il ne fallait pas de tickets). Et avant Noël, c'était devenu la fable de toute la ville.

Pendant un certain temps, Franny eut peur de sa sœur parce qu'elle savait des choses qu'elle n'était pas censée connaître. Mais Lindsay aussi savait des choses, elle l'avait montré. Un an plus tard environ, leur oncle Albert Dodd s'était soûlé lors d'une réunion de famille et avait raconté aux deux filles que leur mère, sa sœur, avait bouché les fentes des portes du garage avec des couvertures prises dans l'une des armoires à linge et mis en route le moteur de la Continental d'avant-guerre.

« C'est Temple qui l'a trouvée, avait-il bredouillé. Elle vivait encore mais elle est morte une heure plus tard. Valait mieux, d'ailleurs, parce qu'elle avait le cerveau endommagé et qu'elle aurait été comme un légume si elle avait vécu. »

L'oncle Albert avait émis un gloussement choquant mais il avait les larmes aux yeux. « Une espèce d'aubergine avec des cheveux, avait-il marmonné en fixant le fond de son verre. C'était à cause de ses visions. Vous savez, pour les visions. » Elles savaient, en effet. « Et aussi à cause des voix, je crois. » Il avait vidé le reste de son Manhattan, cerise et queue comprises, sans même mastiquer. « Ma pauvre sœur..., ma pauvre vieille Ollie, la reine du bal du Casino de 1930, la plus jolie fille de Bridgeton, était devenue complètement folle quand elle avait mis le nez sous le tuyau d'échappement, mes chéries. Folle à lier, bordel... »

2

– C'est la meilleure boîte pour draguer à cent kilomètres à la ronde, affirma l'infirmier au moment où l'ascenseur commençait à s'élever.

Adam Fuller fixait le panneau de boutons et écoutait sans accorder un regard aux deux autres hommes adossés à la paroi recouverte de métal.

– Les filles sont jeunes, continua l'infirmier.

Il s'appelait Tom – Adam ignorait son nom de famille. L'autre, c'était Tony, pas de nom de famille non plus.

– Et chouettes, des fois, dit Tom à Tony. Et elles en veulent. T'as autant de chance de tirer ton coup que d'avoir droit à une bagarre.

– Ouais, mais j' me fais trop vieux pour tringler sur une banquette arrière, objecta Tony.

– Pas obligé, répondit Tom. Y a un motel qui loue des piaules à l'heure à Echo Lake, la ville d'à côté. Un quart d'heure, vingt minutes en bagnole. Ah! bien sûr, tu risques de trouver du sable dans les draps – du sable seulement si t'es verni – mais tu vas pas là-bas pour le ménage.

– Tu l'as dit, approuva Tony.

L'ascenseur ralentit. Les deux hommes allaient sortir avant qu'Adam n'ait entendu le nom du bar et il n'osait pas le demander. Mais quand la cabine s'immobilisa, Tom reprit :

– Ça s'appelle *Chez Frank*, juste à la sortie de Raven Lake.

La porte s'ouvrit, les infirmiers sortirent.

– Au revoir, docteur, dit Tom.

Adam répondit d'un hochement de tête et les deux hommes se dirigèrent vers le bureau des infirmiers pour prendre leur service. Les portes de l'ascenseur se refermèrent en grinçant; la cabine aux cloisons métalliques, juste assez longue pour accueillir une civière, repartit vers le quatrième, dernier étage de l'hôpital général de Glenvale.

Chez Frank, Raven Lake. Pas besoin de noter, il s'en souviendrait.

Quand les portes se rouvrirent, il s'avança dans le couloir où Mrs. Warren et deux internes qui semblaient être restés debout toute la nuit attendaient le début des visites.

Les visites commençaient à neuf heures et il était neuf heures précises. Mrs. Warren, la surveillante de l'étage, fit les présentations avant que tout le monde prenne le chemin de la chambre de Mrs. Trilling.

Le taux de glucose sanguin de la malade s'était enfin stabilisé; la Dilantine était venue à bout des réactions de syncope dues aux fluctuations du glucose face à l'insuline. Ses pieds, glacés à son admission, étaient à présent chauds au toucher, son pouls ferme. Elle pouvait rentrer chez elle.

Adam Fuller s'entretint du cas avec les internes avant de se tourner vers elle. C'était une quinquagénaire sans attraits au teint argileux. Ses lèvres épaisses étaient humides, ses yeux sombres et brillants comme des prunes mouillées.

– Tout a l'air en ordre, lui dit-il. Vous pourrez rentrer chez vous lundi. Désolé de vous priver de week-end mais il vaut mieux être prudent qu'avoir des regrets, non?

Les yeux embués, Mrs. Trilling murmura:

– J'ai bien cru mourir...

Quand elle lui saisit la main, il eut peur qu'elle la porte à ses grosses lèvres humides mais elle se contenta de la presser avant de la relâcher.

Ce fut ensuite le tour de Mrs. Beacher, dont on avait enlevé les points de suture la veille. Ses intestins faisaient un bruit satisfaisant et elle aussi pouvait espérer sortir lundi.

– A condition que vous marchiez... rappela-t-il d'un

ton sévère. Même si cela vous fait un peu mal, il faut marcher.

Elle ne lui prit pas la main, ne le remercia même pas.

– C'est terrible, ces gaz, se plaignit-elle.

Une pétarade se fit entendre sous les couvertures et elle murmura en rougissant :

– Excusez-moi.

Les internes rougirent eux aussi mais Adam éclata de rire et dit gentiment :

– Ça va mieux ?

– Un peu. Si on pouvait faire quelque chose pour ces gaz...

– Ça s'arrangera dans un jour ou deux, assura-t-il, et il inscrivit « Flatulence » sur la feuille de la malade.

La chambre suivante était celle de Thomas Dorchester, qui était en train de perdre la dernière bataille d'un cancer aux poumons en phase terminale. Il ne rentrerait chez lui ni lundi ni jamais.

Adam rabattit la couverture propre et le drap frais qui recouvraient l'homme. Les infirmières étaient réellement consciencieuses, ici : tout était aussi net que possible, avec juste un très faible remugle – mais rien ne pouvait venir à bout de cette odeur de pourriture intérieure. Il releva ensuite la chemise de nuit bleu et blanc de l'hôpital pour révéler la carcasse. Nul autre mot n'aurait pu décrire ce qu'il restait de Thomas S. Dorchester, encore animé d'un souffle de vie. La peau pendait en plis de ballon crevé ; les parties génitales semblaient en papier chiffonné.

Du coin de l'œil, Adam vit les internes détourner le regard et éprouva une légère satisfaction. Lui ne détournait jamais les yeux, même du pire. Il appliqua son stéthoscope sans prendre la peine de le réchauffer au préalable avec son haleine : Dorchester ne sentirait pas le froid.

Les poumons, qui avaient maintenant la texture d'une éponge désintégrée, ne pouvaient plus le maintenir en vie. Il mourrait ce soir, demain au plus tard, encore qu'il leur arrivât de vous berner et de durer des jours, voire des semaines. L'examen, pratiqué avec douceur, fermeté, fut complet... et inutile. Mais il procéda quand même de cette manière, en partie pour les internes, en partie parce que c'était, semblait-il, la seule qu'il connût. Pendant l'examen, il s'adressa à voix basse aux deux jeunes hommes par-dessus le lit, mais s'il murmurait, c'était à cause de l'atmosphère du lieu, non parce que Dorchester pouvait l'entendre. Il en était incapable.

– Le médecin-chef veut envoyer Mr. Dorchester à Albany, où ils sont équipés du matériel le plus récent.

– Pourquoi il est ici, alors? demanda l'un des internes, Chatterjee, jeune étudiant à la peau brune et aux yeux d'un marron aqueux.

– Parce que la famille refuse de l'envoyer là-bas, répondit Adam, relevant brièvement la tête. Elle veut qu'il meure ici, dans sa ville natale, où il pourra voir les visages des siens quand ce sera la fin.

Il baissa la chemise de nuit, remonta le drap et la couverture, regarda les internes.

– Et le fait est, messieurs, que la famille a raison. Il n'est rien que les appareils d'Albany ou que nous, ici à Glenvale, puissions faire pour le sauver. Il vaut mieux accorder son dû à la mort, et que son dernier regard soit pour ses proches, si tant est qu'il puisse encore voir quoi que ce soit.

Il les vit échanger un coup d'œil, devina qu'à leurs yeux, il avait tort et faisait du sentiment. Ils pensaient encore qu'être médecin, c'est ne jamais renoncer. Adam croyait la même chose à leur âge puis avait soudain pris conscience, cinq ans plus tôt, que c'était une erreur. Que s'acharner sur un malade dans l'état de Dorchester, c'était vain et cruel.

Il se redressa et se tourna vers Mrs. Warren.

– Appelez la famille, dites-leur que c'est probablement pour ce soir.

– Enfin, peut-être, intervint l'autre interne, Severensen, d'une blondeur frôlant l'albinisme.

– Bien sûr, convint Adam. Peut-être. Mais je pense qu'ils aimeront mieux faire plusieurs fois le trajet que manquer de lui dire adieu.

Les deux internes contemplèrent l'homme agonisant avec, dans le regard, cette expression qu'il connaissait, dont il savait le nom, comme il connaissait le mot de quark bien qu'il n'en eût jamais vu un, qu'il n'en eût jamais tenu un dans ses mains, qu'il n'en eût jamais *senti* un. Jamais senti de quark, jamais éprouvé la pitié qu'il lisait dans les yeux des deux hommes regardant Thomas Dorchester.

Il se redressa, replia son stéthoscope, le rangea et sortit de la chambre pour continuer les visites.

Il était dix heures du matin, son service se terminait à dix-huit heures. Ce soir, ce serait la pleine lune. Il rentrerait chez lui, prendrait une douche, se raserait avec soin, mettrait les vêtements qu'il avait achetés au grand magasin de soldes de Sawyerville, l'une des perruques bon marché qu'il s'était fait envoyer, et irait *Chez Frank*, à Raven Lake.

Le bar n'était qu'à quelques mètres du lac. C'était une bâtisse en rondins avec de longues fenêtres étroites et, sur le toit, une enseigne fluorescente qui projeta des raies de lumière rouge sur l'eau noire.

Le parking était presque plein. Adam se gara près d'une plage de sable exiguë, descendit de voiture, regarda le lac et eut l'impression déroutante d'être déjà venu dans cet endroit. Il essaya de se rappeler quand, n'y parvint pas. C'était probablement une de ces sensations sans fondement que les gens attribuent parfois à un épisode d'une vie antérieure ou d'autres balivernes de ce genre. Toutefois, cette impression était tenace, et il resta immobile à contempler le jeu de la lune sur l'eau calme et noire, à fouiller sa mémoire. La porte du bar s'ouvrit, laissant échapper une bouffée de bruit, et le charme fut rompu. Un couple se faufila dehors, bras dessus, bras dessous, traversa le parking en direction d'une camionnette rouge piquée de rouille. L'homme pressa la femme contre la portière, l'embrassa. Bien que sa panse ne facilitât pas le contact des parties inférieures de leurs corps, la femme laissa échapper un grognement d'extase simulé. Puis l'homme s'installa au volant, la femme fit le tour du véhicule en titubant, monta de l'autre côté, et ils sortirent du parking dans un crissement de pneus sans s'arrêter pour voir si d'autres voitures arrivaient.

Adam regarda les feux arrière chevaucher la ligne partageant la chaussée cependant que la voiture fonçait vers la grand-route, probablement en direction du motel d'Echo Lake où l'on trouvait du sable dans les draps – si on avait de la chance. Il frissonna. Il n'emmènerait jamais une femme là-bas, il serait sans doute incapable de faire quoi que ce soit dans un tel endroit.

Les lumières de la voiture disparurent et il se demanda si ses occupants allaient atteindre le motel avant qu'un policier ne les arrête pour conduite en état d'ivresse. Ici, l'alcool était responsable de plus de morts que l'infarctus du myocarde. Les statistiques devaient avoisiner celles du nord de la Suède ou de la Sibérie, même si l'hiver, dans cette partie de l'État, n'était pas aussi mauvais ; le soleil ne disparaissait pas au mois de novembre pour ne réapparaître qu'en mars. Mais il faisait quand même un temps dégueulasse. Le baromètre chutait considérablement en janvier et le froid s'infiltrait par les portes et les fenêtres de sa maison, et même par les murs. Il avait beau s'asseoir carrément sur le radiateur, les pieds à moitié rôtis, tout le reste de son corps restait gelé. Mais la saison avait aussi sa beauté. Les lacs gelaient ; les belettes, les voitures et les camions les traversaient ; l'air était empli d'un perpétuel craquement. Les conifères ressemblaient à des découpages à deux dimensions pratiqués dans un ciel blanc, et les érables, les chênes et les hêtres formaient comme un tracé hasardeux dans le paysage. Difficile de croire qu'ils allaient de nouveau reverdir, et cependant ils bourgeonnaient déjà, et la neige qui s'était entassée jusque sous les fenêtres de son premier étage avait fondu, seules quelques taches bleues sous les épicéas persistaient.

C'était le printemps, il faisait chaud et il comptait bien tirer son coup.

Pour de bon, pas comme le mois dernier, quand il avait voulu devancer la saison. Ce seul souvenir le fit rougir. Comme il ne pouvait pas emmener la fille chez lui, ni chez elle, ni dans un motel, ils avaient essayé dans la voiture un soir qu'il faisait moins douze et que la pleine lune ressemblait à un cercle de glace raboté – fiasco complet.

Mais ce soir, il n'aurait pas besoin de chauffage ; ce soir, ce serait parfait.

Il avait parlé à son psy, Terence Bunner, de sa déconfiture de la dernière fois parce qu'il savait que

Bunny l'écouterait avec une neutralité absolue, sous laquelle Adam détectait de la sympathie.

Bunny était de son côté.

– Elle était jeune, avait-il confié au psychanalyste. Avec même un reste d'acné, mais je les aime jeunes. Je n'ai rien pu faire, Bunny. Peut-être parce qu'elle était défoncée. Défoncée jusqu'aux dents à la coke, au crack ou Dieu sait quoi.

– Pourquoi l'avez-vous draguée, alors?

Bonne question, et Adam avait cherché la bonne réponse. Il tâchait de mentir à Bunny aussi peu que possible.

– Peut-être justement pour ça. Parce que je pensais pouvoir la convaincre de faire... des choses.

– Quelles choses?

– Vous savez bien... et qu'ensuite elle me laisserait... vous savez.

– Je crois savoir, avait répondu Bunny dans un rire. Vous vouliez autre chose que la position du missionnaire, c'est ça, hein?

– Oui, je crois, oui.

– Vous savez ce que je vais vous dire maintenant, non?

Adam avait secoué la tête.

– Mais si. Réfléchissez une seconde.

Après avoir réfléchi, il avait débité lentement:

– Que c'est comme tomber d'un cheval et que je dois remonter en selle tout de suite.

– Ou quelque chose d'approchant, avait dit Bunny en lui souriant.

Mais il avait dû attendre que le temps se réchauffe.

Bien sûr, Bunny ne lui aurait jamais donné ce fameux conseil s'il avait su ce qui se produisait quand Adam avait fait l'amour.

En ouvrant la porte de la gargote, il se heurta littéralement à un mur de cette saleté imbécile, répétitive et cacophonique que les gens appelaient musique. On ne pouvait l'écouter, ce n'était pas fait pour ça. C'était fait pour se mettre en transe. Elle l'assaillit, lui mettant les nerfs à vif, et il se demanda pourquoi on ne jouait jamais Bach ou Haendel dans ce genre de lieu. *Fireworks Music* était bien plus érotique que ce fatras mais les gens avaient tendance à confondre sexe et frénésie. Ils se trompaient. L'amour, ça devait être lent, réfléchi, infiniment doux. Rien à voir avec les cris rauques que vomissaient actuellement les enceintes.

Le vacarme cessa brusquement et, pendant les quelques instants bénis de silence qui précédèrent le morceau suivant de merde infâme, il vit celle qu'il voulait.

Il fut étonné parce qu'elle n'était pas de la première jeunesse et qu'il les aimait jeunes, en général. Celle-là devait avoir tout juste la quarantaine, et les rides qui entouraient ses yeux et sa bouche se voyaient même à la lumière gluante et rosâtre de l'endroit. Elle portait un pantalon de toile et un pull sur un chemisier impeccable. Ses cheveux, semés de gris, étaient doux et lisses et ne se dressaient pas sur sa tête tels des serpents comme chez la moitié des femmes de l'établissement, dont on aurait dit qu'elles venaient de prendre à pleine main un câble électrique branché. Elle n'avait pas les yeux enfoncés dans une mélasse bleue, ses lèvres avaient la couleur de lèvres, ni violettes ni marron, ni chatoyantes comme si on les avait recouvertes de papier d'argent. C'était une femme mûre, qui présentait bien, avec une lueur d'intelligence (et peut-être d'humour) dans ses yeux sombres.

Elle buvait de la bière accompagnée d'un verre d'alcool, et non une de ces mixtures pour tapette. Sentant qu'il l'observait, elle leva la tête et lui sourit. Pas un sourire timide ni superficiellement sexy, mais normal, direct. Le sourire d'une adulte croisant le regard d'un adulte. Le cœur battant agréablement à l'idée du plaisir à venir, Adam se dirigea vers elle en contournant le bar en forme de fer à cheval.

Tous les clients étaient trop absorbés par eux-mêmes et par leurs rites d'accouplement pour lui prêter attention. S'ils l'avaient fait, ils auraient remarqué la veste en polyester, la chemise écossaise bon marché, le pull à motifs (synthétique) et la perruque blonde (synthétique aussi). Et même si quelqu'un de plus observateur remarquait son visage, ses traits n'avaient rien de particulier. Il y avait probablement une vingtaine d'hommes dans le bar qui répondaient à son signalement.

Eve franchit le péage d'Albany, s'engagea prudemment sur l'échangeur de l'autoroute du Nord et avisa le premier panneau indiquant Saratoga, où elle avait l'intention de passer la nuit. Mais il était à peine neuf heures, elle ne se sentait pas fatiguée et n'était plus qu'à moins de deux heures de Raven Lake... et de Sam. Tout à coup, elle ne put plus supporter de retarder le moment de le voir juste pour dormir et décida de continuer. Toutefois, elle avait mal au dos et aspirait à avaler une bonne tasse de café et à manger un morceau ; de plus, elle devait reprendre de l'essence. Il n'y avait pas de station-service à proximité sur l'autoroute mais une pancarte lui apprit qu'elle trouverait de l'essence, de la nourriture et un téléphone à la prochaine sortie. Elle la prit, descendit une bretelle jusqu'à la route à deux voies et un îlot éclairé de pompes à essence jouxtant un *diner* [1].

Elle s'arrêta à une pompe en self-service. Frances trouvait regrettable qu'on dût se servir soi-même mais Eve prenait plaisir à le faire, et lorsque le levier du pistolet se releva, elle gava le réservoir jusqu'à quinze dollars tout rond puis alla payer à la cabine de verre. Un adolescent, assis derrière un haut comptoir, était plongé dans une revue porno dont une page ouverte montrait le sexe d'une blonde de rêve. Eve s'éclaircit la voix, le jeune devint cramoisi et referma sa revue.

– Désolé, murmura-t-il.

En d'autres circonstances, elle aurait rougi et bredouillé comme lui, aurait payé précipitamment et se serait enfuie mais il avait l'air si jeune, si embarrassé, et deux heures seulement la séparaient encore de Sam. Elle ne s'était jamais sentie aussi bien depuis des mois.

– Ce genre de lectures va vous user avant l'heure, dit-elle avec un grand sourire.

– Ne m'en parlez pas, marmonna-t-il.

Ils éclatèrent de rire tous deux, en proie à une soudaine complicité, puis elle lui demanda ce que valait le restaurant d'à côté.

– Giga, répondit-il.

Elle le regarda sans comprendre.

– Très bon, traduisit-il.

Elle le remercia et traversa l'aire goudronnée en

1. Restaurant populaire agencé comme un wagon-restaurant. (*N.D.T.*)

direction du *diner*. Sur le toit, une coque métallique garnie de projecteurs signalait l'établissement aux usagers de l'autoroute. Eve ne remarqua aucun moustique dans les faisceaux de lumière : ou bien Frances avait joué les Cassandre, ou alors le vent du sud, qui donnait à l'air sa douceur, les maintenait à l'écart.

Elle entra. L'endroit était désert à l'exception d'un policier de la route assis tout au bout du comptoir. Il portait un uniforme gris, un ceinturon, un revolver, des menottes, un bipeur et une matraque accrochés à la taille. Il avait posé son chapeau sur le tabouret d'à côté et mangeait des œufs brouillés saupoudrés de ce qui avait l'air d'être du persil fraîchement haché. Pas mal pour un *diner* en bordure d'autoroute, pensa-t-elle.

Il releva la tête, la surprit en train de l'observer et ils échangèrent un bref sourire avant de détourner les yeux. Un mois plus tôt, ce rapide contact visuel innocent lui aurait peut-être fait *voir* des choses. Par exemple qu'il s'était fait battre une fois de trop par des collègues au chapitre de l'avancement, qu'il s'était aigri et s'était mis à boire, à battre sa femme, et qu'en ce moment-même, pendant qu'il avalait ses œufs brouillés, cette femme entassait les gosses dans la voiture pour le quitter. Eve aurait même « vu » le visage angoissé de la femme, l'expression pleurnicheuse des enfants pour qui l'heure du lit était passée depuis longtemps. Elle aurait même vu leur petit bungalow, dans une rue typiquement américaine, au cœur d'une ville typiquement américaine, tandis que la femme se serait engagée sur la route en marche arrière. La scène lui serait apparue très clairement ; elle aurait pu reconnaître la femme et les gosses si elle les avait rencontrés ; et leur maison si elle était passée devant.

Mais ce soir, il ne se passa rien d'autre qu'un échange de sourires entre le policier et elle. Elle en fut inondée de joie et se sentit soudain une faim de loup.

L'épaisse porte métallique de la cuisine s'ouvrit sur une serveuse en tenue beige qui se dirigea vers Eve. Elle avait la cinquantaine, avec des joues rondes et roses, des yeux marron pétillants. Eve la trouva sympathique, comme le policier, comme l'ado de la station-service. Comme le reste du monde.

– Deux œufs brouillés, s'il vous plaît, commanda-t-elle. Et du café.

– Déca ou normal?

– Normal, répondit-elle en pensant aux deux cents kilomètres qui lui restaient à faire.

La serveuse versa le café dans une grosse chope, la posa devant Eve et retourna dans la cuisine. Le policier qui, entre-temps, avait fini ses œufs, sauça son assiette avec un coin de toast et vida sa tasse de café. Il se leva, prit son chapeau et longea le bar en direction d'Eve.

Elle sentit son estomac se contracter et sut qu'elle allait quand même avoir une vision, finalement. Elle verrait des choses sur cet homme, elle connaîtrait ses secrets les plus intimes, les plus sombres. Des choses qu'il ne connaissait pas lui-même.

Agrippée au bord du comptoir, elle fixa le Formica impeccable et attendit. Elle sentit un léger courant d'air quand il passa derrière elle, rien d'autre, et se risqua à relever la tête.

Il était devant la caisse où la serveuse, revenue de la cuisine, lui disait que son argent n'avait pas cours ici et qu'il le savait. Elle l'appelait Bill. Eve ne les quittait pas des yeux.

Le policier remercia la serveuse, sortit. Les portes s'ouvrirent et se refermèrent, puis elle entendit un bruit de moteur et le crissement des pneus.

Il ne se passa rien d'autre.

Eve s'affala sur son tabouret. C'*était* fini, il fallait qu'elle se fasse à cette idée et qu'elle ne frise pas la catatonie chaque fois que quelqu'un s'approchait à moins de deux mètres d'elle. La serveuse repassa derrière le comptoir.

– Hé, ça va?

Eve hocha la tête.

– Vous êtes verte.

– Je crois que j'ai besoin de manger quelque chose.

– Ça arrive tout de suite. Mais je sais ce qu'il vous faut d'autre...

– Pas du Seven-Up, s'empressa de répondre Eve.

– Nan, fit la serveuse dans un rire. De l'Alka-Seltzer. Fern – notre cuisinière – ne jure que par ça. Elle dit que si elle se coupait un doigt, l'Alka-Seltzer le ferait sûrement repousser. Selon elle, ça pourrait même guérir du cancer. Fern est bonne cuisinière mais un peu... (Elle se tapota la tête de l'index.) En tout cas, ça vous redonnera des couleurs. Qu'est-ce que vous en dites? Offert par la maison.

Elle s'appelait Abigail. Abby, dit-elle à Adam. Pas de noms de famille, ils étaient d'accord là-dessus. Elle avait un visage agréable, pas exactement joli mais certainement pas laid. Ses cheveux et ses yeux avaient la même nuance marron roux, et mises à part les rides aux coins des yeux et de la bouche, elle avait une peau de jeune fille.

Enseignante au collège de Tupper Lake, à cinquante kilomètres à l'ouest de Raven Lake, elle n'osait pas prendre le risque d'être vue dans ce genre de bar près de chez elle, et une fois par mois, elle faisait le trajet pour venir *Chez Frank*. « Pour être avec quelqu'un, expliqua-t-elle. Pour repousser les ombres... »

Jolie façon de dire les choses, « repousser les ombres ». Soudain il se sentit presque amoureux de cette femme qu'il ne connaissait que depuis une heure et qui devait avoir cinq ans de plus que lui (elle ne lui avait pas révélé son âge, il ne le lui avait pas demandé). Il repensa aux internes regardant le malade agonisant ce matin. Si quelqu'un pouvait lui faire éprouver ce qu'il avait vu dans leurs yeux, c'était cette femme aimable, intelligente, presque belle.

Il lui proposa de sortir avec lui et, comme un peu surprise qu'il crût devoir poser la question, elle répondit : Bien sûr. Il jeta un coup d'œil au bar : tous les clients étaient plongés dans leur conversation, occupés à draguer. Personne ne leva même les yeux vers lui quand il se laissa glisser du tabouret et suivit Abby vers la porte.

Dans le parking, il faisait toujours doux, le vent soufflait du sud.

– On prend quelle voiture? demanda-t-elle.

– La mienne, si ça ne te dérange pas.

Il avait une LTD neuve achetée en janvier. Quand ils s'en approchèrent, il ressentit une petite bouffée de cette fierté qu'elle faisait encore naître en lui, avec sa longue carrosserie bleu clair et cette odeur de voiture neuve dont parlaient les gens.

Se rappelant le couple qu'il avait vu à son arrivée, il poussa Abby contre la LTD et l'embrassa, conscient du contraste entre son corps mince, en bonne condition, et la bedaine du plouc à la camionnette. Il écarta les lèvres d'Abby avec les siennes, glissa une main dans sa poche.

Elle s'arqua contre lui quand les doigts d'Adam se refermèrent sur le manche d'acier froid du scalpel.

A la fin du baiser, il parcourut rapidement le parking des yeux. Personne n'était sorti, personne ne les avait vus ensemble. Il lui ouvrit la portière du côté passager puis alla s'installer derrière le volant.

Sam vivait dans cette ville, dans Lakeshore, d'après Greta. Mais Eve ne savait pas où ça se trouvait, et il n'y avait personne auprès de qui se renseigner. La grand-rue de Raven Lake s'étendait sur un pâté de maisons, avec un seul feu rouge, pas de voitures, et une succession de boutiques obscures. Même la station-service était fermée et elle n'était passée devant aucun poste de police. Seule la bibliothèque de la ville était encore éclairée par une enseigne lumineuse.

Eve ralentit, roula jusqu'au bout de la rue, là où elle redevenait la Route 26, et aperçut enfin un long bâtiment avec une enseigne éclairée, BOWLING DE RAVEN LAKE, et de la lumière à la fenêtre au châssis métallique.

L'endroit semblait plus grand à l'intérieur qu'il n'en donnait l'impression vu du parking. Toutes les pistes étaient dans la pénombre sauf celle où un homme lançait une boule tandis que son adversaire se penchait au-dessus d'une sorte de pupitre sur lequel était posé un carnet.

Derrière un petit bar, un homme aux cheveux roux coupés très court disposait des verres à pied en pyramide. Le bruit de la porte le fit se retourner.

– Qu'est-ce qu'il y a pour votre service?

– Je cherche Lakeshore, dit Eve.

– Lakeshore à Raven Lake?

Elle acquiesça.

– Je demande, parce que n'importe quel trou du coin qui a son lac – et ça veut dire tous – a aussi son Lakeshore. Lakeshore Street, Avenue, Boulevard...

Il avait un nez épaté, des cils roux, des yeux clairs, et la peau criblée de taches de rousseur à l'exception de quelques poches roses qui semblaient à vif.

– Si je vous parais amer, c'est que je le suis, déclara-t-il.

– Hé, Mel, arrête un peu de râler, lui lança un des joueurs de bowling d'un ton bon enfant.

Baissant le ton, le rouquin poursuivit :

– Deux ans que je suis coincé dans ce bled perdu. J'ai acheté ça à un type qui venait d'hériter, j'ai cru que c'était une affaire. Je l'ai cru quand il m'a raconté que la saison durait neuf mois. Quel pigeon je faisais ! Vous voulez acheter un bowling ?

– Euh, non, merci.

– Bien sûr que non. Bien sûr que vous avez pas envie de vous taper cinquante bornes pour voir un film hors saison, et surtout, qu'il vous vienne pas l'idée d'inviter votre femme au restaurant. Vous savez *Chez Bessie*, où on sert des œufs au jambon au petit déjeuner, du jambon et des œufs au déjeuner, et des hamburgers jusqu'à deux heures de l'après-midi. Après ça, c'est ici ou *Chez Frank*, et tout ce qu'on a, c'est des sandwiches. Neuf mois ! Ce coin est mort comme la Studebaker de ma tante Fanny d'octobre à décembre et de mars à juillet.

La boule descendit la piste en grondant, des quilles cliquetèrent et la voix d'une femme invisible annonça :

– Allez, messieurs, c'est fini.

– Seigneur, gémit le rouquin. C'est fini. Pas même onze heures un vendredi soir et c'est fini. A Albany, on commencerait juste à s'échauffer. Vous seriez pas d'Albany, par hasard ? demanda-t-il d'un ton envieux.

– Du Connecticut, répondit Eve. Bridgeton, Connecticut.

– Encore un trou, on dirait, sans vouloir vous vexer.

– En un sens, convint-elle. Mais c'est seulement à cent kilomètres de New York.

– New York, c'est pire que tout, grogna-t-il. Ca fait une trotte, le Connecticut, non ?

– Quatre heures environ.

– Ben, vous êtes presque arrivée. Lakeshore, c'est à cinq kilomètres d'ici.

Cinq kilomètres.

Les voyages se terminent toujours par des idylles, pensa-t-elle. C'était un vers d'un poème de collégienne ou une phrase tirée d'un des romans gothiques qu'elle avait lus dans sa jeunesse. Elle n'était pas en état de se lancer dans une idylle : elle se sentait sale, sa coiffure était épouvantable...

– Je peux aller aux toilettes?

– Bien sûr. Là-bas au fond, la première porte. Je vous indiquerai comment aller à Lakeshore quand vous reviendrez.

Les toilettes étaient petites, propres, et glaciales. Elle se lava au minuscule lavabo, s'essuya avec du papier hygiénique brun et rêche. Elle mouilla sa chevelure que le vent avait emmêlée, força le peigne à y passer. Ses cernes avaient quasiment viré au violet et ses yeux étaient injectés de sang à force d'avoir fixé les phares des voitures venant en sens inverse. Eve semblait néanmoins en meilleure forme – plus jeune, plus elle-même – qu'elle ne l'avait été depuis des semaines.

« Cinq kilomètres », murmura-t-elle au miroir. Quand elle retourna au bar, toutes les pistes étaient sombres, les joueurs avaient enfilé leur blouson et logeaient leur boule dans un sac capitonné.

Ils dirent bonsoir au patron, adressèrent à Eve un signe de tête et s'en allèrent.

– Vous voulez que je vous marque ça sur un bout de papier? demanda-t-il.

– C'est compliqué?

– Pas du tout. En sortant vous tournez à gauche, vous obliquez à gauche à la bifurcation, à un kilomètre et demi d'ici, vous continuez jusqu'à ce que vous arriviez au lac. On dirait que la route s'arrête, mais non. C'est un T, et la route fait tout le tour du lac, à part un secteur marécageux où il faut une Jeep pour traverser. Mais vous n'aurez pas à aller aussi loin que ça, je suppose.

– Je l'espère.

– Bon, une fois au lac, à votre droite, vous avez *Chez Frank*, la boîte à la mode; à votre gauche, Lakeshore. Y a pas d'autre route, rien que des boîtes aux lettres et des allées, des maisons et le lac. Un lac superbe, ma p'tite dame. On l'appelle Raven Lake, le lac du Corbeau, parce qu'il semble noir toute l'année sauf en plein été, quand il devient d'un gris-bleu étonnant. Ouais, Raven Lake rend presque habitable ce bled à la con, excusez mon vocabulaire. Il y a du brochet, de la truite... C'est pas de la friture qu'on pêche dans Raven Lake. C'est un lac d'hommes...

Il adore cet endroit, pensa-t-elle soudain, et toutes ces jérémiades ne sont qu'un numéro. Elle lui sourit, il lui rendit son sourire et lui souhaita bonne chance.

La pleine lune était haute dans le ciel et Eve n'eut presque pas besoin de ses phares. Elle obliqua à gauche à la bifurcation et la route fila droit vers la lune puis toutes deux semblèrent se fondre en une longue piste confuse, ondulante. Eve ralentit, parvint au lac, ou à ce qui semblait en être une anse. A droite, des bandes de néon vert et rouge clignotaient à quelques centaines de mètres – ce devait être *Chez Frank*. A gauche, la route courait le long de la berge et sous les arbres. Eve tourna à gauche, passa devant une butte de terre formant une petite digue en travers de l'étranglement de l'anse, puis l'étendue noire de Raven Lake, coupée par un rayon de lune, se déroula devant elle.

Le lac faisait environ huit cents mètres de large; les lumières de maisons éparpillées brillaient parmi les arbres sur l'autre rive. Dans les roseaux qui poussaient près de la berge, elle entendit des oiseaux pépier, le plop d'un poisson dans l'eau.

La première boîte à lettres qu'elle vit portait le numéro 10 en chiffres d'argent. A mesure que les numéros défilaient, les boîtes s'espaçaient davantage. Au numéro 210, le goudron fit place à du gravier et Eve réduisit sa vitesse pour éviter que de petits cailloux projetés par les pneus ne rayent la carrosserie. Au bout de huit cents mètres environ, elle parvint au 300, le numéro que sa belle-mère avait écrit pour elle.

Ses mains tremblaient sur le volant; de la sueur perlait à la racine de ses cheveux. Si elle avait un tant soit peu de bon sens, elle repartirait, trouverait un motel, s'octroierait une nuit de sommeil, un bon petit déjeuner et reviendrait le lendemain matin, reposée, revigorée, plus calme. Mais elle était si près, il fallait qu'elle le voie. Eve s'engagea dans l'allée, traversa un boqueteau de bouleaux et d'érables mêlés d'épicéas. Elle sentit une odeur de feu de bois puis vit une trouée dans les arbres, devant elle, et l'instant d'après, elle s'arrêta dans une clairière occupée par une jolie petite maison adossée au lac. Elle avait une cheminée de pierre, une véranda sur le devant, des fenêtres à deux battants. Celles du rez-de-chaussée étaient éclairées et Eve entendit une musique de film : Sam ne dormait pas, il regardait la télé. Elle tendait la main vers la clef de contact pour arrêter le moteur quand la lumière de la véranda s'alluma. La porte s'entrouvrit et le cœur d'Eve fit un bond si violent que cela l'étourdit un peu : l'idée la traversa soudain qu'il n'était peut-être pas seul. Il était beau, séparé de sa femme, sujet aux désirs comme tout le monde : il n'y avait aucune raison pour qu'il ne ramène pas une femme chez lui. Eve débraya, serra si fort le levier de vitesse qu'elle en eut une crampe dans la main. Si quoi que ce soit indiquait qu'il y avait quelqu'un avec lui, elle mettrait en marche arrière et redescendrait rapidement l'allée en tâchant de ne pas emboutir sa voiture contre un arbre. La porte s'ouvrit toute grande et la silhouette de Sam apparut dans le rectangle de lumière. Elle ne pouvait voir son visage mais reconnaissait sa taille, la forme de sa tête et de ses épaules. Il devait avoir entendu la voiture et était sorti voir qui lui rendait visite à pareille heure. Il n'avait jamais vu la LeBaron, il ne pouvait savoir que c'était elle.

Personne ne vint à ses côtés et les fenêtres restèrent vides : il semblait être seul. Eve mit le point mort, coupa le contact et ouvrit la portière. Le plafonnier s'alluma, il la vit, s'élança vers elle en criant :

– Eve... Evie...

Il paraissait content de la voir – ravi, même. Elle devait lui avoir manqué aussi, il était sincère quand il marmonnait qu'il l'aimait pendant ces pitoyables coups de téléphone. Il courait vers elle; dans un instant il serait dans la lumière des phares et elle verrait son visage pour la première fois depuis deux mois.

Il n'était pas non plus d'une « beauté renversante » – personne ne lui proposerait de faire de la publicité pour des cigarettes – mais il était grand, solide, avec des cheveux bruns raides, des yeux sombres, les longs cils épais de Greta, et un visage allongé que quelques sillons rendaient rude et triste.

Elle aussi cria son nom, balança les jambes à l'extérieur et jaillit de la voiture. Elle fit un pas vers lui sur l'allée de grosses pierres inégales et se tordit le pied.

Elle tomba en avant, tendit les bras, se retint à du métal froid : une chaîne de balançoire pendant à une branche d'arbre, au bord de l'allée. Elle s'y accrocha, se redressa et éprouva soudain cette infime sensation de chute. Comme lorsqu'on manque une marche, ou qu'on descend trop vite dans un ascenseur – ou quelque autre des comparaisons qu'elle avait trouvées pour le début de cette *chose*, ce legs de sa mère.

Les oiseaux se turent, le vent soufflait dans les arbres et son mari courait vers elle dans un silence total. Puis les arbres, la maison, Sam lui-même disparurent et Eve se retrouva au bord d'une autre clairière, plus petite, cernée de vieux pins qui avaient amassé leurs aiguilles sur le sol pendant des décennies. Une femme y gisait dans une flaque de sang qui s'élargissait. Elle ne portait qu'un pull et un chemisier retroussé sous les bras. (Eve ne l'oublierait jamais car elle savait que la femme l'avait repassé quelques heures plus tôt afin qu'il soit impeccable pour sa soirée.) Dessous, elle était nue, et son torse était ouvert du sternum à l'os pubien. La chair se recourbait, montrant plusieurs couches tel un écorché de laboratoire, révélant une membrane qui palpitait sur les formes fantomatiques de ses organes et de ses intestins.

Eve lâcha la chaîne, partit en arrière, heurta le bord de la portière et tomba. Une pierre lui entailla le genou à travers le pantalon de toile mais elle ne sentit rien. Elle ferma les yeux pour chasser la vision, qui n'en devint que plus vivante. Le sang était d'un rouge écarlate, le pull bleu, le chemisier rose pâle, et la couche de graisse exposée à l'air avait la couleur de la laine vierge. La membrane palpitante fumait dans l'air de la nuit ; la femme était encore chaude, encore vivante. Éventrée, presque exsangue mais vivante, et consciente. Elle roula des yeux, parut regarder droit vers Eve avec une expression d'étonnement exagéré. *Comment cela m'est-il arrivé ?* semblait-elle demander.

La pulsation devint moins régulière. Les yeux qui paraissaient voir Eve par-delà la barrière de temps et d'espace qui les séparait devinrent vitreux, aveugles, puis se figèrent dans leurs orbites. La mâchoire inférieure tomba, du sang coula de sa bouche en gargouillant et se répandit sur le visage, les cheveux. Eve eut un sanglot, pressa ses poings contre ses paupières pour faire disparaître la vision. En vain. Elle ne cessait jamais avant d'être parvenue à son terme, et celle-ci était encore très nette, bien qu'elle commençât à s'estomper un peu sur les bords. Une paire de mocassins d'homme entra dans son champ de vision. Ornés de glands, ils étaient tachés de sang, et surmontés de jambes de pantalon imprégnées de sang elles aussi. Eve vit l'homme de dos quand il se pencha vers la femme. Une main argentée gantée de caoutchouc, qui semblait lépreuse au clair de lune, se tendit vers la femme et lui ferma les yeux.

Recroquevillée devant le feu, Eve frissonnait comme un chien malade. Bien que Sam l'eût enveloppée dans une couverture, elle ne pouvait s'empêcher de trembler. Il demeura un moment accroupi près d'elle puis se leva et se dirigea vers le téléphone. On le lui avait installé dans l'après-midi et, à cause d'elle, le premier appel serait pour la police.

– Qu'est-ce que je leur raconte, Eve?

– Ce que je t'ai dit. Que j'ai vu un cadavre dans une clairière.

– *Vu?*

– Trouvé. Dis-leur que je l'ai trouvé.

– Où?

– Dans une clairière, bredouilla-t-elle en claquant des dents. Dans les bois.

– Chérie, nous sommes dans le parc des Adirondacks, rappela Sam avec douceur. Il y a des milliers d'hectares de bois et de clairières. As-tu vu quelque chose d'autre?

Eve s'efforça de se rappeler ce qu'elle avait vu d'autre sans faire resurgir l'image de la morte. Il y avait la clairière – *oublie le sang et le corps* – l'homme chaussé de mocassins. Il s'était éloigné, à peu près au moment où la vision avait commencé à s'estomper, comme la fin d'un film triste. On appelait ça un fondu au noir, croyait-elle savoir. Elle vit son dos s'enfoncer parmi les arbres, elle l'entendit dans les sous-bois puis elle distingua... une cabane au bord de la clairière. Une construction en rondins avec un côté et une partie du toit effondrés. C'était peut-être une cabane d'enfants abandonnée depuis longtemps, quoique le toit fût plutôt élaboré pour une cabane d'enfants, alors c'était sans doute un W.-C. ou une remise.

Elle en fit la description à Sam, qui lui demanda :

– Autre chose? Tu as vu autre chose?

Eve secoua la tête; il décrocha et composa le numéro de la police.

Ils arrivèrent un peu après une heure du matin. Un type gigantesque, beaucoup plus grand que Sam, qui mesurait pourtant près de deux mètres, et un autre homme petit et fluet, avec des cheveux bruns coiffés en arrière et des yeux marron larmoyants. Sam les conduisit dans la salle de séjour, où Eve demeurait blottie devant la cheminée. Ils avaient encore à la main leur porte-cartes, ils avaient dû montrer leur insigne dans l'entrée.

Le grand – qui n'était pas gros, juste grand, avec des bras remplissant les manches de sa veste – traversa la pièce en direction de la jeune femme. Si le sol ne trembla pas, elle eut cependant l'impression que quelque chose d'énorme s'approchait d'elle. Il s'arrêta et présenta à nouveau son insigne et une carte plastifiée. Lieutenant David Latovsky, Brigade criminelle, Police de l'État de New York.

– Nous l'avons trouvée, Mrs. Klein, annonça-t-il d'une voix calme. A l'endroit que vous nous aviez décrit. A quelques mètres de la remise du vieux Carlin. La foudre est tombée sur la maison des Carlin il y a une dizaine d'années, tout a brûlé sauf les fondations, la cheminée... et la remise. Les Carlin ont jeté l'éponge, ils sont partis pour la Floride. L'État a racheté le terrain.

Il tira à lui une lourde chaise de chêne comme si elle était en balsa, la plaça devant Eve, s'assit face à elle, leurs genoux se touchant presque. Son épaisse chevelure blonde commençait à se clairsemer, laissant l'îlot d'une mèche au-dessus du front. Sa voix était douce mais ses yeux bleu foncé semblaient durs et malins à la lueur du feu. Il ne serait pas facile à baratiner.

– C'est resté en l'état, reprit-il en refermant l'étui et en le glissant dans la poche intérieure de sa veste. La cheminée et les fondations couvertes de débris calcinés – mais je crois que vous ne l'avez pas remarqué.

Elle secoua la tête.

– Je vois. Bon, dit-il avec douceur, pourquoi vous ne me racontez pas ce qui s'est passé ?

Parce que tu penserais que je mens, ou que je suis folle, se dit Eve, les yeux sur le beau visage aux grands traits.

– Je m'étais perdue.

– Complètement perdue, Mrs. Klein. Parce que la remise du vieux Carlin se trouve à douze bons kilomètres d'ici par la route, de l'autre côté du lac.

– Complètement perdue, convint-elle en s'efforçant de soutenir son regard. Je n'étais jamais venue à Raven Lake, tout ce que j'avais, c'était une adresse, sans indications.

– Je vois. J'avais cru comprendre que Mr. Klein vit ici.

Le policier se tourna vers Sam, qui se tenait près d'une longue table cirée sur laquelle il prenait probablement ses repas. La personne qui lui louait la maison l'avait parfaitement entretenue, pensa Eve. Le plancher aux larges lattes brillait; l'odeur de la cire devenait plus forte à mesure que la pièce se réchauffait. Les meubles étaient encaustiqués, l'âtre balayé. Si Eve restait ici avec Sam... s'il le lui permettait... elle s'occuperait de cette maison avec autant de soin que ses propriétaires.

– C'est exact, répondit Sam, qui lança à sa femme un regard désespéré. Je vis ici.

Latovsky revint à Eve, sourcils froncés.

– Nous sommes séparés, dit-elle.

– Ah, fit-il d'un ton entendu. Et vous n'étiez jamais venue.

– Non.

– Pourquoi aujourd'hui, Mrs. Klein ?

– Je l'ignore.

– Vous espériez vous réconcilier ?

– Ça vous regarde ? répliqua-t-elle.

– Je ne sais pas. Nous avons un meurtre sur les bras, Mrs. Klein, un meurtre pas ragoûtant. Alors, je sais pas encore ce qui me regarde ou pas. Euh... vous souhaitez peut-être la présence d'un avocat ?

– Pourquoi ? s'écria Sam. Elle n'a rien fait.

– Non. Bien sûr que non, répondit le colosse. Aucun doute, cette boucherie, c'est du boulot d'homme.

Eve eut un haut-le-cœur.

– Bon, où en étions-nous? fit le flic d'une voix aimable. Vous étiez perdue.

– J'ai pris le mauvais tournant au lac, expliqua Eve d'une voix rauque.

– Oh? Et comment avez-vous trouvé votre chemin jusqu'au lac?

Eve se sentit obligée de mentionner le patron du bowling, au cas où celui-ci parlerait d'elle à quelqu'un, qui en parlerait à quelqu'un d'autre.

– Alors, vous aviez bel et bien des indications, fit remarquer le lieutenant.

– Orales. J'étais nerveuse, tout s'est emmêlé dans ma tête et j'ai pris la mauvaise direction, je suppose.

– O.K., fit Latovsky. Et ensuite?

– J'ai continué, en espérant que je finirais par trouver le numéro 300, ou que je verrais les lumières d'une maison où je pourrais demander mon chemin.

– Mais vous n'en avez pas vu.

Eve se rappela les lumières de l'autre côté du lac. Les maisons étaient proches de la rive, probablement cachées par les arbres et invisibles de la route, comme celle de Sam.

– Non, dit-elle, prenant un risque.

– Et vous vous êtes arrêtée chez le vieux Carlin.

Oui, fit-elle de la tête.

– Pourquoi? demanda-t-il avec douceur.

Dans sa vision, il y avait un sentier, envahi de broussailles, qui devait conduire de la route à la clairière.

– J'ai vu un sentier. Je me suis dit qu'il devait mener quelque part.

– Je vois. Vous avez donc délaissé le bar brillamment éclairé, les allées qui manifestement conduisaient quelque part, pour un sentier envahi de broussailles au milieu des bois, dans le noir.

– J'avais une torche électrique, expliqua hâtivement Eve.

– Une torche.

– Oui.

– Mais pas de lumière en vue. Pas de trace d'habitation.

– Juste le sentier.

– Oui, bien sûr. Le sentier. Plutôt à l'abandon, ce sentier...

– Mais il existe, s'obstina-t-elle.

– Et ça fait plutôt loin de la route à la clairière où on l'a trouvée.

– Pas tellement.

Il se pencha en arrière, fit un peu grincer la chaise.

– O.K. Vous laissez votre voiture, vous remontez le sentier en vous éclairant d'une torche, dans les bois, jusqu'à l'ancienne pâture de Steve Carlin, vous découvrez la femme et la remise. Mais vous ne remarquez ni les fondations de la ferme ni la cheminée en pierre...

– Non.

– Qu'est-ce que vous avez fait ensuite, Mrs. Klein?

– Je ne m'en souviens pas. J'étais bouleversée.

– J'imagine. Vous avez dû retourner à votre voiture en courant...

Elle hocha la tête.

– Puis vous avez refait le chemin en sens inverse. Toujours perdue, je présume.

– Oui.

– Mais vous ne vous êtes pas arrêtée au bar pour prévenir la police.

– Non, murmura Eve. Je vous l'ai dit, j'étais...

– Bouleversée.

– Oui.

– Vous êtes donc retournée à la bifurcation, et cette fois vous avez tourné dans la bonne direction.

– Oui.

– Tout ça vous a pris combien de temps, Mrs. Klein?

– Aucune idée.

– Approximativement? Un quart d'heure? Une demi-heure?

– Je ne sais pas, marmonna-t-elle.

Il lui avait tendu une sorte de piège, elle le sentait se refermer sur elle.

– Écoutez-moi bien, Mrs. Klein. Sans hélicoptère, faire le tour du lac – et il n'y a pas d'autre route – prend au moins une demi-heure, en fonçant au risque de péter un essieu. Il vous a donc fallu entre une demi-heure et quarante minutes pour retourner à la bifurcation de l'Old Rimer Road, et dix minutes de plus pour venir ici. Et vous n'êtes pas simplement *passée* devant *Chez Frank*, Mrs. Klein, vous avez *traversé* son parking, parce que la route le coupe en deux. Et cette boîte est éclairée comme un bordel de Tokyo. Ça fait des années que les notables de la ville essaient de convaincre Frank de se modérer côté illuminations : sommations, menaces de boycott, etc. Rien à faire. C'est éclairé jour et nuit, été comme hiver. Alors vous l'avez *forcément* vu, vous avez *forcément* pensé qu'il y avait un téléphone que vous pouviez utiliser pour demander de l'aide. Mais vous ne l'avez pas fait.

Latovsky se pencha en avant, approchant sa tête à quelques centimètres seulement de celle de la jeune femme. Elle recula pour mettre de la distance entre eux mais fut bloquée par le dossier du fauteuil. Elle sentit l'odeur chaude de ses cheveux, de sa lotion après-rasage, de l'amidon de sa chemise. Latovsky dormait sans doute profondément quand on l'avait appelé mais n'en avait pas moins mis une chemise propre, une cravate et une veste.

– Votre mari nous a téléphoné à onze heures douze exactement, reprit-il. C'est ça, Mike?

– C'est ça, lieutenant, fit le gringalet en se fendant d'un sourire carnassier.

– Onze heures douze, répéta Latovsky. Par chance, Mike – le sergent Lucci, ici présent – était de service et savait exactement de quelle cabane au toit vert votre mari parlait puisqu'il a habité à Raven Lake dans son enfance. Mrs. Klein, nous ne sommes peut-être qu'une bande de péquenots, ici, mais nous avons un hélicoptère, et comme ce meurtre semblait être le cinquième d'une série commise dans notre bled...

– Le cinquième! s'écria Eve.

– Oui, Mrs. Klein. Quatre pendant l'été et l'automne derniers, et celui-ci au printemps. Le salaud aime apparemment le temps chaud. Puisque c'était le cinquième, donc, et que tout le monde était sens dessus dessous, le sergent Lucci a obtenu l'hélico et est arrivé dans la pâture des Carlin vers... quelle heure, Mike? Onze heures et demie?

– Onze heures et demie juste, lieutenant, répondit le petit.

– Et le corps était encore chaud, Mrs. Klein. La température était descendue à sept degrés, à ce moment-là. Ça rafraîchit vite dans le coin, mais le corps était *encore chaud*. Le sang liquide, les entrailles fumantes...

La peau d'Eve Klein devint froide et collante, elle sut qu'elle allait s'évanouir.

– Les aiguilles de pin détrempées...

– Arrêtez! intervint Sam. Pour l'amour du ciel!

Les yeux de sa femme se révulsèrent. Elle allait perdre connaissance d'un moment à l'autre, glisser par terre, inerte. *Vite, que je ne l'entende plus...*

Mais elle resta consciente et la voix du grand flic continua à la harceler.

– Les aiguilles de pin étaient encore mouillées de sang, Mrs. Klein, elles n'avaient même pas commencé à sécher sur les bords de la tache où elle gisait. Vous m'entendez? Bon Dieu...

Les yeux d'Eve s'ouvrirent brusquement, sondèrent ceux du policier et y lurent un mépris total. Elle ne comprenait pas. Autant qu'il pût en juger, elle s'était trompée sur l'heure et ne s'était pas arrêtée immédiatement pour signaler la présence d'un cadavre dans les bois. C'était stupide, et peut-être très gênant pour la police, mais il n'y avait là rien de méprisable. Pourtant il la regardait comme si c'était *elle* l'assassin. Elle finit par comprendre.

Le sang chaud... les entrailles fumantes... près d'une heure après qu'Eve était censée avoir vu le corps. Ils pensaient que la femme était encore en vie quand Eve l'avait découverte, en vie quand Eve l'avait abandonnée. Vivante, seule, éventrée, agonisante, et Eve n'avait pas tenté de la sauver, elle ne s'était pas arrêtée *Chez Frank* pour téléphoner parce qu'elle n'était qu'une névrosée, une femme gâtée d'un égoïsme inimaginable. Une garce sans cœur qui ne s'arrêterait pas même une minute pour appeler à l'aide.

Terrible verdict mais Latovsky devrait y réfléchir à deux fois. Autant qu'elle sache, être insensible, névrosée, égoïste – méprisable – cela n'avait rien d'illégal. Qu'il la couvre d'injures, qu'il se défoule et qu'il la laisse tranquille.

Elle avait dû marmonner car il lui lança:

– Quoi? Qu'est-ce que vous dites?

– J'ai dit « laissez-moi tranquille ».

– Comptez pas là-dessus, ma p'tite dame. Vous étiez

là-bas, vous en avez vu beaucoup plus que vous ne le dites. Et si je ne peux pas vous épingler pour égoïsme dépravé, ce sera pour dissimulation de preuves. Dans un cas comme dans l'autre, je ne vous laisserai pas tranquille avant un bon moment.

– J'appelle Del Kahn, intervint Sam.

Del était l'avocat des Tilden.

– Non, dit Eve avec calme. Ça va.

– Ça va? s'étrangla le policier. Vous trouvez que ça va? Au cas où ça vous intéresserait – ce dont je doute, mais je vais vous le dire quand même – elle s'appelait Abigail. Abigail Reese. En ce moment même, quelqu'un à Tupper Lake est en train d'expliquer à son fils de dix ans que sa mère ne rentrera pas, et quelqu'un à Schenectady explique la même chose à la grand-mère. Et la grand-mère viendra ici chercher le gosse parce qu'on ne peut pas laisser un enfant de dix ans seul avec des inconnus la nuit où on lui a appris que sa mère s'est fait assassiner. Et ça va, d'après vous?

Eve joignit les mains, fixa ses doigts entrelacés.

– Et vous trouvez que ça va? tonna Latovsky.

Elle ne répondit pas.

– Bon Dieu, reprit-il, quelle sorte de bête rampante êtes-vous?

Elle releva la tête juste assez pour le toiser comme elle avait vu sa mère le faire avec les domestiques, comme trois siècles de Tilden avaient dû le faire, et elle déclara d'un ton glacial :

– Je n'ai pas à subir ce genre d'insultes.

– Oh! mais si, répliqua-t-il. Et vous allez entendre bien pire parce que ce n'est pas la première victime, c'est la cinquième, et nous avons peur – une trouille bleue – qu'il y en ait d'autres. Dissimulation de preuves dans une affaire de meurtres en série commis dans un bled perdu, ça ne fera pas sensation dans la grande ville où vous avez plus d'assassins, de violeurs et de toxicos que nous on a d'arbres, mais ça vous vaudra de trois à cinq ans, ma p'tite dame. En taule, où vous vous ferez mettre tous les soirs par une grosse matrone noire avec une bouteille de Coca en guise de godemiché...

Sam se jeta sur lui avec un cri, Eve hurla « NON » puis elle rejeta la tête en arrière et murmura :

– Je n'y étais pas.

Tous la dévisagèrent.

– Je n'y étais pas, répéta-t-elle, articulant chaque mot distinctement. J'étais ici. Je l'ai « vue » mais j'étais ici... dans l'allée... à genoux...

– Oh! non, gémit Sam en se couvrant le visage d'une main. Eve, non...

Le petit flic brun cessa de sourire; Latovsky la fixa puis grommela :

– Qu'est-ce que vous racontez?

– Je vais vous montrer. C'est beaucoup plus facile que d'essayer d'expliquer, dit Eve, qui tendit le bras vers lui.

Il tressaillit mais, ne pouvant s'éloigner sans se lever brusquement de sa chaise, il regarda la main s'approcher, la paume tournée vers l'extérieur, les doigts écartés. Elle toucha le devant de sa chemise, se glissa sous sa cravate, se pressa contre sa poitrine. Il frissonna, leva les yeux vers Eve, qui souriait. Son sourire n'était ni froid ni mauvais, ni satisfait ni chaleureux. C'était le sourire posé de quelqu'un qui sait exactement ce qu'il fait, qui exerce un talent parfaitement maîtrisé. Celui d'Itzhak Perlman quand il prenait son violon, ou de la mère de Latovsky quand elle sortait du four son gâteau aux œufs très apprécié dans le pays.

Le contact n'était pas froid et il avait frissonné uniquement parce qu'il ne voulait pas qu'elle le touche, non parce qu'il avait ressenti quoi que ce soit. D'ailleurs, il ne se passait pas grand-chose, excepté qu'elle le fixait de ses yeux sombres et graves... de jolis yeux... beaux, peut-être... avec ce petit sourire qui avait déclenché ses réflexions. Puis elle dit :

– Votre femme a quarante-deux ans, le même âge que vous, et vous l'avez quittée – non, vous avez divorcé – il y a trois ans. Vous avez une fille que vous voyez deux week-ends par mois. Votre maison se trouve au bord d'un lac, elle a une véranda sur le devant comme celle-ci, elle est trop grande pour une personne seule, difficile à chauffer... à chauffer...

Eve s'interrompit puis repartit sur le ton de la conversation, comme si elle comparait les mérites respectifs de deux thés différents.

– Le chauffage vous coûte presque deux cents dollars par mois en plein hiver et vous craignez que ça ne vous revienne encore plus cher cette année. Vous aviez un chien... un bâtard à poil roux... je ne vois pas son nom. Votre femme ne vous manque pas beaucoup, il y a longtemps que vous aviez cessé de l'aimer. Vous n'aimez personne à part votre fille et votre mère. Cela vous préoccupe, et la nuit...

Elle s'interrompit à nouveau, son sourire prit de la douceur.

– Mais vous ne tenez pas à ce que les autres entendent ça, n'est-ce pas? Vous aimez votre travail, vous pensez parfois qu'en d'autres temps et d'autres lieux, avec un peu de chance, vous auriez pu être l'un des grands limiers de l'histoire. Vous êtes bon pêcheur, vous utilisez une ligne fine, comme les vrais as. Hier soir, vous avez sorti une truite de six livres pour votre dîner, juste au bord de votre pelouse. Et en ce moment, je sens l'odeur du gâteau que votre mère est en train de faire cuire.

Elle n'attendait pas de confirmation. Elle *savait* et il en prit tout à coup conscience. Se levant d'un bond comme le lapin effrayé auquel il n'avait pas voulu ressembler, il s'écarta d'elle.

– Je ne dis pas l'avenir, lieutenant, fit-elle en posant sur lui un regard ferme. Parfois je le vois, parfois non. Mais quand je le vois, je ne le dis jamais, parce que j'ai peur que les gens me croient et fassent en sorte que ma prédiction s'avère.

Adam avait été prudent, comme toujours. Il avait ouvert avec son canif un des grands sacs poubelles qu'il gardait dans le coffre de la LTD et l'avait étalé sur le siège avant de la voiture avant de s'y asseoir avec ses vêtements tachés de sang.

Il ôta à présent le sac avec précaution et le porta derrière la maison, dans le jardin entouré d'arbres et de buissons. Il ne pouvait voir les lumières des autres maisons et leurs occupants ne pouvaient le voir, bien que la lune fût encore haute et qu'on se fût plutôt cru au crépuscule qu'en pleine nuit.

Il roula le sac, le fourra dans un autre sac qu'il prit sur une pile, à côté des poubelles, sur la véranda de derrière, et se dévêtit. Il tressaillit quand l'air froid toucha sa peau nue mais le plus dur restait à faire. Il mit vêtements, chaussures, sous-vêtements, perruque, gants – tout sauf le scalpel – dans le sac, le ferma soigneusement et le poussa sous le plancher de la véranda. Puis il tourna le robinet du tuyau d'arrosage et dirigea le jet placé sur lui en commençant par la tête et en descendant le long de son corps jusqu'à ce qu'il fût sûr que toute trace de sang ait disparu.

Lorsqu'il eut terminé, il récupéra le scalpel qu'il avait posé dans l'herbe et rentra en courant dans la maison. Il mit une casserole d'eau sur la cuisinière, ajouta du Clorox; quand le mélange commença à bouillir, il ferma le gaz, plongea le scalpel dans l'eau et l'y laissa une demi-heure. Il le remit ensuite derrière la grille du chauffage et prit enfin une douche très chaude, se savonnant méticuleusement, se lavant les cheveux puis s'abandonnant au jet brûlant.

Il se sécha, enfila un pyjama qui sentait encore l'adoucissant, éteignit les lumières et se mit au lit.

Les bras derrière la tête, il contempla les rais de clarté que la lune traçait au plafond et repensa à cette nuit.

Il avait procédé exactement comme les quatre autres fois mais, cette nuit, sa déception avait été plus grande car il avait cru que ce serait différent. La fille lui plaisait plus que les autres; même sa voix lui avait plu, alors que celle de la plupart des femmes lui faisait grincer des dents.

Il s'était dit qu'elle allait choisir un bon coin, une clairière tapissée d'aiguilles de pin avec assez de clair de lune pour se voir et ç'avait été le cas. Elle devait déjà y être venue au cours d'une de ses expéditions mensuelles *Chez Frank* pour « repousser les ombres ». C'était à quatre ou cinq kilomètres de la boîte, au bout d'un sentier envahi de broussailles dans un bois de vieux pins, avec des fondations de pierre et une cabane en rondins au bord de la clairière. L'endroit paraissait féerique au clair de lune. Comme le sol était couvert d'aiguilles de pin aplaties par le poids de la neige de l'hiver dernier, ils n'avaient pas eu besoin de la couverture qu'Adam avait mise dans le coffre de la voiture avec les sacs en plastique. Les aiguilles étaient toutes polies et odorantes, et si nettes. Il en émanait un parfum sain.

Il commençait à faire frais et ils s'étaient déshabillés en partie, rapidement. Lorsqu'il avait ôté la perruque, elle ne l'avait pas regardé avec méfiance comme les autres mais avait souri en disant : « Je me doutais que c'était une perruque. Tu as peur qu'on te reconnaisse ? »

Il avait acquiescé de la tête.

– Tu te présentes aux élections? avait-elle dit d'un ton léger.

– Je suis médecin. Je ne tiens pas à ce qu'un de mes patients me voie...

Il s'était interrompu et, avec un rire, elle avait terminé pour lui :

– Draguer à Raven Lake.

Pourquoi ne pouvait-il rire lui aussi, se demanda-t-il pour la énième fois de sa vie. C'était drôle, qu'il porte une perruque. Hilarant. Alors pourquoi ne pouvait-il rire avec autant de légèreté et de facilité qu'elle? Il avait esquissé un sourire maladroit puis, pour cacher son manque d'aisance et d'humour, il l'avait embrassée. Après l'étreinte, qui s'était merveilleusement passée, il avait roulé sur le côté, la laissant allongée sur le dos, les jambes repliées, les yeux clos. Le clair de lune et l'amour avaient lissé les rides autour de ses yeux et de sa bouche, la faisant paraître plus jeune et presque belle. Il avait eu la main heureuse, cette fois. Cette fois, cela marcherait.

Puis elle l'avait regardé avec tendresse et avait découvert les cicatrices, qui devaient sembler étranges et terribles à la clarté de la lune. Les autres avaient détourné le regard, comme si c'était quelque chose de honteux mais Abigail les avait examinées puis s'était écriée à mi-voix : « Mon Dieu, qu'est-ce qui t'est arrivé ? » Puis elle avait tendu la main et fait courir ses doigts le long de son ventre, effleurant les crêtes qu'elles formaient. La sensation, exquise, l'avait instantanément remis en érection et il lui avait fait l'amour une deuxième et une troisième fois. Tous deux grelottaient quand ils eurent terminé.

– Il commence à faire froid, avait-elle dit doucement. Nous ferions mieux de nous couvrir.

Il accueillit ces mots avec regret parce qu'il devait agir avant qu'elle ne se rhabille. Leur moment de grâce était achevé.

Adam avait pris sa veste, soigneusement pliée au-dessus de ses autres vêtements, et cherché dans la poche les gants et le scalpel. Il lui avait tourné le dos pour enfiler les gants, avait caché le scalpel au creux de sa paume pour qu'elle ne voie pas l'éclat du métal au clair de lune, et s'était à nouveau allongé à demi sur elle en réclamant :

– Juste un baiser encore...

– Gourmand, avait-elle murmuré gentiment.

Elle l'avait laissé l'embrasser, il avait glissé la main tenant le scalpel au creux de la paume (pour qu'elle ne sente pas le froid du métal) le long de son corps. Pensant qu'il la désirait encore, elle s'était étonnée :

– Tu es incroyable, toi.

Adam avait trouvé le bord de l'os pubien, s'était soulevé pour découvrir le devant du corps et avait fait usage du scalpel.

L'instrument était si tranchant, il s'en servait avec une telle sûreté, une telle rapidité qu'elle n'avait tout d'abord pas su ce qui lui arrivait. Son corps avait eu un sursaut. L'air surpris, elle s'était écriée : « Qu'est-ce que c'est ? », puis avait brusquement relevé la tête. Il l'avait laissée voir son propre corps par-dessus son épaule et s'était ensuite penché sur elle pour la maintenir de peur qu'elle ne se lève d'un bond et s'enfuie dans les bois, perdant son sang et ses boyaux, augmentant ses souffrances. Comme les autres, elle avait hurlé, battant follement des jambes sous lui. Mais elle était fluette – une cinquantaine de kilos, estima-t-il – déjà en état de choc, et il l'avait maîtrisée aisément en observant son visage à la lumière de la lune.

Elle était passée par la même gamme d'expressions que toutes les autres. Stupeur, souffrance, angoisse et colère, puis horreur, terreur, apitoiement sur soi et enfin, alors qu'elle mourait pour de bon, cet étonnement... et la question dans son regard : *Pourquoi m'as-tu fait cela ?*

Pour me soigner, aurait-il répondu s'il avait pensé qu'elle (ou n'importe quelle autre) pouvait comprendre ses motifs ou s'en soucier. Il avait donc gardé le silence et l'avait regardée, attendant que la chose se produise.

Il l'aimait bien, il lui avait fait et refait l'amour avec

plaisir. Il aimait l'expression de son visage et le son de sa voix, même quand elle l'avait appelé à l'aide comme si elle ne savait pas trop qui lui avait fait cela.

Il aimait tout en elle : le genre de vêtements qu'elle portait, l'odeur de ses cheveux et de son corps, le fait qu'elle eût trouvé drôle cette stupide perruque qu'il portait. Il l'aimait énormément et il devait, il devait *absolument* éprouver pour cette femme agonisante ce que les deux internes avaient ressenti le matin pour Thomas S. Dorchester, qui se mourait du cancer et qu'ils n'avaient jamais vu auparavant. Il devait absolument avoir pour cette femme les mêmes sentiments que les autres pour leurs amis, leurs parents... pour leur bon Dieu de *chiens*, bordel de merde.

Il le *fallait*.

Mais il ne s'était rien passé. Il avait longuement attendu en la regardant, en vain. Finalement, il avait roulé sur le côté pour qu'elle puisse mourir sans avoir à supporter son poids et il avait commencé à se rhabiller. Il avait alors effectivement senti quelque chose mais cela n'avait rien à voir avec la femme agonisant sur le tapis d'aiguilles de pin. C'était une sensation dérangeante qui avait hérissé ses cheveux et lui avait donné la chair de poule comme sous l'effet d'une douche glacée. Il avait parcouru la clairière des yeux, scruté les bois. La lune éclairait assez pour révéler une silhouette humaine, ou un cerf, un renard, un coyote l'épiant depuis le cercle d'arbres. Il n'avait rien vu ni entendu mais l'impression ne s'était pas dissipée et il avait enfilé ses vêtements à la hâte, s'était assuré qu'elle était morte, avait mis les gants, lui avait fermé les yeux (c'était le moins qu'il pût faire) et avait déguerpi.

Il se demandait maintenant ce qui avait pu engendrer ce sentiment d'être observé puisqu'il n'y avait eu personne.

Il aurait voulu poser la question à Bunny mais l'autre aurait probablement répondu que c'était dû à un sentiment de culpabilité, or Adam savait qu'il n'avait jamais rien éprouvé de tel, pas plus que l'amour ou la compassion.

Il recherchait l'amour, le chagrin, la pitié, toutes ces émotions mystérieuses qu'il avait vues dans les yeux des gens, dans le langage de leur corps, dont il avait quasiment senti l'odeur sur eux, et...

Pour toute récompense, une douche glacée. Ça venait d'un film dont il ne se rappelait pas grand-chose hormis cette réplique... Pour toute récompense...

Ses yeux se fermèrent, il commença à s'endormir. Il avait laissé des traces de pas dans les aiguilles de pin et d'autres indices mais ils ne seraient d'aucune utilité si on ne remontait d'abord jusqu'à lui. Il n'avait pas laissé de sperme, il s'était servi de préservatifs... trois préservatifs, à présent dans la poche de son pantalon. Mais les chaussures, les préservatifs et tout ce qui pouvait le lier à la femme gisant dans les bois auraient disparu dans quelques heures.

Il s'endormit.

3

– Mel Wright, du bowling de Raven Lake, aurait pu lui parler d'Allison et de Jo, dit Latovsky. Il aurait pu lui raconter que ma mère fait du gâteau pour les voisins, Bunny. Elle aurait pu deviner mes rêves de grand détective à la façon arrogante et dingue dont je me comportais. Mais elle ne pouvait pas, non elle ne pouvait pas savoir que j'avais pris une truite de six livres la veille avec une ligne de cinq livres.

– Elle savait de quelle ligne tu te servais? demanda Bunner.

– Elle a dit : « Une ligne fine, comme les vrais as. »

Les deux hommes se trouvaient dans la cuisine de la grande maison de Terence Bunner, à la sortie de Glenvale. Bunner et Al Cohen, les deux seuls psy à trois cents kilomètres à la ronde, se partageaient les patients selon l'âge. A Bunner ceux qui avaient plus de dix-huit ans, à Cohen ceux qui avaient moins. Bunner avait une liste d'attente mais ne refusait jamais les cas difficiles. Les ennemis ayant dans la région un caractère plutôt impersonnel – c'était surtout le temps –, les « cas difficiles » étaient rares. Il ne traitait pas les alcoolos, estimant que les A.A. étaient plus compétents. En général, ils buvaient parce que leur père ou leur mère buvaient, qu'ils avaient hérité du gène, ou de l'habitude. Quand ils se débarrassaient de cette habitude, qu'ils surmontaient ce penchant, selon le terme qu'on préférait utiliser, le problème disparaissait. En général.

– Elle sait que tu pêches avec une ligne de cinq livres et ça fait d'elle une voyante? fit le psychiatre.

– Dit comme ça, ça paraît délirant, reconnut Latovsky en passant les doigts dans ses cheveux.

– Mais c'est délirant, Dave. Et tu ne le dirais pas ou tu ne le penserais pas si tu n'étais pas épuisé. Il est cinq heures du matin, tu es carrément verdâtre. Tu veux du café ?

Le policier accepta d'un signe de tête ; Bunner se leva, resserra son peignoir indien autour de son long corps maigre et alla au réfrigérateur, un énorme engin dernier cri avec distributeur à glaçons incorporé. Il l'ouvrit, regarda à l'intérieur.

– On a du déca ou du normal.

– Normal.

Bunner sortit la boîte métallique, entreprit de remplir la machine à café posée sur le comptoir. Sa femme venait de finir de transformer la cuisine, naguère une pièce chaude et confortable, un peu vieillotte, datant des années 50, avec un linoléum vert et des placards de cèdre, en un modèle de l'ère spatiale, carrelage blanc, éléments blancs et comptoir gris pâle de pierre polie.

– Bon Dieu, grommela-t-il en levant l'un après l'autre ses pieds chaussés de pantoufles. C'est gelé, par terre. Même chose pour le comptoir. Tu imagines comment ce sera quand il fera moins vingt dehors ?

– Froid, répondit Latovsky avec un sourire.

Amis de longue date, ils avaient grandi à une rue l'un de l'autre dans le quartier ouvrier de Glenvale, étaient devenus copains à la maternelle et l'étaient restés. Ils avaient partagé une chambre à l'Université de l'État de New York d'Albany. Puis Latovsky avait rencontré Allison à la fin de sa quatrième année et s'était installé chez elle, tandis que Bunner faisait sa médecine.

– Tu n'as encore rien reçu du médecin légiste ? demanda Bunner en versant de l'eau dans la machine à café.

– Non. Mais je n'ai besoin de rien. Lucci est arrivé là-bas le premier, il a pu jeter un œil avant que la police de la route bousille tout, et d'après lui, c'est la réplique des quatre autres. La victime a fait l'amour avec le tueur, de plein gré ou non – on ne sait pas encore au juste – mais probablement de plein gré, comme les autres. Il l'a ensuite éventrée et l'a laissée crever...

Sa voix s'étrangla. Bunner le regarda.

– Calme-toi, Dave...

Latovsky éclata de rire, mais des larmes brillèrent dans ses yeux.

– Quatre ans d'études à Cornell, trois ans à John Hopkins, un doctorat de médecine, un autre de philo, et tout ce que tu sais me dire, c'est « Calme-toi, Dave »?

Bunner versa le café dans les vieux bols ébréchés qu'il avait réussi à sauver avant que Mary ne les porte chez le brocanteur avec le reste de leur ancienne vaisselle. Grand coup de balai, avait-elle dit. Cela n'avait pas dérangé Bunner, sauf pour les vieux bols dans lesquels il se souvenait avoir vu son père boire.

– Il lui a fait l'amour, dit Latovsky. L'amour, Bunny. Il a bien dû éprouver quelque chose, non? Comment a-t-il pu faire ça? Comment?

– Je ne sais pas, répondit le psychiatre en apportant les bols sur la table.

– Et pourquoi Raven Lake? Pourquoi pas Echo Lake, Blue Lake, ou Plattsburg?

Il étala sur la table une photocopie de la carte du parc des Adirondacks sur laquelle des croix rouges indiquaient les lieux du crime.

– J'ai fait ça pour essayer de dégager une logique et y en a pas. C'est comme s'il avait déplié la carte, fermé les yeux et planté une épingle au hasard pour savoir où il irait ensuite. Il n'y a que deux choses qui se répètent. Il fait ça les nuits chaudes – tu te rappelles que ça s'était arrêté en octobre, on croyait que ce dingue était parti ailleurs? Et il fait ça les nuits de pleine lune. Ce type est vraiment fêlé.

Bunner s'abstint de tout commentaire.

Latovsky essaya de se réchauffer les mains en les refermant sur le bol brûlant. Il était transi depuis qu'il avait quitté la dénommée Klein. C'était un froid de printemps qui vous rongeait lentement les os. Bunny avait raison au sujet de sa nouvelle cuisine; les surfaces lisses et impersonnelles allaient absorber le froid et le restituer dans toute la pièce. Ça leur coûterait trois cents dollars par mois rien que pour chauffer la cuisine.

– Elle connaissait également le montant de ma facture de fuel pour l'hiver dernier, dit Latovsky d'une voix calme.

– Arrête, Dave. Arrête.

Il trempa ses lèvres dans le bol et se brûla le palais. Il eut alors une pensée encore pire que celles qui l'avaient tourmenté depuis que Lucci l'avait appelé au sujet du cadavre. Il leva la tête et regarda Bunner d'un air douloureux :

– Nuits chaudes, pleine lune, dit-il lentement. On pourrait en avoir une par mois jusqu'à octobre.

– C'est possible.

– Pourquoi ? Pourquoi il tient compte de la température ?

– Parce qu'il veut être dehors, là où personne ne peut les entendre crier, et où il n'a pas à craindre de laisser des indices sur les tapis ou les meubles. Difficile de trouver des poils, des fibres textiles, sur un lit d'aiguilles de pin.

– D'accord. Et la pleine lune ?

– Pour pouvoir voir.

– Voir quoi ?

Bunner fixa le vide et répondit à voix basse :

– Leur visage, peut-être.

– Alors, on risque d'avoir une morte à chaque pleine lune ?

– Je ne crois pas. Il sautera mai et juin.

– Pourquoi ?

– Saison des moustiques, expliqua le psy en se levant.

– Bon Dieu, à t'entendre, il serait parfaitement rationnel.

– Mais il l'est probablement, David. Ce serait beaucoup plus facile de coincer un cinglé.

– Tu ne vas pas me dire que ce salaud est sain d'esprit !

– Non. Mais il n'est pas fou non plus. (Bunner reprit le pot de café pour remplir à nouveau les bols.) Des tas de psy te diront que toute personne qui commet un meurtre est folle. Et que quelqu'un qui étripe cinq femmes et les laisse mourir dans les bois est complètement cinglé. Mais je ne les crois pas, et tu ne devrais pas les croire non plus parce qu'ils t'envoient à la chasse au fou et qu'il n'y a pas de fou. Ce gars-là est sans doute parfaitement normal vu de l'extérieur, peut-être même beau mec, pas de problèmes avec les femmes, en apparence du moins. Certains meurtriers en série étaient des pères de famille; certains avaient de bons boulots, une profession libérale. Ça pourrait être un psy. (Bunner se fendit d'un grand sourire.) Ce qui caractérise ce type, c'est qu'il est tout à fait improbable qu'il ait l'air de ce qu'il est.

– Tu veux dire qu'il est comme tout le monde.

– Avec un petit truc qui ne marche pas.

– Tuer cinq personnes, tu appelles ça « un petit truc »? s'écria Latovsky.

– Oui, Dave, parce que c'est ça. Arrête de penser à un fou furieux sinon tu ne le pinceras jamais. Cherche un type normal, un bon voisin. Ni vieux ni jeune. Juste normal... avec une petite anomalie.

– Un de tes malades rentre dans cette catégorie, Bunny? demanda soudain le policier.

– Nous en avons discuté cent fois, Dave. Si c'était le cas, je te le dirais. Si je couvrais du secret professionnel la mort de cinq femmes – ou même d'une seule – c'est moi qui serais fou. Mais en fait, il se pourrait que je voie ce salaud tous les jours sans savoir que c'est lui.

– Parce qu'il n'est pas fou.

– Exactement.

– O.K., Bunny. Alors, il est quoi?

– Le mal, dit finalement le psy, et Latovsky sentit les poils se hérisser sur ses bras.

– On se lance dans la métaphysique, là, non? fit-il d'un ton qu'il voulut désinvolte.

– Personne n'a jamais prétendu que la vérité doit relever du monde physique.

– Bon, puisqu'on en est à cracher sur le monde physique, et ma voyante? dit-il en commençant à rougir.

Latovsky la fit entrer dans le cabinet de Bunner à dix heures. Comme c'était un samedi matin, le téléphone demeurait silencieux, il n'y avait aucun patient qui entrait ou sortait; Mrs. Meeker n'était pas à la réception vêtue de son cardigan de coton rose sur une de ses blouses amidonnées, et pour la première fois depuis que Terence Bunner avait ouvert ce cabinet, huit ans plus tôt, l'endroit lui parut lugubre.

Il ne s'était pas rendu compte que le tapis et le mobilier étaient usés, que les rideaux avaient besoin d'être lavés. C'est Mary qui avait choisi le tissu, blanc cassé avec des motifs arborescents verts. Mais le vert avait passé et le blanc tirait sur le jaune pisseux. Les fenêtres étaient sales et il aurait fallu revernir le bureau.

Il remarquait ces détails pour la première fois, et la femme assise en face de lui n'arrangeait pas les choses. Elle avait le teint gris, des cernes sous ses yeux marron terne, légèrement injectés de sang. Elle devait avoir trente-cinq ans mais elle aurait pu lui en annoncer cinquante sans qu'il soit étonné. Elle semblait exténuée, et quelque chose d'autre aussi qu'il répugnait à qualifier parce que ce n'était pas très scientifique : elle paraissait avoir la mort dans l'âme.

La voyante de Dave Latovsky.

Bunner s'était entraîné à regarder vraiment les gens, à remarquer des détails et à les mémoriser. Il l'examina. Ses vêtements étaient de bonne qualité mais le plus révélateur, c'était son sac à main. Un grand sac de cuir noir, avec un F discret sur le petit fermoir en or – Fendi ou Ferragamo, ce qui signifiait que l'objet valait probablement entre huit cents et mille dollars. Elle portait des souliers bas à semelle de caoutchouc – pas des chaussures de sport comme L.A. Gear, Nike, juste des souliers bas ordinaires. Des chaussures de marche de vieille dame avec un sac à mille dollars. Et le petit oiseau épinglé à son pull était en or massif, avec un diamant d'un demi-carat en guise d'œil.

Elle était riche, ou son mari l'était. Son alliance était en or massif, le genre de bijou qu'on achète chez Tiffany ou chez Van Cleef & Arpels. Son pantalon était en laine, un peu passé, avec un accroc à un genou, et il distingua un large pansement rose. Elle était tombée et s'était écorché le genou comme une gamine de six ans.

Latovsky lui avait présenté Bunner mais n'avait pas précisé son nom à elle. Le psychiatre prit dans le tiroir du bureau une cassette vierge, inscrivit sur l'étiquette l'heure et la date, 8 mai 1993.

– J'aimerais enregistrer notre conversation, si vous n'y voyez pas d'objection, mademoiselle... ?

Il lui laissa terminer sa phrase.

– Madame, rectifia-t-elle. (Elle avait une voix basse et agréable, la seule chose attirante en elle.) Je n'y vois pas d'objection tant que vous n'utilisez pas mon nom, continua-t-elle. Je ne veux même pas que vous le sachiez.

Bunner hocha la tête, glissa la cassette dans le magnétophone, mit l'appareil en marche et dit :

– Je connais déjà l'essentiel de l'histoire : vous vous trouviez devant une certaine maison, prétendez-vous, quand vous avez « vu » une femme mourir à des kilomètres de là. C'est bien cela?

Elle acquiesça de la tête.

– Vous n'étiez pas à proximité?

– Non.

– C'est confirmé, intervint Latovsky. Mel Wright a déclaré qu'elle avait quitté son bowling à onze heures moins le quart. Il se souvient de l'heure parce qu'il n'avait pas assez de clientèle pour rester ouvert et que ça le rendait dingue. Elle n'aurait pas pu couvrir cette distance et nous appeler à onze heures douze. Ce n'est pas possible.

– Je vois, dit Bunner.

Preuve plutôt mince pour que Dave se mette tout à coup à croire aux médiums, pensa-t-il. Il se tourna vers la femme et lui fit lentement répéter son histoire, qui aboutissait à l'allée de la maison, les genoux dans le gravier. Elle avait vu la victime, le sang imprégnant les aiguilles de pin, les chaussures de l'homme et le bas de son pantalon, puis son dos quand il avait descendu le sentier.

– Probablement en direction de la route, dit-elle.

– Probablement? Vous n'avez pas « vu » la route?

– Non.

– Mais vous avez vu tout le reste. La femme, les pieds de l'homme et, derrière, les arbres, la remise. Alors que vous vous trouviez à des kilomètres.

– C'est exact.

– Mais pas les fondations de la ferme, ni la route.

– Non. Elles étaient... à l'extérieur du cadre.

– Du cadre?

– Le cadre du tableau.

– Hmm.

Bunner ne pensait pas qu'elle mentait pour échapper à l'accusation d'avoir laissé une femme mourir, mais cela ne faisait pas d'elle une voyante pour autant.

– Vous avez réellement vu tout cela?

– Non seulement vu mais entendu. J'ai senti l'odeur des aiguilles de pin et...

– Et quoi?

– Le sang, dit-elle en baissant les yeux.

– Je vois, répéta Bunner, qui se mit à jouer avec un crayon parce qu'il ne trouvait rien d'autre à dire.

La cassette bourdonnait légèrement dans le magnétophone qui n'enregistrait que du silence. Le psychiatre se tourna vers Latovsky.

– Je ne sais pas ce que tu veux que je demande.

De sa jolie voix, elle répondit à la place du policier:

– Il veut que vous confirmiez ce qu'il n'arrive pas à croire. Vous n'y parviendrez pas avec des questions, docteur. Je ne suis pas folle. Mais cela ne prouve pas que j'ai vu une femme mourir à des kilomètres de distance, n'est-ce pas?

– Non.

– Cessons de perdre du temps. Vous ne connaissez pas mon nom, le lieutenant m'a donné sa parole qu'il ne vous le révélerait pas, alors... Tendez la main.

Quelque chose se mit à battre follement à l'intérieur de Bunner, qui ne bougea pas.

– Je ne vous ferai aucun mal, assura-t-elle.

Il souleva sa main posée sur le bureau, la considéra comme s'il ne l'avait jamais vue. Eve attendit patiemment, lui sourit, et il se rendit compte qu'elle serait sans doute jolie après quelques heures de repos. Très jolie : le genre de femme qui est belle certains jours, comme ci comme ça certains autres, et sans attrait les jours comme aujourd'hui. Il plongea le regard dans ses yeux marron où se lisait la fatigue et ne vit rien qui pût l'effrayer. *O.K., grand savant*, se dit-il, *monsieur-diplômes, troisième de ta promo à Cornell, donne la main à la dame.*

Il lui tendit finalement sa main et elle fit de même. Ses doigts étaient fins et pâles, on aurait dit ceux d'une enfant. Elle était plus jeune qu'elle ne le paraissait s'il en jugeait par la main qu'elle avançait vers la sienne. Il se sentit tendu, comme quand on traverse une pièce dans le noir et qu'on sait qu'on va se cogner. Leurs doigts se touchèrent; il ne se passa rien. Les doigts de la femme glissèrent sur les siens, elle prit sa main dans la sienne, puis la lâcha et se rassit sur sa chaise.

Ce fut tout.

– Désolée, dit-elle, je suis épuisée.

Il se détendit. C'était une excuse, l'arrière-grand-mère de toutes les excuses. Je suis fatiguée, Harry, j'ai mal à la tête. Pas de gaudriole ce soir, Harry. Soulagé, Bunner commençait à se détendre quand elle reprit :

– Il y a une personne qui vous préoccupe beaucoup... (Ses yeux se fermèrent comme ceux d'un enfant incapable de résister plus longtemps au sommeil.) Je n'arrive pas à voir son nom, mais vous ne voulez probablement pas que je le sache, de toute façon. Cet homme a tenté de se suicider au printemps dernier. Vous étiez son docteur, vous l'êtes encore, et vous craignez qu'il ne recommence. Au printemps dernier, ce n'était pas de la comédie. Il s'est tailladé l'intérieur des bras du poignet jusqu'au coude. Ce n'était pas un appel à l'aide, une demande d'amour, d'attention ou de compréhension – il voulait vraiment mourir. Il le désire encore, et à mesure que les jours rallongent, que l'eau des lacs change de couleur, que les montagnes commencent à reverdir, mourir est l'unique chose à laquelle il pense.

« Il essaiera à nouveau. Cette semaine ou la suivante, vers la fin de la semaine. Jeudi, vendredi, à l'approche du week-end, parce que c'est le printemps, et qu'il n'a pas le droit, croit-il, de voir un autre printemps, de passer un autre week-end agréable avec sa femme et ses petites filles. Vous ne parvenez pas à comprendre ce qu'il y a derrière ce désir de mourir. Cela fait des mois que vous vous efforcez de le lui arracher. Il le sait, bien sûr, et il ne le sait pas. Il a à moitié oublié que c'est arrivé. Il ne peut s'autoriser un autre printemps, un autre week-end, parce qu'il a tué sa mère.

Bunner entendit sa respiration saccadée se transformer en gémissement de terreur. Elle ouvrit les yeux, regarda à travers lui. A travers le mur, pensa-t-il, au-delà du parking, et Dieu seul savait ce qu'elle voyait. Pas lui, pas ce bureau. Ce fut alors qu'elle le lui dit : elle voyait la mère de Ken Nevin.

– Elle a des cheveux blonds – teints, je crois. Elle est malade. Depuis longtemps, elle ne quitte le lit que pour prendre une douche, aller aux toilettes... et se teindre les cheveux. Elle fume.

« On ne peut la laisser seule mais le père doit aller quelque part, je ne sais où, il veut emmener le fils aîné mais pas le plus jeune, qui doit rester à la maison avec elle. Lui tenir compagnie dans la chambre qui sent le renfermé tandis qu'elle fume, qu'elle lit ou regarde la télé. Il ne peut aller jouer dehors, ni écouter la radio, ni regarder ce qui lui plaît à la télévision. C'est le printemps, comme aujourd'hui. Comme le jour où il s'est ouvert les veines, l'année dernière. Les fenêtres sont juste entrouvertes parce qu'elle ne supporte pas les courants d'air. Pas suffisamment pour aérer la pièce, juste assez pour qu'il entende les autres enfants jouer et rire dans leurs jardins parce qu'ils se sentent bien, parce qu'il fait beau et que c'est bientôt les vacances. Il voudrait être avec eux. Il en a terriblement envie. Mais il doit rester avec elle tandis qu'elle fume, qu'elle lit et qu'elle fixe le vide. Elle porte un vêtement... c'est un déshabillé mais il ne connaît pas ce nom, il appelle ça un peignoir. Il est bleu clair, diaphane, en nylon. Oh, mon Dieu... Mon Dieu...

Elle baissa la tête si brusquement que les os de son cou craquèrent puis ce fut le silence. Bunner ne sut pas combien de temps cela dura, il était incapable de détourner les yeux pour regarder Dave ou la pendule, incapable de s'emparer de son crayon pour se donner une contenance ou de prononcer le moindre mot. Immobile, il fixait le dessus de la tête de cette femme sans nom. Elle avait des cheveux courts, châtain roux, bouclés, séparés par une ligne pâle en travers du cuir chevelu. Elle finit par lever les yeux vers lui et dit :

– Demandez-lui de vous montrer ses mains, docteur, les paumes de ses mains, et il vous racontera.

– Dites-moi tout ! s'écria Bunner, la voix abîmée comme s'il avait pleuré pendant des jours.

– Ce n'est pas à moi de le faire. C'est lui qui doit se rappeler ce qui s'est passé, pas moi. Ce n'est pas moi qui ai envie de mourir, c'est lui.

Bunner se retourna pour regarder les silhouettes dans la voiture, Latovsky devant, la femme à l'arrière. Le policier avait tourné la tête et passé un bras pardessus le dossier du siège pour lui dire quelque chose. Qu'est-ce que ça pouvait être ? Qu'est-ce qu'on pouvait bien avoir à lui dire? Et comment Dave trouvait-il le courage de rester dans la voiture avec elle? Dire qu'elle avait un mari! Vous parlez du courage qu'il lui avait fallu pour l'épouser!

Il se tourna à nouveau vers la porte et appuya sur la sonnette. Il entendit des bruits de pas à l'intérieur, retint sa respiration. La porte s'ouvrit. Ce n'était pas Ken mais sa femme, Jenny.

Elle était venue plusieurs fois prendre Ken au cabinet quand elle avait besoin de la voiture et Bunner avait fait sa connaissance à cette occasion. Efflanquée, mesurant quelques centimètres de plus que son mari, elle était presque aussi grande que Bunner (mais faisait quand même une bonne tête de moins que Dave) et avait un long visage osseux aux traits épais, androgynes. Avec la coupe de cheveux adéquate, elle aurait eu l'air d'un homme, abstraction faite de ses grands yeux gris, ravissants et féminins.

Elle haussa ses sourcils fournis en le voyant, mais d'étonnement, pas d'inquiétude. Elle n'avait pas peur qu'il lui annonce une mauvaise nouvelle à propos de son mari, il devait donc être chez lui.

– Dr Bunner, quelle surprise!

– Bonjour, Jenny. Ken est à la maison?

– Oui, bien sûr. Il regarde le match – ne me demandez pas lequel, fit-elle en souriant.

Elle avait des yeux vraiment magnifiques et Bunner espérait que les deux filles, qu'il n'avait jamais vues, en avaient hérité, ainsi que des traits délicats et de la peau douce de Ken.

– Je suppose que c'est important pour que vous veniez ici un samedi matin, dit-elle d'un ton hésitant.

– Ça l'est pour moi. Cela pose un problème?

– Juste que le samedi matin, c'est son moment de tranquillité. J'empêche les enfants de le déranger, je ne l'envoie pas chez le teinturier, je ne lui demande pas de tondre la pelouse, je ne lui colle pas de corvées avant l'après-midi. Il apprécie ces quelques heures.

Le psychiatre ne pouvait guère annoncer: *Je suis ici parce qu'une femme qui a l'air d'une nurse au chômage (abstraction faite de bijoux valant une trentaine de milliers de dollars) prétend être voyante et m'a raconté qu'il est sur le point de faire une nouvelle tentative de suicide et que je dois examiner la paume de ses mains.*

Ne sachant quoi dire, il garda le silence.

Elle l'observa un moment puis ouvrit la porte en grand. Quand il pénétra dans la petite entrée, où des fleurs fraîches décoraient une table, contre le mur, elle regarda dehors par-dessus son épaule.

– Ils sont avec vous? demanda-t-elle, avec un signe de tête en direction de la Cadillac de Bunner, garée le long du trottoir.

– Oui.

– Ils veulent entrer?

– Je ne pense pas. Je ne les ferai pas attendre longtemps.

Il était persuadé que ce ne serait pas long parce qu'il ne croyait pas la femme à l'air épuisé qui se disait médium. Plus importante que les bourgades du parc, Glenvale n'était néanmoins pas très grande. La moitié de ses habitants était au courant de la tentative de suicide de Ken, et il ne fallait pas être devin pour savoir qu'il était traité par lui puisqu'il était le seul psy pour adultes entre Glenvale et Malone.

Dave assurait qu'elle n'était jamais venue ici auparavant mais il n'avait que sa parole pour preuve. Elle pouvait donc fort bien avoir entendu parler de Ken et déduit le reste par une combinaison de chance et de perspicacité.

– Je vais prévenir Ken, dit Jenny Nevin. Pour qu'il ne soit pas trop surpris par votre visite.

Elle referma la porte et le conduisit dans un petit salon aux meubles confortables en chintz, avec une petite cheminée pleine d'un charbon luisant.

– Juste une seconde, promit-elle avant de le laisser seul.

Elle revint rapidement et lui fit signe du pas de la porte.

– Il est en bas. Nous avons fini d'aménager le sous-sol il y a quelques années et ça a belle allure. Mais il y fait toujours un peu froid, quel que soit le temps. Quoi qu'il en soit, il aime cet endroit. Peut-être parce que c'est calme et qu'il peut y être seul.

Remarquant le regard que Bunner avait jeté à la porte vers laquelle ils descendaient, elle murmura :

– Il n'a pas fait sa tentative en bas, docteur. Il y a de la moquette, ç'aurait été dure à nettoyer. (Une larme brilla dans ses yeux.) Il a fait ça dans la salle de bains, où il y a du carrelage. C'est l'homme le plus attentionné que je connaisse.

S'ouvrir les poignets dans la salle de bains pour éviter de bousiller la moquette du sous-sol, voilà une définition tout à fait neuve de l'adjectif « attentionné », pensa Bunner. Il se demanda si la femme qui attendait dans la voiture avait vu Ken se servir du couteau. Un couteau, et non une lame de rasoir : autre indice d'un sérieux... mortel. Mais elle n'avait rien vu, se dit-il. Il n'était venu ici que par acquit de conscience et non parce qu'il croyait que cette femme hagarde avait pu voir autre chose il y a une demi-heure que des rideaux de couleur nécessitant un passage en machine.

Ils s'arrêtèrent devant la porte et, avec un sourire en coin, typiquement masculin, elle chuchota :

– Ne soyez pas trop long. Il aime ce moment de solitude.

Puis elle ouvrit la porte et proposa d'une voix plus forte :

– Vous voulez un thé, un café, quelque chose de frais?

– Merci, répondit-il en secouant la tête.

En pénétrant dans le sous-sol aménagé des Nevin, il fut accueilli par une fraîcheur humide. L'escalier et le sol étaient recouverts de moquette, les murs lambrissés, mais l'endroit ressemblait quand même à un sous-sol, avec des fenêtres petites et hautes laissant passer une lumière grisâtre.

Ken Nevin se tenait devant un fauteuil recouvert de laine écossaise. Sur le poste de télévision se déroulait un match amical de base-ball, son coupé. Près du fauteuil, un rafraîchisseur, et sur la table basse, une bouteille de bière.

– Salut, doc, lança Ken.

Les joues roses, il avait l'air en forme, reposé. Pas du tout comme avant la tentative de l'année dernière. Non seulement la femme amenée par Dave était une simulatrice, mais en plus elle était cruelle.

– Vous voulez une bière? proposa-t-il.

Il était plutôt petit, avec des traits très réguliers, de grands yeux marron et d'épais cheveux bruns. Beau, presque joli, à la limite d'efféminé, mais une année de questionnements avait convaincu Bunner que Ken

Nevin n'avait pas essayé de se suicider parce qu'il était un homosexuel refoulé.

Bunner refusa la bière et Ken se rassit dans le fauteuil.

– Il vous faut une invitation? plaisanta-t-il.

Le psychiatre fit non de la tête en s'installant sur un canapé assorti. Sur l'écran du poste, une batte frappa une balle et la foule rugit en silence.

– Les images vous suffisent, hein? demanda Bunner.

– Vous êtes venu pour me parler de quelque chose, je suppose, dit Ken, pas pour regarder le match.

– Oui...

Il hésita avant de mentir – chose qu'il ne faisait presque jamais avec ses patients.

– J'ai juste eu envie de vous rendre visite, Ken.

– Oh?

– Oui. Je m'efforce de voir tous mes patients chez eux au moins une ou deux fois.

Autre mensonge.

– Première nouvelle, fit Ken, soupçonneux.

– Cela vous dérange?

Nevins haussa les épaules, regarda la partie livrée en silence sur l'écran de 52 cm.

– Bon, vous êtes venu, vous avez vu, vous pouvez repartir, dit-il avec froideur. A moins que vous ne désiriez faire le tour du propriétaire. Les filles sont à un anniversaire. Mais Jenny est une bonne ménagère, elle a dû faire leurs lits et ranger ce qu'il y avait à ranger.

Le ton se faisait plus glacial à chaque mot et Bunner prit conscience qu'il jouait avec la confiance qu'il avait mis une année à construire. Pour empêcher qu'elle ne s'écroule, il se hâta d'avouer :

– Je vous ai raconté des conneries, Ken, excusez-moi. Je ne rends jamais visite à mes patients, à moins qu'ils ne le demandent pour une raison particulière. Je ne suis pas une assistante sociale.

– Je m'en doutais, dit Ken, dont la voix avait perdu sa sécheresse. Alors, qu'est-ce qu'il se passe?

– Je ne peux pas vous expliquer, c'est trop dingue. Mais... Ken, je peux voir vos paumes?

Le teint normalement rose, presque féminin de Nevin vira au gris.

– Quoi? fit-il d'une voix étranglée.

Stupéfié par sa réaction, le psychiatre bredouilla :
– C'est... c'est... Ken, montrez-moi vos mains.
Nevins ferma les poings dans un geste de réflexe.
– Vous les avez vues, ces putains de cicatrices, docteur. Tout le monde les a vues.
– Vos *paumes*, Ken. Pas vos bras.
– Allez vous faire foutre.
Avec toute l'autorité, toute la douceur dont il était capable, Bunner insista, « Montrez-les-moi, Ken », et tendit les mains vers son patient. Il le vit hésiter, sut qu'il avait abattu toutes ses cartes. Si Ken se dérobait, il ne pourrait lui faire à nouveau la même demande. Du moins pas tout de suite. Mais lentement, centimètre par centimètre, Nevins souleva ses poings fermés des bras du fauteuil et les posa dans les mains de Bunner.
Quand il les ouvrit, le psychiatre réprima le hoquet qui montait dans sa gorge comme une boule de feu.
La peau des paumes de Ken Nevin était ridée, rayée, striée, et à certains endroits tendue, lisse et brillante. On aurait dit qu'il les avait passées au hachoir et qu'elles avaient cicatrisé en laissant ces crêtes ondulantes. Mais on n'essaie pas de se suicider avec un hachoir, aussi fou soit-on, et, en outre, ces cicatrices étaient vieilles d'au moins vingt ans. Bunner se rendit compte alors que c'étaient des traces de brûlure. Enfant, Ken Nevin s'était horriblement brûlé les mains. Il avait posé ses mains à plat sur un réchaud ou au-dessus du poêlon dans lequel sa mère avait laissé des frites à cuire – seule sa mère en faisait. C'était une invalide, Ken le lui avait dit... et cette femme le savait, elle aussi, par quel mystère... Comme elle savait au sujet de ces pauvres paumes pleines de cicatrices.
Les deux hommes restèrent un long moment silencieux. Le match s'interrompit et, du coin de l'œil, Bunner vit une bande de modèles masculins aux traits rudes se porter mutuellement des toasts avec des canettes de bière. Les publicitaires devaient penser que seules les tapettes se servent de verres.
Ils restèrent ainsi longtemps, Bunner lui tenant ses mains mutilées.

– J'aurais dû les remarquer avant, finit-il par dire.
– Non, pas du tout. C'est facile de cacher ses

paumes. On pose les mains à plat sur les cuisses, expliqua Nevin. Comme ça... Ou on garde les mains jointes et tout le monde vous trouve un peu compassé. Ou nerveux, si vous les tordez. C'est facile.

– Et à l'hôpital?

Bunner posait des questions faciles pour préparer la vraie.

– Vous n'étiez pas dans la salle des urgences ce soir-là, Bunny. Croyez-moi, personne ne s'occupait de mes paumes.

Maintenant, pensa le psy.

– Comment est-ce arrivé, Ken?

Il leva la tête et vit des larmes dans les yeux de son patient. Jamais il ne l'avait vu pleurer, même le lendemain d'une tentative de suicide qui lui avait laissé les bras tailladés quasiment jusqu'à l'os. Mais voilà qu'il pleurait aujourd'hui. Des larmes coulaient en silence le long de son visage et gouttaient de son menton. Il appuya ses paumes contre ses yeux. Au bout d'un moment, Bunner reposa sa question.

– J'ai tué ma mère, répondit Ken.

Le psychiatre monta dans la voiture sans rien dire et démarra. Latovsky lui jeta un regard interrogateur mais il secoua la tête. A l'arrière, la femme gardait le silence.

Il ne savait pas où aller. Se rendre *Chez Ray, Chez Tony* ou dans n'importe quel petit bar sombre ou restaurant à l'atmosphère enfumée où serait diffusé sur un écran géant le dernier match de base-ball lui paraissait ridicule, étant donné ce qu'il avait à dire.

Il ne pouvait pas les ramener non plus dans sa cuisine glaciale qui avait au moins pour elle de faire l'économie d'un climatiseur – même si la chose était inutile dans la région –, car il ne voulait pas que cette femme s'approche de Mary et de ses filles, qui ne tarderaient pas à rentrer de leur cours de gym : elle serait capable de voir des choses les concernant. Cette seule pensée lui donna des nausées. Glenvale était une ville moyenne, avec un vrai quartier commercial – les habituels immeubles de pierre encrassée, les vieilles enseignes d'avocat, de dentiste, etc., aux fenêtres. Lui-même avait son cabinet dans l'un des quelques bâtiments neufs du centre mais la plupart des autres membres des professions libérales devaient s'accommoder de tapis poussiéreux, de sols de granit fendillé et de murs gondolant sous une laque de couleur terne.

Il descendit lentement Main Street, passa devant le Glenvale Cinema où lui et Dave allaient à la séance du samedi après-midi, à l'époque où Audrey Hepburn et Marilyn Monroe étaient considérées comme les plus belles femmes de la terre, selon qu'on les aimait minces ou épanouies, et où des acteurs comme Spencer Tracy, Humphrey Bogart et Robert Mitchum (son préféré) tournaient encore.

Il continua à rouler. Comme on était samedi, pas loin de midi, la circulation était dense et il leur fallut dix minutes pour parcourir la rue principale. Le temps était chaud en ce début mai ; le soleil frappait la voiture tandis qu'il dépassait lentement la file de véhicules cherchant à se garer et Bunner se mit à transpirer. Il remarqua que Dave avait le visage luisant et jeta un coup d'œil à la femme dans le rétroviseur. La tête légèrement baissée, elle semblait fixer ses mains. Elle ne paraissait pas craindre qu'il eût découvert que ses visions n'étaient qu'une supercherie. Elle savait que ce n'était pas le cas.

Elle transpirait un peu elle aussi, et la pellicule sur sa peau améliorait son apparence, la rendait presque jolie. Bunner s'aperçut alors qu'elle était effectivement jolie, qu'elle avait un genre de beauté douce et inoffensive qu'on mettait un certain temps à remarquer. Rien de criard, comme pour le petit oiseau épinglé sur son pull, qui requérait l'œil exercé pouvant distinguer l'or massif du toc et les vrais diamants du verre taillé.

Lorsque la circulation devint plus fluide, il accéléra. Ils avaient à présent quitté le centre et passaient devant le supermarché où Mary faisait la plupart de ses courses et où Jenny Nevin achetait probablement les provisions pour sa famille. Ils traversèrent un quartier résidentiel proche de celui où ses parents et ceux de Dave avaient vécu autrefois et se retrouvèrent hors de la ville. Bunner sut alors quelle était sa destination. Dix minutes plus tard il s'arrêta devant la carrière de gravier abandonnée remplie à présent d'une eau laiteuse, avec son vieux concasseur qui ressemblait à une monstrueuse cheminée haute de dix ou quinze étages.

Il se gara le long d'une bande de mauvaises herbes, premiers signes de vie en réponse à la chaleur et au soleil. Personne ne venait jamais là hormis les gosses, à qui on avait bien recommandé de ne jamais s'approcher de l'eau ni du broyeur, et surtout de ne pas escalader la structure d'entretoises métalliques soutenant l'énorme cheminée. Bien entendu, elle était idéale pour l'escalade, et l'eau laiteuse pour la baignade, double tentation à laquelle Dave et lui n'avaient pas résisté.

Le moteur de la Cadillac ronronna inutilement avant qu'il ne coupe le contact.

La femme releva la tête; Dave se tourna vers lui.

– Pas la peine que je vous raconte, n'est-ce pas? dit-il à la femme en la regardant dans le rétroviseur.

Elle hocha la tête.

– Mais pour toi, si, hein, David? poursuivit-il. Ses paumes ne sont plus qu'un nœud de cicatrices, brûlures au troisième degré. Ça a dû être terriblement douloureux. Aujourd'hui, on le soignerait beaucoup mieux avec des greffes de peau mais c'était il y a près de trente ans.

« Il était bien dans la chambre avec sa mère ce jour-là – le 10 mai, croit-il, il n'en est pas sûr. Il ne veut pas en être sûr et je ne le lui reproche pas. Bref, il était seul avec elle, la fenêtre entrouverte, la télé qui marchait et la pièce pleine de fumée parce que sa mère fumait sans arrêt ou presque. Et elle avait sur elle ce... ce déshabillé, fit Bunner, trébuchant sur le mot.

Il se ressaisit et continua :

– Un tissu synthétique bleu. Comme vous nous l'aviez dit. Du nylon, peut-être, en tout cas, on ne faisait pas de tissu ininflammable à l'époque, ou du moins, il n'y avait pas de loi là-dessus comme maintenant. Je ne sais pas. D'ailleurs, cela n'a plus d'importance, non?

Elle hocha à nouveau la tête très légèrement puis regarda par la fenêtre l'eau stagnant dans l'ancienne carrière. Elle savait ce qu'il allait dire, elle n'avait pas besoin d'écouter, et il la haïssait presque.

Il s'éclaircit la voix et haussa le ton :

– Peu importe en quoi il était. Parce qu'il a pris feu comme de l'étoupe, n'est-ce pas?

– Oui, murmura-t-elle.

– Ken s'était endormi dans le fauteuil. Il faisait chaud, il n'était qu'un gosse, et les voix des autres enfants, dehors, avaient dû le bercer, ou peut-être était-ce la télé. Il s'était endormi et elle aussi, la cigarette à la main. C'est le craquement qui l'a réveillé, m'a-t-il dit. Le craquement du feu, et il a vu sa mère allongée sur un lit de flammes. Encore là, encore reconnaissable derrière le voile de feu. Mais le lit brûlait et elle était probablement inconsciente à cause de la fumée, ou déjà morte. Ken n'avait que sept ans, il ne savait pas quoi faire. Il a essayé de la sauver. Comme elle était trop lourde pour qu'il la tire du lit, il a tenté d'étouffer les flammes avec ses mains nues. Le nylon ou je ne sais quelle saleté en feu s'est collé à ses paumes mais il ne s'est pas arrêté. Finalement, il est sorti de la pièce en courant pour chercher quelque chose d'assez grand pour couvrir sa maman et étouffer le feu. Il savait que les minces rideaux de la chambre ne suffiraient pas. Il a décroché les doubles rideaux de la salle à manger – du brocart vert, a-t-il précisé. Cela m'a rappelé les doubles rideaux d'*Autant en emporte le vent* dans lesquels Scarlett se faisait une robe de... de velours, non?

Elle ne répondit pas.

– Quoi qu'il en soit, il a réussi à faire tomber les doubles rideaux. Ses paumes devaient être noires, brûlées jusqu'à l'os, la chair devait se détacher. La douleur devait être insupportable mais il y est arrivé et il est retourné dans la chambre en courant. Un adulte aurait su que c'était sans espoir, aurait renoncé – et aurait bien sûr pensé à appeler les pompiers. Il n'avait que sept ans, rappelez-vous. Le feu ne s'était pas propagé mais le lit était devenu noir, et sa mère aussi, derrière les flammes. Son visage avait fondu, comme de la cire, dit-il. Bien sûr, ce n'est pas vrai, c'est juste l'image qu'il en a gardée. Un visage ne fond pas quand il brûle. Il se craquèle et noircit, comme le reste du corps...

Bunner prit une longue inspiration tremblante, regarda Dave Latovsky. Jamais il ne l'avait vu aussi pâle.

– Il a jeté les doubles rideaux sur le corps et cela a sans doute contribué à éteindre les flammes, mais il était déjà bien trop tard. Il a alors entendu les sirènes, il a su qu'on venait à son secours. C'est tout ce dont il se souvient. Il ne se rappelait même plus ce que je viens de raconter avant que je ne l'aide à le lui faire dire – après que vous m'avez aidé à le faire, dit Bunner, jetant un nouveau coup d'œil dans le rétroviseur.

Elle hocha la tête en silence. Lui arrivait-il d'être heureuse? se demanda-t-il tout à coup. Était-elle capable de rire? Quelles horreurs inimaginables vivaient dans sa tête?

– Il connaît en partie la suite, non parce qu'il s'en souvient – bien qu'avec du temps et des efforts, il y parviendra, je crois – mais parce que son frère aîné la lui a racontée. Il était recroquevillé par terre quand les pompiers sont arrivés. Position fœtale, je suppose. Cela cadre, parce que, selon son frère, il lui a fallu plus d'une semaine pour être capable d'allonger les jambes et de marcher et pendant tout ce temps son père a dû le porter pour qu'il aille aux toilettes.

Bunner prit une autre longue inspiration et rejeta l'air dans un tremblement.

– Voilà l'histoire et le secret, madame l'inconnue. Maintenant que je sais, et qu'il sait aussi, au moins d'une certaine manière, je peux peut-être le sauver.

« Il devrait vous en être reconnaissant, et moi aussi. Mais je ne le suis pas. Peut-être parce que vous avez conchié mon ego en résolvant en quarante-cinq secondes ce que je n'avais pu résoudre en un an. Ça fait mal. Bien sûr, je ne devrais pas placer mon amour-propre au-dessus de la vie d'un patient, et je ne le fais pas. Et je sais que je devrais vous remercier du fond du cœur, et je le fais. Mais ce n'est pas seulement mon ego que vous avez piétiné – vous avez démoli tout ce en quoi la plupart des gens que je connais et moi-même croyons dur comme fer. A savoir que les gens comme vous, ça n'existe pas, et ce que vous êtes capable de faire non plus. Alors vous comprendrez que je ne tiens pas à vous revoir. La plupart des gens n'y tiendraient pas.

– Oh, fit-elle à mi-voix avec une ébauche de sourire. Certains me trouvent... utile.

Sans lui répondre, il se tourna vers Latovsky.

– Elle a dit la vérité, Dave. Elle l'a vue mais elle n'était pas là-bas. Elle ne dissimule pas de preuves, elle n'est pas coupable de non-assistance à personne en danger. Tu peux la laisser partir.

Bunner démarra et les ramena au parking de son immeuble, presque désert à une heure de l'après-midi, un samedi. Il se gara près de l'Olds antédiluvienne que Latovsky avait acquise avant son divorce. Avec la pension alimentaire qu'il versait maintenant, il ne pouvait se permettre d'en acheter une neuve, plus économique.

A côté se trouvait une LeBaron d'un rouge éclatant, qui n'avait rien à voir avec les grosses Chrysler un peu vulgaires.

Alors qu'il s'engageait dans le parking quasiment désert, il remarqua à quel point l'immeuble où il travaillait avait piètre allure. Bien que construit au moins quatre-vingts ans après ceux du centre-ville, il arborait une façade jaunie et ses fenêtres avaient besoin d'un sérieux lessivage, sans parler de leur cadre métallique, qui avait viré au gris et semblait enduit de gras et sur le point de rouiller. Soudain, pour la première fois, tout ce qui faisait sa vie – son cabinet, le bâtiment lui-même et jusqu'à sa cuisine glaciale – lui parut minable.

Il se gara à côté de la voiture de Latovsky.

– Je peux partir? demanda-t-elle au policier.

Latovsky acquiesça, elle ouvrit la portière, commença à glisser sur la banquette, la main posée sur le dos du siège avant pour y prendre appui. Ses jointures effleurèrent le col de Bunner et elle se figea en équilibre sur une fesse, une jambe à demi sortie de la voiture.

– Docteur...

– Quoi? fit-il sèchement.

– Vous devez aller à une réception, ce soir...

Le dîner dansant de printemps du Country Club. Il l'avait presque oublié mais Mary s'était acheté une nouvelle robe pour l'occasion et avait envoyé son smoking chez le teinturier.

– Et alors? fit-il, d'une voix qui avait monté d'au moins une octave.

– N'y allez pas.

– Pourquoi? demanda-t-il de cette voix coassante d'adolescent.

– Je ne sais pas. J'ai juste vu qu'il y avait une réception, que vous y alliez, et que vous ne devriez pas. Voilà... dit-elle avec un pâle sourire. Si c'est fini...

– Bien sûr que c'est fini, grommela Bunner.

Il remarqua le silence de Latovsky, qui songeait sans doute à un moyen d'utiliser cette femme pour coincer le monstre qui avait tué cinq personnes et qui devait rire sous cape. Quel idiot, ce Dave, pensa Bunner. Cette femme était la guigne même, on aurait dû lui peindre sur le devant de sa robe un grand P rouge, comme Paria.

« Vraiment scientifique », se dit-il. Son vieux prof, Arthur Gibson, un des pionniers dans le domaine de la biochimie de la schizophrénie, aurait adoré ça.

Elle sortit de la voiture, se dirigea vers la LeBaron rouge. Elle devrait vendre sa broche pour s'acheter une Porsche, pensa-t-il. Non, pas besoin. Elle pouvait sûrement se payer cinq Porsche sur son argent de poche.

Il était amer. Très amer – cela ne lui ressemblait pas. Mais c'était plus fort que lui : il la haïssait.

Voyant Latovsky s'apprêter à quitter la voiture lui aussi, il lui lança :

– Tu ne la lâches plus, hein?

– Elle a peut-être vu quelque chose...

– Pour souper avec le diable, il faut une longue cuillère, déclara le psychiatre d'un ton sentencieux.

Latovsky se rassit et se tourna vers son ami.

– Vous les docteurs, vous n'êtes qu'une bande de maniaques égocentriques, et dès que quelqu'un d'autre a un peu de pouvoir, vous vous écroulez.

– C'est dégueulasse de me dire ça.

– Mais c'est vrai, et tu le sais. Tu es trop honnête avec toi-même pour ne pas le reconnaître. Elle a peut-être « vu » autre chose, poursuivit le policier – parvenant à mettre des guillemets dans sa voix – peut-être pas. Je pense que non, elle nous l'aurait dit. Mais je serais con de ne pas lui demander, non?

Bunner hocha la tête d'un air morose et Latovsky reprit :

– Il y a bien une réception, ce soir?

Nouveau hochement de tête.

– Et tu es censé y aller?

– Oui.

– Si j'étais toi, je n'y mettrais pas les pieds, Bunny.

– Mais tu n'es pas moi, répliqua le psychiatre.

Il tendit le bras, ouvrit la portière de la Cadillac pour que Latovsky en descende avant que lui-même n'ait lâché une remarque qui pourrait nuire à leur amitié. Il avait plus d'affection et de confiance pour Dave que pour toute autre personne de sa connaissance. De plus, se quereller avec lui reviendrait à donner encore plus de pouvoir à la sale garce qui montait dans la voiture rouge.

Sous sa colère sans objet, irrationnelle, Bunner savait qu'il oublierait bientôt cette femme, qu'il serait capable de voir sous un autre jour les événements de cette journée. Il finirait peut-être même par la trouver sympathique, ou par avoir tout au moins des sentiments positifs à son égard. Mais les sentiments de Bunner n'eurent pas la possibilité d'évoluer parce qu'il ne tint pas compte de la mise en garde et qu'il alla à la réception.

4

La LeBaron rouge était garée dans l'allée à côté de la Civic beige qui devait appartenir au mari. Latovsky descendit de voiture, monta les marches de la véranda et sonna.

Klein ne parut pas ravi de le voir.

– Elle est restée debout toute la nuit, comme vous, lieutenant.

– Je sais. Ce ne sera pas long.

Il avait une seule question à lui poser mais il ne pourrait dormir avant d'avoir obtenu une réponse – s'il y en avait une.

Klein soupira, puis s'écarta en disant :

– Elle est dans la cuisine, elle fait du thé. Nous avions l'intention de boire une tasse de thé en parlant de notre vie. Cela n'a peut-être aucun intérêt pour vous mais...

– J'ai promis de faire vite. Où est la cuisine?

La femme était devant le comptoir, une bouilloire fumante à la main, les yeux au plafond, en face de deux gros bols d'où dépassaient des étiquettes de sachet de thé.

Elle lui jeta un coup d'œil, ne parut pas surprise de le voir et se remit à fixer le plafond. Suivant son regard, il découvrit un objet rond vissé près de la lampe.

– Qu'est-ce que c'est? demanda-t-elle.

L'objet avait été peint tant de fois qu'on n'en percevait plus les détails mais Latovsky savait ce que c'était.

– Une poulie.

– Pour quoi faire?

– Vous n'êtes pas de la campagne.
– Nous vivons à la campagne.
– Pas dans une ferme.
– Non. Pas dans une ferme.
– Cette maison est sûrement une ancienne grange, et la poulie servait à soulever les sacs de grain. On la fixait généralement à une poutre, ou au faîte, dans certains cas. Ici, je dirais à une poutre, vu la hauteur. Quand on a fait les transformations, on n'a pas pris le risque de fragiliser la poutre en dévissant la poulie, on s'est contenté de la peindre et de la laisser.
– Je vois, dit-elle en frissonnant.
– Quelque chose qui ne va pas?
– Je déteste cette pièce.
Il la parcourut des yeux, surpris. C'était juste une belle cuisine à l'ancienne, presque entièrement blanche comme celle de sa mère.
Cessant de regarder la poulie, elle proposa :
– Vous voulez du thé?
– Allez donc vous asseoir, je vais le faire.
– Je n'ai plus rien à vous dire.
– Juste une dernière question. Donnez-moi la bouilloire.
Elle la lui tendit. Leurs doigts se touchèrent et il sursauta.
– Ne vous en faites pas, dit-elle. Je n'ai rien vu.
– Oh! ce n'est pas ça.
– Mais si. Le sucrier est sur la table et le miel à côté, si vous en voulez. Sam et moi le prenons nature.
Elle sortit. Il prépara le thé, le laissa infuser une minute de plus parce que les Klein semblaient avoir besoin qu'il soit fort. Il trouva ensuite un petit plateau sous le comptoir et apporta les bols.
Sam et Eve se tenaient chacun à un bout de la pièce et il était clair qu'avec la présence de Latovsky, ils n'étaient pas prêts d'évoquer leur vie intime. Le policier décida d'être aussi bref que possible.
Il tendit un bol à Eve en espérant plus ou moins que leurs doigts se toucheraient de nouveau, pour lui prouver qu'il n'avait pas peur, mais il n'en fut rien. Après avoir servi Klein, il s'installa sur la même chaise que la veille.
La veille, il aurait affirmé que la voyance, c'était

bidon, que les médiums rentraient dans la même catégorie que la femme à deux têtes.

Il lui laissa le temps de boire son thé. Elle était très pâle ; on aurait dit qu'elle avait des coquards tellement ses cernes étaient marqués. Elle devait être aussi fatiguée que lui, mais elle ne s'était pas plainte ni n'avait passé sa colère sur Bunner malgré l'attitude déplaisante de ce dernier. Elle s'était conduite en grande dame, pour parler comme sa mère, et il s'aperçut alors qu'il aimait bien cette étonnante et étrange femme, un peu effrayante. Qu'il l'aimait même beaucoup et qu'il espérait que son bel époux, qui aurait été certainement encore plus attrayant s'il s'était reposé et avait pensé à sourire, accepterait de revenir vivre avec elle. Si c'était là le souhait d'Eve. Et si c'était mieux pour elle.

Il n'en était pas certain.

– Mrs. Klein...

Il la vit se raidir mais poursuivit :

– Hier soir, vous avez vu des choses sur... sur moi quand vous avez posé votre main sur ma poitrine. Aujourd'hui, vous avez eu une vision concernant Ken quand vous avez touché Bunner, et plus tard vous l'avez effleuré avant de le mettre en garde contre cette soirée.

Elle hocha la tête.

– *Qu'avez-vous touché hier soir pour « voir » ce que vous avez vu?*

Le soleil avait disparu, le ciel avait une teinte verdâtre ; il faisait plus froid, la pluie commençait à tomber. Eve se tenait devant la balançoire, Latovsky à côté d'elle, cependant que Sam restait à l'écart sur la véranda.

Elle posa son regard sur la lourde chaîne attachée à une branche aussi épaisse que le tronc de certains arbres. La chaîne était encore solide, mais le siège en bois s'était fendu et boursouflé au cours des ans. Abigail Reese devait avoir touché la balançoire, y avait peut-être joué quand elle était enfant. Elle ou le tueur.

– Elle a repassé son chemisier, dit-elle d'une voix posée.

– Quoi? fit Latovsky.

– Rien. Ça ne marche pas toujours, vous savez. Je ne

verrai peut-être rien, ou alors des tas de choses sur tous ceux qui l'ont touchée.

– Je comprends, dit Latovsky.

Eve fixa un moment la chaîne en priant pour ne pas revoir mourir cette femme, puis tendit le bras et s'en saisit.

Le métal était froid, mouillé par la pluie fine, et légèrement graisseux.

Il ne se passa rien. Latovsky attendit, immobile et tendu, à un mètre d'elle. Sam s'approcha de la balustrade de la véranda en faisant craquer sous lui les lattes du plancher. Elle leva les yeux ; les branches de l'arbre étaient encore nues mais elle y distinguait des bourgeons. Le ciel parut s'affaisser, la clairière se rapprocher... et une vague surgie de nulle part roula vers elle, puis s'arrêta, repartit en arrière dans un bouillonnement et Eve se dit que ce devait être le lac, ou l'océan. Mais l'eau était d'un bleu éclatant et Eve était entourée de carrelage blanc humide. Un homme nageait vers elle, en brasse papillon. Il atteignit le bout de la piscine, agrippa la barre de fer, se souleva, ôta ses lunettes. C'était Tim, le mari de Meg. La *chose* mettait à jour de vieilles histoires, Eve voyait ce qu'elle aurait « dû » voir quand elle avait enroulé l'écharpe de Tim autour de sa main, la veille.

Tim passa devant elle et elle le suivit malgré elle. Il quitta le bassin, l'odeur de chlore fit place aux effluves agressifs d'un désinfectant à l'essence de pin et ils se retrouvèrent dans la salle des douches, rien qu'eux deux. Rien que Tim, en réalité. Il fit couleur l'eau, défit son caleçon. Gênée, Eve s'efforça de détourner les yeux, mais cela ne marchait jamais et elle vit le mari de sa meilleure amie complètement nu. Il avait un corps rondelet, un peu mou à la taille et venait là (quel que fût cet endroit) pour perdre du poids, retrouver la forme.

Ils étaient à présent dans les vestiaires. Tim avait mis son slip (Dieu merci) et enfilait sa chemise... quand elle entendit un petit garçon crier : « Plus haut, plus haut ! »

Tim se sécha avec soin mais sa chemise devint quand même humide lorsqu'il la remit, et son costume était fripé d'être resté une heure dans un casier.

« Plus haut... plus haut ! », piaillait le petit garçon. Tim enlevait bien ses vêtements certains soirs mais pour faire des longueurs de bassin, pas pour tringler quelque pouffiasse du bureau, et Eve était impatiente de l'apprendre à Meg.

« Plus haut ! Plus haut ! »

Elle se retrouva dans le jardin. Mais c'était le printemps. Les arbres étaient couverts de feuilles.

– Plus haut ! Plus haut !

Le gosse sur la balançoire avait cinq ou six ans. L'autre, douze.

– Si je te pousse plus haut, tu tomberas, crétin.

– Non ! Non ! criait le gamin, serrant la chaîne à s'en faire blanchir les jointures. Plus haut !

– Ça suffit, décida l'aîné.

Il recula d'un pas et la balançoire commença à perdre son élan.

– J'y étais presque, protesta le petit.

– T'étais presque sur le point de tomber et de te casser la gueule, oui. Bon, faut que j'y aille, j'ai promis aux autres.

– Non ! Me laisse pas ! s'écria l'enfant, qui semblait terrifié.

Ce n'était pas seulement le caprice d'un petit qui veut qu'un grand continue à jouer avec lui ; il y avait autre chose.

– J' suis obligé. J'ai promis.

– Emmène-moi alors, supplia-t-il, livide, les larmes aux yeux.

– Les autres aiment pas que tu traînes dans nos pattes, tu le sais. Allez, fais pas d'histoires. Tu sais quoi ? Je rentrerai de bonne heure et on sortira le bateau, d'accord ?

– S'il te plaît, s'il te plaît, sanglota le petit.

Mais le grand descendait déjà un sentier qui n'existait plus. A l'époque, il devait conduire à la route mais on avait laissé la forêt l'envahir. Le garçon de douze ans disparut ; le petit courut jusqu'au sentier en gémissant :

– Me laisse pas...

Sa plainte se perdit dans le silence de la clairière.

– Mais il t'a déjà laissé, Sonny, fit soudain une voix.

L'enfant se figea, face au sentier.

– Viens, maintenant, fit la voix, enjôleuse, chantonnante. Viens... Viens... Ne me fais pas attendre. J'ai du ménage à faire.

Les larmes et la sueur ruisselaient sur le petit visage.

– Viens, appela la voix. TOUT DE SUITE! Ce sera encore pire si tu me fais attendre.

Le garçonnet se retourna, face à Eve. Blanc comme sa chemise, les yeux enfoncés dans des trous sombres, il était quand même beau, avec d'épais cheveux châtain clair comme le tueur des bois. Mais non, impossible, c'était un gentil petit garçon, effrayé et vulnérable, plus seul en cet instant que n'importe quel autre enfant au monde.

Pauvre gosse, s'écria Eve en son for intérieur. *Mon Dieu, le pauvre petit. Qu'est-ce qui l'attend dans cette maison? Q'allait donc lui faire la personne qui avait parlé?*

Il fit un pas vers la maison.

N'y va pas, pria silencieusement Eve. *Sauve-toi.*

Il fit un autre pas, s'arrêta et pleura doucement. Eve eut envie de le prendre dans ses bras et de l'emporter, ou d'affronter celui ou celle qui l'attendait.

– Tout de suite! ordonna la voix, profonde, féminine, et rauque d'excitation.

Eve sut qu'elle allait voir la suite. Sa peau se hérissa, sa nuque et ses bras se raidirent. Elle ne pouvait laisser faire une chose pareille.

Quand l'enfant fut presque à la véranda, la femme l'encouragea d'un ton impatient et haineux:

– A la bonne heure! Encore deux pas...

Ne pouvant en supporter davantage, Eve tendit le bras pour le saisir. Sa main passa au travers de son dos où l'on distinguait une tache de sueur sur sa chemise en coton blanche et heurta Latovsky. « Hé, doucement », dit-il, et elle revint à elle.

Comme elle était prise de frissons incontrôlables, il l'attira contre lui et la prit dans ses bras. Elle sentit la faible odeur de sa transpiration, mais le petit garçon devait être là, derrière le corps massif du policier. Elle le repoussa. C'était comme repousser un séquoia mais il la laissa se dégager et elle regarda derrière lui. La clairière était déserte, le sentier à nouveau envahi par les sous-bois.

– Deux garçons? dit Latovsky.
– L'un de douze ans, l'autre de cinq, terrifié.
– Par quoi?
– Par cette femme, je crois. Je n'ai pas pu la voir – elle était en dehors du cadre.
– Et *lui*?
– Juste un mignon petit, plutôt fluet, et très pâle, de grands yeux...
Eve s'interrompit avec le sentiment de trahir l'enfant effrayé.
– Pourquoi avez-vous vu ce gosse-là? Pourquoi pas un autre enfant qui a joué sur la balançoire?
– Je l'ignore.
– C'était *lui*?
Elle garda le silence.
– Allons, Eve. Cinq femmes sont mortes – il risque d'y en avoir d'autres. C'était lui?
Elle acquiesça d'un hochement de tête.
– Il y a combien de temps?
– Je ne sais pas. Il devait avoir cinq ou six ans, pas plus. C'était juste un petit garçon, dit-elle, comme pour plaider la cause de l'enfant.
– Plus maintenant, laissa tomber Latovsky d'un ton calme. (Il se tourna vers Klein.) Cette maison, vous la louez?
Il sortit son carnet et un stylo.
Klein confirma.
– A qui?
– Mrs. Alan Rodney, 85 Greener, Glenvale.
Le policier nota ces renseignements et revint à Eve.
– Où pourrai-je vous joindre si j'ai à nouveau besoin de vous, Mrs. Klein?
– Vous n'aurez plus besoin d'elle, dit Sam d'un ton sec.
– J'aurai l'adresse par le numéro de la voiture, répondit Latovsky sans hausser le ton. C'est juste pour gagner du temps.
– Tilden House, Old Warren Road, Bridgeton, Connecticut, récita Eve.
– Le numéro de la rue?
– Il n'y en a pas.
La résidence devait être si grande que toute la ville savait où elle se trouvait, pensa-t-il.

– Bon. (Il referma son carnet, regarda Klein, qui se tenait à l'autre bout de la pièce.) Et vous, vous serez ici, si j'ai besoin de vous?

Elle pâlit, Klein détourna les yeux et Latovsky se rendit compte qu'il avait posé la grande question : Sam Klein, au nom si peu romantique, resterait-il à Raven Lake ou rentrerait-il à la maison avec la dame qui avait quelque chose en plus dans le crâne. La suite la semaine prochaine...

Klein respira à fond, regarda sa femme et répondit :

– Vous me trouverez là-bas aussi. Il me faudra un ou deux jours pour ranger ici, ensuite je rentre.

Latovsky jeta un coup d'œil à Eve. Son visage reprit des couleurs, ses yeux marron aux reflets verts étincelèrent et il se demanda comment il avait pu la croire laide.

– Résidence des Rodney, annonça une voix de femme.

– Mrs. Rodney? dit Latovsky.

– Qui est à l'appareil?

Il se présenta et, après une pause, la voix reprit :

– Un moment, je vous prie.

Il était dans la cuisine de Sam Klein, tandis que le couple échangeait des murmures dans la salle de séjour.

– Mrs. Rodney à l'appareil, fit une autre voix de femme, apparemment plus âgée.

Il se présenta à nouveau, demanda s'il pouvait la voir cet après-midi.

– Sans doute, mais je ne vois pas ce que je pourrais vous dire qui...

Il l'interrompit :

– Il me faudra une heure environ pour venir, peut-être un peu plus. En attendant, vous pourriez faire quelque chose pour moi, madame. Cela nous ferait gagner du temps à tous les deux.

Il lui expliqua ce qu'il voulait. Dans le séjour, les murmures avaient cessé et il se demanda s'ils étaient en train de s'embrasser.

– *Tous* les noms? fit Mrs. Rodney.

– Oui, madame. Je sais que c'est beaucoup demander mais je ne le ferais pas si ce n'était pas important...

– Entendu, lieutenant. Mais n'arrivez pas après quinze heures trente et n'oubliez pas d'apporter avec vous votre insigne ou un papier vous identifiant.

– Bien, madame.

Lorsqu'il revint dans la salle de séjour, Eve et Sam lui accordèrent un coup d'œil puis reprirent leur mutuelle contemplation et il sut qu'ils seraient dans les bras l'un de l'autre dès qu'il aurait franchi la porte.

Il fit rapidement ses adieux et quitta la maison, refermant doucement la porte derrière lui alors qu'il ne rêvait que de la claquer. Une fois sur le porche, il hésita un moment. Aucun bruit ne parvenait de l'intérieur et il savait qu'ils seraient au lit avant même qu'il n'atteigne la route.

En avant les violons, se dit-il en proie à une amertume qui le surprit.

Il roulait sur la 128 en direction de l'autoroute du Nord quand son bipeur se déclencha. Il s'arrêta, essaya d'appeler mais les montagnes ou la pluie, de plus en plus forte, l'empêchèrent d'établir la communication. Renonçant, il ôta les piles de son bipeur pour qu'il ne sonne pas sans arrêt sur le chemin du retour.

– Pardonnez-moi si je ne me lève pas, s'excusa Mrs. Rodney.

Elle était aussi vieille que sa voix le laissait présager : la peau mince et ridée, les cheveux gris tirés en un maigre chignon. Mais ses yeux sombres semblaient vifs et intelligents.

– Je peux voir votre insigne?

Il l'avait déjà montré à la bonne en arrivant, le sortit à nouveau et la vieille dame l'examina soigneusement, comparant son visage à la photo de la carte d'identité. Elle le lui rendit et lui tendit une main noueuse qui lui fit penser à un sac de cuir rempli de brindilles quand il la serra. Elle sourit, parut tout à coup plus jeune de vingt ans.

– Asseyez-vous donc, lieutenant.

Il choisit un fauteuil à oreillettes placé devant une porte-fenêtre zébrée de pluie donnant sur un jardin d'azalées et de rhododendrons secoués par le vent. L'orage redoublait.

La bonne entra avec un plateau chargé d'un service à thé en argent qu'elle posa en face de sa maîtresse.

– Merci, Alice, dit Mrs. Rodney.

La bonne se retira et Latovsky se demandait comment la vieille dame parviendrait à soulever la lourde théière avec ses mains noueuses lorsqu'il remarqua que l'objet était monté sur pivot. Mrs. Rodney versa le thé, ajouta le sucre qu'il avait demandé (pas de lait), posa la tasse au bord du plateau.

– Pourriez-vous la prendre vous-même? Je ne fais pas confiance à mes mains, j'ai déjà eu des catastrophes.

Il souleva la tasse de fine porcelaine, la tint délicatement de peur qu'elle n'éclate dans ses doigts, but rapidement en se brûlant la langue et la reposa sur le plateau.

Le feu de cheminée lui cuisait le visage; ses yeux piquaient et il avait peine à les garder ouverts.

– Vous semblez épuisé, lieutenant. La nuit dernière a dû être horrible. Cette pauvre femme... On ne parle que de ça à la radio et à la télévision. Votre commissaire vient de donner une conférence de presse.

C'était donc pour ça qu'on l'avait bipé : il remplaçait toujours Meers auprès des journalistes.

– Il n'avait pas l'air très à l'aise, ajouta Mrs. Rodney.

Lem Meers était un chef intelligent, sympathique, d'une loyauté totale envers ses hommes – le meilleur inspecteur que Latovsky eût connu, le meilleur commissaire qu'il eût jamais eu... et un désastre devant la presse. Il se trémoussait, sursautait, se curait les oreilles et le nez, ne parvenait pas à aligner plus de deux mots cohérents et donnait l'impression d'un bouseux atteint d'autisme. Bouseux, il l'était. Meers était originaire d'un trou situé à la lisière nord du parc, presque à la frontière. Il avait un jour confié à Latovsky qu'il n'avait pas porté de vêtements achetés dans un magasin ni regardé la télévision avant d'être adulte.

– Il est timide mais compétent, assura-t-il.

– Oh! je n'en doute pas. Ce sont des beaux parleurs qu'il faut se méfier, fit la vieille dame.

Ils échangèrent un sourire.

– Il y a quelque chose que je ne comprends pas, poursuivit-elle. Votre supérieur a déclaré clairement – enfin, aussi clairement que le reste – que le crime d'hier avait été commis sur la rive est du lac. Or, la maison que je loue, et qui d'après vous est liée à l'enquête, se trouve sur la rive ouest...

Elle inclina la tête, attendant une réponse.

Attention, se dit-il. *C'est une vieille futée qui décèlera tout de suite un mensonge*. Trop fatigué pour en trouver un bon, il opta pour un peu de vérité.

– Il nous est parvenu une information dont la source est, je le reconnais, euh, plutôt bizarre... le genre de source dont nous ne tenons généralement pas compte, mais nous avons cinq meurtres sur les bras, aucune piste, et nous ne pouvons nous permettre...

Submergé de fatigue, il laissa la phrase en suspens et, bouche bée, regarda la vieille dame.

– De négliger quoi que ce soit? suggéra-t-elle.

Il se ressaisit.

– Oui, quoi que ce soit, aussi étrange que ça puisse paraître. Selon cette source, l'un de vos locataires – très ancien, peut-être – serait lié aux assassinats.

– C'est impossible. Nous n'avons jamais loué qu'à des familles.

– Les meurtriers ont des familles, Mrs. Rodney.

Elle parut interloquée puis sourit.

– Bien sûr. Excusez-moi. Vieillir vous fait oublier certaines réalités. J'ai préparé la liste que vous m'avez demandée, elle est sur le bureau, près de la fenêtre. Vous voulez bien aller la prendre?

Il s'approcha d'un bureau ancien à abattant sur lequel était posée une feuille de papier épais, blanc cassé, avec le nom de la vieille dame gravé en en-tête, au-dessus d'une liste de noms et d'adresses calligraphiées en lettres rondes. Si Eve Klein avait raison (et il était là parce qu'il le croyait), le nom du tueur y figurait. Il glissa la feuille dans sa poche et retourna s'asseoir près du feu.

– Je ne veux pas vous retenir plus longtemps mais vous aimeriez peut-être en savoir plus sur la maison, proposa Mrs. Rodney. Ça pourrait être important, on ne sait jamais.

– On ne sait jamais, convint-il, en espérant qu'il parviendrait à rester éveillé pendant qu'elle lui donnerait des détails.

C'était une ferme quand son père l'avait achetée, dans les années 40.

– Toute petite, avec une maison et une grange. La maison était trop délabrée pour qu'on puisse envisager des travaux mais la grange avait un soubassement de murs solides de cinquante centimètres d'épaisseur et mon père l'a fait aménager.

En laissant la poulie au plafond de la cuisine, pensa Latovsky.

« Il s'en servait quand il allait pêcher ou chasser avec des amis ou seul. Il essayait souvent d'y entraîner ma mère, mais elle avait en horreur les grands espaces en général et les Adirondacks en particulier. C'est à peu près le seul point commun entre ma mère et moi. Les gens sont béats d'admiration devant le mont Whiteface; pour moi, il ne s'agit que d'une masse menaçante.

– Je suis plutôt dans le camp des béats, dit Latovsky.

– Comme tous les hommes. Quoi qu'il en soit, après la mort de mon père, la maison me revint. Une bonne chose, car mon fils l'adore et s'y installe dès que nos locataires de l'été partent, cela tout l'hiver. Il pêche. (Elle rit doucement.) Je dis ça comme si ça me semblait un crime, vous ne trouvez pas?

– Un peu.

– Vous pêchez?

– Oui, madame.

– Des brochets, des tanches...

– Des perches, des bars, des truites, tout ce qui veut bien mordre à l'hameçon.

– C'est comme Alan Junior. Bref, il l'utilise plus que moi. Et je lui ai demandé sa permission avant de la louer à Mr. Klein, vu qu'il était possible qu'il reste toute l'année et que mon fils risquait d'avoir envie de pêcher. Ils construisent une cabane. Au beau milieu du lac gelé. Quelque chose de très élaboré, avec le chauffage et tout. (Elle marqua une pause.) Je parle, je parle, et vous devez avoir envie de vous reposer avant de suivre cette piste pour le moins étrange.

« Je dois vous prévenir, lieutenant, nous la louons depuis les années 50. Beaucoup des familles inscrites sur cette liste ont déménagé, certaines se sont peut-être éteintes.

Il était quatre heures quand Latovsky ouvrit la porte de sa maison, descendit le couloir en défaisant sa veste et son gilet. Le voyant du répondeur clignotait dans la cuisine et il écouta les messages que l'appareil avait enregistrés en finissant de se déshabiller, laissant cravate et chemise sur le dossier d'une chaise. D'ordinaire très méticuleux, il rangeait toujours tout (qualité que son ex-femme appréciait) mais pas aujourd'hui.

« Dave, où t'es passé? fit la voix de Lucci. On a la presse sur le dos, Meers fait dans son froc. » Il y eut quelques déclics puis un autre message de Lucci. « Plus qu'un quart d'heure, Dave. Mais qu'est-ce que tu fous? »

Il but du jus d'orange à même le carton (son ex avait horreur de ça), rebrancha le répondeur, coupa la sonnerie du téléphone, acheva de se déshabiller, prit une douche et retourna dans sa chambre. Il ne dormait jamais en sous-vêtements parce qu'il trouvait ça dégoûtant (seul autre point d'accord entre lui et son ex), mais il était trop fatigué pour enfiler un pyjama. Il se laissa tomber sur le lit et tira l'édredon sur lui.

Sam et Eve Klein devaient être épuisés eux aussi, mais d'avoir fait l'amour, songea-t-il. Il se demanda si elle retournerait dans le Connecticut aujourd'hui ou si elle resterait à Raven Lake. La pluie grondait sur le toit; une branche du vieux frêne heurta la fenêtre. Sale nuit pour rouler. Il espéra qu'elle resterait, puis souhaita le contraire.

Quelle chose étrange, terrible, merveilleuse, ce don qu'elle avait... si on y croyait. Mais s'il croyait qu'elle avait vu Abigail Reese, et le petit garçon qui avait grandi pour devenir son assassin, il devait également croire à l'avertissement qu'elle avait donné à Bunner au sujet de cette réception.

N'y allez pas, avait-elle dit. Latovsky aurait dû lui demander pourquoi.

Il roula sur le côté, décrocha le téléphone.

« Bonjour, fit la voix enregistrée de Mary Bunner. Nous sommes actuellement absents... » Il attendit le signal sonore et dit :

– Bunny, c'est Dave. Rappelle-moi à la maison. C'est important.

Il raccrocha, mit le réveil à sonner à six heures pour s'accorder deux heures de sommeil et avoir quand même le temps de joindre Bunner avant qu'il ne parte pour la réception. Puis il se laissa retomber sur l'oreiller et s'endormit.

Plus haut... Pousse-moi plus haut. L'enfant montait et descendait sur la balançoire, l'ombre déchiquetée des feuilles passant rapidement sur son visage. Un visage intact, alors que le corps était ouvert de la gorge au bas-ventre. Du sang coulait dans l'herbe tandis qu'il se balançait. Ses organes luisaient au soleil...

Latovsky se réveilla en sursaut, inondé de sueur. Il demeura immobile, craignant de fermer les yeux de peur de se rendormir et de refaire le même cauchemar. Puis la fatigue eut le dessus et il sombra dans un sommeil sans rêve.

– Entre, entre, dit Donald Fuller d'un ton chaleureux.

Ils pénétrèrent dans la salle de séjour, où les bras du sofa de velours vert de la mère d'Adam montraient leur trame, où la bordure de même tissu cachant les pieds du meuble s'effilochait.

La maison n'était pas sale – Mrs. Longmire, qui vivait dans la rue d'à côté, continuait à venir faire le ménage chaque semaine – mais elle avait l'air triste, en particulier cette pièce, qui avait été la préférée de sa mère. Elle avait fait en sorte qu'il y ait un nouveau bouquet de fleurs toutes les semaines, et l'argenterie sur la petite table basse avait été polie. A présent les plats étaient ternes et il n'y avait plus de fleurs.

Lui et son père commençaient toujours par cet endroit. Il s'asseyait sur le sofa, son père dans le fauteuil, de l'autre côté de l'âtre, et essayaient de faire la conversation.

Son père lui apprit que son frère Mike se débrouillait bien, que les gosses étaient en bonne santé, Claire plus maigre et plus nerveuse que jamais, et que sa cuisine empirait.

– Bon Dieu, dimanche dernier, le poulet était si dur qu'on ne savait pas où commençait la viande et où finissait l'os.

Adam ne défendit pas Claire parce qu'il ne l'aimait pas. En fait, s'il avait ressenti quoi que ce soit pour un membre de la famille, c'eût été de la haine pour sa belle-sœur. Le vieil homme continua à pester un moment contre elle et sa cuisine puis demanda à son fils, comme il le faisait à chaque fois :

– T'as une petite amie?

– Pas encore.

Le père jeta un coup d'œil à la petite pendule de cheminée. La demi-heure qu'ils se contraignaient à passer dans cette pièce était écoulée.

– Qu'est-ce que tu dirais de s'en jeter une ou deux dans la cuisine avant qu'ils arrivent? *Elle* (ce qui signifait Claire) me regarde toujours comme si j'étais un vieux clodo quand je bois à la bouteille. Pas assez élégant pour son altesse, je suppose.

Il suivit son père le long de l'étroit corridor menant à la cuisine. La moquette était élimée au point de montrer sa trame.

– Il faudrait changer la moquette, p'pa.

Il faisait la même remarque chaque mois et son père lui faisait la même réponse :

– M'en fous.

Le vieil homme entra dans la cuisine mais Adam hésita. Cette pièce le mettait toujours mal à l'aise et il devait faire un effort pour en franchir le seuil. Son père ouvrit le réfrigérateur pour sortir la bière; Adam prit sa respiration et entra. La cuisine était aussi lugubre que les autres pièces mais il s'y sentait peut-être mal parce qu'elle avait été le cœur de la maison, pleine d'odeurs de gâteaux et de rôtis en train de cuire, du temps où sa mère vivait.

Le père mit en marche le petit Sony qu'Adam et Mike s'étaient cotisés pour lui offrir et ils s'installèrent devant un match de base-ball – les Red Sox contre une équipe quelconque, Adam n'y prêta pas attention.

Leur silence était plus convivial que leurs tentatives de conversation et Adam sommeillait par moments.

Il était près de deux heures du matin quand il avait fini de nettoyer et s'était mis au lit, la nuit dernière, et il avait dû se lever à huit heures pour faire le trajet de deux heures jusqu'à Sawyerville.

– Hé, Adam.

Ses yeux s'ouvrirent.

– Les voilà.

Des pneus crissèrent sur le gravier de l'allée. L'instant d'après, une voix d'enfant cria quelque chose qu'Adam ne saisit pas et on frappa à la porte de derrière. Il se redressa, frotta ses yeux rougis. Malgré sa fatigue, il lui fallait faire attention à cause de Claire, plus intelligente que son frère et son père ne le seraient jamais. Aussi intelligente que lui, peut-être. Et qui lui rendait largement son antipathie.

Les gosses se ruèrent dans la cuisine, se jetèrent sur lui. Il les laissa faire.

– Qu'est-ce' tu nous as apporté, oncle Adam, qu'est-ce' tu nous as apporté?

Le garçon, âgé de sept ans, braillait en dansant sur des pieds qui paraissaient énormes au bout de ses jambes maigrichonnes. La petite fille de quatre ans s'accrochait au gilet de son oncle en levant vers lui les grands yeux bleu foncé de Michael.

– Une surprise, répondit Adam.

Une grosse main entra dans son champ de vision. C'était celle de son frère Michael, qui avait repris la petite entreprise pas très lucrative du père. Il avait pris la suite pour payer les études d'Adam à Dartmouth. Mike n'était pas allé à l'université, il n'avait quitté Sawyerville qu'à de rares occasions dans sa vie – les chutes du Niagara pour son voyage de noces, quelques autres endroits, essentiellement pour chasser ou camper. Mais il n'avait jamais montré la moindre jalousie, le moindre ressentiment, et Adam savait qu'il devait lui en être reconnaissant. Mais il aurait fallu pour cela qu'il en soit capable. L'ombre longue et maigre de sa belle-sœur se profila alors sur la table, se détachant dans la lumière de la fenêtre située au-dessus de l'évier.

Elle était presque aussi grande qu'Adam, qui était presque aussi grand que Mike, et décharnée. Une femme-flèche, avec une mâchoire carrée et une tignasse de cheveux châtains bouclés qui paraissait trop lourde pour son cou d'oiseau.

– Bonjour, Adam, dit-elle d'un ton froid.

– Salut, répondit-il, tentant vainement de mettre un peu de chaleur dans sa voix. Content de te voir.

Elle portait un grand récipient en plastique enveloppé de papier d'aluminium. Elle hocha la tête, ne prétendit pas qu'elle aussi était contente de le voir mais se mit en quête d'une marmite pour réchauffer le contenu du récipient.

– J'ai apporté du chili, annonça-t-elle au père.

Adam regarda par la fenêtre. Le ciel était devenu blanchâtre ce qui signifiait des gelées à Glenvale et de la neige là-haut à Raven Lake.

Raven Lake. Pourquoi ce nom lui avait-il semblé familier?

Le vieux le savait peut-être mais Adam ne pouvait lui poser la question sans admettre qu'il y avait été.

– Donne-nous les cadeaux, oncle Adam! réclama Mike Junior d'une voix aiguë. Donne!

– Bien sûr.

Il sortit par la porte de derrière, fit le tour de la maison jusqu'à la voiture. Mrs. Van Damm, qui vivait en face, observait de sa fenêtre, comme toujours.

Il prit dans le coffre les deux paquets avec les nœuds de décoration qu'on avait mis dessus au *Walgreen* de Saugerties. Adam avait acheté à son neveu un pistolet à amorces avec lequel il n'arrêterait probablement pas de tirer, rendant sa mère folle, et pour sa nièce, une poupée Barbie des tropiques en sarong.

Claire servit le chili, qui faisait penser à la vieille plaisanterie, « Jetez les haricots, bouffez la boîte ». Mike mangea avec appétit, Adam et son père grignotèrent. Les enfants avalèrent leur part, allèrent dans le jardin où Mike Junior entreprit de tirer sur May avec son pistolet. Pan, pan, un bruit agaçant – en plus la petite criait.

– Seigneur, gémit Claire, qui se précipita dehors.

Mike et son père regardaient le match; Adam consulta sa montre. Il était quatre heures passées et il devait rentrer tôt à Glenvale. Claire revint avec le pistolet.

– Quel cadeau idiot pour un enfant de sept ans, lui lança-t-elle avec un regard mauvais.

Elle posa le jouet sur la table; Adam le fixa dans une brume d'ennui. Il avait l'air étonnamment vrai et ressemblait un peu au colt de son père, qui devait toujours se trouver là-haut, sur l'étagère du placard de la grande chambre. Tout à coup, Adam eut envie de cette arme, peut-être à cause de l'impression d'avoir été observé, la nuit dernière.

– Excusez-moi, marmonna-t-il en se levant.

Personne ne lui prêta attention.

Il monta silencieusement l'escalier, prit le couloir sentant le renfermé qui conduisait à la grande chambre, autre pièce de la maison dans laquelle il n'aimait pas entrer. Du temps de sa mère, le dessus-de-lit en chenille de coton était parfaitement lisse, d'une blancheur éclatante. Il avait jauni, ses franges s'étaient dénouées.

Adam resta figé sur le seuil.

C'était presque aussi pénible que pour la cuisine, peut-être parce qu'il n'était pas entré dans cette pièce depuis très longtemps. Il faudrait en parler à Bunny. « J'ai dû faire un terrible effort pour pénétrer dans la chambre de mes parents. Doit y avoir du symbolique à la pelle, là-dedans. »

« Pourquoi y êtes-vous entré ? » demanderait Bunner.

« Pour prendre le pistolet de mon père. »

Encore le symbolique, pensa Adam en se souriant. Il n'en parlerait pas, finalement.

Il ouvrit le placard. Les vêtements de sa mère n'y pendaient plus depuis longtemps mais il imaginait qu'y flottait encore une odeur de talc et d'amidon qu'il associait à elle. Inondé de sueur, il passa rapidement la main sur le dessus de l'étagère, sentit la vieille boîte à chaussures dans laquelle son père gardait le colt. Elle était lourde, l'arme s'y trouvait toujours. Il la descendit, alla refermer la porte de la chambre et revint à la boîte.

Enveloppé dans une peau de chamois, le pistolet était propre et graissé. C'était la seule chose dont son père eût jamais pris soin. Il l'enveloppa de nouveau, le remit dans la boîte et l'emporta en bas. La télé marchait à fond, personne ne ferait attention à lui. Il sortit par la porte de devant, alla à la voiture, ouvrit le coffre et remarqua que le rideau de la fenêtre de Mrs. Van Damm remuait légèrement. Bah, elle le verrait juste emporter une vieille boîte à chaussures. Il sourit, agita les doigts en direction du rideau qui bougea à nouveau brièvement.

Au moment où il refermait le coffre, il respira une bouffée acide et écœurante de sang rance montant du sac poubelle.

– Il faut que j'y aille, dit Adam.
– Déjà? fit son père.
– Oui... J'ai un rendez-vous.
La réponse les rendit tous attentifs.
– Quel genre de rendez-vous?
– Avec une femme, papa. Une doctoresse, en fait, chef du service pédiatrique de l'hôpital.
Claire l'observait de ses petits yeux gris.
– Si elle est docteur, elle a plus de trente ans, souligna son père d'un ton désapprobateur.
– Moi aussi, rappela Adam. Beaucoup plus. Les poubelles sont prêtes?
A chacune de ses visites, il portait à la décharge les détritus accumulés par son père pendant une semaine, il le faisait depuis la première, Eileen Hale, et c'était devenu, comme il l'avait souhaité, une habitude à laquelle personne ne prêtait attention.
– Oui, répondit le vieil homme. Là-bas près de la porte de la cave.
Lorsque Claire voulut savoir où il emmènerait cette doctoresse, il fut ravi d'avoir une réponse impressionnante à lui faire.
– Au dîner dansant de printemps du Country Club de Glenvale. J'en suis devenu membre le mois dernier.

Des mouettes criaillaient au-dessus de la décharge, à cinq cents kilomètres de l'océan. Quand Adam était enfant, des ours venaient y fourrager mais ils avaient disparu. Il ne restait que les mouettes, les rats et le vieux aux cheveux emmêlés, un œil perdu dans une brume laiteuse, qui gardait l'endroit.
Il regarda Adam poser les sacs soigneusement fermés sur la bande transporteuse glissant vers la gueule de l'incinérateur. De grosses cheminées censées empêcher les particules de retomber sur la ville éructaient une fumée noire qui montait vers le nord et vers l'est, vers les montagnes, où elle retombait telle une pluie acide, tuant les arbres et les lacs. Ses vêtements, raidis par le sang d'Abby, en feraient partie.
Il regardait les sacs, et le vieux gardien l'observait de son bon œil.
Les mouettes poussaient leur cri perçant. Adam leva

la tête, les regarda tournoyer, revint aux sacs avalés par l'incinérateur. Après avoir salué le vieux borgne d'un hochement de tête, il remonta péniblement la pente conduisant de la décharge à la voiture, ouvrit le coffre. L'odeur s'estompait déjà : un stick de déodorant en aurait raison avant la fin de la matinée. Il prit la boîte à chaussures dans le coffre et la posa sur le siège avant droit.

5

Le voyant du répondeur était à nouveau allumé quand Latovsky s'éveilla. Il écouta, espérant que c'était Bunner, mais ce fut Lucci qui annonça d'un ton abattu : « Voilà, Meers a répondu aux journalistes et il a fait l'effet d'un arriéré mental. Où tu étais? » Pauvre Meers. Il l'appellerait plus tard pour s'excuser.

– C'est pas grave, lui dirait Meers. Je devrais être capable de dire des choses sensées devant ces connards. Ne t'excuse pas.

Le message suivant était de George Rule, le médecin légiste qui pratiquait toutes leurs autopsies.

« Salut, Dave. Il est cinq heures, je suis encore à la morgue. J'en ai terminé avec Reese, j'attends que tu m'appelles ou que la pluie s'arrête – ce qui viendra en premier. »

Il était six heures passées, il pleuvait toujours à verse. Rule devait avoir envie de rentrer chez lui à Glens Falls pour sauver ce qui pouvait l'être de son samedi. « La femme des bois » gâchait le week-end de tout le monde.

Quel surnom minable... Latovsky était surpris que la presse n'eût pas encore pondu quelque chose de plus alléchant. Il appela la morgue de l'hôpital; Rule y était encore.

– Je viens juste d'enfiler mon manteau, dit le médecin. Espérons que cette pluie ne tournera pas à la neige fondue.

– Espérons, dit Latovsky, persuadé que ça ne manquerait pas d'arriver.

– Tu veux le plus intéressant ou tous les détails?

– Le plus intéressant. Je lirai le reste lundi.

– Il n'y a rien d'intéressant, dit Rule d'une voix morne. C'est exactement comme les quatre premières, à l'exception d'un détail peut-être important.

Le policier attendit.

– J'ai relevé cette fois plus de lubrifiant, Dave.

– Et alors?

– Plus de lubrifiant signifie plus de préservatifs, plus de préservatifs veut dire plus de rapports; ils ont donc fait l'amour au moins deux fois, peut-être trois. Cette femme lui faisait de l'effet, Dave... Sinon, la marque est la même : des Trojans, qu'on peut se procurer uniquement dans cinquante millions de drugstores. Même sorte d'instrument aussi. Court, extrêmement tranchant, acier de première qualité, certainement.

– Un scalpel?

– Peut-être, comme je l'ai déjà dit, ou alors un bon couteau à légumes... C'est peut-être un médecin, un infirmier, un aide-soignant – ou quelqu'un qui achète de bons couteaux au supermarché.

– O.K., O.K., quoi d'autre?

– Elle était en bonne santé, elle avait toutes ses dents et avait donné naissance à au moins un enfant. Elle a mangé vers sept heures, a bu plusieurs verres de whisky et de bière entre neuf et dix heures... puis elle est morte. Je dirais une dizaine de minutes avant l'arrivée de Lucci, d'après ce qu'il a trouvé. La blessure était nette, précise, exactement comme pour les autres, et il lui a fallu...

La voix du médecin s'étrangla parce qu'à chaque fois, la blessure était assez profonde pour tuer, pas assez toutefois pour que les victimes échappent à une lente agonie.

Rule se ressaisit, continua :

– Il lui a fallu vingt minutes environ pour mourir. Vingt minutes, Dave. Pendant vingt minutes, elle est restée allongée sur le dos, à regarder sécher ses tripes... Vingt minutes, bon Dieu!

– George...

– Excuse-moi. Je n'arrive pas à m'y faire. Je devrais, pourtant, à la cinquième...

– Quoi d'autre, George?

– Quoi d'autre? Rien. On a trouvé quelques fibres en polyester provenant d'une veste bleue bon marché, le genre qu'on achète dans les grandes surfaces. Meecham s'en occupe et il sait aussi bien que moi que ça ne nous mènera à rien. Nous aurons le résultat des analyses de toxicologie mardi, mais je peux déjà te dire qu'elle n'est pas morte empoisonnée. Oh, et elle était séronégative.

– Dommage.

– Ouais. Quelle chance, hein, si elle avait donné le sida à ce salaud! Voilà, c'est tout, Dave, si ce n'est...

Latovsky attendit à nouveau.

– Ce n'est ni médical ni scientifique, reprit le légiste, mais il faut que je te le dise parce que ça pourrait être important.

– Je t'écoute.

– Les entailles sont nettes, très précises...

– Comme celles que ferait un chirurgien?

– Non. Elles ne dénotent pas des connaissances particulières, juste... un sang-froid particulier. Il ne jouit pas en les éventrant. Ce n'est pas en les ouvrant, en les tuant qu'il prend son pied, c'est autre chose. Il les tue froidement, calmement, et *ensuite* il prend son pied, d'une façon ou d'une autre.

– Nécrophilie?

– Je ne sais pas, mais je ne crois pas. Et il ne s'agit pas de viol. Tout indique que la victime est consentante. Il n'y a aucune trace de violence, aucun coup, aucune autre blessure que cette entaille nette, précise, et mortelle. Il ne tue donc pas par plaisir. Il se passe autre chose.

Il se passe toujours autre chose, pensa Latovsky. Les mobiles profonds étaient invraisemblables quand on n'avait pas la chance de tomber sur quelqu'un qui assassinait pour de l'argent, pour assouvir une vengeance ou se soulager d'un fardeau. Pour faire entrer sa fille dans une troupe de majorettes du Texas, par exemple – ce mobile-là, il méritait la médaille d'or.

– Je vois, grommela-t-il.

Il ne voulait pas décourager Rule mais à vrai dire, il avait plus de chances de trouver le meurtrier de la femme des bois grâce à la liste de Lydia Rodney qu'en explorant les rouages de l'esprit de l'assassin, à supposer qu'il les connût.

– Si c'est le cas, reprit Rule, si le meurtre n'est qu'un moyen pour atteindre un autre objectif, il ne parviendra pas à satiété et ne s'arrêtera pas, comme j'ai lu que certains le font. Il continuera jusqu'à ce qu'il atteigne cet objectif ou qu'il soit trop vieux pour bander.

– Ou qu'on le pince, ajouta Latovsky.

Silence à l'autre bout du fil.

– On dirait que tu ne crois pas à cette troisième possibilité, George.

– Il a la tête froide, il est prudent, répondit le médecin. Alors, j'en doute.

Après avoir raccroché, Latovsky essaya de joindre Bunner, obtint à nouveau le répondeur, se prépara une tasse de café en poudre et déplia l'épaisse feuille de papier crème à en-tête. Les noms qui y figuraient étaient courants : Forbes, Fuller, Rice, Everett – et même un Smith, précédé d'un J., probablement John. La liste commençait en 1955 avec la famille Forbes.

Les rapports sexuels multiples – trois, peut-être, en une demi-heure – suggéraient que l'assassin était jeune, la trentaine, estimait Latovsky. Abigail Reese avait eu quarante ans, mais même si elle les aimait jeunes, elle ne devait quand même pas rechercher les ados affligés d'acné et Latovsky fixa la limite entre 1960 et 1970. Au-delà de 70, le meurtrier aurait été trop âgé pour jouer à la balançoire. Cela lui laissait six noms, en commençant par Fuller en 1960.

Il décrocha à nouveau, posa la liste sur le comptoir et appela Ruth Renssalaer, son contact à la compagnie du téléphone. Bien que ce fût un samedi soir, elle était chez elle.

– J'espère que vous avez quelque chose à me demander, dit-elle. Nous gardons notre petit-fils. Le bébé dort et mon bonhomme regarde un match retour.

Il lui expliqua ce dont il avait besoin, lui lut les noms, les dates et les adresses de sa liste.

– Vous pouvez m'avoir ça avant lundi ?

– Peut-être, répondit-elle. J'ai un terminal ici, je peux obtenir ceux qui se trouvent encore dans notre secteur. Ça attendra lundi s'ils ont déménagé dans le sud ou s'ils ont changé de compagnie de téléphone. Où puis-je vous joindre si je les trouve, Dave ?

La pluie ruisselait sur le carreau, dissimulant le lac; le froid s'insinuait par la fenêtre. Il pouvait rester ici, au chaud et au sec, seul ou en compagnie de Jeanne Hinkley s'il lui téléphonait. Elle était amoureuse de lui, elle trouverait une baby-sitter et elle viendrait. Mais il devrait alors lui faire l'amour et il avait l'horrible pressentiment qu'au moment critique, il verrait le visage du médium derrière ses paupières closes.

– Je serai à mon bureau, dit-il.

La machine débita un ticket de péage; Eve le prit, le glissa sous le pare-soleil et passa. La chaussée fumait sous la pluie à la lumière des lampadaires, puis la route devint une longue bande d'un noir luisant bordée de flaques cachant le bas-côté.

Elle suivit les panneaux indiquant le sud, Albany, New York, la Nouvelle-Angleterre. Elle avait prévu d'être rentrée vers dix heures mais ce serait plutôt vers minuit à cette allure. Si Frances était encore debout, Eve lui ferait une tasse de chocolat, avec ce que Mrs. Knapp aurait préparé comme gâteau aujourd'hui, et lui annoncerait le retour de Sam. « Quelle bonne nouvelle », dirait Frances, ce qui constituait pour elle le comble de l'effusion.

Malgré la visibilité quasi nulle, elle s'efforçait de rouler à quatre-vingts km/h, de mettre de la distance entre elle et Glenvale... et Terence Bunner. Ses jointures avaient juste effleuré son dos mais elle avait soudain vu une grande salle de réception où des gens dansaient et elle avait su qu'il ne devait pas y aller. C'était tout. Pas d'effroyable catastrophe en vue, juste une petite voix dans sa tête: *n'y allez pas.*

Quand elle l'avait mis en garde, il l'avait regardée comme il l'eût fait d'une chienne enragée réapparaissant sur sa banquette arrière. Il n'écouterait pas ses avertissements parce qu'elle avait eu raison pour l'homme aux paumes brûlées et qu'il la détestait pour cela.

« Va te faire foutre, alors », marmonna-t-elle.

Un camion la doubla dans un grondement. Les essuie-glace de la LeBaron ne purent faire face au déluge; la route s'évanouit, la grande salle apparut en transparence sur le pare-brise. La lueur des bougies tremblotait sur les bijoux des femmes, le cristal et les plats en argent dans lesquels on avait servi les sorbets.

Bunner était assis seul, vêtu d'un smoking et fixant d'un air maussade un bouquet de fleurs. Il était soûl... Eve ne voyait plus rien, il fallait qu'elle quitte la route.

Sous l'image diaphane, à travers la chemise blanche du psychiatre, les phares éclairèrent alors une pancarte : prochaine station-service à un kilomètre. Elle mit son clignotant et Bunner appela, « Hé – *bip* – par ici. » Dans ses visions, un *bip* couvrait les noms comme les mots grossiers à la télévision. Eve avait le sentiment de pouvoir les entendre en faisant un effort mais elle n'avait pas envie d'essayer. Bunner appela à nouveau au moment où un autre panneau annonçait la station-service à cinq cents mètres.

Une voiture klaxonna, la doubla, projetant plus d'eau encore sur le pare-brise, mais cela ne troubla en rien l'image de Bunner et de la grande salle. Un dos vêtu de noir apparut au bord du cadre.

Apercevant l'entrée de la station-service, Eve freina, la voiture dérapa, roula sur le bas-côté puis les roues mordirent à nouveau la chaussée et la LeBaron monta la bretelle, cependant que le dos de l'homme s'inscrivait pleinement dans le cadre et qu'Eve découvrait une nuque aux cheveux châtain clair.

Bunner leva une bouteille derrière laquelle une pancarte envoyait les poids lourds d'un côté, les voitures de l'autre. Eve prit la direction du parking, s'arrêta dans la rangée la plus proche du bâtiment et s'effondra sur le volant quand le tueur s'assit à la table de Bunner.

Elle courut sous la pluie, ouvrit brusquement la porte du bâtiment, glissa sur le carrelage rouge maculé de traces de pas boueuses, se retint au rail pour handicapés puis se ressaisit un peu et entra dans la salle. Il n'y avait personne excepté une rousse aux cheveux frisés derrière un comptoir où l'on vendait des cigarettes, des cartes routières, des chopes portant les noms d'ALBANY ou des ADIRONDACKS, des T-shirts ornés de la ligne de crête des montagnes, des animaux empaillés et quelques journaux détrempés.

Eve fouilla son porte-monnaie, trouva trente *cents*.

Elle sortit un billet de dix dollars et alla au comptoir faire de la monnaie. La rousse sourit en montrant de petites dents et une bonne quantité de chewing-gum.

– Pour le téléphone ou les distributeurs automatiques?

– Le téléphone.

– Je d'mande parce que les distributeurs, ils sont capricieux, ils prennent que les *quarters*, mais le téléphone, il accepte tout, pas vrai?

Bien qu'elle utilisât rarement les cabines publiques, Eve approuva de la tête. Quand la femme lui eut fait de la monnaie, elle alla d'un pas précipité vers la rangée de cabines s'étirant entre les portes des toilettes. Un gosse sortit de la partie restaurant et se dirigea vers les consoles de jeux vidéo.

On n'entendait qu'un faible cliquetis de verres et de couverts en provenance du restaurant. L'air sentait la laine humide, la sueur et un mélange de parfums de femmes, comme si une foule venait juste de sortir. Eve saliva en sentant une odeur de viande grillée. Elle mangerait quelque chose quand elle aurait parlé à Bunner, si elle parvenait à le joindre.

Comme elle se trouvait encore dans le secteur 518, les renseignements lui fournirent le numéro du psychiatre. Elle le composa, glissant assez d'argent dans l'appareil pour appeler Moscou. Lorsque le téléphone se mit à sonner, elle prépara ce qu'elle dirait. Il faudrait qu'elle soit rapide et concise, de peur qu'il ne raccroche. « Je sais que vous me détestez et je n'y peux rien », déclarerait-elle d'emblée. Ça lui clouerait peut-être le bec et elle poursuivrait : « Mais j'ai eu raison pour les cicatrices, et j'ai raison cette fois encore. N'allez pas à la réception ce soir – pour votre bien... »

Et le mien.

A cette pensée, surgie de nulle part, Eve posa une main protectrice sur son ventre pour la première fois de sa vie.

Le téléphone sonnait, sonnait; Eve frappa l'appareil du poing, ce qui lui attira un regard de la rousse du comptoir. Le gosse faisait une partie sur un des jeux.

– Service d'abonné absent du Dr Bunner, finit par répondre une voix de femme.

Un service, bien sûr, à cette heure de la soirée, Eve aurait dû le prévoir.

– Le *docteu Bunneu*, demanda-t-elle du ton le plus snob qu'elle pût prendre, élidant les R à la manière de Frances.

L'employée ne parut pas impressionnée.

– Il n'est pas à son cabinet pour le moment. Laissez votre nom...

– Il faut que je lui parle.

– Ainsi que votre numéro, il vous rappellera.

– C'est une urgence, dit Eve, qui n'avait jamais prononcé ce mot.

La femme hésita puis répondit avec douceur.

– Le Dr Cohen assure les urgences. Je vous...

– Il faut que ce soit le Dr Bunner. Je vous en prie, c'est extrêmement important.

– J'en suis sûre, et je suis sûre qu'il vous rappellera dès son retour. Laissez votre nom, s'il vous plaît.

– Il ne connaît pas mon nom.

Après une pause plus longue, l'employée demanda :

– Vous n'êtes pas une de ses patientes ?

– Non. Je suis une amie d'un de ses amis. Un lieutenant de police. (Ça devait faire impression.) Écoutez, il faut absolument que je lui parle...

Elle regarda l'horloge suspendue au-dessus des écrans vidéo traversés de lumières colorées et de formes fantastiques. Sept heures : Bunner devait être chez lui en train de s'habiller.

– Donnez-moi juste le numéro de son domicile...

– C'est impossible, voyons.

– Il s'agit d'une urgence, insista Eve d'une voix aiguë.

Elle-même, en s'entendant, se trouva hystérique. Derrière le comptoir, la rousse écoutait ouvertement.

– Je comprends, dit l'employée d'un ton apaisant. Je suis sûre qu'il vous rappellera...

– Nooon, répliqua Eve, criant presque, attirant même l'attention du gamin. (Elle se força à baisser la voix.) Écoutez, je ne vous demande pas de faire quelque chose qui pourrait vous attirer des ennuis...

– Encore heureux, marmonna la femme.

– Mais *vous*, vous pouvez appeler le Dr Bunner chez lui, n'est-ce pas ? N'est-ce pas ?

L'employée ne répondit pas.

– Faites-le. S'il vous plaît... Dites-lui que la femme de

ce matin – il saura qui c'est – lui conseille de ne pas y aller. S'il y va, il arrivera quelque chose de terrible.

A nous deux, pensa Eve.

La main toujours sur le ventre, elle sentit monter en elle une bouffée de rage contre la *chose*. Elle était censée être médium, voir le passé et le présent, faire de brèves incursions fascinantes – et dans ce cas précis, terrifiantes – dans l'avenir... et elle ne savait même pas si elle était enceinte.

– Aller où? demanda l'employée du même ton apaisant.

– Euh... à une soirée.

– Quelle soirée?

– Je l'ignore. Il le saura, lui. Je vous en prie, je sais que ça a l'air insensé mais... Appelez-le.

– Mais bien sûr.

– Ne prenez pas ce ton! cria soudain Eve.

De l'autre côté du couloir, le gosse décrocha le jackpot ou quelque chose comme ça et s'exclama : « Putain de merde! »

– Je vous demande pardon? fit l'employée, et Eve serra les mâchoires à se faire mal pour ne pas éclater d'un rire nerveux.

Le téléphone sonna dans le bureau de Bunner, ainsi qu'en haut dans la chambre. Mary tendit le bras vers l'appareil.

– Ne décroche pas, dit le psychiatre. Laisse faire le répondeur.

Elle baissa le bras, l'appareil se déclencha, la sonnerie cessa.

– Pourquoi? demanda-t-elle.

– C'est Dave qui essaie de nous dissuader d'aller là-bas ce soir, et je n'ai pas envie de discuter avec lui.

– Il s'occupe de nos sorties, maintenant? s'étonna Mary.

Il ne pouvait lui parler d'un médium qui avait « vu » des cicatrices sur les paumes de Ken et une femme morte par-dessus un lac de montagne. Il n'avait aucune envie de mentionner cette absurde mise en garde, *N'y allez pas*. Il irait. Il danserait, boirait jusqu'à s'écrouler et s'amuserait comme un fou. Puis il appellerait Dave le lendemain matin pour lui annoncer que la dame aux pouvoirs extrasensoriels était un sac de merde. Pas seulement bidon mais perverse.

Pourtant, elle avait eu raison, pour les cicatrices de Ken...

– Bunny, pourquoi diable Dave s'occupe-t-il de l'endroit où nous allons? insista Mary.

– Parce qu'il a le Club en horreur, il pense que c'est un ramassis de péquenots snobinards.

– C'est son droit, non? fit-elle d'un ton léger.

En bas, le répondeur enregistra le message et s'éteignit.

Latovsky raccrocha. Bunner avait gardé le répondeur branché – pour éviter une discussion. Il devait se rendre au Club pour l'en faire sortir. Bunner était têtu mais Latovsky l'était plus encore. « Bunny, dirait-il, je ne t'ai pas demandé de service depuis que tu as disséqué ce chat pour moi en classe de bio au collège. Maintenant, je t'en demande un. Viens avec moi. »

Pour aller où? Où emmènerait-il Bunner et Mary? Au *Loft*.

« Au *Loft*, dirait-il. Steak et Martini sur mon compte. » Ça vaudrait mieux que cette connerie de repas institutionnel qu'on leur filerait au Club.

Il était sept heures. Il se pointerait à huit heures, avant qu'on ne passe à table. En attendant, il s'attela à son rapport pour les fédéraux qu'il faxerait lundi, dès qu'il aurait le rapport d'autopsie de Rule.

Il sortit de son bureau pour prendre un café et une barre chocolatée aux distributeurs automatiques. La salle des inspecteurs était presque déserte : même cinq meurtres, le dernier remontant à moins de vingt-quatre heures, ne parvenaient pas à perturber les projets de quiconque pour le samedi soir. Dillworthy, qui était au téléphone, lança au lieutenant un regard amer, comme si c'était de sa faute s'il avait tiré le samedi soir. Les hommes en voulaient toujours à Latovsky, jamais à Meers. Le commissaire était leur idole, et c'était bien comme ça, pensait Latovsky.

Il sourit à Dillworthy, sortit dans le long couloir au sol dallé qui retenait encore de faibles échos même quand le bâtiment était presque désert.

Faute de Mars, il se rabattit sur un Bounty qu'il

emporta dans son bureau avec un café et se remit au travail. Il termina son rapport, fit tomber les miettes de sa table et referma le dossier FEMME DES BOIS.

En sortant, il lança à Dillworthy :

– Je serai à la maison dans deux ou trois heures si on a besoin de moi.

– Vous débrancherez pas votre bipeur en attendant ?

– Non.

– Juré ? Et si le président se fait descendre à Ticonderoga ?

Latovsky sourit et leva la main.

– Je le jure.

Il se dirigeait vers la porte quand le téléphone sonna. Il fit quelques pas de plus et Dillworthy le rappela :

– Pour vous, lieutenant. Ruth Renssalaer.

Il retourna dans son bureau, sortit la liste et son stylo, décrocha.

– Ruth ?

– Je les ai, Dave. Vous vous rendez compte ? Je les ai tous, sauf un couple du nom de Coombes. Mais je l'aurai lundi s'il n'est pas parti pour la planète Mars. Les autres n'ont pas bougé : Rice à Schenectady, Fuller à Sawyerville, Everett à...

– Doucement, doucement...

Mais l'excitation de Ruth était contagieuse et il remarqua que sa main tremblait quand il parcourut avec elle la liste de Lydia Rodney.

A huit heures, nanti d'une liste d'adresses vérifiées, il quitta son bureau et descendit les marches usées menant à l'accueil. Même les journalistes étaient partis, laissant la boue amenée par leurs chaussures se transformer en poussière dans l'air chaud soufflé par les climatiseurs.

Il poussa la porte latérale menant au parking.

La pluie avait presque cessé ; un reste de crachin formait des nuages scintillants autour des lampadaires. La Olds avait horreur du temps humide et Latovsky faisait des prières pour qu'elle démarre. Il arriverait en retard au Club, le dîner aurait déjà commencé.

Il pataugea dans les flaques en direction de sa voiture, y était presque quand une grosse Ford, à peu de choses près aussi vieille et cabossée que l'Olds, entra dans le parking. Pris dans le faisceau des phares, il entendit un crissement de freins puis Jim Riley qui braillait :

– Arrête, David. Arrête, bon Dieu.

Il se figea.

Riley bondit hors de sa grosse bagnole et se mit à courir vers lui sans se soucier des flaques.

Il était journaliste à l'*Albany Register* et ils se connaissaient depuis la sixième. Adultes, ils avaient passé une sorte d'accord tacite : Riley n'attaquait jamais Latovsky dans le dos, il ne donnait jamais une mauvaise image de la Brigade à moins qu'elle n'ait réellement gaffé ; Latovsky ne mentait jamais à Riley et ne lui filait jamais de tuyaux bidons.

– Où t'étais passé, merde ? fit le journaliste.

– Tu ne sais plus dire bonjour ?

– Bonjour. Où t'étais passé, merde ?

– Pourquoi ?

– Pourquoi ? s'écria Riley en s'étranglant presque. Pourquoi ! Parce qu'on a cinq meurtres comme sujet d'article, voilà pourquoi.

– Vous avez eu droit à un briefing, argua Latovsky.

– C'était pas un briefing, c'était un numéro de cirque, oui !

Le policier baissa les yeux vers la flaque entourant ses pieds et dont le vent soufflant des pics ridait la surface. La température commençait à descendre.

– Ça a dû être plutôt mauvais.

– Mauvais ? C'était catastrophique. Ton patron s'est fourré les doigts dans le nez, il s'est gratté le cul, il a failli passer son pied à travers le pupitre et – écoute ça, Dave – il a lâché un pet.

– Un pet... dit Latovsky, ravalant un rire.

– Ouais, un pet, devant Dieu et tous les reporters locaux de Kingston à Albany.

– Un pet, répéta le lieutenant d'une voix chevrotante.

– T'as saisi. S'il avait été assis, j'crois qu'il aurait levé une fesse. Les satellites ont dû capter les rires étouffés... et l'odeur.

– Désolé... d'avoir... manqué ça, bredouilla Latovsky à peine capable de parler.

– Y a pas de quoi. Il doit en rester encore dans l'air.

Riley gloussa et les deux hommes partirent d'un rire incontrôlable, s'étreignirent les côtes en se balançant d'avant en arrière. Quand ils furent enfin calmés,

Latovsky se laissa aller contre la voiture, s'essuya les yeux.

– Viens, Dave, on se tape une mousse et tu me racontes ce que Meers a essayé d'expliquer.

– Peux pas.

– T'as un rencart?

– Peux pas, c'est tout.

Je dois sauver un copain d'un dîner dansant, pensa-t-il, se sentant soudain ridicule.

– Demain, alors?

– Peut-être, fit-il, évasif.

– Dave, faut que ce soit demain. Je dois au moins avoir quelque chose si je veux pas vous rentrer dedans. Meers avait l'air d'un malade mental à la télé. On aurait cru que c'était lui l'assassin. Demain.

– Peut-être, répéta le lieutenant en montant dans l'Olds.

On devait commencer à desservir le dernier plat au Country Club; salade de fruits en conserve avec un sorbet rouge sans goût fondant dessus.

– Je serai ici à dix heures, dit Riley. Apporte les croissants.

Le sommet du crâne du maître d'hôtel du Club arrivait au nœud de cravate du policier. Vêtu d'une queue de pie, d'un gilet de piqué blanc tendu par une panse ronde, il ressemblait au Fantassin de Pillsbury.

– Je vous laisserais bien entrer s'il ne tenait qu'à moi, lieutenant, assura le petit homme. Je vous le jure. Mais le Club est réservé aux membres – pas d'exception. Si j'en faisais une pour vous, ça n'en finirait pas. Sans compter que je perdrais ma place. A moins que vous n'ayez un mandat...

Latovsky leva des mains vides, paumes tournées vers le haut.

– Mon Dieu, gémit le petit homme, mon Dieu. (Son visage s'éclaira.) Je peux faire parvenir un message au Dr Bunner, si cela peut vous aider.

– Ça pourrait, convint le policier d'un hochement de tête.

Le maître d'hôtel se dirigea d'un pas pressé vers un comptoir derrière lequel une blonde à la racine des cheveux noire et aux oreilles ornées de trois boucles chacune mastiquait du chewing-gum en les observant.

Latovsky se demanda si on laissait la réceptionniste du *Shinnecock Club* de Southampton mâcher de la gomme. Le petit homme revint muni d'un bloc-notes à en-tête du *Glenvale Club*, surmonté d'une raquette de tennis et d'un club de golf croisés. Le policier sortit son stylo, s'appuya au comptoir pour écrire. L'eau de Cologne de la « blonde » avait une odeur lourde et douceâtre qui allait lui donner mal à la tête s'il s'attardait trop.

Après une seconde de réflexion, il griffonna : « Bunny, je suis dans le hall en train de secouer le Fantassin de Pillsbury. Viens à mon secours. Steaks au *Loft* – c'est moi qui régale. Je téléphone à Jeanne pour lui demander d'être aussi de la fête. A l'aide ! Au moins, viens me parler. C'est important. »

Un peu d'humour, un peu de supplique, cela devait marcher.

Il plia le message, le confia au maître d'hôtel qui l'emporta en franchissant les doubles portes tapissées de vinyl écossais. Lorsqu'elles s'ouvrirent, Latovsky entrevit une salle d'une beauté surprenante, avec un grand lustre et des bougies qui faisaient étinceler l'argenterie, le cristal, les cheveux et les joyaux des femmes.

Les portes se refermèrent et il alla attendre sur la banquette disposée le long du mur. La réceptionniste le surveillait comme si elle s'attendait à ce qu'il glisse un cendrier dans sa poche. Il faisait une chaleur étouffante et il était en nage quand le maître d'hôtel revint, l'air accablé.

– Il refuse de venir, lieutenant, je suis navré. Il m'a demandé de vous remettre ceci.

C'était le message de Latovsky, à nouveau plié. En bas, Bunner avait gribouillé de son écriture de médecin : « Je prends du bon temps. Personne n'a essayé de m'étrangler ou de me forcer à tomber le pantalon dans les toilettes des hommes, alors, va te faire voir. A demain. Amitiés, B. »

Le maître d'hôtel se tamponna les lèvres avec une serviette et Latovsky s'imagina en train d'entrer de force et d'entraîner Bunner dehors, tandis que Mary poussait des cris furieux. C'était presque aussi drôle que la description de la conférence de presse par Riley.

– Lieutenant? fit timidement le maître d'hôtel.

Latovsky le regarda, regarda à nouveau les portes, sentit l'urgence de la situation se dissoudre. Eve Klein avait essayé, il avait essayé, Bunner ne voulait rien savoir et c'était un grand garçon.

Il sourit au maître d'hôtel.

– Merci d'avoir essayé, lui dit-il avant de quitter le Club.

Dans le salon de réception, Bunner vit Adam Fuller qui revenait des toilettes pour hommes. Il ignorait qu'Adam fût membre du Club, et il se redressa dans sa chaise, leva une main et l'appela d'une voix rendue épaisse par l'alcool :

– Hé, Adam! Hé!

Enfin de la compagnie. Enfin un homme capable de parler d'autre chose que de golf ou des cours de la bourse.

Bunner était assis seul alors que tous les autres dansaient ou passaient de table en table. Mary gigotait à l'autre bout de la piste dans un nouveau modèle à perles qui avait dû coûter cinq cents dollars. Cinq cents sacs pour le dîner dansant d'un club minable d'un trou de province. Elle dansait avec Bill Apted, un connard de yuppie qui posait au satyre. Sûrement un pédé refoulé, se dit Bunner. Apted avait la main gauche tout en bas du dos de Mary – quelques centimètres de plus et il lui touchait les fesses.

– Salut, Bunny, dit Adam d'un ton aimable en s'asseyant.

C'était un jeune homme si aimable, pensa Bunner. Trop aimable, trop calme, trop maître de lui sauf lorsqu'il s'agissait de femmes, et, même dans ce domaine, ses défaillances étaient parfaitement normales, parfaitement compréhensibles chez un homme qui avait passé le plus clair de sa vie d'adulte à préparer son doctorat à Dartmouth. Parfaitement normal – la seule personne normale de la soirée. C'était son patient, mais les deux hommes étant également médecins, leurs vues sur le monde s'accordaient. Adam paraissait on ne peut plus équilibré. Mais alors pourquoi venait-il voir Bunner une fois par semaine?

Question profonde qu'il faudrait poser une autre fois, décida le psychiatre. Quand il serait à jeun.

– Laissez-moi vous offrir un whisky, proposa-t-il à Adam avec un grand sourire.

Il vida dans un vase la bière que buvait Mary, prit la bouteille de scotch, en versa deux doigts à Adam, remplit son propre verre à ras bord et but une gorgée avec élégance. Tant qu'il saurait faire preuve d'élégance, personne ne pourrait l'accuser d'être vraiment soûl, bien qu'il en prît le chemin – à n'en pas douter. Il avait commencé par des Martini, toujours mauvais signe. Mangé une viande sèche présentée comme du filet, couverte d'une sauce grumeleuse où flottaient des morceaux caoutchouteux pouvant être des champignons ou des brindilles.

Tout à coup, le dîner qu'il avait avalé deux heures plus tôt ne tint plus en place.

– Bunny? fit Adam d'un ton inquiet.

Intéressant. On ne pouvait se méprendre sur la sollicitude de la voix mais cette sollicitude ne parvenait pas aux yeux. Rien ne parvenait jamais aux grands yeux marron, presque beaux d'Adam Fuller. Rien.

– Ouais?

– Ça va? Vous êtes un peu pâle.

– Non, en fait, ça va pas. Je suis bourré, avoua Bunner, lorgnant le verre de scotch avec un soudain dégoût. Et si je ne respire pas un peu d'air frais dans les secondes qui suivent, je vais vomir sur mes genoux... ou sur les vôtres.

Adam sourit avec une expression aimable, tout à fait adaptée aux circonstances, pensa Bunner. Un peu amusée, un peu préoccupée. La bouche savait exactement ce qu'il fallait faire, mais il ne se passait rien derrière ces yeux.

Il glissa une main sous le bras de Bunner, le souleva. Docile, le psychiatre se mit debout.

– Où on va? bredouilla-t-il.

Il n'avait pas été aussi soûl depuis le jour où, vingt-deux ans plus tôt, il avait enfin décroché son précieux doctorat et fait la fête avec Dave. La cuite de ce soir, c'était la faute de Dave, qui lui avait amené cette femme. Qui lui avait ensuite envoyé ce message stupide... Il espérait que le policier était rentré chez lui en se faisant une raison.

– Dehors, respirer un peu, répondit Adam.

Même l'intonation, la hauteur de la voix étaient parfaites.

Adam le Parfait.

– Et votre cavalière? s'enquit Bunner.

– Oh! elle se débrouillera.

– Qui est-ce?

– Naomi Segal, une collègue. Elle est là-bas, en train de bavarder. Elle se passe bien de moi.

Bunner dut faire un effort pour accommoder sa vision. Il connaissait Naomi Segal, chef du service pédiatrique. Petite et replète, elle avait une masse de cheveux bruns, de grosses joues roses et des yeux marron pétillants qui disparaissaient presque quand elle souriait. Elle portait un fourreau de satin bleu roi avec des tas de volants sur le devant qui la faisait paraître plus grosse, plus brune, plus joviale.

Elle était en grande conversation avec deux autres femmes qui tournaient le dos à Bunner.

– Vous allez la baiser? demanda-t-il tandis qu'Adam l'entraînait vers les portes de verre coulissantes qui occupaient tout un mur.

– Je vais essayer, répondit Adam d'un ton joyeux.

Adam le Joyeux.

Il ouvrit une des portes et entraîna Bunner sur la terrasse dallée. La pluie avait cessé. L'air propre, frais et humide le frappa comme un verre de vin blanc glacé.

Il tourna sur lui-même, tenta de saisir le montant de la porte et échoua. Adam le retint sans effort; ses doigts étaient comme des barres d'acier sur les bras de Bunner.

– Là, asseyez-vous. C'est sec.

Le psychiatre se laissa tomber sur un banc. C'était effectivement sec mais glacé, et le froid se transmit instantanément à son postérieur à travers le tissu du pantalon. Très mauvais pour ses hémorroïdes. Incapable de se lever, il demeura assis, respirant l'air frais, presque métallique. Les nuages avaient disparu, des étoiles constellaient le ciel et la lune était encore pleine.

Nuit de la pleine lune.

La lune, les lumières du Club et de l'allée menant à la route éclairaient le terrain de golf, transformaient la pelouse parfaite en une immense étendue légèrement ondoyante de feutre vert.

Il prit une nouvelle inspiration, eut l'impression que sa tête commençait à s'éclaircir.

– Ça va mieux? s'enquit Adam.

– Beaucoup mieux. Crois pas que je vais rendre mon dîner, finalement – ce ne serait d'ailleurs pas une grande perte. Repas exécrable. Soixante-quinze dollars par tête et tout ce qu'on vous sert, c'est de la viande non indentifiable, avec la seule sauce en boîte qui ait des grumeaux.

– Je crois que ce sont des champignons.

– Des champignons, gémit Bunner. Parlez pas de ça.

Après un moment de silence, Bunner marmonna :

– Merci, Adam.

– De quoi?

– De votre aide.

– Vous m'aidez, vous aussi, fit remarquer Adam.

– Vraiment? Est-ce que j'ai jamais aidé quiconque? Pas Ken, en tout cas.

– Qui?

– Ken. Pas de nom de famille. Mais vous savez qui c'est. Il s'est retrouvé dans votre service d'urgence l'année dernière à peu près à la même époque.

– Oh, ce Ken-là.

– Ce Ken-là. Je n'ai pas réussi à l'aider. J'ai fouillé dans sa tête pendant des mois, résultat : zéro. Triple zéro. Et elle, elle se pointe, elle règle tout en dix minutes. Sans même...

– Qui ça, elle?

– Une voyante, et pas pour rire. Elle a « vu » les cicatrices sur les mains de Ken.

– Les cicatrices... fit Adam, la voix soudain aussi morne et aussi vide que son regard.

– Ouais, de vieilles cicatrices. Remontant à son enfance.

Adam recula, et Bunner crut qu'il allait retourner à l'intérieur retrouver les joyeux convives. Sauf qu'ils n'avaient rien de joyeux, se dit-il. Ce n'était qu'une bande de vieux cons essayant d'exécuter une danse rituelle tribale sans se démettre une vertèbre.

Mais au lieu de rentrer, Adam recula simplement dans l'ombre projetée par le mur de sorte que Bunner ne vit plus que la tache grise que faisait sa chemise, l'éclat de ses souliers vernis.

– Des cicatrices... répéta Adam Fuller de sa voix sépulcrale.

Agacé, Bunner répliqua :

– Y a de l'écho, ici ? Oui, des cicatrices. Elle a vu les cicatrices que Ken s'est faites en essayant d'empêcher sa mère de brûler vive. Ce qu'il n'a pas réussi, soit dit en passant. Ou plutôt non, il n'a pas échoué, je ne dois pas penser en ces termes. En fait, elle n'avait aucune chance d'être sauvée.

« Et ce n'est pas tout ce que la petite dame au don a fait, mon vieux. Elle prétend avoir vu l'homme qui a tué la dernière Femme des Bois, hier.

Pas un bruit n'émanait d'Adam.

– De dos, naturellement, poursuivit Bunner avec un sourire mauvais. Vous savez pourquoi, Adam, mon vieux ?

– Pourquoi ? demanda Fuller, d'un ton plus froid que jamais.

Si un glacier pouvait parler, il aurait cette voix, pensa le psychiatre.

– Parce que si elle l'avait vu de face, elle serait obligée de le décrire, et elle ne peut pas, parce qu'elle n'a rien « vu », ni lui ni quoi que ce soit.

– Sauf les cicatrices de Ken.

– Sauf les cicatrices de Ken, psalmodia Bunner.

– Et si elle les a vues...

Adam attendit mais le psychiatre ne réagit pas.

– Qu'est-ce qu'elle a vu d'autre, Bunny ?

Cette fois, Bunner répondit. Il raconta la visite de la jeune femme à son cabinet avec Latovsky – sans donner de noms, évidemment.

– Elle prétend avoir vu le dos du meurtrier. Il portait un blazer bleu, un pantalon de toile claire.

– Comme la moitié des hommes d'Amérique un vendredi soir.

– Exact, s'empressa d'approuver le psychiatre.

S'il pouvait démolir cette vision, il finirait peut-être par trouver une explication rationnelle aux cicatrices de Ken. Il pourrait alors les envoyer aux oubliettes, elle et son « don », et l'univers reprendrait son cours normal, où tout le monde était assujetti aux mêmes paramètres spatio-temporels. Il n'aurait pas à modifier sa conception du possible. Personne n'aime faire ça, sauf les aigris qui mènent une existence si morne et ont l'intellect si flemmard qu'ils vont chercher leur notion de « possible » dans les journaux à sensation : un bébé naît avec trois têtes. Une femme de quatre-vingts ans accouche de jumeaux.

– Elle a aussi précisé qu'il avait des mocassins à glands.

– Des mocassins à glands, fit Adam, légèrement contrarié.

Le blazer, le pantalon de toile claire, n'importe qui pouvait deviner, mais les mocassins à glands...

Bunner ne s'attarda pas sur l'aspect vestimentaire et entreprit de lui raconter le moment où elle lui avait tendu la main.

– C'était comme si elle me présentait une poignée grouillante de vers, dit-il.

Puis il parla de sa visite à Ken, des cicatrices qu'il avait vues de ses propres yeux et finalement de son crochet par la carrière. Il avait eu besoin de grand air, de se retrouver loin d'elle. Il la haïssait et avait peur d'elle, lui expliqua-t-il.

– Elle faisait peur?

Bunner ne répondit pas et enchaîna :

– Et pour vous montrer les conneries que j'ai dû écouter ce matin-là, reprit Bunner, elle m'a dit aussi de ne pas venir ici ce soir.

– Oh...

– Sans expliquer pourquoi, bien sûr. Elle a juste dit, *N'y allez pas*, de sa voix de spectre. Et regardez le bon temps dont je me serais privé si je l'avais écouté, conclut Bunner d'un ton amer.

– Et ensuite?

– Ensuite... rien. Elle est partie dans une petite voiture rouge, elle a disparu. Fin.

Il ouvrit les bras dans un geste théâtral, commettant une erreur parce qu'il était encore soûl, et le monde se mit à tourner autour de lui. Il baissa les bras, agrippa le bord du banc glacé et tout reprit sa place.

– Mais elle n'a pas vu son visage, dit Adam, invisible dans l'ombre.

Bunner scruta l'obscurité sans pouvoir le distinguer. C'était curieux qu'Adam se fixe sur ce détail – le visage du meurtrier.

– Je vous l'ai dit. Elle *n'a rien vu.*

– Sauf les cicatrices sur les mains de Ken Nevin, dit Adam, comme s'il y croyait.

Il avait pourtant obtenu un doctorat de médecine à Dartmouth. Cela ne faisait pas de lui un scientifique mais presque. Il ne pouvait croire à ces sornettes.

– Qui est-ce, cette femme? demanda-t-il d'un ton qu'il voulut détaché.

Ce n'était pas la question qu'un médecin devait adresser à un confrère, il le savait, mais il n'avait pu s'empêcher de la poser.

Bunner s'efforça de tourner la chose à la plaisanterie :

– Pourquoi, Adam? Vous voulez savoir si vous allez rencontrer une belle brune?

– Elle pourrait me le dire?

Le psychiatre ne répondit pas.

– Elle le pourrait? insista Adam. Vous... vous y croyez?

Pas de réponse.

– Vous y croyez? répéta Adam avec plus d'urgence que Bunner n'en avait jamais entendu dans sa voix.

Et la vérité tomba de la bouche du psy comme le crapaud de la bouche de la jolie princesse dans le conte de fées :

– Oui, j'y crois.

Le voyant du répondeur clignotait quand Latovsky rentra chez lui. Il se passa la bande.

« Lieutenant... Dave... c'est Eve Klein. J'ai vainement essayé de joindre Bunner. Dave, vous devez l'empêcher d'aller à cette soirée.

Quelques déclics puis à nouveau sa voix, avec le même message.

Il arrêta l'appareil, appela le numéro qu'elle lui avait donné. A la troisième sonnerie, un homme décrocha et annonça d'un ton bourru :

– Tilden House.

– Je voudrais parler à Mrs. Klein. Eve Klein.

– Mrs. Klein est absente. Puis-je prendre un message?

– Dites-lui que le lieutenant Latovsky a appelé.

– Lieutenant...?

– Latovsky. Dites à Mrs. Klein que j'ai essayé de l'empêcher mais rien à faire.

– C'est un message énigmatique, lieutenant.

– Elle comprendra.

Il raccrocha avant que l'homme puisse poser des questions, commença à ôter sa veste humide puis se figea. Il avait faim, il avait froid, il se sentait épuisé. Il pensait avec impatience à son lit chaud. Pourtant il remit sa veste et ressortit dans la nuit.

Le vent s'était levé, la température tombait de minute en minute. Là-haut, au nord, les lacs seraient couverts de glace demain matin. Latovsky monta dans son Olds et, un quart d'heure plus tard, se gara à nouveau dans le parking du *Glenvale Club*.

Ne voulant pas affronter une nouvelle fois le pauvre maître d'hôtel, il attendit, mettant en marche et arrêtant alternativement le chauffage pour ne pas s'endormir ni mourir de froid. A minuit, les invités commencèrent à partir, le tirant de sa torpeur. Il dut attendre une demi-heure de plus pour voir Bunner franchir la porte en titubant soutenu par Mary.

Son vieux copain avait pris une muflée.

Ils parvinrent à la Cadillac. Mary aida Bunner à s'installer côté passager et Latovsky le vit s'affaler contre la vitre. Il entendit même un faible bruit sourd, de l'endroit où il était. Mary avait sans doute bu quelques verres, elle aussi mais il ne l'avait jamais vue un tant soit peu éméchée.

Il les suivit à distance, retint sa respiration quand elle s'engagea dans l'étroite allée du garage où Bunner avait éraflé sa voiture plus d'une fois. Mais c'était un piètre conducteur et Mary monta la Cadillac sans problème. La porte automatique s'ouvrit dans un bruit de ferraille; quelques minutes plus tard, il vit de la lumière au premier étage.

Bunner avait ignoré la mise en garde du médium, il était allé à la soirée puis était rentré chez lui sans autre dommage qu'une bonne cuite – et il ne fallait pas être médium pour savoir qu'il se soûlerait.

– J'ai assez bu, déclara Adam à Naomi Segal.

– Moi aussi, dit-elle en lui tapotant le bras. Si je nous faisais un bon chocolat chaud?

Avec la crème fouettée qui lui empâterait la bouche, et, par là-dessus, un marasquin d'un rouge vénéneux, pensa-t-il. Il faudrait boire cette saleté puis faire l'amour. Cela lui demanderait quelque effort parce qu'elle était ronde, grasse, joviale – un vrai père Noël sans la barbe. Il n'était pas sûr d'y arriver s'il ne pensait pas à Abby.

Abby au clair de lune, nue à partir la taille, allongée sur les aiguilles de pin, lui tendant les bras...

Mais il venait d'entendre quelque chose d'étonnant, et c'était à cela qu'il devait penser, pas à Abby, à Naomi, ni au moyen de bander pour un père Noël féminin. Il fallait qu'il comprenne ce que cela signifiait pour lui – si tant est que cela signifiât quoi que ce soit.

Naomi attendait sa réponse la tête inclinée, du désir dans les yeux. Elle était chef du service de pédiatrie, il ne pouvait la blesser dans son amour-propre. D'ailleurs, il n'en avait nullement envie parce qu'elle était joviale, gentille et qu'il la trouvait sympathique.

– Un chocolat chaud, oui, avec plaisir. Euh... où sont les toilettes?

– Au bout du couloir. La première porte.

C'était une salle de bains au plafond en pente, avec un carrelage rose, un lavabo et des serviettes roses. Même la commode était rose, et la lueur rosâtre des ampoules de la lampe, au-dessus du miroir, le rendait presque beau.

Elle n'avait pas vu son visage.

Mais s'il était le flic qui l'avait conduite à Bunner, il s'accrocherait à elle jusqu'à ce qu'elle le voie.

Il n'avait rien de particulier, ce visage. La description qu'on en ferait correspondrait à la moitié des hommes de moins de cinquante ans de l'État. Mais avec la technique du portrait-robot, ils obtiendraient une certaine ressemblance. Tôt ou tard, quelqu'un remarquerait que les affiches représentant le Tueur des Bois ressemblaient beaucoup au gentil jeune médecin de Glenvale General.

Il fallait qu'il fasse quelque chose.

« Faire quoi? Dites-le! » l'aurait exhorté Bunner.

La trouver et la tuer avant qu'elle me voie, Bunny, comme elle a vu mon dos et les cicatrices sur les paumes de Ken...

Les cicatrices.

Quelle étrange coïncidence.

Abby avait vu celles sur son ventre, elle l'avait interrogé. Il avait répondu qu'il avait eu un accident de voiture, que les éclats de verre l'avaient coupé. C'était un mensonge. Il ne savait pas d'où venaient ces cicatrices. Pas plus que Ken Nevins ne l'avait su avant qu'*elle* ne vienne.

Il défit sa large ceinture de tissu, releva la chemise, baissa son pantalon de smoking et son caleçon, affronta leur vue pour la première fois depuis des années. Des centaines de cicatrices couraient de son nombril à son bas-ventre. C'étaient des coupures, pas des brûlures, et on eût dit que quelqu'un avait joué au morpion sur sa peau avec un rasoir.

Certaines n'étaient que de fines lignes pâles, d'autres de gros bourrelets roses semblables à des asticots.

– Aaaadaaam ! appela Naomi.

Il sursauta comme un fautif, rabattit le pan de sa chemise pour recouvrir les cicatrices puis tira la chasse d'eau, se reboutonna et rattacha sa ceinture. Après avoir bu le chocolat chaud, il faudrait la défaire à nouveau et avoir une érection pour Naomi Segal.

Il y arriverait, pensa-t-il. Et elle serait en totale sécurité avec lui parce qu'elle ne le troublerait jamais assez pour que cela vaille la peine de faire... l'autre chose.

– Quelle autre chose ? le taquinerait Bunny. Dites-le.

– Lui ouvrir le ventre et la regarder mourir au clair de lune pendant que j'essaie de ressentir de l'amour, de la peine, de la pitié... quelque chose. La réponse est assez directe pour vous, Dr Bunner ?

6

Mary Bunner était habillée, coiffée, et donnait l'impression de s'être couchée à neuf heures la veille. Tout un art, pensa Latovsky.

– Bonjour, Mary, dit-il. Je sais qu'il est tôt...

– Peut-être un tantinet, en effet, après la réception d'hier soir. Mais entrez donc.

– Je ne peux pas, j'ai de la route à faire.

Il devait parcourir plus de six cents kilomètres pour couvrir tous les noms de la liste de Lydia Rodney. C'était possible, en s'y mettant tout de suite.

– J'aurais voulu savoir... commença-t-il, hésitant, ne sachant pas comment formuler la question.

– Vous auriez voulu savoir...? fit-elle.

– Euh... comment vous allez. Surtout Bunny.

Elle le regarda fixement.

– Mary, il va bien? demanda-t-il, le cœur battant.

– Vous êtes le second à me poser la question, et il n'est pas encore encore neuf heures.

– Il est...?

– D'abord Isabelle, du service des abonnés absents, qui semblait aussi préoccupée que vous en avez l'air. Elle m'a inquiétée au point que je suis remontée furtivement pour regarder Bunny ronfler et empuantir l'air de son haleine.

– Mary, il...

– Il va parfaitement bien. Mis à part le fait qu'il se penche en ce moment même au-dessus de la cuvette des W.-C. pour vomir environ un litre de Chivas et de Beefeater, mélangé au rouge du Club qui n'en a plus que pour deux semaines avant de tourner au vinaigre. En d'autres termes, il se porte aussi bien qu'il est en droit de l'attendre. Maintenant, qu'est-ce que c'est que tout ça?

– C'était juste pour savoir.

– Alors subitement, Isabelle et vous, vous voulez juste savoir si Bunny va bien?

Il déglutit, sentit sa pomme d'Adam descendre. Mary était une grande femme robuste avec un caractère redoutable dont il pouvait voir qu'il commençait à s'échauffer.

– Demandez-le donc à Bunny, suggéra-t-il.

– Oh! vous pouvez y compter, répliqua-t-elle sèchement.

– Mais ne lui faites pas de reproche. Ce n'est pas de sa faute.

– Qu'est-ce qui n'est pas de sa faute?

– Désolé, il faut que je me sauve.

Il traversa la pelouse en direction de sa voiture.

– Dave...

Il lui fit signe de la main avec un grand sourire de crétin.

– Dites-lui que je serai de retour pour le match.

Tout est redevenu normal, pensa-t-il en montant dans l'Olds. Il serait de retour pour le bon dîner du dimanche soir de Mary – ce n'était pas son week-end avec Jo. Bunny et lui regarderaient le match puis, avec Pete, leur fils, ils tireraient des paniers dans la pénombre qui s'éterniserait. Il passerait ensuite chez Jeanne pour un petit ou un grand câlin, selon l'heure. Dimanche typique à Glenvale : familier, immuable et aussi réconfortant qu'un tableau de Norman Rockwell.

Mary l'appela à nouveau mais il ignora ses cris et démarra.

Bunny se traîna en bas, serrant son peignoir de bain d'une main autour de son cou, tenant la rampe de l'autre, et s'efforçant de ne pas remuer la tête.

La maison était silencieuse. Celui ou celle qui avait sonné n'était pas entré, Dieu merci, et Pete était encore chez les Cohen, où il avait passé la nuit. Pas de Nike pointure quarante-deux martelant le plancher en haut, pas de chaîne stéréo braillant une musique ressemblant à une attaque d'artillerie. Le silence complet.

Il alla dans la cuisine.

Mary avait pris une douche, enfilé un pantalon bien repassé et une blouse propre. Les cheveux brillants, bien coiffés, elle était assez présentable pour prendre la parole à une réunion de parents d'élèves.

– Je te déteste, dit-il à voix basse pour épargner sa tête.

– C'est toi que tu devrais détester. Je ne sais pas ce que tu cherchais à prouver hier soir mais j'espère que tu y es parvenu.

Il avait prouvé qu'il pouvait se montrer aussi irrationnel qu'un prédicateur fondamentaliste quand ses convictions profondes étaient ébranlées. Mais eux avaient sans doute assez de bon sens pour ne pas se poivrer.

Bunny se glissa sur une des chaises en vinyl blanc. Elle était glacée, la table était glacée – un de ces quatre, il allait l'étrangler, ce con de décorateur.

Mary posa devant lui un toast sans beurre et une tasse de thé.

– C'est quoi, ça? croassa-t-il. J'ai besoin d'aspirine. Je vais crever, sinon.

Ce qu'il lui fallait en réalité, c'était repiquer au truc, boire un verre, mais cette seule idée lui donnait des vertiges et la nausée.

– L'aspirine, c'est acide, docteur, dit Mary, et tu as consommé assez d'acide hier soir pour percer un coffre. Il est temps d'en éponger un peu. Mange un toast.

Il mordit dans le pain grillé, mâcha longuement. La bouchée finit par descendre et sembla disposée à ne pas remonter. Il mordit à nouveau dans le toast.

– Essaie le thé. J'ai mis du miel dedans.

Il s'exécuta tandis que Mary s'asseyait en face de lui.

– J'ai eu une matinée étrange, dit-elle. D'abord, Isabelle a téléphoné à huit heures et demie pour s'assurer que tu allais bien. Apparemment, une inconnue l'a appelée hier soir et à nouveau ce matin pour prévenir qu'il allait t'arriver quelque chose de terrible. Isabelle n'a pas une imagination débordante, c'est le moins qu'on puisse dire. Pourtant, cette femme l'a effrayée – et Isabelle m'a effrayée à son tour. Ensuite Dave est passé pour demander la même chose.

– Pete rentre à quelle heure?

– Ne change pas de conversation. Qu'est-il arrivé?

Une femme qui se prétend médium a fait une sombre prédiction. Sauf que la prédiction n'était pas sombre : elle avait simplement dit : « N'y allez pas. » Peut-être savait-elle dans quel état il serait ce matin.

– Bunny, que se passe-t-il?

– Le changement de saison rend tout le monde un peu frappé, dit-il.

– Quel diagnostic psychiatrique percutant, docteur, ironisa Mary.

Elle se leva et glissa une autre tranche de pain dans le toaster. Le téléphone se mit à sonner. Le bruit transperça le crâne de Bunny, qui hoqueta en plaquant les mains sur ses oreilles. Mary se précipita, décrocha au moment où l'appareil entamait la deuxième sonnerie. Elle parlait d'une voix si basse qu'il l'entendait à peine et que ses entrailles s'apaisèrent. Non, disait-elle à la personne qui appelait, le Dr Bunner ne pouvait répondre au téléphone pour le moment. Il était un peu souffrant, essayez donc demain au cabinet, etc. Bunny remarqua alors que Mary répétait la même chose pour la troisième fois, probablement parce que le correspondant insistait. Ne cède pas, Mary, l'exhorta-t-il en silence. Ne cède pas, je t'en supplie.

Au bout de cinq minutes, elle éloigna le téléphone de son oreille, le couvrit de sa main et regarda son mari.

– Il ne veut rien entendre, Bunny. Et il a l'air... agité. J'ai un peu peur de lui raccrocher au nez.

Raccroche, pensa Bunner. *Raccroche-lui au nez à ce dingue visqueux. C'est dimanche matin, j'ai la gueule de bois... et une vie personnelle, aussi.*

– Il parle d'une façon bizarre, en plus, murmura Mary. Comme s'il avait quelque chose dans la bouche. Je crois que tu ferais mieux...

Elle lui tendit le téléphone, il se mit péniblement debout et se traîna le long du comptoir. Le dessus était gelé, il ferait un procès à ce pédé de décorateur pour lui réclamer le moindre *cent* supplémentaire qu'il dépenserait pour chauffer ce cauchemar à la Bauhaus l'hiver prochain.

Il prit le combiné, agréablement réchauffé par le contact de Mary, le nicha contre son oreille.

– Docteur Bunner à l'appareil, annonça-t-il d'une voix éraillée, comme s'il avait avalé du sable.

– Bunny... Oh, Bunny, Dieu merci!

Il ne reconnut pas la voix mais son correspondant, quel qu'il fût, le connaissait assez pour l'appeler Bunny.

– Qui êtes-vous?

– Je ne peux pas vous le dire, ne me forcez pas à vous le dire, je vous en prie.

Il y eut à l'autre bout du fil un long sanglot tremblé qui semblait vrai mais qui lui fit aussitôt penser à Olivia De Havilland dans *La Fosse aux serpents.*

– Vous avez deux secondes pour me dire un nom, sinon je raccroche, menaça Bunner.

– Qui que je sois, j'ai besoin d'aide. Bunny. De votre aide.

La voix était étouffée, déformée, comme si l'inconnu parlait avec des billes dans la bouche et à travers un mouchoir. Supposition quelque peu paranoïde, même pour un psy affligé de gueule de bois.

Il pensa alors à *elle*, si elle était capable de déguiser sa voix à ce point. Mais là, c'était pire que de la paranoïa. Cette femme n'avait montré aucun désir de le tourmenter, et la voix était assurément masculine.

– S'il vous plaît, geignait l'inonnu, il faut que je vous voie tout de suite.

La folie était peut-être feinte, mais pas l'urgence, et le psychiatre sentit s'éveiller en lui cette compassion dont il était habituellement fier, sa meilleure arme contre la tristesse, la confusion mentale, la peur et parfois la terreur qu'éprouvaient ses patients.

Mais il n'avait pas envie d'être compatissant maintenant. Ce qu'il voulait, c'était manger un autre toast, prendre une douche et se remettre au pieu.

– Écoutez, qui que vous soyez, fit-il avec beaucoup de douceur, j'ai une gueule de bois épouvantable, je ne suis pas en état de vous recevoir, vous ou quiconque d'autre. Appelez Mrs. Meeker demain matin, dites que je lui demande de vous donner un...

– Nooon! hurla l'inconnu.

Bunner lâcha le téléphone, qui heurta le comptoir gelé, rebondit et pendit au bout du fil. Quand il se baissa pour le prendre, le psychiatre sentit des échardes de glace lui transpercer la tête. Titubant, il se retint au bord du comptoir. Mary se précipita pour lui venir en aide mais il l'écarta d'un geste, repêcha le téléphone et le ramena à son oreille.

– Écoutez-moi bien, espèce de sale con. Aujourd'hui, c'est non, je suis malade. Je suis un être humain moi aussi. Alors, ou vous appelez Mrs. Meeker demain ou vous allez vous faire foutre. Vous avez saisi ?

– Oh ! oui, fit la voix déformée. Maintenant, à vous d'écouter, Dr Bunner. Je serai à votre cabinet dans une heure et demie exactement. Vous pouvez y être aussi, me prodiguer les soins et l'aide qu'un patient est en droit d'attendre de son médecin, ou vous pouvez rester chez vous à dorloter votre gueule de bois. Mais moi, je me fourrerai dans la bouche le canon d'un énorme fusil – je l'ai sous les yeux – et je me ferai exploser la cervelle devant la porte de votre cabinet. Vous avez compris, Dr Bunner ?

Il y eut un déclic, puis le silence. Le téléphone rivé à l'oreille, Bunner ne parvint à croire que ce salaud avait raccroché que lorsqu'il entendit la tonalité discontinue. Il se tourna vers sa femme.

– Il prétend qu'il se tuera, dit-il d'un air sceptique.

– Oh, Bunny.

– Il dit qu'il se fera sauter le crâne si je ne le reçois pas.

– Tu le crois ?

– Non... oui... Je ne sais pas.

Le parking était désert à l'arrivée de Bunner mais il avait vingt minutes d'avance. Il alla dans le hall de l'immeuble, ne referma pas la porte à clef pour que l'inconnu puisse entrer, monta au troisième étage de l'immeuble silencieux. Le dimanche, il n'y avait que Marsh Todd, dans son petit bureau de gardien au sous-sol.

On avait arrêté la climatisation pour le week-end, et comme aucune des fenêtres ne s'ouvrait, l'air sentait le renfermé. On aurait au moins pu construire ces horreurs avec des fenêtres qui s'ouvraient.

Parvenu au coude cachant la fin du couloir et son cabinet, il ressentit une soudaine attaque de ce que sa mère aurait appelé « les rats bleus » et s'arrêta net.

Il se pouvait que l'inconnu désirât un spectateur, pas un sauveur, et qu'il attendît au détour du couloir, le canon du fusil déjà dans la bouche. Quand Bunner tournerait le coin, il appuierait sur la détente.

Blam... Du sang et de la cervelle partout sur les murs.

Ou alors l'inconnu avait Bunner dans la peau et avait téléphoné juste *avant* de tirer, pour qu'il glisse sur une mare de sang en tournant le coin.

Il s'affala contre le mur et eut un violent renvoi qui lui laissa un goût de vomi dans la bouche. Bon dimanche, pensa-t-il. Il mâcha un ou deux des Rolaids qu'il avait emportés, se redressa.

Personne dans le couloir.

Il parcourut les derniers mètres à la hâte, entra dans le bureau de la secrétaire, s'assit sur le siège de Mrs. Meeker et mit en marche le petit ventilateur qui, disait-elle, l'aidait à respirer quand la climatisation lâchait.

La façon dont ce type l'avait manipulé... Il n'en revenait pas. Bunner avait argué qu'il était malade, incapable de le recevoir, il avait quasiment supplié l'inconnu. La plupart des gens auraient renoncé mais l'homme avait montré l'acharnement et l'égocentrisme d'un psychotique.

Aucun des patients que le psychiatre voyait à son cabinet ne souffrait de psychose, ou même de quoi que ce soit d'approchant, mais ceux qu'il soignait à Duyvilskill (Devil's Creek, la Rivière du Diable), l'hôpital de l'État, entre Glenvale et Albany, entraient dans cette catégorie. Peut-être qu'un de ces pauvres malades s'était fait la belle, avait volé une arme et était en route pour son cabinet.

Dans la bouche soudain sèche du psy, les grains non dissous de Rolaid ressemblaient à du gravier. Il était couvert de sueur. Saisissant le téléphone, il composa précipitamment un numéro, écouta la sonnerie, une... deux... dix fois. Il y avait forcément quelqu'un, même un dimanche. Il leva les yeux vers la pendule murale. Midi moins dix, plus que dix minutes.

Enfin, le standard prit l'appel.

– Duyvilskill.

– C'est le Dr Bunner. Passez-moi Charlie Perkins, vite.

– Un instant, docteur.

Un déclic puis plus rien. L'aiguille de la pendule indiqua moins huit, moins six.

– Bunny?

– Charlie, ils sont tous là?

– Bien sûr qu'ils sont tous là. Qu'est-ce qui te fait cr...

Charlie s'interrompit, reprit d'une voix un peu tremblante :

– Ne quitte pas, je vérifie.

Nouveau silence. Moins deux... Bunner se surprit à guetter le bruit de l'ascenseur. L'immeuble était silencieux.

A midi deux, Charlie revint en ligne :

– Tous présents. Tous au foyer en train de regarder *Les Douze Salopards* pour la cinquantième fois. Ils adorent – surtout Telly Savalas dans le rôle du dingue. Bunny, qu'est-ce qui t'a fait croire que...

– J'ai reçu un coup de téléphone bizarre.

– En tout cas, tu m'as filé une belle frousse.

– Je m'en suis filé une aussi.

Ils raccrochèrent, Bunner passa dans son bureau. Midi dix : l'inconnu avait changé d'avis ou était coincé dans les embouteillages. Il lui accordait dix minutes de plus. Bonne occasion de jeter un coup d'œil au sommaire des revues dont il avait remis la lecture. Lorsqu'il prit la première de la pile, son regard tomba sur le magnétophone. La cassette y était encore. Il allait la rembobiner et l'effacer : il ne voulait plus jamais écouter la voix de cette femme. Au moment où il tendait la main vers l'appareil, il entendit la machinerie de l'ascenseur de l'autre côté du mur. C'était un bruit qu'il n'aurait pas remarqué un jour normal à cause des conversations dans les autres bureaux, des sonneries de téléphone, du chariot à café allant et venant dans le couloir. Mais il lui parut presque fort dans le silence qui l'entourait.

Il éprouva une envie subite de s'enfuir, de courir au bout du couloir, de prendre l'issue de secours et de dévaler l'escalier avant que l'inconnu ne soit sorti de l'ascenseur.

Mais les docteurs ne fuient pas plus les malades que les pompiers ne fuient les incendies. Et ce pauvre type était malade, indépendamment de tout ce qu'il pouvait être d'autre. Malade et torturé, criant à l'aide de la seule façon qu'il connût.

Encore cette compassion. Elle finira par avoir raison de moi, se dit Bunner.

Il resta calme, les paumes à plat sur le sous-main. Celui-ci était maculé de taches de café, tout abîmé sur les bords, entièrement griffonné. Mrs. Meeker n'arrêtait pas de le tanner pour qu'il en change, mais cela aurait signifié déplacer tout ce qui était sur le bureau.

Les portes de l'ascenseur coulissèrent dans un bourdonnement. Le couloir était moquetté; Bunner n'entendit pas de bruit de pas mais crut sentir le tremblement qu'ils communiquaient au sol cependant que l'inconnu descendait le couloir, tournait le coin...

La porte extérieure s'ouvrit, une ombre longue et mince se découpa sur le sol, absurdement sinistre malgré le soleil pénétrant par les fenêtres fixes. L'ombre se raccourcit, s'épaissit en se rapprochant puis glissa dans le bureau de Bunner, et Adam Fuller apparut sur le seuil. Il sourit et dit d'un ton navré :

– Désolé pour toute cette comédie, Bunny.

Fuller. Le nom était collé sur la porte, au-dessus de la fente de la boîte aux lettres. Latovsky pressa la sonnette de la maison de Barracks Lane (qui tenait probablement son nom des casernements, depuis longtemps disparus, de la Grande Armée de la République), puis recula d'un pas pour l'examiner. Elle avait besoin d'un coup de peinture. Les bords des volets jaunis des fenêtres de devant s'émiettaient; la véranda penchait, son plancher craquait sous le pied.

Toutes les maisons du quartier étaient petites, minables, mais c'était celle-là qui semblait la plus négligée.

Personne ne répondant, il sonna à nouveau, utilisa le heurtoir.

Il aurait pu téléphoner, fixer un rendez-vous. Mais alors, ils auraient été prêts à l'affronter, le visage fermé pour ne rien dévoiler, quelles que soient ses questions. Celles-ci seraient neutres. Avaient-ils loué la maison de Raven Lake? Avaient-ils un fils? Ce fils avait-il joué avec la balançoire?

Latovsky ne pouvait demander ce qu'il aurait réellement voulu savoir : le garçon avait-il quelque chose d'un peu étrange, d'un peu cruel ? Arrachait-il les ailes des mouches ? Brûlait-il les chats ? Pensaient-ils qu'il aurait pu passer de la torture de petits animaux au meurtre ?

Ils *connaîtraient* les réponses, même s'il ne posait pas ces questions, et ce qu'ils ressentiraient, ce qui les effraierait transparaîtrait sur leur visage s'ils n'étaient pas préparés.

Mais il n'y avait personne. C'était le risque quand on essayait de prendre les gens au dépourvu.

Il soulevait à nouveau le heurtoir quand il entendit :

– Vous cherchez Don Fuller?

Il se retourna, découvrit une femme qui levait les yeux vers lui du bas des marches de la véranda. Elle devait avoir dans les soixante-dix ans, avec une peau comme un lit de rivière à sec, des cheveux ressemblant à un balai usé, et les yeux les plus bleus, les plus clairs, les plus brillants qu'il eût jamais vus.

Il avança sur le plancher grinçant, descendit le perron.

– Oui, vous savez où il est?

– P'têt bien. Qui c'est qui le cherche?

Quand il lui donna sa carte, les yeux de la vieille étincelèrent de plaisir.

– Les flics! s'écria-t-elle. J'ai toujours su que Don aurait de vrais ennuis, un de ces quatre.

Latovsky ne fut pas choqué par sa méchanceté : ces petites villes grouillaient de vieilles malveillantes. Leur mari était décédé, leurs enfants partis pour la ville, et elles subsistaient avec de maigres pensions, le minimum de la sécurité sociale, plus ce que leur progéniture pouvait épargner. Elles vivaient de haricots, de bacon et de pommes de terre, d'excédents de fromage distribués par le gouvernement... et de méchanceté. Elles ne mangeaient jamais de fruits frais, n'avaient jamais entendu parler de fibres alimentaires... et vivaient pour la plupart jusqu'à quatre-vingt-dix ans.

Il faudrait faire une étude sur le rôle de la malveillance dans la longévité, pensa Latovsky, qui récupéra sa carte en disant :

– Il n'a pas d'ennuis, madame. Je veux juste lui

poser quelques questions de routine, à lui et à Mrs. Fuller.

– Ah bon ? Alors vous pourrez le faire quand il rentrera. Mais pour elle, faudra attendre la trompette du jugement dernier. Barbara Fuller, ça fait près de trente ans qu'elle est morte. Elle s'est fait tamponner sur la route Six, en venant de la laiterie Coleman. Après, ils ont mis un feu. C'est toujours après qu'ils y pensent. Mais à l'époque, y avait juste un stop, et je suis sûre qu'elle s'est arrêtée, elle. Barbara Fuller ne grillait pas plus les stops qu'elle se serait promenée en petite tenue dans la grand-rue à midi. C'était la femme la plus rangée, la plus soigneuse, la mieux organisée que l'Bon Dieu a jamais faite. Elle tenait sa maison propre, faisait de bons gâteaux et les amenait aux ventes de charité assez bien emballés pour faire deux fois le tour de la terre. Une belle garce aussi, bien sûr. Faut plus que des toilettes propres pour faire un être humain. Mais pour ce qui est du stop, elle s'est arrêtée, elle, vous pouvez en être certain.

– Mais ?

– Mais pas les gosses venant de l'autre côté. Ils l'ont emboutie à cent à l'heure et ont défoncé tout le côté de la voiture. Paraît qu'elle était tellement pleine d'éclats de verre qu'elle ressemblait à une décoration de Noël. Avec en plus des côtes cassées qui avaient crevé la peau et qui perdaient leur moelle. J'ai entendu dire qu'elle avait au crâne un trou si grand qu'on voyait la cervelle.

– Mr. Fuller, glissa le policier pour tarir le flot.

– Eh ben quoi ?

– Vous m'avez dit...

– Je sais ce que j'ai dit. Il est au café. Comme y en a qu'une dizaine en ville, vous le trouverez si vous cherchez. C'est un grand type, maigre comme une tringle. A peu près de mon âge, avec un reste de cheveux blonds. Il aura sûrement un pantalon de velours, une grosse veste avec des boutons en moins. Et il sera rétamé, ou tout comme.

Elle vient de décrire une bonne dizaine de millions de vieillards, pensa Latovsky. Il pourrait peut-être le trouver quand même mais cela lui prendrait la demi-journée. Il valait mieux aller à Utica voir les Everett. Il retourna sa carte, la posa sur la balustrade de la véranda pour écrire au verso.

– Mr. Fuller a un fils?

– Deux. Des gars plutôt aimables. Le second a la trentaine et Mike... Dieu nous protège, il doit bien avoir plus de quarante ans, maintenant. C' que le temps passe.

« Mr. Fuller, veuillez appeler le numéro souligné le plus tôt possible. C'est important. Merci. D.L. », avait écrit le policier sur la carte. Il remonta les marches pour la glisser dans la fente de la boîte aux lettres.

– Faites pas ça!

Il se retourna, vit la vieille trottiner dans sa direction.

– C'te porte, il s'en sert jamais. Et de toute façon, il sera trop soûl pour remarquer une toute p'tite carte comme ça et elle restera là jusqu'à mercredi, le jour où Freda vient faire le ménage. Y a qu'elle qui l'empêche de pourrir comme une vieille souche. Donnez-la-moi, je la lui remettrai.

Il y avait dans ses yeux bleus à la fois un défi et une prière. Il se passait dans sa rue quelque chose qui sortait de l'ordinaire et elle voulait y participer, ne serait-ce que pendant quelques heures avant de devoir se séparer de la carte.

Il lui donna la carte, elle la prit avec un hochement de tête et tendit l'autre main en disant :

– A propos, je m'appelle Ida Van Damm. Enchantée de vous connaître.

Il lui serra la main puis descendit les marches en la regardant. A l'ossature du visage sous la peau desséchée, à ces yeux remarquables, on devinait qu'Ida Van Damm avait été une beauté.

Le sourire d'Adam était large, détendu. Chemisette écossaise, pantalon de velours et blouson de popeline, il avait l'air de ce qu'il était : un jeune médecin un jour de congé.

– Vous n'êtes pas au bord du suicide, fit le psychiatre en tentant de maîtriser sa rage.

– Non. Toutes mes excuses, Bunny, mais il fallait que je vous fasse venir sans que personne sache qui j'étais.

Sans que personne sache?

Adam Fuller allait beaucoup plus mal que Bunner ne l'avait cru. Il aurait dû savoir qu'une telle placidité cachait une profonde souffrance mais il n'avait rien vu. Il avait laissé l'état de son patient s'aggraver pendant des mois, et maintenant, le pauvre Adam était au bord du gouffre, et Bunner devait trouver un moyen de le retenir, parce que descendre là-dedans, c'était un voyage en enfer. Plutôt se faire amputer la jambe sans anesthésie.

Sa colère s'évanouit, remplacée par cette bonne vieille compassion qui lui faisait picoter les yeux et lui serrait la gorge.

– Pourquoi ne pas m'avoir dit que c'était vous? demanda-t-il avec douceur.

– Parce que je ne suis pas suicidaire et que vous le savez. Vous ne seriez pas venu.

Dingue mais logique. Un exemple de plus où la logique et la raison n'avaient rien à voir l'une avec l'autre.

– Mais pourquoi me faire venir ici?

– Voyons... pour découvrir qui *elle* est, bien sûr.

– Elle? fit le psychiatre.

Mais il savait très bien de qui Adam voulait parler et la question qui se posa ensuite à son esprit fut la suivante : pourquoi Adam Fuller s'était-il donné autant de mal pour trouver une femme dont il ignorait encore l'existence hier soir? Une question terrifiante, épouvantable, que Bunner aurait voulu éluder. Mais il dut y faire face.

La veille au soir, il s'était torché la gueule et avait déblatéré au sujet d'une médium qui prétendait avoir vu l'assassin dans les bois. Aujourd'hui, Adam Fuller avait déguisé sa voix, risqué d'encourir la colère de Bunner et de ruiner sa propre crédibilité pour découvrir l'identité de cette femme. Bunner s'efforça d'occulter la réponse à ces questions, mais elle se fraya un chemin comme une nourriture mal digérée et il sut qu'Adam Fuller n'était pas en train de perdre la tête. Il se comportait ni plus ni moins comme quelqu'un qui doit absolument trouver une femme susceptible de l'identifier comme étant l'auteur de cinq meurtres.

C'était fou, absurde, ridicule.

Non, c'était réel, et Bunner sut alors que la seule vraie question qu'il devait se poser à présent, c'était : Que faire maintenant ?

Il fallait gagner du temps, dire *Qui ? Quelle femme ? Je ne vois pas de quoi vous parlez.* Il était soûl, hier soir, Fuller marcherait peut-être mais il en doutait. Non, ce n'était pas du temps qu'il lui fallait, c'était de l'aide. Tous deux avaient besoin d'aide.

– Il nous faudrait de l'aide, dit-il calmement.

Il resterait peut-être quelque chose à sauver si Adam répondait, « Oui, je le sais ». Mais il regarda simplement Bunner avec des yeux si vides que celui-ci n'aurait pas été surpris de voir à travers eux la gravure de chasse accrochée au mur du fond.

– Al Cohen pourrait peut-être nous aider, poursuivit-il du même ton apaisant. Vous connaissez Al, je lui passe un coup de fil.

C'est ça, pour lui dire quoi ? *Al, j'ai un tueur en série dans mon bureau, qu'est-ce que tu me conseilles ?* Et Al répondrait, *Tire-toi en vitesse et appelle les flics.*

Il n'appellerait pas Al, il appellerait Dave et dirait : « Al, je suis à mon cabinet, j'ai besoin d'un petit coup de main. Tu pourrais passer ? »

Dave comprendrait, il serait là en cinq minutes – cinq longues minutes mais lui et Adam en viendraient à bout d'une façon ou d'une autre.

– Asseyez-vous, Adam. Reculez le fauteuil – ils le flanquent toujours contre le bureau quand ils passent l'aspirateur. Asseyez-vous, nous allons parler tranquillement en attendant Al.

Quand il tendit la main vers le téléphone, Adam plongea une main sous son blouson et tira de sa ceinture un énorme pistolet chromé à crosse de bakélite. Un flingue à la Dirty Harry qui lui arracherait la tête.

– Ne touchez pas au téléphone, dit Adam sans hausser le ton.

Bunner laissa retomber sa main. Il ne s'était jamais trouvé au mauvais bout d'une arme à feu et l'effet était remarquable. Son système nerveux ferma boutique, excepté dans ses tripes, où voletaient des papillons de dix livres. L'adrénaline coulait en lui mais au lieu d'aiguiser ses réactions, elle lui coupait ses moyens. Il perdit le contrôle de sa vessie et quelques gouttes mouillèrent son caleçon avant qu'il ne contracte à nouveau ses muscles. Il tenta de dire quelque chose – quoi au juste, il n'en avait aucune idée – mais n'émit qu'un croassement maladif.

– De l'eau, fit Adam avec sollicitude. Il vous faut de l'eau, Bunny. C'est un choc, je le sais.

Il alla à la fontaine, cala le pistolet sous son bras pour prendre un gobelet en carton. C'était la chance de Bunner, sa seule chance, parce qu'il savait qu'Adam Fuller allait le tuer.

Il devait faire le tour du bureau, franchir la porte, courir dans le couloir jusqu'à l'issue de secours. C'était long, ça paraissait impossible mais il connaissait le trajet, Adam probablement pas.

Il avait une chance sur cent s'il essayait. Aucune s'il ne bougeait pas.

Il tenta de se lever mais ses jambes étaient en caoutchouc mou, la distance qui le séparait de la porte semblait infinie. La fontaine gargouilla ; Adam se retourna, un gobelet dans une main, le pistolet dans l'autre.

– Espèce d'idiot, dit-il presque affectueusement. Vous n'avez aucun moyen de vous sortir de là, excepté ce que j'ai à vous offrir. Ce n'est pas grand-chose mais c'est le mieux que je puisse faire étant donné les circonstances. Buvez d'abord.

Il tendit le gobelet à Bunner qui le prit d'une main tremblante et en renversa la moitié.

– Je peux le tenir pour vous pendant que vous buvez, si vous voulez, proposa Adam.

Bunner voulut secouer la tête, n'y parvint pas. Il mit toute sa concentration dans l'acte de tenir le gobelet, finit par l'approcher de ses lèvres. L'eau fraîche et douce coula dans sa gorge comme de l'huile sur des rouages grippés et il murmura d'une voix rauque :

– Elle n'a pas vu son visage, je vous l'ai dit. Elle n'a pas vu son visage.

– Mais elle le verra. Moi, je ne suis pas médium mais je sais qu'elle continuera à essayer jusqu'à ce qu'elle le voie. Je ne m'inquiéterais pas si nous étions à Boston ou à New York mais ça n'est pas le cas. On fera un portrait-robot, quelqu'un me reconnaîtra, on me mettra dans le trou le plus noir qu'on pourra trouver. Et... ça ne m'arrivera jamais, Bunny.

– Quoi ? finit par dire le psy péniblement.

– Je n'éprouverai jamais rien. Dieu, ce que cela paraît stupide quand on le dit. Mais ce n'est pas stupide. C'est ce qui a motivé tout ce que j'ai fait dans la vie. J'ai suivi des études de médecine parce que je pensais que les malades me paraîtraient pitoyables, vulnérables, qu'ils éveilleraient quelque chose en moi. En fait, ils peuvent faire aussi de beaux emmerdeurs, mais là n'est pas la question. Qu'ils soient courageux, forts, geignards ou pervers, je ne sens ni haine, ni amour, ni quoi que ce soit pour eux.

Il se concentra un instant sur l'arme qu'il tenait à la main puis reprit :

– Même chose avec les femmes, Bunny. Quoi de plus pathétique, de plus propre à inspirer la pitié qu'une femme éventrée, agonisant au clair de lune sans savoir pourquoi. Une femme à qui vous venez de faire l'amour. Mais ça n'a pas marché non plus. J'ai cherché de l'aide auprès de vous... et vous auriez peut-être pu faire quelque chose si j'avais été franc avec vous, si je vous avais parlé de mes cicatrices à moi.

Bunner arracha son regard du canon du pistolet pour le porter sur l'autre main d'Adam, qui pendait à son côté.

– Elles ne sont pas sur mes mains, dit Adam avec un sourire. Ni sur ma psyché. Cherchez plutôt sur mon ventre. Des coupures, pas des brûlures comme Ken, et il doit y en avoir une centaine, courant dans toutes les directions. Comme si mon ventre était tombé sur un nid de lames. J'ai interrogé mon père, bien sûr, et aussi mon frère, mais ils ne savaient pas de quoi je parlais.

« Oui, j'aurais dû vous en parler, nous aurions peut-être trouvé ensemble d'où elles proviennent. C'est trop tard à présent, j'en suis navré. Du moins, aussi navré que je peux l'être.

L'idée que ce dégénéré, ce salaud avait tué cinq femmes dans l'espoir d'éprouver de la pitié finit par percer le halo de terreur qui enveloppait Bunner. Mais pourquoi pas ? La folie revêtait plus de formes que les glaces Ben & Jerry n'avaient de parfums – il y en avait même une qui s'appelait Monster Mash. Bunner faillit éclater de rire. Mais s'il riait, il pleurerait aussi, et une crise d'hystérie ne l'aiderait pas. Rien ne pouvait l'aider hormis un *deus ex machina* sous la forme d'un employé venant faire quelques heures supplémentaires le week-end. Il guettait avec toute l'attention dont il était capable un bruit quelconque : l'ascenseur, le téléphone, des pas dans le couloir.

L'immeuble était silencieux.

Il tourna la tête vers la fenêtre. En bas, il y avait sa chère et ostentatoire Cadillac, à côté d'une Ford bleu clair qui devait appartenir à Fuller. Rien d'autre. Pas de piéton promenant son chien, pas même une voiture qui passait. Personne n'entendrait s'il jetait par la fenêtre son siège, ou le magnétophone.

Le magnétophone.

Avec la voix de cette femme disant la dernière chose qu'Adam voulait entendre. Ce salaud allait avoir un choc, et Bunner était impatient de voir ça... C'était la dernière chose marrante qu'il emporterait dans l'éternité. Cette pensée lui ôta tout courage; sa gorge se serra, des larmes lui brûlèrent les yeux, et un nouveau jet d'urine chaude dégoulina le long de ses jambes. Mais il n'allait pas se mettre à pleurnicher, mouiller son froc et demander pitié à cet immonde salopard. Non, il...

– Vous m'écoutez? demanda Fuller.

Le psychiatre ramena ses yeux sur lui. Au labo de dissection, il avait vu des cadavres au regard plus vivant.

– Vous devriez écouter, Bunny. C'est important pour vous. Si je ne retrouve pas cette femme, s'ils me coincent avant que je sois guéri, tout cela (il agita sa main libre pour signifier la mort de cinq femmes, et celle, imminente de Bunner) n'aura servi à rien.

Guéri? Il parlait de ça comme d'une vraie maladie, un cancer des sentiments.

– Bien sûr, poursuivit Adam, je ne m'attends pas à ce que vous vous souciez de ma guérison, de la possibilité pour moi d'aimer un jour une femme, d'avoir pitié d'un patient, de pleurer ma mère.

Il s'interrompit.

– Ma mère. Pourquoi est-ce que je parle de ma mère?

Pourquoi pas? pensa Bunner. Ta mère... la mère de Ken... spécialité du week-end : les mères. Le rire hystérique qui tournerait aux sanglots faillit à nouveau lui échapper.

– Parce que je ne l'ai jamais pleurée, je crois. Parce que je n'ai pas ressenti le moindre pincement quand elle a été tuée. Cela a dû se voir, d'ailleurs. Les policiers qui sont venus nous prévenir de l'accident ont fini par me regarder comme si j'étais une saleté malodorante collée à leurs chaussures. L'eau a coulé sous le pont, aurait dit ma mère. Elle avait une ribambelle d'expressions de ce genre, plus banales les unes que les autres, mais je m'en souviens. C'est à peu près tout ce que je me rappelle d'elle.

« Je ne m'attends pas à ce que tout cela vous préoccupe, Bunny. Je suis celui qui va vous tuer. Pourquoi ma future santé mentale vous intéresserait-elle? En revanche, il y a une chose qui devrait vous intéresser : si vous ne me dites pas qui est cette femme, où elle habite, je vous casse la rotule.

Adam émit un gloussement, un drôle de petit bruit presque agréable à l'oreille.

– Seigneur, on croirait entendre un mafioso d'Hollywood! fit-il. J'étais sûr que je n'arriverais pas à le dire en gardant mon sérieux. Mais pour ce qui est de le faire, pas de problème, en gardant mon sérieux ou pas, et je vous laisse imaginer ce que ça doit être.

Bunner l'imaginait aisément : la chair, l'os, les tendons réduits en bouillie par une balle de cet énorme revolver. De l'urine coula à nouveau dans son caleçon, il ne pouvait se retenir. Se laisser aller lui aurait procuré un merveilleux soulagement : pleurer, pisser dans son pantalon et perdre conscience. Tirer le rideau sur ce petit film d'horreur. Non, pas encore, pas avant de passer l'enregistrement pour regarder Fuller comprendre qu'il avait perdu.

– Ou alors la mâchoire, dit Adam d'une voix calme. Ou les parties génitales. Ce qui compte, c'est que vous parlerez tôt ou tard. Vous le savez, je le sais, alors, pourquoi ne pas le faire tout de suite, pour vous épargner une grande souffrance, pour épargner à votre famille la douleur de savoir que vous avez souffert?

« Qui est-ce, Bunny?

Quand le psychiatre tendit la main vers le magnétophone, Adam releva le canon du pistolet. Bunner essaya de lui dire que c'était son tour d'écouter mais il était encore incapable de parler. Il secoua la tête et

Fuller comprit apparemment le message puisqu'il ne pressa pas la détente. Bunner appuya sur le bouton Rewind d'un doigt si tremblant qu'il faillit ne pas réussir à l'enfoncer. La bande siffla entre les têtes de lecture. Jugeant qu'elle était parvenue à l'endroit souhaité, il appuya sur Stop puis sur Play, et la belle voix basse et veloutée se fit entendre dans le petit haut-parleur.

« Je ne suis pas folle. Mais cela ne prouve pas que j'ai vu une femme mourir à des kilomètres de distance, n'est-ce pas ? »

« Non », répondit la voix enregistrée de Bunner.

Elle à nouveau : « Cessons de perdre du temps. Vous ne connaissez pas mon nom, le lieutenant m'a donné sa parole qu'il ne vous le révélerait pas, alors... »

7

– Le Dr Bunner, s'il vous plaît, demanda Eve.

– Encore vous !

La même employée s'occupait du service des abonnés absents du psychiatre, elle avait dû l'assurer toute la nuit.

– Vous m'avez tellement inquiétée hier soir que j'ai appelé là-bas ce matin et que j'ai réveillé Mrs. Bunner, fit-elle d'un ton furieux.

– Il est... ?

– Elle a été très gentille. Elle m'a dit qu'ils avaient passé une excellente soirée, que le Dr Bunner allait bien, merci beaucoup. Il ne lui est rien arrivé de « terrible ». Alors, je vous serais reconnaissante de ne plus appeler ce numéro en dehors des heures normales de bureau, lança-t-elle avant de raccrocher.

Eve reposa le téléphone, le fixa stupidement.

Bunner allait bien ; le tueur ne s'était pas assis à sa table. Une de ses visions s'était finalement révélée mensongère. La peur qui l'avait assaillie pendant le trajet, qui l'avait tenue éveillée, qui l'étreignait encore, n'était qu'un... fantasme... ou le fruit des perturbations émotionnelles de la grossesse.

Si grossesse il y avait.

Elle quitta la chambre de sa mère, où elle avait dormi, descendit la galerie jusqu'à l'escalier, passa devant la suite qu'elle avait occupée avec Sam et qui redeviendrait la leur après-demain. La porte était ouverte, les coussins du canapé sur le tapis, et Laura passait les doubles rideaux à l'aspirateur. L'air sentait l'encaustique et l'essence de citron; le vieux poste de télévision et son support avaient été poussés dans un coin. Il faudrait téléphoner à Barker's Electronics pour les convaincre, en les secouant un peu, d'en livrer un neuf dans les vingt-quatre heures.

Mais d'abord elle appela Meg avec l'appareil du salon. Frances passa la tête par la porte au moment où la sonnerie se déclenchait.

– Mrs. Knapp fait des œufs Bénédict, annonça-t-elle.

Des œufs pochés au jaune tremblant, nappés d'une sauce jaune – Eve eut un haut-le-cœur. George, le maître d'hôtel des Carpenter, décrocha et elle demanda Meg puis couvrit le téléphone de sa main.

– Ça ne me dit rien, tantine. Plutôt des céréales.

– Il faut que tu manges plus...

– Allô, fit la voix de Meg.

– Meg, tu peux venir? J'ai quelque chose à te dire.

– Pourquoi pas tout de suite?

Frances était encore dans la pièce; Tim ou Tim Junior et sa nurse, ou tous les trois, se trouvaient probablement près de Meg.

– De vive voix, c'est préférable.

– D'accord. Une heure, ça te va?

Meg arriva à moins dix, alors que Frances, enfermée avec Mrs. Knapp, dressait les plans du dîner de mardi pour le retour de Sam. Il y aurait Greta, ainsi que Meg, Tim – et Larry condescendrait peut-être à manger avec eux.

Eve avait téléphoné au magasin de Torrington en déclarant qu'elle était prête à acheter le poste le plus cher s'ils pouvaient livrer demain.

– Mille deux cents dollars, c'est assez cher pour vous, madame? avait répondu le vendeur.

– Mille deux cents, c'est très bien.

– Il sera chez vous demain à trois heures.

Elle et Meg étaient maintenant assises l'une en face de l'autre dans le salon. Meg tenait à la main un verre de xérès, Eve buvait du soda, de peur que quoi que ce soit d'autre lui donne la nausée. Elle ne parvenait pas à chasser sa peur et n'avait pu avaler que deux ou trois cuillerées de céréales. Peut-être couvait-elle quelque chose.

Elle raconta à Meg qu'elle avait fini par « voir » Tim dans un club de gym quelque part entre Hartford et Bridgeton, et non pas en train de baiser une « autre femme » imaginaire dans un motel minable.

Bien qu'elle s'efforçât de rester calme, Meg pâlit puis rougit. Elle renversa un peu de xérès sur sa jupe et sur le canapé.

– Eh merde ! s'écria Meg. J'ai jamais dit que le motel devait être forcément minable. Tim a de l'argent.

Elles rirent un peu trop fort. Le soulagement de Meg était quasi palpable et Eve tentait de se sentir mieux.

– Mais pourquoi ? demanda Meg quand elles furent calmées. Nous avons un country-club épatant avec une piscine couverte ici même. Pourquoi s'arrêter à Torrington ou je ne sais où dans quelque petit gymnase pouilleux que n'importe qui peut fréquenter ? Et pourquoi, Eve Klein, ne m'as-tu pas appris ça vendredi pour m'épargner un week-end épouvantable ?

– Parce que vendredi, je ne pouvais pas, répondit Eve.

Elle avait dû ménager ses forces pour voir la femme mourir dans les bois, l'enfant terrifié sur la balançoire qui avait grandi et tué cinq femmes, puis tiré une balle dans la tête de Bunner...

Une balle dans la tête...

– Tu en es sûre, hein ? fit Meg. Tu ne dis pas ça seulement pour..

Meg et le salon disparurent et Eve se retrouva dans le cabinet de Bunner. Assis à son bureau, le psychiatre lui faisait face, et au premier plan, de dos, il y avait l'homme aux cheveux châtain clair qu'elle avait vu dans les bois et au club. Bunner fixait quelque chose que l'homme tenait à la main et qu'Eve ne pouvait voir mais dont elle savait que c'était un pistolet. Le psychiatre avait les yeux écarquillés de terreur, aussi ronds, vides et aveugles que des pierres. Il tenta de bouger sa main posée sur le petit magnétophone, en parut incapable. Ses yeux se posèrent à nouveau sur le revolver et l'autre homme déclara : « Désolé, Bunny. » Puis Eve vit le bras de l'inconnu lever l'arme. Les yeux de Bunner se révulsèrent, son corps s'affaissa, commença à tomber vers l'avant, et le coup partit.

La détonation fit trembler les murs, le corps de Bunner fut rejeté en arrière. Son visage implosa et une masse de sang, de cervelle et d'os fracassés frappa la fenêtre derrière lui. A demi caché par de la fumée tourbillonnante, il bascula en avant, émergea du voile gris, et elle découvrit une bouillie écarlate à l'endroit où il y avait eu un visage.

Elle hurla et Meg hurla à son tour :

– Eve? Mon Dieu, Eve!

Le bureau disparut et elle se retrouva avec Meg dans la pièce. Les rideaux ondulaient, ça sentait le xérès au lieu de la poudre et les yeux terrifiés de son amie lui faisaient face. Et Bunner? Était-il mort? Ou sur le point de mourir, dans une seconde, une heure... un jour? Elle saisit son sac, chercha fébrilement la carte de Latovsky. Elle s'en était servie la veille pour l'appeler mais ne l'avait pas remise dans la petite poche à fermeture Éclair. Eve retourna carrément son sac pour le vider. Son portefeuille, ses clefs, sa trousse à maquillage, le test de grossesse qu'elle avait acheté et n'avait pas eu le courage d'utiliser tombèrent sur la table. La carte était là, au milieu du fouillis; Eve l'attrapa et décrocha le téléphone.

Latovsky se trouvait dans un restaurant routier quand son bipeur se déclencha. Un ou deux chauffeurs assis au comptoir lui jetèrent un coup d'œil puis revinrent à leur assiette. Il arrêta l'appareil, laissa la moitié de son sandwich au saucisson pour chercher le téléphone.

Jusqu'ici le voyage avait été un fiasco. Fuller n'était pas chez lui, les Everett avaient deux filles, pas de garçon. Les Rice avaient un fils mais il était en poste en Allemagne dans les troupes de l'OTAN. Il revient le mois prochain, avait dit la mère, exultante, et le policier avait pensé : *la Seconde Guerre mondiale est enfin finie*.

Les Lyons avaient un fils eux aussi, qui était lui à Anchorage, en Alaska, dans l'administration de l'hôpital d'État. Quant aux Dryer, les suivants sur la liste, s'ils avaient un fils, il travaillerait probablement dans une station météorologique de l'Antarctique.

Ce serait risible si cela n'avait été aussi lamentable.

Il vérifierait pour les fils Lyons et Rice mais il savait déjà qu'ils se trouvaient bien là où leurs parents l'avaient déclaré, et que ni l'un ni l'autre n'avait fait dix mille kilomètres en avion pour assassiner Abigail Reese vendredi.

Le téléphone était niché dans un renfoncement, près des toilettes. Latovsky appela la brigade et obtint Barber.

– C'est Lucci qui vous a bipé mais il vient juste de filer comme un lapin qui a le feu au derrière. Une nana a téléphoné pour vous y a un moment. C'est moi qui l'ai eue. Elle a dit qu'un docteur Bunner venait de se faire descendre ou allait se faire descendre dans un immeuble de bureaux d'Old School Road. *Venait ou allait* – dingue, non? Mais ça a mis Lucci dans tous ses états et il...

Latovsky raccrocha aussitôt, jeta de l'argent sur le comptoir pour son sandwich et sortit en courant. Il faisait clair, presque chaud. Ici, le paysage était sans relief; seule une trace de colline s'esquissait à l'horizon.

Il sauta dans sa voiture, colla le gyrophare sur le toit, mit la sirène et le moteur en marche. L'Olds s'attaqua au gravier, les roues patinèrent puis trouvèrent un appui et la voiture sortit en trombe du parking.

Des *troopers* montaient la garde près des barrières installées pour maintenir la foule à l'écart; d'autres empêchaient l'accès de l'immeuble. Leur visage était grave sous leur chapeau à large bord, et Latovsky n'eut pas assez de salive, de souffle ni de bon sens pour leur demander ce qui s'était passé. Il montra son insigne aux policiers de la porte d'entrée, s'avança dans le hall. L'ascenseur mettrait trop longtemps; il ouvrit la porte de la cage d'escalier, monta trois étages en courant puis dut s'appuyer au mur, haletant, avant de pouvoir continuer.

Il se redressa, ouvrit la porte du couloir, avisa Lucci qui l'attendait devant le bureau de Bunner. Entendant du bruit, Lucci leva les yeux vers lui et secoua la tête.

Latovsky passa devant lui, se rua dans le bureau de la secrétaire.

– Non, Dave! s'écria Lucci, qui le retint par le bras.

Il se dégagea, continua à avancer. Lucci lui saisit à

nouveau le bras, Latovsky se retourna et le menaça du poing.

Lucci le lâcha, recula; Latovsky se tourna vers la porte intérieure. Derrière le panneau de verre, des silhouettes floues se déplaçaient dans la pièce où Bunner avait écouté avec une attention, une patience inlassables les secrets les plus noirs. Latovsky saisit la poignée mais avant qu'il n'ait le temps de l'abaisser, la porte s'ouvrit et Lem Meers entra en collision avec lui. Latovsky recula, le capitaine referma aussitôt la porte, mais pas avant que le lieutenant eût entrevu une fenêtre tachée de rouge.

– Non, Dave, dit Meers d'une voix calme. Inutile que tu voies ça. On lui a tiré dans le visage.

Latovsky vacilla, ses jambes se dérobèrent. Il parvint au canapé juste à temps pour s'y écrouler en faisant soupirer sous lui les coussins de vinyl.

Dans le visage.

La pièce tournoya, il enfouit sa tête entre ses jambes jusqu'à ce que son front touche le tissu froid. Pendant quelques secondes, le monde devint un brouillard d'oubli doux et froid puis il sentit le vinyl coller à sa peau et il releva lentement la tête.

Meers était adossé au bureau de la secrétaire, un pied planté sur le sol, l'autre se balançant au bout d'une longue jambe maigre.

Lem Meers avait fait des études à Williams (comme boursier), avait obtenu une licence à John-Jay et suivi une formation spéciale à Quantico. Il avait participé à des conférences à Londres, Paris, Tokyo, avait côtoyé les huiles à Albany, dîné deux fois avec le gouverneur, et s'habillait toujours comme un péquenot allant à la messe. Plus grand que Latovsky, il pesait vingt-cinq kilos de moins. Il avait un long visage émacié aux yeux sombres profondément enfoncés, des cheveux raides poivre et sel qu'il coiffait en arrière. Il était laid jusqu'à ce qu'on apprenne à le connaître et devenait alors presque beau.

– Tu veux un peu d'eau? proposa-t-il à Latovsky.

Le lieutenant secoua la tête, la pièce se remit à tourner et il ne bougea plus.

– Je sais qu'il était ton ami, Dave. Je suis désolé.

Meers était sincère. Il pensait tout ce qu'il disait.

Assis dans le fauteuil de Mrs Meeker, Lucci se leva se rapprocha de Latovsky et dit :

– On a reçu le coup de fil à une heure, Dave. Barber l'a pris mais comme c'était ta ligne privée, il a pas pu avoir le numéro de la personne qui appelait.

« C'était une femme, elle n'a pas donné son identité. Je sais même pas si elle a laissé à Barber l'occasion de la lui-demander. Elle a juste dit que Bunner avait été ou serait tué dans son bureau et elle a raccroché. Barber a pensé que c'était encore un de ces fondus qui nous appellent depuis vendredi, mais moi, ça m'a intrigué. Bunner était ton ami...

Était.

– Alors, j'ai téléphoné chez lui, sûr de le trouver, poursuivit Lucci. Sûr que vous en rigoleriez tous les deux après ton retour. Mais il n'était pas là. C'est son gosse qui a répondu. Il venait de rentrer et, d'après sa mère, son père avait dû aller à son cabinet s'occuper d'un déjanté.

« Un *déjanté* – les mômes ont de ces expressions, hein ? Bref, j'ai pas parlé à la mère, je voulais pas l'affoler pour rien, mais je pouvais pas non plus laisser tomber, alors je t'ai bipé, et je suis venu ici. Je savais que je me conduisais comme le roi des cons. Je savais qu'en arrivant ici, je trouverais Bunner en train de calmer le déjanté ou de fourrer sa secrétaire.

Le policier se passa la main sur le visage.

– Il était encore chaud, Dave, le sang encore liquide. Si je n'avais pas perdu tout ce temps avant d'appeler chez lui...

– Arrête, coupa Meers.

Il se tourna vers Latovsky avant de poursuivre :

– Rule est passé. Il était là à mon arrivée. Le temps de coagulation indique que Bunner a été tué entre midi et demi et une heure. Il était probablement mort quand la femme a téléphoné. J'ai envoyé Dillworthy et Frawley prévenir Mrs. Bunner. Ensuite Frawley passera prendre la secrétaire. Mrs....

Il chercha le nom dans son calepin.

– Mrs. Meeker, dit Latovsky. Della Meeker. Elle n'est pas obligée de voir ça.

– Si, Dave. On fera d'abord enlever le cadavre, mais y a le reste. Les classeurs métalliques ont été nettoyés avec un chiffon. On dirait que le meurtrier a pris un ou plusieurs dossiers et effacé ses empreintes. Scorely a essayé de mettre le nez dans les fichiers de l'ordinateur, il n'y est pas arrivé. Tu connaissais Mrs. Meeker?

Latovsky hocha la tête. Meers fixa un point du mur situé au-dessus de la tête du lieutenant et proposa :

– Tu veux l'affaire, Dave?

– Capitaine! protesta Lucci.

– Ouais, ouais, c'était son ami, il pourra pas être objectif. Mais tous les incapables que je connais le sont devenus à force d'être objectifs dans leur boulot.

– Oui, je la veux, répondit Latovsky d'une voix rauque. Merci.

– Me remercie pas, c'est pas un cadeau. Pas d'empreintes, pas de...

Ils entendirent un bruit sourd de l'autre côté de la porte, puis un sifflement de fermeture à glissière et Latovsky sut qu'on avait mis Bunner dans la housse de plastique gris. La porte s'ouvrit; deux hommes en blouson de nylon noir frappé dans le dos du mot CORONER sortirent en poussant une civière. Lucci s'écarta; Latovsky ramena ses jambes en arrière et pensa : *Adieu, Bunny.*

Un sanglot le secoua, il plaqua une main contre son visage. Il entendit les deux ambulanciers traverser la pièce, sortir. Personne ne soufflait mot. Ils savaient qu'il connaissait Bunner, ils lui épargnaient les blagues de flic habituelles.

– Où j'en étais? marmonna Meers sans regarder son lieutenant.

– Pas d'empreintes...

– Pas d'empreintes, oui. Il paraît logique que le tueur soit le fêlé que Bunner était venu voir. Mais fêlé ou pas, il a eu l'intelligence d'effacer ses empreintes. En plus, on a pas la balle. Elle a traversé le carreau en laissant un petit trou net, même si d'après Rule l'assassin s'est servi d'un gros flingue. Les bizarreries de l'impact, je suppose. Elle a dû tomber dans le parking, à moins qu'elle ait eu encore assez de force pour se loger dans un arbre ou dans la carrosserie d'une voiture qui passait. Si elle est en bas, on la retrouvera – sauf si quelqu'un tombe dessus avant et la garde comme souvenir.

« Autre chose, Dave. Le magnétophone posé sur le bureau de Bunner a été essuyé aussi. On a trouvé le compartiment à cassette ouvert et vide. Comme si le meurtrier avait piqué le dernier enregistrement de Bunner et avait ensuite effacé ses empreintes.

« ... connaissez pas mon nom, le lieutenant m'a donné sa parole... »

Adam arrêta la cassette. Dix fois qu'il l'écoutait, et le mot « lieutenant » demeurait son seul indice. Le lieutenant avait amené cette femme à Bunner pour vérifier l'authenticité de son histoire, il devait donc savoir qui elle était et où la trouver. Il s'occupait manifestement de l'affaire de la femme des bois; son nom devait figurer dans l'un des milliers d'articles écrits sur le sujet. Adam le trouverait demain à la bibliothèque.

Ce qu'il ferait ensuite, il n'en savait rien. Un flic ne réagirait pas comme Bunner si on braquait un pistolet sur lui. Les flics ont l'habitude des armes. Mais il y a aussi des froussards dans la police, et le Python était impressionnant. Il aurait une meilleure idée de la façon de s'y prendre quand il aurait vu ce lieutenant.

Il écouta l'enregistrement une fois de plus, captivé par le son de la voix de cette femme. Son accent « cultivé » pouvait être de n'importe où au nord de Washington, au sud de Boston. Il arrêta la cassette, l'éjecta, en prit une autre au hasard sous l'appareil. Yo Yo Ma joue les sonates de Bach, viole de gambe. Belle interprétation, elle lui manquerait.

Il sortit la cassette de son étui, la remplaça par celle de la femme, la rangea parmi les autres. Puis il alla à la cuisine, jeta l'enregistrement de Yo Yo Ma à la poubelle, mit une tourte au poulet congelée dans le four à micro-ondes et entendit la sonnerie du téléphone. Probablement Naomi qui voulait remettre ça mais lui en était incapable, littéralement. Il lui expliquerait qu'il était crevé, qu'il avait eu une dure journée... *collé une balle dans la tête de son psy.*

Il décrocha à la quatrième sonnerie, le sourire aux lèvres :

– Aah, j'allais raccrocher, mon gars, dit son père.

Le vieillard n'appelait jamais, il devait se passer quelque chose. Adam se demanda comment il réagirait s'il était arrivé quelque chose à Mike ou aux enfants. Il découvrit en lui une vague curiosité, rien d'autre.

– Mike et les gosses vont bien? dit-il.

– Très bien. Enfin, ils allaient bien y a de ça deux heures, quand je les ai quittés. Cette garce nous a resservi au dîner le chili qu'elle avait apporté la veille. J'ai eu la trouille en pensant à l'effet que ça pouvait faire après être resté une journée comme ça dans la marmite. Alors, j'y ai dit que j'avais déjà mangé et j' suis parti de bonne heure. J' suis allé chez Matt, y m'a fait deux cheese-burgers.

Arrosés d'une demi-douzaine de *boilermakers* [1], pensa Adam. Le vieux semblait à moitié bourré.

– Matt les fait pas épais, ses cheese-burgers, reprit le père.

Adam attendit. Son père lui téléphonait pour la première fois depuis des mois (des années?) pour parler de cheese-burgers.

– Enfin, j' les ai mangés, j' me suis régalé, et j'ai bavardé avec George Amundsen. Tu te rappelles de George?

– Je ne vois pas, non.

– Ouais... bon... Et puis, j' suis retourné chez moi. J'étais pas rentré depuis trois secondes que cette emmerdeuse d'Ida traverse la rue et frappe à la porte de derrière avec une carte et un mot dessus pour moi.

Le vieil homme se racla la gorge, toussa, et Adam comprit que son père était réellement inquiet.

– Oui, papa. Qu'est-ce qu'il se passe?

– Je sais pas ce qui se passe! C'est un flic qui veut que je l'appelle. Un flic de par chez toi, mon garçon, et je m' suis mis à me faire du souci, je m' suis demandé si t'avais pas eu trop de contredanses, ou si on t'avait pas surpris en train de faire des choses à ta doctoresse, là, hé, hé.

Le rire était forcé; le vieillard semblait effrayé.

– Non, papa, répondit Adam avec aisance. Pas de contraventions, et la doctoresse et moi, on n'a pas baisé en plein air.

– Ouais, j' m'en doutais, remarque. Parce que ce flic, c'est un lieutenant de la police de l'État, avec Brigade criminelle en dessous de son nom. On l'enverrait

1. Un whisky dans ou avec une bière. *(N.d.T.)*

pas de Glenvale à Sawyerville pour une histoire de contredanses ou de p'tit coup tiré dans la nature.

Un lieutenant. *Le* lieutenant, pensa Adam. Toute autre explication semblait dépourvue de crédibilité. Mais pourquoi était-il allé voir son père à Sawyerville? La sonnerie du four à micro-ondes le fit sursauter.

– En tout cas, dit le vieux, j'ai préféré t'appeler avant qu'il te joigne. Pour voir... pour voir si t'aurais pas un p'tit ennui dont il faudrait que tu m' parles.

Tout petit, papa. Juste cinq femmes éventrées dans les bois au clair de lune. Trois fois rien.

Mais c'est une armée de flics qui lui tomberait dessus s'ils étaient au courant, pas un lieutenant parcourant seul deux cent cinquante kilomètres pour aller à Sawyerville.

– Aucun ennui, papa, affirma Adam. Je le saurais, sinon, tu ne crois pas?

– Si, bien sûr, et ça m'embête de te d'mander ça. Mais ça m'a retourné, tu sais. Voir cette carte avec le nom du lieutenant, Brigade criminelle, Glenvale... J' crois que je vais juste téléphoner pour savoir ce qu'il veut, ce type.

– Je peux m'en charger, si tu préfères. Ça t'évitera une communication chère.

– Tu ferais ça, fils? fit le vieillard avec une reconnaissance pitoyable.

Comme ça, il pourrait replonger dans son brouillard, oublier la police, son fils et tout le reste.

– Bien sûr, papa. Comment s'appelle ce lieutenant?

Della Meeker gigotait par terre. Un mètre soixante-dix, quatre-vingt-cinq kilos, elle s'était agenouillée pour regarder dans le tiroir du bas et n'arrivait plus à se relever. Latovsky glissa une main sous le bras grassouillet, tira. Elle le remercia d'un signe de tête, frotta les genoux de son pantalon de toile puis jeta un coup d'œil nerveux à la fenêtre maculée de cervelle et de sang. A la chaleur du soleil, ce sang avait noirci dans les fissures étoilant la vitre autour du trou.

L'odeur devenait insupportable et la secrétaire réclama d'une voix faible :

– On ne pourrait pas sortir d'ici?

Ils passèrent dans la première pièce où l'air ne sentait que le renfermé. Latovsky ferma la porte du bureau de Bunner. Mrs. Meeker se dirigea d'un pas chancelant vers le canapé de vinyl noir et s'y écroula. Le lieutenant prit le fauteuil de la secrétaire tandis que Lucci s'adossait au mur, les bras croisés.

– Ce n'était pas un patient, dit-elle. Tous les dossiers sont là.

– Vous en êtes sûre?

– Absolument, lieutenant. Ils sont numérotés.

– Mais on a essuyé le classeur.

– A ma demande. Je m'étais plainte des traces de doigts qu'il y avait dessus. Le personnel de nettoyage a dû s'en occuper.

– Ça pourrait aussi être...

– Oui, sans doute. Mais aucun de nos patients n'est violent ni même ce qu'on appelle malade. Mr. Kinski, quand il s'emporte, parle de tuer quelqu'un, généralement sa femme. Mais il est juste vieux et malheureux, en dépression depuis des années. Il ne ferait de mal à personne. Surtout pas au Dr Bunner. Bunny disait qu'il se servait de sa colère pour masquer sa tristesse parce que la colère fait moins... mal... que...

La secrétaire se mit à pleurer. Elle ôta ses lunettes embuées, entreprit de les essuyer avec un grand mouchoir d'homme.

Larmes contagieuses : Latovsky regarda fixement la porte et avala sa salive pour faire descendre la boule qui lui obstruait la gorge. Quand Mrs. Meeker se fut ressaisie, il reprit l'interrogatoire :

– Aviez-vous aussi demandé qu'on essuie le magnétophone du Dr Bunner?

– Non, pourquoi?

– Juste pour savoir... Mrs. Meeker, vous pensez que ce n'est pas un de ses patients et vous avez peut-être raison. Mais il faut bien que nous commencions quelque part, et même si c'est arbitraire, commençons par les patients de sexe masculin âgés de vingt-cinq à cinquante ans.

– Pourquoi les hommes? Le policier qui m'a amenée ici dit que c'est une femme qui a téléphoné.

Frawley devrait apprendre à la fermer, pensa Latovski.

– Oui, répondit-il. Mais ce n'est probablement pas

l'assassin qui a prévenu la police. Nous pensons que cette femme se trouvait dans le bâtiment, ou qu'elle passait à proximité, et qu'elle a entendu le coup de feu.

Lucci se redressa comme pour dire quelque chose puis se ravisa.

– Vous pensez pouvoir me donner la liste de ces patients, Mrs. Meeker? demanda Latovsky.

– Naturellement. Ils sont sur l'ordinateur. Ça ne prendra qu'une minute une fois que l'appareil sera lancé.

Quelques instants plus tard, Latovsky avait une liste imprimée de vingt-six noms. Ils retournèrent dans le bureau du psychiatre. La secrétaire sortit les dossiers correspondant aux noms, trouva dans le placard une caisse en carton remplie de vieux numéros de l'*Americain Journal of Psychiatry*.

– Personne n'en a plus besoin, maintenant, je suppose, murmura-t-elle tristement derrière le mouchoir.

Elle vida la caisse pour y mettre les dossiers.

– Et les enregistrements? demanda-t-elle.

Latovsky secoua la tête.

– Cela prendrait trop de temps de les écouter. Nous nous contenterons des notes du Dr Bunner, du moins pour le moment.

Ils ressortirent; le lieutenant ferma la porte en songeant qu'il ne reverrait probablement plus jamais cette pièce. Le mois prochain, elle serait repeinte, on aurait remplacé la vitre et une annonce proposerait dans le journal local : *Bureau à louer, conviendrait à médecin ou avocat, immeuble de standing...*

Mrs. Meeker fourra le mouchoir dans une poche de son pantalon et soupira.

– Je peux récupérer mes affaires maintenant? Je ne tiens pas à revenir si je peux l'éviter.

– Bien sûr.

– Et les plantes? Elles mourront si je les laisse. Ce n'est pas de leur faute.

La boule revint bloquer la gorge de Latovsky, qui déglutit péniblement. Il avait tenu bon jusqu'ici et n'allait pas craquer à cause d'un philodendron.

– Vous pouvez les prendre, Mrs. Meeker.

Elle partit quelques minutes plus tard, accompagnée de Frawley qui portait les plantes. Dès que la porte se fut refermée sur eux, Lucci apporta une rectification :

– La femme qui a appelé n'était pas dans le bâtiment, Dave.

– Ah bon? fit le lieutenant, contemplant la caisse de dossiers.

Il faudrait une journée pour les porter au département Sciences du Comportement de Quantico, une semaine pour obtenir des réponses, et quelques jours encore pour faire traduire le jargon des experts. Al Cohen, l'ami, le conseiller de Bunner, devait connaître un bon nombre de ces patients et être capable d'interpréter les notes sur ceux qu'il ne connaissait pas. Latovsky chercha son numéro dans le répertoire de Mrs. Meeker.

Lucci revint à la charge :

– Dave, j'ai dit que...

– Je t'ai entendu.

Latovsky trouva le numéro, décrocha.

– Alors, fait attention, insista Lucci. La femme a parlé du *Dr Bunner*, elle connaissait son nom.

Latovsky reposa le téléphone.

– Alors elle devait être ici.

– Exactement.

– Trouve-la. Dégote le nom de l'agence de l'immeuble, les noms de tous les locataires de cet étage.

– Tout de suite.

Lucci sortit, ravi d'avoir quelque chose à faire, et Latovsky composa le numéro de Cohen. Il obtint son service des abonnés absents, se présenta et précisa que c'était urgent, il fallait qu'il parle au Dr Cohen.

– Vous pouvez vérifier mon identité en appelant la police, madame, suggéra-t-il poliment.

Quelques minutes plus tard, l'employée rappela, lui donna le numéro où il pourrait joindre Cohen. C'était celui de Bunny.

– Mary, c'est Dave.

Les yeux de Mary Bunner s'ouvrirent, lui jetèrent un regard larmoyant et se refermèrent. Elle portait les mêmes vêtements que lorsqu'il l'avait vue dans la matinée mais son visage avait vieilli de trente ans. Cohen lui avait donné un calmant extrêmement fort qui la rendait quasi apathique. Il n'était même pas sûr qu'elle sût où elle se trouvait.

Quand il s'assit à côté d'elle sur le lit, le matelas s'enfonça sous son poids. Elle ouvrit à demi les yeux, les referma.

– Mary, avez-vous parlé à l'homme qui a téléphoné?

– Il avait l'air dingue, marmonna-t-elle. Je suis femme de psy, je sais reconnaître un dingue quand j'en entends un.

– Avez-vous reconnu sa voix?

– Non. Elle était étouffée, déformée, comme s'il avait des billes dans la bouche.

– Bunny ne le connaissait pas non plus?

– Non. Mais le dingue a menacé de se tuer, et Bunny l'a cru. Il croit tout le monde, il en mourra. Il en est mort. Il l'a cru et il est allé... Il est allé...

Des larmes perlèrent à ses yeux clos et elle tourna la tête pour cacher son visage au creux de son épaule.

– Laissez-moi, Dave, laissez-moi.

Il alla à la porte, se retourna. Malgré sa taille et sa corpulence, Mary semblait toute petite dans le grand lit. Il remarqua sur la commode les boutons de manchettes et de plastron que Bunner avait portés la veille, une montre de gousset en or attachée à une chaîne ornée de l'insigne d'une association estudiantine. Mais Latovsky n'avait jamais vu cette chambre ni ces objets sur la commode. Ils ne signifiaient rien pour lui.

Ce serait plus dur en bas, surtout dans la cuisine où ils avaient bu de la bière ensemble, mangé des sandwiches pendant près de vingt ans.

Mais même la cuisine lui parut étrangère après ses transformations.

Assis à la table, Al Cohen réchauffait dans sa main un grand verre de cognac. Ada, sa femme, debout devant la cuisinière, les larmes aux yeux, sortait des morceaux de poulet d'une grosse marmite.

Pete, le plus jeune fils de Bunny, assis à côté d'Al, avait les yeux injectés de sang à force d'avoir pleuré. Le médecin avait voulu lui donner un calmant mais le garçon avait refusé en arguant qu'il voulait garder toute sa tête pour aider sa mère, manifestation de vaillance adolescente affectueuse et inutile. En face de lui, Arnie, fils des Cohen et meilleur ami de Pete, semblait totalement perdu, comme si c'était son premier mort, le premier désastre que papa et maman ne pouvaient arranger.

– Je vais faire une salade au poulet, dit Ada en sanglotant. J'ai préparé du hareng mariné, du kreplach... Oh! mon Dieu, ça fait tellement juif, tout ça.

– La salade de poulet, ça n'a rien de juif, répondit Cohen. Et les Suédois mangent du hareng mariné, n'est-ce pas, Dave?

– Je ne sais pas. Je suis d'origine polonaise. Il faut que je vous parle, Al.

– Prenez une bouteille de bière et allez-y.

– Seul.

Cohen soupira, avala une longue gorgée de cognac et se leva. Il fit quelques pas puis retourna prendre son verre.

– Tu as téléphoné pour l'assiette anglaise? lui demanda sa femme.

– Pour la centième fois, Ada, oui j'ai téléphoné.

Les deux hommes montèrent dans la pièce où Latovsky et Bunner avaient regardé ensemble des milliers de matches. La caisse de dossiers était posée sur la table basse.

– Les parents de Mary prennent l'avion de Phoenix ce soir, dit Cohen. Terry Junior sera ici dans une heure ou deux.

Le fils aîné des Bunner faisait ses études à Yale, son père avait été très fier de lui. Les parents de Bunny étaient morts depuis des années.

– Qu'est-ce que c'est? demanda Cohen en voyant la caisse.

Latovsky lui expliqua ce qu'il désirait.

– Je ne les connais pas vraiment, ces types, répondit le psychiatre. Sans compter qu'il s'agirait d'une intrusion dans leur vie privée qui pourrait me valoir un procès.

– Ça vous inquiète?

Cohen hésita puis secoua la tête et se mit à pleurer. C'était un homme solidement bâti, aux traits grossiers, aux yeux d'un bleu étonnant, et le voir en larmes était insupportable. Latovsky se détourna, alla à la fenêtre donnant sur la pelouse de derrière où l'ombre des arbres s'allongeait. Il se faisait tard; Bunner était mort depuis cinq heures.

Le policier attendit que le psychiatre se soit repris pour se tourner vers lui.

– Al, je ne m'adresserais pas à vous s'il n'y avait un problème de temps. Nos chances de pincer l'assassin s'amenuisent d'heure en heure. Je pourrais envoyer ces notes aux fédéraux, les prier de faire vite, et ils se presseraient peut-être, mais vous savez ce que j'obtiendrais.

– Ouais. Du jargon qui transformerait deux plus deux en physique théorique, soupira Cohen. (Il tira de la caisse un des dossiers, l'ouvrit.) Bon, d'accord, Dave.

– Merci.

– N'espérez pas trop, prévint le psychiatre. Vous me demandez de lire les notes d'un confrère et d'y trouver un sociopathe capable de tirer une balle dans la tête de son docteur en gardant assez de sang-froid pour effacer ses traces. C'est un médium qu'il vous faut, pas un psy.

Et Latovsky finit par penser à Eve Klein, ainsi qu'au magnétophone que le meurtrier avait touché quand il avait pris la cassette, et qu'il avait ensuite essuyé pour effacer ses empreintes.

Sur la carte, le trajet paraissait simple : l'autoroute jusqu'à Mass Pike puis la 7 en direction du sud.

Le petit magnétophone de Bunner posé sur le siège à côté de lui, Latovsky s'arrêta dans une station Exxon à l'entrée de l'autoroute. La pluie de la veille avait fait sortir les moustiques qui formaient de véritables nuages autour des lampes. Le pompiste jaillit de sa cabine et courut vers la voiture en fendant les nuées bourdonnantes.

Latovsky baissa sa vitre, – « Le plein de super » – la remonta avant d'être envahi par les moustiques, regarda à nouveau la carte. Le trajet prendrait quatre heures, plus ou moins, ce qui l'amènerait à Bridgeton vers minuit.

Il avait l'intention d'utiliser à nouveau cette femme et ne tenait pas à la réveiller en pleine nuit. Bridgeton, simple point sur la carte, devait être trop petit pour offrir autre chose qu'une de ces auberges de campagne pour yuppies avec des tapis poussiéreux dont il avait horreur. Il voulait un motel tout plastique avec de grosses serviettes propres, la télé par câble et des distributeurs automatiques. Torrington semblait assez grand pour en posséder un.

– Vingt tout ronds, réclama le pompiste.

Latovsky régla, mit le contact, le coupa à nouveau. Il ne pouvait pas disparaître comme ça sans prévenir Meers et Lucci. Il essaya son téléphone cellulaire mais il y avait tant de parasites du fait des moustiques, des montagnes, ou de la vacherie de l'existence en général, qu'on croyait entendre un feu de forêt. Il descendit de voiture, courut vers la cabine en agitant furieusement les mains autour de sa tête. Le pompiste leva les yeux vers lui.

– Mais qu'est-ce qu'ils veulent, bon Dieu? grommela-t-il, en parlant des moustiques.

– Du sang, répondit le policier. Vous avez une cabine téléphonique?

Riley attendait Latovsky depuis dix heures du matin. Il avait quitté la salle de la brigade à une heure et quart pour avaler un sandwich *Chez Rose*, était revenu précipitamment, sûr que le lieutenant serait rentré.

Il n'y avait toujours pas de lumière dans son bureau. Le poste de police s'était quasiment vidé et Barber, resté seul, faisait face à une soudaine série d'appels.

– C'est quoi? s'enquit Riley.

Plaquant la main sur le téléphone, Barber répondit :

– Des journalistes, des journalistes et des journalistes. Peux pas les sacquer, ces cons – exception faite de celui que j'ai devant moi. Un mec s'est fait refroidir dans l'immeuble des bureaux d'Old School.

Le parking de l'immeuble des bureaux était comble; des voitures de ronde bloquaient l'accès, des barrières tenaient la foule à l'écart, et un ruban de plastique jaune délimitant le lieu du crime barrait la façade.

Riley laissa son véhicule sur la route, se joignit à la foule.

– Qu'est-ce qu'il se passe? demanda-t-il à une femme d'une cinquantaine d'années.

Elle avait un visage rondelet, un foulard dissimulant des bigoudis.

– Un homme a reçu une balle dans la tête, il paraît.

– Qui?

– Un des docteurs. Ce serait un drogué qui aurait fait le coup.

Canal 6 avait envoyé une équipe : deux cameramen qui attendaient au premier rang de la foule et un reporter qui se coiffait à la Dan Rather. Trennant, qui couvrait l'affaire pour le *Register*, se tenait au bout du parking, près du ruban jaune barrant la façade, et l'Olds de Latovsky était garée parmi les voitures de police. Riley décida d'attendre. Pendant un long moment il ne se passa rien, puis deux hommes du coroner sortirent en portant le macchabée sur une civière. Sous le soleil de fin d'après-midi, la housse à cadavre semblait horriblement banale et anonyme, avec une légère bosse pour les pieds, une autre pour la tête.

Le silence se fit dans la foule tandis que les deux brancardiers se dirigeaient vers le fourgon gris. Même les policiers relâchèrent leur attention et l'un des techniciens en profita pour contourner une barrière et s'approcher de la civière, la caméra couvrant son visage comme un masque. Il emboîta le pas aux deux hommes, braqua l'objectif sur le plastique gris, et Riley l'entendit dire :

– Vous voudrez sûrement pas me le montrer, hein? Il a morflé dans la figure, à ce qu'on raconte.

– Dégage, vampire, lui lança un des deux hommes.

Aucunement ébranlé, le cameraman continua à filmer jusqu'à ce qu'un des *troopers* le fasse revenir de l'autre côté des barrières.

Quatre flics de la brigade sortirent à leur tour et se séparèrent pour gagner leurs voitures respectives. Meers apparut quelques minutes plus tard, parla à un des policiers en faction devant la porte d'entrée et se fondit dans la foule, probablement pour retrouver la Merle neuve dont Dave disait qu'il était si fier.

Une voiture banalisée remonta l'allée à cinq heures; un autre inspecteur en descendit, fit le tour pour ouvrir la portière à une femme boulotte en pantalon rouille et blouse jaune. Ils entrèrent dans le bâtiment, en ressortirent trois quarts d'heure plus tard. La femme portait un sac, le policier – c'était Frawley – des plantes en pot.

Pas de Latovsky.

Riley regarda l'immeuble.

La porte de verre de l'entrée était sombre mais de la lumière brillait à plusieurs fenêtres du troisième étage.

L'Olds de Latovsky semblait avoir rouillé sur place, comme si elle était là depuis la dernière glaciation et y resterait jusqu'à la suivante. Riley avait pris la Camry de Barb, sa femme, plus anonyme et plus sûre que sa vieille Ford mais qui n'avait pas le téléphone. Il prit le risque d'aller à pied jusqu'au Blue Pantry, le magasin d'appareils ménagers du coin d'Old School pour appeler chez lui.

Lorsqu'il revint, la foule s'était éclaircie, les policiers enlevaient les barrières et l'Olds avait disparu. Le journaliste regarda fixement l'emplacement vide tel un acteur de film muet jouant la stupeur.

– Bordel de merde! s'écria-t-il, ce qui lui valut un regard noir de la femme au foulard.

Dillworthy avait remplacé Barber au standard; le bureau de Latovsky était toujours plongé dans l'obscurité. Meers et les autres étaient rentrés, le téléphone sonnait comme un dingue. Trennant passa la tête par la porte, vit Riley.

– T'es sur le coup aussi?

Riley était une sorte de vedette – un gros poisson dans un petit bassin. Certains de ses collègues en prenaient ombrage, mais Trennant, qui approchait de la soixantaine, attendait tranquillement la retraite. Il n'était de toute façon pas du genre à faire des histoires pour une question de préséance, et Riley était son ami.

– Non. J'attends Latovsky pour l'interroger sur la femme des bois de vendredi.

– Ouais, ça tombe comme des mouches d'un seul coup dans cette ville, commenta Trennant. (Il sortit, revint.) A propos, le docteur s'appelait Bunner. Meers est censé nous déballer le reste dans cinq minutes. Tu devrais venir aussi, histoire de rigoler un coup.

Après le départ de Trennant, Riley s'assit sur une chaise en bois qui devait occuper les lieux depuis les années 1930. Il avait mal au dos, son estomac était tout retourné à cause du café qu'il avait bu, ses yeux piquaient. Il les ferma juste pour les reposer un moment et s'assoupit. Lorsqu'il les rouvrit, il était près de huit heures. Barb devait toujours être en train de l'attendre.

– Ça va mieux? lui demanda Dillworthy.
– Dave est de retour?
– Pas encore. Pourquoi tu rentres pas chez toi, Jim? Les autres sont partis.

Le policier parlait des journalistes, qui avaient dû foncer au domicile du mort pour piétiner la pelouse et guetter un malheureux membre de la famille à qui coller un micro sous le nez. Riley avait horreur de ça.

– J'attends encore un peu, dit-il.

Il se remit à dodeliner de la tête mais ne s'endormit pas tout à fait. Trennant aurait droit à la une avec son docteur assassiné, pensa-t-il, mais si ce n'était qu'un banal meurtre de camé, l'affaire serait reléguée en page huit jeudi, oubliée de tout le monde sauf des amis et parents du médecin d'ici le week-end.

Pas la femme des bois, qui excitait l'imagination de chacun et la tenait longtemps en éveil. Mauvais surnom, pourtant. Trop banal, Riley devrait trouver quelque chose de mieux.

Tous les meurtres avaient été commis un vendredi, alors, *le Tueur du Vendredi*, peut-être. C'était risqué : il suffisait qu'il l'adopte pour que ce salaud en trucide une un samedi.

Sa tête pencha, se releva, pencha à nouveau.

– Tu vas piquer du nez, Jimmy, lui lança Dillworthy en riant.

Toutes un vendredi, songea le journaliste dans son demi-sommeil. Le meilleur jour de la semaine. Les nanas se faisaient belles, sortaient en quête de sexe, d'amour, d'un peu de compagnie, et finissaient le ventre béant sous la pleine lune.

La pleine lune.

Même l'homme au cœur pur peut devenir un loup quand fleurit la mort-au-loup et que la lune brille.

Dingue de cinéma, Riley avait une centaine de cassettes de films en noir et blanc, et c'était Maria Ouspenskaya qu'il entendait tout à coup, avec sa voix éraillée de marchande de quatre saisons.

Même l'homme au cœur pur...

Le Loup-Garou.

C'était meilleur; ça donnerait la chair de poule.

– Salut Dave! dit Dillworthy, tirant le journaliste de sa brume.

Téléphone à l'oreille, le policier marmonna, prit note, marmonna à nouveau et raccrocha. Il se leva, remonta son pantalon.

– Rentre chez toi, Jim. Dave ne viendra plus.

Quand Dillworthy sortit, Riley se pencha pour le suivre des yeux et le vit se diriger vers les toilettes. Le journaliste regarda autour de lui : la salle était quasiment déserte, personne ne lui prêtait attention.

Il se mit debout, passa devant le bureau de Dillworthy comme pour aller à la fontaine d'eau fraîche, s'arrêta et lut à l'envers comme il s'entraînait à le faire depuis des années : *Dave, Tilden House, Bridgeton, Ct,* et un numéro de téléphone précédé de l'indicatif 203.

8

Latovsky tourna quand il aperçut des piliers de pierre et une plaque en bronze annonçant « Tilden House ». Il s'attendait à une résidence de standing avec des maisons d'un ou deux étages, beaucoup de pelouse, un club et peut-être une piscine, un court de tennis, voire un golf de neuf trous. Mais à cinq cents mètres de la route, il était toujours arrivé nulle part et commençait à se demander s'il avait pris la bonne direction.

Après avoir contourné un magnifique érable, il découvrit la maison et arrêta l'Olds.

C'était une bâtisse en pierre de deux mille mètres carrés à peu près, avec des toits d'ardoise et trop de pignons pour qu'il pût les compter. Il fut surpris, abasourdi, puis sentit monter sa colère, sans qu'il sût pourquoi. Peut-être parce que le lieu l'intimidait et qu'il avait horreur de ça. Peut-être parce qu'il appartenait à cette femme et qu'elle était riche. Pas riche comme Bunner ou Lydia Rodney – vraiment riche.

Il descendit de voiture, prit le petit magnétophone sur le siège du passager et monta le large perron de pierre vers une énorme porte. Après tout, ce n'était peut-être pas sa maison; elle n'était peut-être que la gouvernante ou la nurse, ou partageait avec son mari un deux-pièces au-dessus du garage. Il se rendit compte qu'il ne savait presque rien d'elle.

Il sonna, attendit quelques secondes, sonna à nouveau. Trop vite, se reprocha-t-il. Il attendrait un peu plus longtemps avant de sonner une troisième fois. Il entendit un bruit de pas.

La porte s'ouvrit sur un homme portant une veste de coton gris, un pantalon noir, une chemise blanche, une cravate noire, et Latovsky s'aperçut que c'était la première fois de sa vie qu'un majordome l'accueillait. L'homme était aussi grand que lui, plus large d'épaules, tout en muscles. Ses cuisses tendaient le tissu du pantalon, son cou se renflait au-dessus d'une encolure taille 46.

Il examina Latovsky, puis vit la vieille Olds.

– Bien, dit-il. Vous avez apporté la télé. Miss Eve sera contente.

Miss Eve : c'était donc sa maison, et ce pingouin bâti comme Tarzan son domestique. Avec un grognement, le policier sortit son étui d'identité, l'ouvrit. L'homme se pencha pour examiner l'insigne et la carte.

– Je vois, fit-il calmement. Miss Eve nous a raconté qu'il y avait eu quelques problèmes là-bas, sans préciser lesquels. Entrez, je vous prie.

Il précéda Latovsky dans un hall au sol de marbre plus vaste que la maison du lieutenant, avec un lustre gigantesque et un escalier plus large que sa salle de séjour.

– Il faut que je voie Mrs. Klein, dit-il d'un ton sec.

– Bien sûr. Par ici, s'il vous plaît.

Le majordome lui fit traverser le vestibule en direction d'une porte à deux panneaux. Il tira sur l'un d'eux et ils coulissèrent dans le mur.

– Veuillez patienter.

Latovsky pénétra dans une pièce de quinze mètres sur quinze, avec une porte-fenêtre au fond, des murs tapissés de livres, un tapis aux motifs or et vert, d'un vert qu'il n'avait vu qu'aux feuilles de houx.

– Elle sera là dans un instant, assura le colosse, laissant le policier seul.

Qu'est-ce qui te dit que je ne vais pas piquer les cendriers ? pensa-t-il.

Au-dessus de la cheminée du même marbre que l'entrée était accroché le portrait d'une femme qui ressemblait à Eve Klein mais en beaucoup plus jolie – belle, en fait. Vêtue d'une robe du soir dans le style chargé des annés 30, elle était assise sur un banc de pierre, dans un jardin. Son visage semblait surgir de la toile; ses yeux, grands et sombres, avaient le même reflet vert qu'il avait remarqué dans ceux d'Eve Klein. Elle paraissait tourmentée, presque effrayée.

De quoi? se demanda-t-il. *De quoi pouvait avoir peur une femme ayant assez de fric pour vivre comme ça?*

De descendre de voiture, trébucher et voir une femme éventrée à des kilomètres de là?

Les portes s'ouvrirent, il se retourna.

Une femme entra.

Elle était beaucoup plus âgée qu'Eve Klein mais elle lui ressemblait, ainsi qu'à la femme du portrait. Ses cheveux bruns striés de gris étaient ramenés sur sa nuque en un chignon informe. Elle portait un pull aux couleurs passées, un pantalon de toile déformé aux genoux, des mocassins éculés qui lui donnaient l'allure d'une femme de ménage ou d'une lointaine cousine pauvre recueillie par charité. Puis elle tendit une main sur laquelle étincelait un énorme diamant.

– Enchantée, dit-elle d'un ton distant. Je suis Frances Tilden, la tante de Mrs. Klein.

Tilden, la maîtresse de cette vaste maison.

Latovsky regarda ses yeux sombres, froids, dépourvus de la moindre curiosité et comprit soudain qu'elle s'habillait de cette façon parce qu'elle se foutait de ce qu'on pouvait penser de sa tenue, de sa coiffure et du reste. Pour elle, il se situait au niveau des domestiques et elle attendait de lui qu'il fasse son travail, qu'elle qu'il fût, et qu'il disparaisse.

Sa colère se transforma en une rage qu'il ne maîtrisa qu'en faisant appel à toute sa volonté. Il considéra la main tendue, ne la prit pas. La femme la laissa retomber sans même un haussement de sourcils : elle se foutait tout autant qu'il lui serre ou non la main.

– J'ai demandé à voir Mrs. Klein.

– C'est impossible. Ma nièce se repose.

– J'attendrai.

– Ce n'est pas possible non plus. Je crains que vous ne vous soyez déplacé pour rien. Je vous offrirais bien un rafraîchissement mais vous devez être impatient de reprendre la route sans perdre davantage de temps, j'en suis sûre. Simms va vous reconduire.

Simms devait être le maître d'hôtel-videur, qui faisait facilement vingt-cinq kilos de plus que lui.

Elle se dirigea vers un téléphone posé sur une table qui semblait être astiquée avec amour toutes les semaines depuis deux cents ans. Elle allait le jeter à la porte et il n'y avait rien qu'il pût faire pour l'en empêcher à part braquer son arme sur elle. Il n'avait pas de mandat. Aucun juge n'en délivrerait un pour un « médium » ayant « vu » deux meurtres.

Il demeura immobile et impuissant, le magnétophone de Bunny à la main, tandis qu'elle décrochait le téléphone et enfonçait une touche.

– Vous êtes de Glenvale, je crois, dit-elle en le regardant sans le voir. Nous y passions autrefois pour nous rendre à notre chalet de Placid. C'était juste une toute petite ville, à l'époque... Larry, le lieutenant s'apprête à partir, fit-elle dans l'appareil.

Elle raccrocha.

– Une très jolie petite ville, reprit-elle, mais c'était il y a plus de quarante ans, avant la construction de l'autoroute. Je suis sûre que je ne reconnaîtrais rien.

Bavardage qui passait probablement pour de la courtoisie chez les gens de cette espèce.

Les portes, sans doute montées sur des roulements de platine, coulissèrent à nouveau sans bruit, et Latovsky se prépara à voir Simms apparaître pour le « reconduire ».

C'était Eve Klein.

– Tantine, mon sèche-cheveux est...

Elle vit le policier, se figea. Les cheveux mouillés, elle portait un peignoir de bain d'un bleu délavé que son ex-femme aurait jeté depuis longtemps.

– Je disais au lieutenant que tu te reposais, et c'est exactement ce que tu devrais faire, déclara la tante.

Elle avait tout à fait raison, pensa Latovsky, parce qu'Eve Klein était dans un état pitoyable. Le teint brouillé de samedi s'était transformé en pâleur, les cernes sous les yeux avaient la couleur de taches de mûre. Si elle avait un tant soit peu dormi la veille, ses rêves avaient dû être affreux.

– Je sais que c'est vous qui avez téléphoné, Eve, se hâta-t-il de dire. Je sais que vous avez essayé de l'empêcher mais, d'après le médecin légiste, il était déjà trop tard. Rien n'aurait pu le sauv...

– Tu peux prendre mon sèche-cheveux, coupa la tante.

– Mais j'ai son magnétophone, poursuivit Latovsky, haussant la voix. Le meurtrier...

Frances Tilden haussa la voix elle aussi :

– Il doit être dans ma mallette de maquillage.

– Le meurtrier l'a touché pour prendre la cassette que Bunner avait enregistrée...

– Sinon, demande à Laura...

– Vous pouvez m'aider! cria-t-il presque, et la tante se tourna vers lui.

– Non, elle ne peut pas. Cela n'aide jamais.

– Quelquefois, fit timidement Eve. Regarde comme Meg est heureuse.

– Et comme tu es malheureuse!

Frances Tilden avait raison là encore : sa nièce avait piètre allure, et il avait l'impression que c'était sur elle que tombaient les coups de leur duel verbal. Elle s'assit, les regarda tour à tour.

– Eve, je suis désolé, dit-il. J'aimerais vous laisser tranquille mais un homme s'est fait tuer. Vous pouvez m'aider à trouver l'assassin.

– Oh, et pour la prochaine affaire de meurtre? et pour la suivante? intervint la tante. Et si la presse l'apprend? Et si un autre lieutenant pense qu'elle peut l'aider lui aussi?

Comme il n'avait pas de réponse, il se tourna vers Eve. C'était à elle de décider.

Elle releva une mèche mouillée de son front, fit à nouveau passer son regard de sa tante au policier puis le porta sur le magnétophone.

– Je me sécherai les cheveux plus tard, tantine.

Les épaules de Frances s'affaissèrent mais son expression ne changea pas et elle sortit sans un mot. Magnanime dans la victoire, Latovsky la rassura :

– Je ne la retiendrai pas longtemps, Mrs. Tilden.

– Miss Tilden. Et je sais que vous la retiendrez aussi longtemps qu'elle vous sera utile, quoi que vous puissiez lui faire subir.

Elle sortit, ferma les portes derrière elle. Enfin seul avec Eve, il allait bientôt entendre ce qu'elle avait vu dans le bureau de Bunner. Le cœur battant, les jambes un peu chancelantes, il s'assit dans un fauteuil géant en face d'elle.

Mais tout ce qu'elle avait à dire tint en quelques

phrases : elle avait vu le dos du meurtrier vêtu d'un blouson beige, elle avait entendu le coup de feu, vu le visage du psychiatre se désintégrer, l'arrière de son crâne projeté contre la vitre. La tête penchée, Latovsky attendit la suite puis se rendit compte qu'elle avait fini.

Il se leva, alla à la cheminée, regarda la femme du portrait dont les yeux tristes, effrayés, contemplaient la pièce.

– C'est tout? demanda-t-il en se retournant. Un blouson de popeline et des cheveux châtains?

C'était pour cela qu'il avait fait plus de trois cent cinquante kilomètres, gaspillé une partie des maigres fonds de la brigade, et essuyé la morgue de Frances Tilden?

Il revint auprès d'elle.

– Allons, Eve, il doit y avoir autre chose qu'un blouson et des cheveux...

Il s'interrompit parce qu'elle en avait effectivement dit plus. Elle avait parlé de cheveux châtain clair, épais et raides – les termes mêmes qu'elle avait employés vendredi pour décrire le Tueur des Bois. Il recula jusqu'à ce qu'il sente le bord du fauteuil derrière lui, s'assit, posa le magnétophone sur la table à côté de lui. Il laisserait des traces sur sa patine mais on l'astiquerait de nouveau.

– Eve? C'était le même homme? C'est ça?

– Je peux me tromper.

Et les vaches peuvent voler, pensa-t-il.

– Répondez, bon Dieu, C'était *lui*?

– Oui.

– Pourquoi? cria-t-il, plus à lui-même qu'à elle. Bunner n'avait rien à voir dans cette affaire, mis à part le rôle d'examinateur que je lui avais fait jouer à votre égard. Et je ne lui en avais pas dit assez pour le faire tuer. Je n'en savais pas assez. Alors pourquoi?

– Je l'ignore.

– Il était le patient de Bunner?

Il faut bien que nous commencions quelque part, avait-il dit à Mrs. Meeker. *Commençons par les patients...*

– Je ne sais pas, répondit-elle. Je n'ai pas entendu ce qu'il a dit.

– Mais s'il était un de ses patients? S'il était un de ses patients et le Tueur des Bois?

– Oui? fit-elle.

– Je ne sais pas.

Il se leva se rassit, se passa une main dans les cheveux.

– O.K., supposons qu'il ait été un de ses patients, reprit-il. Je ne sais pas si Bunner était un bon psy mais je sais qu'il était de première force pour écouter. J'en ai fait l'expérience quand mon couple s'est cassé la figure et que j'ai eu besoin de parler à quelqu'un. C'était mon meilleur ami mais je tenais quand même à donner une version *soft*. « Nous n'arrivons plus à communiquer, nous ne partageons plus les mêmes valeurs, bla-bla-bla. » Les conneries qu'on entend à la télé dans les talk-shows du matin.

– Ou qu'on lit dans les bouquins style *Comment sauver son couple*, dit-elle.

Ils se regardèrent, échangèrent un sourire.

– Enfin, c'était ce que j'avais l'intention de raconter, continua Latovsky. Mais quand j'ai regardé les yeux clairs, attentifs, bienveillants de Bunny, voilà ce qui est sorti : « *Je ne peux plus la supporter. Je ne supporte plus de la voir, de l'entendre, de la toucher. Je n'arrive même plus à bander, Bunny, quoi qu'elle me fasse, et elle me fait tout, je dois lui reconnaître ça. Mais ça ne sert à rien.* »

« Je lui ai dit des choses que je n'avais jamais avouées à personne, pas même à moi, et c'est peut-être ce qui est arrivé au meurtrier. Le fardeau devenait trop lourd, il fallait qu'il parle à quelqu'un. Pas pour se confesser, juste pour relâcher un peu la pression. Alors, il est allé voir Bunner, il a ouvert la bouche pour dire quelque chose comme « J'ai parfois des impulsions qui m'effraient, ça pourrait être dangereux », et au lieu de ça, il a lâché, « Aidez-moi, Bunny. J'ai tué cinq femmes. »

– Et ensuite?

– Ensuite il a sorti son Magnum, il... (Latovsky s'interrompit, secoua la tête.) Non, ça ne colle pas.

– Pourquoi?

– Parce qu'il n'aurait pas porté sur lui, comme ça, une arme de cette taille. En outre, il avait téléphoné auparavant à Bunner pour le faire venir là-bas. C'était prémédité.

– Le meurtre, peut-être, mais pas les aveux. Il s'était peut-être épanché avant.

– Quand? J'ai vu Bunny samedi matin, il m'a dit qu'il faudrait qu'il soit fou pour faire passer le secret professionnel avant la vie de cinq femmes. Il m'en aurait donc parlé à ce moment-là, s'il avait été au courant, ou dans l'après-midi, lorsque nous sommes venus à son cabinet tous les deux. Je ne vois pas quand...

– Au dîner, murmura Eve.

– Vous avez vu...

– Bunner et l'assassin à la même table.

– Et Bunny était soûl.

– C'est possible.

Le tueur l'était peut-être aussi, pensa Latovsky. Il s'est assis à la table de Bunny et il a avoué cinq meurtres. Ensuite? Ensuite, Bunny a continué à se soûler parce qu'il ne supportait pas ce qu'il venait d'entendre : il ne pouvait en parler à personne puisque l'assassin était son patient mais il ne pouvait pas non plus se taire parce qu'il y avait des vies en jeu. Alors, il a bu pour noyer le problème. Le tueur, lui, n'a rien noyé du tout, et les aveux faits dans un moment d'ivresse l'ont rongé toute la nuit. Quand le soleil s'est levé, il savait ce qu'il devait faire. Il a appelé Bunny, il l'a fait venir à son bureau...

– Il me faut un signalement, Eve, dit Latovsky en prenant le magnétophone. Il se faisait soigner par Bunner, il est allé à la réception : avec un signalement, je le tiens.

Il se pencha en avant, lui tendit l'appareil.

– Vous voulez bien? demanda-t-il d'une voix douce, comme à une femme à qui il aurait envie de faire l'amour. Vous voulez bien?

Elle regarda l'appareil avec cette expression de confiance tranquille qu'il avait lue dans ses yeux vendredi, et il comprit qu'elle le ferait. Elle détestait cette « chose », qui avait détruit son couple, qui détruirait peut-être sa vie, mais elle avait quand même envie de le faire, comme Horowitz avait envie de jouer du piano.

– Ce que je vous ai dit la dernière fois reste vrai, l'avertit-elle.

– Ouais... Vous ne verrez peut-être rien, ou vous verrez n'importe lequel de ceux qui l'ont touché – le Japonais qui l'a fabriqué, par exemple.

Les yeux d'Eve Klein étaient clos, il ne se souvenait pas qu'ils l'aient été la fois d'avant. Il entendit un bruit de moteur et leva la tête, agacé, craignant que cela ne la déconcentre. Un motoculteur chevauché par un homme en pantalon de treillis passa devant la porte-fenêtre et disparut. Le bruit mourut; Eve murmura « Oh! merde », puis « Des cicatrices... »

Des cicatrices? Ken Nevin? C'était un patient de Bunner, il avait peut-être touché le magnétophone... Avait-il tué Bunner et la femme? Non, Ken avait des cheveux fins, blond clair.

Eve garda le silence mais ses paupières se mirent à trembloter, sa bouche s'ouvrit, si grande qu'il vit le dessous de sa langue, son teint passa du pâle au verdâtre. Elle semblait en état de choc.

– Eve, appela-t-il doucement de peur de la brusquer.

Elle ne réagit pas; il lui toucha le dos de la main, qui était froid et humide.

– Eve, appela-t-il à nouveau, un peu plus fort. Tout va bien, vous êtes chez vous, en sécurité... Ce n'est pas réel.

Elle était effectivement une observatrice immatérielle, que rien de ce qu'elle « voyait » ne pouvait blesser. Pourtant, quelle qu'elle fût, cette vision la terrifiait et Latovsky ne savait que faire. Il prit la main glacée mais elle se libéra brusquement et, les yeux toujours clos, saisit le petit magnétophone à deux mains, le brandit au-dessus de sa tête comme un ballon de basket et le lança droit sur le policier. Il se baissa, l'appareil passa au-dessus de lui, heurta la lampe posée sur la table et tomba avec un craquement. La lampe vacilla, tomba elle aussi et se brisa.

Les portes coulissèrent, Frances Tilden et le majordome se précipitèrent dans la pièce. Ils avaient dû se tenir à proximité, guettant le moindre bruit anormal.

Eve renversa la tête en arrière, ses yeux s'ouvrirent, fixèrent le plafond d'un regard aveugle, puis son corps commença à glisser du fauteuil. Latovsky tendit le bras vers elle.

– Ne la touchez pas, lança sèchement la tante.

Simms s'interposa entre le policier et sa maîtresse, la releva.

– Je m'occupe d'elle, maintenant, lieutenant, dit-il d'un ton aimable.

Le majordome soutint la tête d'Eve de la main et inclina le verre devant ses lèvres. Un peu de cognac coula dans sa bouche, le reste sur son menton, mais Latovsky la vit déglutir quand elle avala. Simms lui redonna un peu d'alcool et elle retrouva un teint à peu près normal. Elle ouvrit les yeux, regarda le domestique puis le policier.

– Je l'ai vu, balbutia-t-elle, cette fois je l'ai vu.

Elle tenta de prendre le verre des mains de Simms mais il le tint hors de portée.

– Pas encore. Soyez patiente.

Il lui fit boire quelques autres petites gorgées, tandis que la tante allait et venait derrière le canapé en se tordant les mains.

– Nous devrions appeler le Dr Rubin, dit-elle.

– Non, gémit Eve, non.

Elle tendit à nouveau la main vers le cognac, et cette fois Simms la laissa le prendre. Elle but une lampée, s'étrangla, en but une autre qui passa sans problème. Elle avait l'air d'aller mieux – du moins aussi bien qu'à son entrée dans la pièce. Regardant Latovsky avec une expression de triomphe mêlée de terreur, Eve répéta :

– Cette fois, je l'ai vu, Dave.

Les grilles étaient ouvertes et Riley remarqua que le voyant du tableau d'alarme de l'un des piliers était éteint. On ne devait pas brancher le système dans la journée. Il entra, roula jusqu'au virage contournant l'érable, découvrit la grande maison et la voiture de Latovsky garée devant.

Le lieutenant devait avoir une bonne raison de venir ici le lendemain de l'assassinat du docteur et trois jours après celui d'Abigail Reese. Quelqu'un dans cette maison détenait des informations cruciales sur l'une ou l'autre affaire.

Mais Latovsky ne serait pas charmé de le voir et les gens qui vivaient dans ce genre de bâtisse n'aimaient pas parler aux journalistes. Pas question de sonner à la porte pour demander à parler à Dave ou aux occupants des lieux.

« Dans le doute, trouve un barman, lui avait un jour conseillé Trennant. Les gens se confient plus aux barmen qu'aux prêtres, et les barmen aiment parler. »

Un barman.

Il était onze heures du matin, un lundi, mais même dans ce coin huppé du sud de la Nouvelle-Angleterre, il devait y avoir un bar ouvert. Riley fit demi-tour avant qu'on ne l'aperçoive par une des cent et quelque fenêtres de la façade.

– Il est grand... mais ça, je vous l'ai déjà dit, fit Eve, la voix empâtée par le cognac. Un mètre quatre-vingt-dix, ou un peu moins. Les cheveux châtain clair, etc. (Elle esquissa un sourire.) Les traits réguliers, le nez droit, une bouche agréable. Il serait plutôt bel homme s'il n'y avait ses yeux.

– Qu'est-ce qu'ils ont, ses yeux ?

– Ils sont marron clair, répondit Eve, avant de boire une autre gorgée de cognac. Et... vides. Jamais vu des yeux aussi.. vides, morts, vitreux. Des yeux de poupée, fit-elle en frissonnant.

Frances intervint :

– Je crois vraiment que nous devrions appeler...

– Des yeux de poupée, répéta Eve.

Elle finit son verre, que Simms remplit à nouveau.

– Continuez, dit Latovsky.

– C'est tout.

– Vous le voyez encore. Je veux dire, dans votre tête ?

Eve acquiesça.

– Bien. Je peux faire venir un dessinateur.

– Non. Pas de dessinateur.

– Mais par quel autre moyen... ?

– Pas de dessinateur, rien. C'est fini, déclara-t-elle.

– Comment ça ?

– Je ne peux pas vous en dire plus, et je ne le décrirai pas à un dessinateur ou à quiconque d'autre, Dave. Désolée, mais il faut que vous partiez tout de suite, que vous ne reveniez plus, que vous ne téléphoniez plus...

– Pourquoi ?

– Parce que vous vous êtes trompé. Ce n'est pas une cassette le concernant que le tueur a emportée, c'est l'enregistrement de ma conversation avec Bunner, samedi. Il l'a pris parce qu'il me cherche. Il me pourchasse... et je viens de le voir me trouver.

Le soleil était haut dans le ciel quand Latovsky quitta la maison. Il faisait chaud. En refermant la porte derrière eux, Simms proposa :

– Allons faire une promenade, lieutenant.

– Pourquoi ?

– Parce que nous avons à parler et qu'il fait trop chaud pour rester assis dans une voiture. Laissez le magnétophone pour ne pas avoir à le porter.

Le lieutenant ouvrit docilement la portière de l'Olds, lança l'appareil sur le siège. « Je suis désolée de l'avoir cassé, avait bredouillé Eve. Vraiment désolée. » C'était probablement la dernière fois qu'elle lui parlait car juste auparavant, elle lui avait ordonné de partir.

– Vous êtes le seul lien entre le tueur et moi. S'il me trouve, ce sera à cause de vous.

– Et Lucci ? avait-il argué, la voix serrée par le choc.

– Il ne connaît que mon nom de famille, rien d'autre... à moins que vous ne le lui ayez révélé. L'avez-vous fait ? avait-elle demandé, l'air terrifié.

– Non.

– Alors, s'il me trouve, ce sera à cause de vous. Et il me trouvera si vous ne faites pas ce que je vous demande.

– Mais...

– Pas de mais, Dave. Vous n'avez pas vu ses yeux, moi si.

– Ses yeux...

– Je les ai vus dans un miroir, avait-elle dit, la voix épaissie par son quatrième cognac. Un poudrier ou un rétroviseur. Il était derrière moi, il me regardait dedans... Il m'avait trouvée. (Elle avait frissonné, vidé son verre.) Alors, allez-vous-en, je vous en prie. Et jurez... jurez que vous ne reviendrez pas, que vous ne téléphonerez pas. Jurez-le.

Il s'était exécuté, forçant les mots à sortir de sa bouche.

Ils firent le tour du bâtiment, passèrent devant une cour pavée, un garage pour six voitures, et s'enfoncèrent dans la propriété des Tilden. Il n'y avait aucune autre maison en vue.

– C'est grand, marmonna le policier.

– Trois cents hectares, lieutenant. Au cas où vous vous poseriez la question, le terrain, dans le coin, vaut cent soixante mille dollars l'hectare. Un promoteur de Hartford leur a un jour offert vingt millions pour en acquérir une partie et ils ont refusé. Vous imaginez ça, refuser vingt millions de dollars ?

– Non.

– Moi non plus. Mais ils sont riches, lieutenant. Je ne pourrais chiffrer leur fortune au centime près, mais je sais que le vieux Tilden a laissé à ses filles aux alentours de cent millions chacune il y a trente ans. La somme a doublé depuis... triplé, peut-être. Eve a hérité la part de sa mère ; elle aura celle de sa tante aussi un jour.

Ils parvinrent à de vieux arbres noueux en fleur sous lesquels on avait disposé des bancs.

– Asseyons-nous, proposa le maître d'hôtel.

Des pétales flottaient dans l'air comme une neige rose, se prenaient dans les cheveux des deux hommes et parfumaient l'air.

– L'ancienne cerisaie, dit Simms. La plupart des arbres ne donnent plus de fruits bien qu'ils fleurissent encore mais nous en cueillons quand même assez pour faire quelques tartes et bocaux de cerises à l'eau-de-vie. Il fait toujours un peu plus frais, ici – il doit y avoir une source souterraine.

– J'ai droit au tour du propriétaire ?

– Pas la peine d'être sarcastique, lieutenant. Nous avons à parler et c'est un endroit agréable pour le faire.

– Parler de quoi ?

– De l'homme qu'Eve a vu dans ce « miroir ». C'est un enregistrement de la voix d'Eve qu'il a pris, à ce que j'ai cru comprendre.

– Oui.

– Où elle dit quoi ?

– Qu'elle peut... *voir*... des choses.

– Que personne d'autre ne voit.

Latovsky hocha la tête.

– Bon, et *lui*?

– Je ne sais pas qui il est, sinon je l'arrêterais et elle n'aurait plus à s'en faire.

– L'arrêter? Pour avoir volé une cassette?

Avec un petit sourire cruel, le policier répondit :

– Pour avoir tué six personnes, Mr. Simms.

Le domestique se leva d'un bond :

– Hein?

– Oui. Une des six victimes était mon meilleur ami. Ce magnétophone lui appartenait.

– Racontez-moi tout.

– Pourquoi? Ce n'est pas votre problème.

– Ça pourrait le devenir. Dans deux minutes, quand vous serez parti, il ne restera plus que moi entre elle et lui. Racontez-moi.

– Il a assassiné cinq femmes en les éventrant et les a regardées mourir au clair de lune.

– Seigneur!

– La sixième victime était mon ami comme je vous l'ai dit. Il lui a tiré une balle dans le visage avec un Magnum ou une arme comparable. C'est tout ce que je sais à part ce que vous avez déjà entendu : il a des cheveux châtain clair, des yeux marron froids, morts et vides comme ceux d'une poupée.

Latovsky eut un rire sans joie et poursuivit :

– Le barman de la boîte où le tueur a levé sa dernière victime ressemble à un Mike Tyson blanc, avec un serpent tatoué sur l'avant-bras. Vous me voyez lui demander s'il se souvient d'un mec avec des « yeux de poupée »?

– Six...

– A notre connaissance. Il pourrait y en avoir d'autres que nous n'avons pas trouvées et que nous ne trouverons jamais.

– Nous ne pouvons le laisser approcher d'elle.

– Non.

– Vous devez tenir votre parole, Latovsky.

– Je l'ai donnée, je la tiendrai, répliqua-t-il.

– Bien sûr, bien sûr. Vous êtes un homme d'honneur. Sauf que le temps a sa façon à lui de ronger l'honneur. Un jour, dans deux semaines, peut-être, vous repenserez à l'aide qu'elle pourrait vous apporter et vous oublierez toutes ces conneries d'histoires d'honneur. Surtout si ce salaud en tue une septième... une huitième. Je vous imagine en train de vous dire qu'un serment arraché de force dans le salon d'une millionnaire ne vaut rien à côté d'une vie sauvée. Mon scénario n'est pas trop invraisemblable, n'est-ce pas?

Le policier ne répondit pas. Simms fit tomber des pétales de ses cheveux grisonnants coupés court et continua :

– Deux raisons pour que vous n'en arriviez pas là, lieutenant. Primo, si vous repassez ces grilles sans y être invité... si vous téléphonez, si vous lui envoyez un télégramme... je vous casse en deux.

Merde à la fin, pensa Latovsky, qui se raidit pour montrer une chose ou deux à Simms-le-majordome. Il se redressa, le gratifia de ce regard qui terrorisait les assassins et les violeurs, mais le colosse ne réagit pas. Ses avant-bras, posés sur ses cuisses, avaient la taille de jambons; son cou ressemblait à un tronc d'arbre. Il pouvait mettre sa menace à exécution sans même s'essouffler. Latovsky se laissa aller contre le dossier du banc, baissa les yeux vers les pétales jonchant le sol à ses pieds.

– Et la seconde raison? grommela-t-il.

– Bravo, lieutenant, approuva Simms. A la bonne heure! J'avais peur qu'on soit obligé de faire tout un numéro macho sur qui fera quoi à qui – en terminant peut-être par une petite démonstration. (Il tendit la main.) Je m'appelle Lawrence Simms, à propos. Appelez-moi Larry.

Les deux hommes se serrèrent la main.

– La deuxième raison est beaucoup plus complexe, reprit Simms. Eve est réellement capable de faire ce qu'elle dit, vous comprenez. Oh, vous devez le penser également, sinon vous ne seriez pas ici. Mais au fond de vous-même, vous émettez sans doute toute une série de réserves, et certaines d'entre elles sont probablement fondées. Par exemple, elle ne voit pas forcément ce qu'elle veut quand elle veut. Elle dit aussi que les noms lui échappent, et je pense que c'est vrai. Mais il y a un point sur lequel elle est infaillible : ce qu'elle voit arrivera – exactement comme sa mère.

– Sa mère!

– Oui. Ellen Dodd Tilden Leigh. Ces gens-là se donnent une ribambelle de noms de famille, hein? Ellen l'avait aussi, ce truc – c'est tout ce que j'ai trouvé pour en parler. J'ai essayé « pouvoir psychique » mais ça ressemble à ce qu'on entend quand on fait 36 15 VOYANCE.

« Ellen Leigh l'avait, comme sa propre mère, la dame du tableau dans le salon. Elle en est morte. Un soir, elle est descendue, elle s'est enfermée dans le garage et a mis en marche les moteurs de deux ou trois voitures.

« Après, ça a été le tour de sa fille Ellen. Je ne sais pas comment ce truc passe de l'une à l'autre, ni pourquoi il n'est pas tombé sur Frances. Il faudrait un généticien prix Nobel pour l'expliquer. En tout cas, il est passé d'Olivia à sa fille, et Ellen a d'abord fait comme si elle ne l'avait pas, comme si elle n'était qu'une jolie jeune fille riche et normale. Pendant un moment, on aurait dit qu'elle s'en était débarrassée. Elle allait danser, avait des soupirants, sortait comme les autres jeunes filles à cette époque. Elle s'est mariée, elle a eu Eve, et tout s'est écroulé parce qu'elle ne pouvait pas toucher sa fille de peur de ce qu'elle *verrait*. Imaginez, Dave. Imaginez qu'en serrant votre petite fille de six ans dans vos bras, vous la voyez atteinte d'une tumeur au cerveau à douze ans. Imaginez ce que seraient pour vous deux les six années suivantes...

« Ellen en est venue à ne plus pouvoir toucher son mari non plus, reprit Simms. Le pauvre T. William Leigh l'a supporté aussi longtemps qu'il a pu puis il a décampé. Et Ellen n'est plus sortie de sa chambre, comme on dit dans les romans.

« Il ne restait plus que Franny et moi pour élever la gosse.

– Vous?

– Moi. Vous voyez, Franny et moi, nous avons un arrangement... (Devant l'expression du policier, Simms éclata de rire.) Oui, c'est bien ce que je veux dire, lieutenant, et arrêtez de me regarder comme si je venais de vous montrer ma queue. Franny n'est pas la première fille riche à baiser avec le majordome... sauf que j'étais un simple valet, à l'époque. Mais dans notre cas, ça a duré. Nos regards se sont croisés quand le vieux Tilden m'a engagé, il y a trente-cinq ans; je venais de faire la guerre de Corée, et ça a été le coup de foudre pour tous les deux. Franny n'est pas la snob qu'elle donne l'impression d'être, et elle m'aurait épousé, à l'époque... encore maintenant, je crois. Mais ça lui aurait fait un nom de famille en plus, et moi, j'aurais été l'étalon de la ville qui a épousé une Tilden. Ça ne m'allait pas à vingt-trois ans, ça ne m'irait pas mieux à cinquante-sept, et c'est très bien comme ça. C'est même merveilleux. Nous sommes ensemble, nous avons Eve – et bientôt le bébé.

– Le bébé?

– Evie n'en a pas parlé, je suppose – pas même à Sam, probablement. Elle dit qu'elle n'en est pas sûre et apparemment, elle ne tient pas à l'être, mais Mrs. Knapp dit que ça se voit aux cernes qu'elle a sous les yeux, et Laura dit qu'on peut régler sa montre tous les matins à sept heures en entendant vomir dans la salle de bains d'Evie. Ce qui me ramène à la raison numéro deux : Polly Bogen, la femme de chambre qui a précédé Laura. Ou plutôt Tom, le fils de Polly, pour être exact.

– Tom?

– Il avait seize ans à l'époque dont je vous parle. Grand, beau, intelligent et fils unique : la raison de vivre de ses parents, vous vous en doutez. Un jour, Ellen l'a « vu ». Je ne sais pas pourquoi puisqu'elle évitait de toucher les gens à peu près comme on évite d'embrasser un cobra. Mais elle a dû toucher Polly, ou quelque chose que Polly avait touché, et le garçon lui est apparu. Non pas le beau grand jeune homme qu'il était, mais une sorte de gousse vide, tordue comme une crevette, allongée sur un lit d'hôpital et criblée de tuyaux. Ses mains étaient devenues des griffes, comme cela arrive après des années de coma, et Ellen savait qu'il était comme ça depuis longtemps et le resterait. Mais surtout, elle savait *comment* il était devenu comme ça, et elle l'a raconté à Polly.

« Elle a dû arracher les mots d'elle-même, je suppose, parce que pour Ellen, voir et dire ce qu'elle avait vu, c'était comme un week-end dans le septième cercle de l'enfer. Mais la vie du garçon était en jeu.

– Qu'est-ce qu'elle lui a dit?

– Qu'il y aurait un orage le soir d'Halloween, deux

jours plus tard. Une de ces tempêtes d'automne qui font tomber les feuilles mouillées et les collent à la route. Tom Junior serait dans une voiture avec ses copains, tous éméchés... Vous devinez la suite.

Latovsky hocha la tête.

– Ellen a donc prévenu Polly, Polly nous en a parlé. Elle a essayé de ne pas y croire, de prendre ça en riant mais elle a fini par pleurer parce qu'elle savait, comme nous tous, ce dont Ellen était capable. Et elle en a finalement parlé à son mari, Tom Bogen.

« Encore aujourd'hui, j'ignore ce que Tom pensait de la double vue en général ou du « don » des Dodd-Tilden en particulier, mais je suppose qu'il aimait mieux passer pour un crétin crédule que risquer de perdre son fils. Polly en parla aussi aux parents des autres jeunes avec qui Tom Junior était censé sortir ce soir-là. Ils n'y virent que des propos impies et insensés, traitèrent les Tilden de sales riches névrosées ne cherchant qu'à faire parler d'elles.

« Le soir en question, Tom et Polly n'essayèrent même pas de convaincre un jeune de seize ans de renoncer à la virée qu'il a projetée depuis des semaines. Ils attendirent donc qu'il soit en haut à se préparer, probablement en jean troué et blouson de skaï noir avec une publicité pour une pizzeria de Detroit dans le dos – exactement comme les jeunes d'aujourd'hui – et ils l'enfermèrent.

« Les autres sortirent, burent, fumèrent de l'herbe, s'entassèrent dans une bagnole. Celui qui conduisait écrasa l'accélérateur, avec ce sentiment d'immortalité que seuls ont les jeunes. Ils manquèrent un virage à cent à l'heure, percutèrent une autre voiture bourrée de gosses en virée. Cinq moururent sur le coup, un autre resta paralysé à vie, un autre encore fut transformé en cette larve que Tom Junior aurait dû devenir, un seul s'en tira avec quelques égratignures. Le sort, lieutenant, le sort.

– Et Tom Bogen Junior?

– Il a une femme et deux enfants, un diplôme de l'Université du Connecticut et une firme d'investissements dans les Berkshires. Mais il *aurait été* cette larve si Ellen n'avait pas prévenu Polly et si Polly ne l'avait pas écoutée. A partir du moment où Ellen l'avait vu, cela devait arriver – à moins que quelque chose ne change. A partir du moment où Eve l'a vu, cela arrivera si rien ne change. *Vous*, en l'occurrence, Dave.

« A vos yeux vous êtes probablement un brave type tout à fait ordinaire, à ceci près que vous portez une arme. Vous avez sans doute une femme, des gosses et un pavillon. Je parie que vous jouez au poker une fois par mois, que vous faites du bowling, que vous allez à la pêche et que vous êtes supporter des Mets. Mais en cet instant précis, vous êtes la *Nemesis*. Si vous ne partez pas, si vous ne restez pas à l'écart, il la trouvera. Et que croyez-vous que fera l'assassin de six personnes à un médium qui pourrait « voir » son visage ?

– Il la tuera.

– C'est ce que je pense aussi.

Suivant les indications que lui avait données le jeune pompiste de la station-service, Riley se retrouva dans la rue principale d'une bourgade à un seul feu rouge qui ressemblait à une carte de Noël sans la neige. La rue était bordée de boutiques montrant en vitrine les tenues de golf et de tennis qu'il admirait quand il feuilletait *Town & Country* dans la salle d'attente de son dentiste. Et de voitures, dont le coût collectif excédait le produit national brut de quelques pays.

La rue se terminait par une magnifique église du XVIIIe siècle de la Nouvelle-Angleterre. Il tourna à gauche comme le môme le lui avait dit, et parvint cinq minutes plus tard *Chez Burt*, ancienne maison de type « colonial » transformée en bar. Il se gara entre une Rolls Corniche et un BMW 7351, en face de deux vans et d'un break Mercedes. Ah ! l'Amérique, pensa-t-il. Montrez ce parking au dirigeant de n'importe quel pays du tiers monde, faites-lui ensuite remonter la rue principale de Bridgeton, Connecticut, et il rentrera chez lui le cœur lourd de haine et d'envie.

La Rolls n'étant pas fermée à clef, Riley ne ferma pas non plus les portières de la Camry et entra dans le bar.

L'intérieur lui parut sombre et il lui fallut un moment pour que ses yeux s'habituent. Il y avait quelques personnes au bar, d'autres au fond, déjeunant de bonne heure dans un box. Il se hissa sur un tabouret, à l'écart des autres clients – deux hommes en chemise de golf et veste de tweed, une femme qui semblait plutôt fauchée pour le secteur – et examina le barman, occupé à préparer un gimlet. Pansu, il avait un visage aux traits lourds, des bajoues pendantes, et trente ans de trop pour être un étudiant travaillant après ses cours. Ce devait être Burt.

Riley commanda une bière pression, Burt le servit au moment où une serveuse franchissait les portes de la cuisine avec un plageau de hamburgers. La trentaine, elle portait un pantalon bien repassé, une blouse propre sous un tablier beige. Elle devait savoir ce qui se passait dans le coin, peut-être pas autant que le vieux Burt – qui avait posé une bière parfaitement tirée devant Riley sur un sous-bock – mais elle avait l'air beaucoup moins taciturne que son patron, qui n'avait pas dit un mot depuis l'arrivée de Riley, même pas pour lui demander de payer.

– Combien? s'enquit le journaliste.

– Quatre dollars.

Chérot pour un demi mais c'était une ville de riches. Riley laissa un billet de cinq, sirota sa bière (une marque étrangère qu'il n'aurait jamais trouvée à la pression à Glenvale) en observant la fille. Après avoir servi les hamburgers, elle s'assit dans un box libre où l'attendaient un journal et un verre contenant des glaçons.

Riley but la moitié de sa bière en prenant le temps de la savourer puis la porta, avec le sous-bock, au box de la fille.

– Salut. Je m'appelle Jim Riley.

– Mary Owen, répondit-elle avec un sourire surpris. (Les clients ne devaient pas souvent prendre la peine de se présenter.) Qu'est-ce que ce sera?

– Rien, je suis déjà servi. Je veux juste bavarder, si vous avez le temps.

Le sourire de la serveuse disparut.

– Je vous drague pas, Mary, dit-il en riant. Je suis reporter pour un journal d'Albany.

Il posa verre et sous-bock sur la table, sortit sa carte de presse, laissa à la fille le temps de la regarder avant de s'asseoir en face d'elle.

– Je voudrais vous poser des questions sur des personnes que vous connaissez peut-être.

– Quelles personnes? fit-elle d'un ton méfiant, sans quitter la carte de presse des yeux.

– Les Tilden.

Ses yeux s'arrondirent un peu et il devina qu'elle les connaissait, ou qu'elle avait entendu parler d'eux, et qu'elle trouvait fascinant ce qu'elle savait d'eux.

– Je suis allé jusqu'à leur porte, reprit-il, mais je n'ai pas eu le courage de sonner.

– Oh? Ce sont juste des gens comme tout le monde – enfin, « comme tout le monde », c'est peut-être un peu...

– Exagéré?

Elle sourit, parut se détendre, but une gorgée de son verre. Riley sentit une odeur de scotch.

– Qu'est-ce que vous leur voulez?

Il s'éclaircit la gorge et murmura, l'air hésitant :

– Entre nous, hein?

– Bien sûr.

– J'ai des raisons de croire – bon sang, quelle façon de parler! mais c'est exactement ça – j'ai des raisons de croire que quelqu'un de cette maison, peut-être l'un des Tilden, détient des informations que la police et le public devraient connaître.

– Comme quoi?

Il avala un peu de bière pour se donner le temps de réfléchir avant de répondre. Il fallait la jouer fine. La serveuse n'était sans doute pas au courant pour Terence Bunner, mais l'affaire de la Femme des Bois – du Loup-Garou, depuis hier – faisait la une. Il choisit de plonger :

– Comme le Tueur de la Femme des Bois. (Les yeux de la serveuse s'arrondirent un peu plus. Riley ne lui laissa pas le temps de réfléchir et enchaîna aussitôt :) Moi, je l'appelle le Loup-Garou, maintenant, parce qu'il tue les nuits de pleine lune. Vous vous rappelez ce vieux film?

Elle était trop jeune pour l'avoir vu au cinéma mais il était en cassette. Elle hocha la tête, frissonna, et il poussa son avantage.

– Les types comme lui n'arrêtent jamais, Mary. Ils tuent jusqu'à ce qu'ils meurent ou qu'ils se fassent pincer. Ils se font presque toujours pincer mais ça prend quelquefois des années parce que les flics sont entravés par la loi. Nous pas. Les journalistes peuvent aller partout, poser des questions interdites aux flics, et je crois qu'il y a chez les Tilden quelqu'un qui sait quelque chose sur le Loup-Garou.

– Eve, vous voulez dire?

– A votre avis?

Elle hocha la tête et Riley, sachant qu'il l'avait ferrée, fit signe à Burt de remettre une tournée.

9

– Peur? demanda Adam avec douceur.

Ellen Baines confirma d'un hochement de tête.

D'un instant à l'autre, des infirmiers la conduiraient au troisième étage où Shelley Stern pratiquerait une hystérectomie simple sur un cancer de l'utérus en phase initiale, degré un. Mais les infirmiers tardaient, et une demi-heure s'écoulerait peut-être avant que l'anesthésiste s'occupe d'elle. Il n'y avait aucune raison de la laisser souffrir.

Il prépara une solution pré-opératoire de Librium et procéda à l'injection.

– Vous faites ça bien, le complimenta-t-elle.

Il s'était exercé sur un pamplemousse avant de faire sa première piqûre, puis sur lui-même, avec des vitamines B 12. Il avait horreur du travail bâclé.

– Le printemps me manquera, dit la malade.

Elle ne geignait pas; elle ne geignait jamais.

Adam tira à lui la chaise destinée aux visiteurs et s'assit près du lit.

– Ce n'est pas le printemps, El, c'est la saison des moustiques. Ils auront disparu quand vous sortirez et *là*, ce sera le printemps. Vous pourrez planter votre jardin.

– C'est déjà fait, dit-elle d'une voix épaisse. Les petits pois en tout cas. En espérant qu'ils pourrissent pas.

– Ils ne pourriront pas, répondit Adam avec gentillesse.

Elle ébaucha un signe de tête, ferma les yeux et partit à la dérive. Adam laissa lui aussi son esprit s'évader, pensa à David Latovsky. Le policier avait une arme, il savait s'en servir, mais il ne s'attendrait pas à ce que le gentil jeune docteur de Glenvale General lui colle un Python sous le nez. Peut-être s'effondrerait-il comme Bunner. Ce dernier lui aurait dit son nom s'il l'avait su. Mais le flic pouvait très bien se montrer coriace. Et Adam ignorait ce qu'il ferait alors.

L'essentiel était de ne pas le tuer avant d'obtenir ce qu'il voulait de lui. Ensuite, il devrait éviter de lui tirer une balle en pleine tête. Ç'avait été horrible.

Les infirmiers arrivèrent, installèrent Ellen Baines sur un chariot et l'emportèrent. Adam les suivit. Ellsworth Harris, le chef du personnel, qui descendait le couloir dans leur direction, s'arrêta et demanda :

– Tu as quoi, là, Adam?

– Carcinome utérin en phase initiale pour Stern.

– Mmmm.

La porte de l'ascenseur s'ouvrit, projetant un rectangle de lumière blanche sur le sol, en face du poste des infirmiers.

– Terrible, ce qui est arrivé à Bunner, dit Harris.

– Terrible, fit Adam en écho.

Les infirmiers firent rouler le chariot dans la cabine, la porte se referma. *Bonne chance, Ellen*, pensa Adam. *Bonne chance.*

– Tu iras à l'enterrement? voulut savoir Harris.

– Bien sûr, répondit Adam.

Ce serait la première occasion pour lui de voir le lieutenant.

Adam se tenait au début de l'allée principale du Salon rose de l'entreprise de pompes funèbres Krane. Moquette rose, papier mural orné de roses, chaises pliantes en bois recouvertes de coussinet en vinyl rose. Bien que l'enterrement fût prévu à une heure et qu'il ne fût que midi et demi, la pièce était déjà bondée. Ken Nevins était assis au dernier rang avec sa femme laide aux yeux gris clair. Adam l'avait déjà vue la nuit où Ken était arrivé en sang aux urgences après s'être tailladé les bras jusqu'à l'os.

Elle avait l'air inquiet; lui semblait anéanti. Adam l'observa un moment puis se mit en quête d'un lieutenant de police possible. Quelle stupidité d'avoir cru pouvoir le repérer au premier coup d'œil! Il finirait probablement par interroger El Harris, qui connaissait tout le monde en ville. Aucun de ceux qui, dans la queue, attendaient pour présenter leurs condoléances à la famille ne faisait un candidat plausible. Adam se dirigea vers le fond, prit une allée latérale et avisa un homme brun en conversation avec un grand blond en qui il reconnut, d'après les photos des journaux, Rich Kramer, le chef de la police de Glenvale. L'autre était petit et maigrichon, vêtu d'un costume bon marché godant aux coutures, avec à la taille une bosse qui pouvait être un pistolet. Il avait l'air d'un flic, parlait à un flic, et Adam espérait que c'était lui parce qu'il n'avait rien de sympathique.

Il remonta l'allée centrale jusqu'au bout de la queue.

Le cercueil était couvert de roses blanches et de lis, de petites choses en cire dont Adam ne connaissait pas le nom. Il était fermé car aucun embaumeur n'aurait eu assez de talent pour réparer ce que le Python avait fait au visage de Bunner. C'était, de loin, le spectacle le plus répugnant qu'il eût jamais vu, avec une exentération pelvienne à laquelle on l'avait contraint à assister au Boston General. Il s'était attendu à un petit trou dans le front et à de la bouillie derrière mais les gaz s'échappant de la balle avaient dû s'infiltrer sous la peau; le visage de Bunny s'était désintégré sous ses yeux comme un film qui brûle; l'arrière de sa tête s'était détaché et avait frappé la vitre avec un bruit sourd, humide, comme de la terre glaise jetée sur un tour de potier. Adam croyait avoir vu le pire quand un des yeux du psychiatre avait soudain jailli au bout d'une tige tremblante.

Il prit son tour dans la file et la remonta du regard jusqu'à l'endroit où Mary Bunner et ses fils étaient assis. Au Noël du personnel de l'hôpital, c'était une grande et belle femme paraissant beaucoup plus jeune que la quarantaine qu'elle devait avoir. Elle ressemblait maintenant à la figurine craquelée d'une femme de soixante-dix ans. Son visage s'était creusé et ses cheveux blonds, hier éclatants de santé, pendaient mollement sous un chapeau de paille noire. Le voile du chapeau s'était défait et tombait de travers sur son front, lui donnant un air effronté qu'elle n'avait pas recherché. Personne, apparemment, ne lui avait dit qu'elle pouvait le relever.

Quand vint le tour d'Adam, il ne lui prit pas la main, ne la toucha pas car elle devait en avoir assez des gens qui l'embrassaient, qui l'étreignaient et pleuraient sur elle avant de rentrer chez eux retrouver une famille au complet.

Il déclina son nom, présenta ses condoléances, essaya de scruter ses yeux pour voir si sa souffrance éveillerait quelque chose en lui, mais le voile de guingois détourna son attention et le murmure rauque de sa voix, quand elle le remercia, lui parut lointain.

Les enfants semblaient aussi hébétés que leur mère. Jugeant qu'ils se souciaient probablement peu de qui il était ou de ce qu'il avait à dire, il passa devant eux, s'arrêta devant un couple âgé à la peau desséchée par trop de soleil. Sur un terrain de golf d'Arizona ou de Floride, certainement. Adam savait que le père et la mère de Bunner étaient morts, ce devait être les beaux-parents. Il débita son petit discours, neutre, serra les mains semées de taches brunes et gagna l'allée latérale.

Le petit brun qui était peut-être Latovsky se trouvait dans la file et Adam alla s'asseoir au deuxième rang, juste derrière Mary. En se penchant comme si le dossier de la chaise lui faisait mal au dos, il pourrait entendre ce qu'on disait à la veuve.

Vint le tour du petit brun, qui prononça quelques mots avec une raideur qui semblait indiquer qu'il n'était pas un ami de la famille. Peut-être avait-il été de ces copains d'enfance qui ne correspondaient plus à la vie d'adulte de Bunner et que le psychiatre ne voyait que de loin en loin, en dehors de sa famille. Le lieutenant se tut, avança, revint en arrière.

– Faut que je vous dise une chose, Mrs. Bunner.

Le chapeau pencha en arrière quand elle leva la tête.

– On le coincera, ce type, affirma-t-il. On a plusieurs pistes, et on le coincera.

Foutaises, pensa Adam. Ils n'avaient rien du tout, en fait. Sa chance avait été phénoménale puisqu'il avait même retrouvé la balle dans le parking : il avait marché dessus en ouvrant sa portière. Elle était maintenant enfouie dans un lopin de terre molle appartenant à l'État, en face de sa maison et, lui-même aurait sans doute été incapable de la retrouver.

– On l'aura, je vous le jure, promit le petit brun.
– J'en suis sûre, sergent, répondit Mary Bunner. Et merci.

Sergent, pas lieutenant. Adam s'était trompé de type. Il allait devoir trouver un prétexte apparemment innocent pour demander à El Harris qui était le lieutenant. Lui dire par exemple qu'il avait lu quelque chose sur Latovsky dans le journal et qu'il se demandait si les flics assistaient aux funérailles des victimes. Non, trop alambiqué.

Les haut-parleurs grésillèrent avant de diffuser « Que le troupeau paisse en paix ». Un bon choix. Un employé en costume gris sombre sur une chemise si amidonnée qu'elle semblait en carton releva les taquets de la porte du bout de sa chaussure noire brillante; les battants commencèrent à se refermer.

Adam dirait à Harris que Bunner lui avait parlé de David Latovsky et qu'il voulait savoir qui c'était. Ce serait mieux.

La porte se rouvrit, un homme très grand entra avec une fillette d'une dizaine d'années, murmura quelques mots à l'employé puis descendit l'allée centrale avec la gamine. Il s'assit sur la chaise libre à côté de Mary, et les garçons firent de la place à la fille entre eux et les grands-parents. Mary leva la tête pour regarder le nouveau venu, qui devait faire un mètre quatre-vingt-dix ou plus et se mit à pleurer. L'homme releva le voile sur le bord du chapeau.

– Son enterrement, sanglotait Mary. Oh! Dave, je ne peux pas croire que c'est son enterrement.

Dave, comme David Latovsky.

« *Dans l'espérance certaine...* »

Adam observait le lieutenant par-dessus la fosse creusée pour Bunner. On avait tendu une toile de tente en cas de pluie mais le ciel était bleu, avec de petites bouffées de nuage et assez de vent pour incliner la tête des jonquilles et chasser les moustiques.

Le cercueil reposait sur des lattes au-dessus de la tombe. Deux hommes en treillis vert firent glisser celles-ci quand les porteurs – dont Latovsky faisait partie – saisirent les courroies et entreprirent de faire descendre la bière. Les fleurs posées sur le couvercle tremblèrent en s'enfonçant pour toujours dans un trou sans soleil, et Adam ressentit une sorte de pincement : il se sentait plus ému par cette brassée de fleurs coupées qu'il ne l'avait jamais été pour aucun être humain.

Le cercueil toucha le fond, les courroies se détendirent, le prêtre plongea une truelle d'argent dans un tas de terre et la tendit à la veuve. L'outil passa de main en main mais quand il arriva à Latovsky, il secoua la tête. Ou il n'était pas croyant, ou il n'aurait pas supporté de jeter de la terre sur la tombe de son ami.

Puis ce fut terminé.

Les gens commencèrent à traverser la pelouse en direction de l'allée menant à la route. Les talons des femmes s'enfonçaient dans la terre molle; les hommes leur donnaient le bras. Un groupe se forma autour de Mary Bunner pour un dernier mot, une dernière étreinte. Latovsky les dominait tous, le visage crispé à cause du soleil. Soudain, il y eut un mouvement, une plainte, « Nooooon... », et Mary, jaillissant du groupe, courut vers la tombe. Son chapeau tomba, roula dans l'herbe; la terre meuble emprisonna ses chaussures et elle battit des bras pour garder l'équilibre. Parvenue au bord de la fosse, elle se raidit, et Adam sut qu'elle allait se jeter dedans. Il s'élança pour la retenir mais Latovsky le devança, saisit la veuve par les épaules et la tira en arrière. Elle se retourna, tenta de se libérer; il s'accrocha à elle, la plaqua contre lui pour la maîtriser. Le prêtre accourut en faisant voler son étole, lui dit quelque chose.

– Je ne peux pas, sanglota-t-elle.

Les deux enfants s'approchèrent et le plus jeune fondit en larmes lui aussi. Cessant enfin de se débattre, Mary se laissa aller contre Latovsky. Il la fit tourner, lui passa un bras autour de la taille pour la soutenir et la dirigea vers l'allée.

Elle se laissa conduire docilement, tête baissée. Ils avaient oublié son chapeau, qui reposait au milieu des jonquilles, et Adam fit quelques pas dans sa direction, mais un des garçons courut le récupérer.

Les jambes de Mary tremblaient; elle perdait le contrôle de ses muscles comme Ellen Baines avant la piqûre de Librium. Quand les jambes de Mary se dérobèrent totalement sous elle, Latovsky la rattrapa et la porta facilement, bien qu'elle dût peser soixante-quinze kilos environ.

Le chauffeur de la limousine se précipita pour ouvrir la portière, le lieutenant posa Mary à l'arrière comme si elle avait été en porcelaine.

– Bon Dieu, fit Harris, qui avait rejoint Adam, je parie que Dave s'entraîne en soulevant des frigos.

– Tu le connais?

– Je l'ai rencontré quelques fois chez les Bunner.

– Comment est-il? dit Adam sans quitter la limousine des yeux.

Les garçons et le couple âgé montèrent à l'arrière avec Mary; Latovsky et la gamine, dont les cheveux étaient de la même teinte que ceux du policier, regardèrent la voiture partir puis traversèrent la route en direction d'une vieille Olds. La gamine devait être sa fille, et Adam se demanda où était sa femme.

– Plutôt sympa dans le genre bougon et viril, disait Harris. Dieu sait qu'il est costaud. Tu vas à la réception?

– La quoi?

– Je sais pas comment tu appelles ça, toi. Ce n'est pas une veillée puisqu'il est déjà enterré. Moi je dis la réception chez les Bunner.

La maison était pleine de monde quand Adam y arriva. La climatisation luttait vainement contre la chaleur de la foule et le soleil de l'après-midi qui pénétrait par les fenêtres. Adam gardait un œil sur Latovsky – ce qui lui était facile à cause de la taille du policier.

Il le suivit dans la salle à manger, où l'on avait disposé des tables chargées de salades et de viandes froides. Latovsky se fit servir une boisson gazeuse par Al Cohen, qui s'occupait du bar. Adam opta pour un verre de vin blanc et s'apprêtait à emboîter le pas au lieutenant, qui sortait dans le couloir, quand Vanderveer, le médecin qui avait été le premier à s'occuper d'Ellen Baines, l'arrêta à la porte.

– Des nouvelles de Baines?

– Pas encore, répondit Adam.

Il essaya de s'esquiver mais Vanderveer lui barra le passage.

– Je suis sûr que ça ira. Je suis sûr qu'on a bien

défini le niveau d'évolution, dit Vanderveer, qui ne semblait pas sûr du tout.

– Je te tiens au courant, promit Adam.

– Elle s'en sortira.

– Espérons-le.

Vanderveer tira un mouchoir de sa poche de poitrine, épongea son visage ruisselant.

– Quelle chaleur, merde, marmonna-t-il. Bon, tu me tiens au courant.

– Dès qu'il y a du nouveau.

Vanderveer finit par s'écarter mais Latovsky avait disparu. Adam traversa un large couloir jusqu'à une cuisine du type module spatial où des femmes regarnissaient les plats, et où Ada Cohen – qu'il avait rencontrée lors de diverses réunions officielles à l'hôpital – pleurait assise à une table de plastique blanc. Pas de Latovsky.

Au bout d'un autre couloir, il trouva une cage d'escalier. Mary devait être là-haut, assommée par les calmants.

Adam parvint ensuite à un grand salon presque aussi bondé que la salle à manger mais auquel une baie vitrée ouverte apportait un peu de fraîcheur.

Latovsky ne s'y trouvait pas non plus.

Adam prit un autre couloir qui le ramena à la salle à manger, et le policier était là, près de la cheminée, entouré de quelques personnes. Naomi se tenait à un mètre de lui avec un groupe de collègues de l'hôpital. Quand elle fit signe à Adam de venir les rejoindre, il manœuvra de façon à se placer face à Latovsky.

Le lieutenant parlait peu, souriait parfois, ce qui ne faisait qu'accentuer la tristesse de ses yeux. Ce fut le mot *redoutable* qui vint soudain à l'esprit d'Adam et il sut que David Latovsky ne tremblerait pas à la vue du Python, qu'il ne s'écroulerait pas s'il menaçait de lui briser la rotule, même en gardant son sérieux.

Le colt ferait un trou aussi grand dans le policier que dans le psychiatre mais cela ne rapprocherait absolument pas Adam de cette femme. Il fallait imaginer un autre moyen de la trouver.

– Docteur Fuller? appela Ada Cohen du seuil de la porte. Adam Fuller est là?

Le brouhaha tomba un peu dans la pièce.

– Ici, répondit Adam, qui se fraya un chemin vers la porte.

– Un coup de fil pour vous, dit Ada. Vous pouvez le prendre ici, ajouta-t-elle en désignant de la tête un téléphone décroché sur la table de l'entrée. Ce sera plus tranquille que dans la cuisine.

Il la remercia, se retourna pour jeter un coup d'œil dans la salle à manger.

Latovsky l'observait.

C'était Lil Toomey, le médecin chargé d'analyser la tumeur prélevée sur Ellen Baines.

– L'opération est terminée, annonça-t-elle. J'ai de bonnes et de mauvais nouvelles. Par quoi veux-tu que je commence ?

– Comme tu voudras.

– O.K. Vanderveer s'est planté dans son estimation sur le degré d'évolution. Nous avons affaire à une tumeur mitotique très envahissante, je dirais de degré trois.

– Merde.

– Ça, c'était la mauvaise nouvelle.

Sentant quelqu'un derrière lui, Adam se retourna. Du seuil de la salle à manger, Latovsky le fixait par-dessus le bord de son verre, les yeux plissés à cause des bulles. Le cœur d'Adam eut une embardée ; la main tenant le téléphone inondée de sueur, il tourna le dos au policier.

– Et la bonne ?

– Pas de signe d'extension locale, répondit Lil. Tu as travaillé vite et Stern a probablement tout enlevé. Mais il faudra vérifier.

C'était bon, finalement. Il s'entretiendrait avec Sykes ce soir pour voir la suite. Un lymphangiogramme, probablement, ce qui signifiait qu'Ellen devrait aller à Albany. Même si les résultats étaient négatifs, Sykes recommanderait une chimiothérapie, et Ellen passerait quelques mois longs et pénibles. Elle manquerait le printemps, finalement.

Il entendit Latovsky se rapprocher, sentit la transpiration couler le long de son bras.

– Je viens dès que je peux, Lil.

– Ne te presse pas. Personne n'a envie d'aller la prévenir à ta place. Désolée, Adam. J'ai horreur de ce genre de truc.

– Moi aussi.

– A plus tard.

Il raccrocha, se retourna et faillit rentrer dans Latovsky qui se tenait juste derrière lui. Adam recula, heurta la cage d'escalier. Il était coincé entre l'escalier et ce flic énorme. La sueur se mit à ruisseler sur son visage. Latovsky dut le remarquer mais tout le monde transpirait, y compris le policier.

– Fuller, dit-il lentement. Vous êtes parent avec Donald Fuller, de Sawyerville?

– C'est mon père. Je suis Adam Fuller.

– Dave Latovsky, dit le lieutenant en lui serrant la main. Le monde est petit : je suis allé là-bas dimanche voir votre père mais il n'était pas chez lui. J'ai laissé un mot pour qu'il me rappelle...

Il haussa les épaules.

Adam eut un sourire un peu crispé.

– Il n'est pas très ordonné, c'est le moins qu'on puisse dire, mais il finira par vous rappeler... Euh, en fait, non. Il m'a demandé de voir de quoi il s'agissait puisque je suis à Glenvale et qu'il n'aime pas les coups de téléphone qui coûtent cher.

– Vraiment? fit Latovsky en le regardant dans les yeux.

– Oui. Pourquoi vouliez-vous le voir?

Latovsky ne cessait de scruter ses yeux.

– Au sujet d'une maison que votre famille a louée à Raven Lake en 1960.

Raven Lake.

– Oui. Quel rapport?

– Elle figure dans une affaire sur laquelle j'enquête.

La femme des bois.

– Je vois. Eh bien, je crois que finalement, c'est à lui que vous devrez vous adresser. Je n'étais qu'un gosse à l'époque, je ne me souviens pas du tout de cette maison.

– Je vois, répéta Latovsky.

– C'é... c'était l'hôpital. Une de mes patientes vient de se faire opérer, il faut que je passe la voir.

– Une patiente – seriez-vous un patient du Dr Bunner, par hasard?

– Plus maintenant, répondit Adam.

Prenant conscience de la froideur de son ton, il s'efforça de prendre un air triste.

– Mais vous l'étiez? insista le flic.

– Oui.

– Problèmes psychologiques?

Putain de question insidieuse, pensa Adam, qui répliqua :

– Je n'allais pas chez un psy à cent dollars l'heure pour une éruption de boutons, Mr. Latovsky.

– *Lieutenant* Latovsky.

– Oh. Bon, comme je disais...

– Oui, votre patiente.

Mais le policier restait en travers de son chemin. Ses yeux fixèrent un moment ceux d'Adam puis clignèrent, comme s'il se rappelait enfin où il l'avait déjà vu, et il s'écarta.

Par une fenêtre, Latovsky regarda Fuller faire marche arrière dans sa Ford puis descendre l'allée. Il ouvrit son calepin, nota le numéro d'immatriculation, suivit des yeux le médecin qui fonçait vers sa patiente... ou loin de lui. Il considéra l'allée, la rue déserte et pensa, *des yeux morts, froids, vides... des yeux de poupée.*

Il venait de les voir dans le visage d'Adam Fuller.

Adam entra dans la maison, alla droit à la grille du chauffage, essaya de la soulever avec ses doigts, n'y parvint pas et dut aller prendre le tournevis dans le tiroir à outils de la cuisine. Il le glissa sous le bord, vit du sang sur le manche là où il s'était écorché la peau en voulant aller trop vite. *Hâte-toi lentement*, disait sa mère. Le manche étant glissant, il retourna prendre des serviettes en papier pour le tenir. Quand il eut relevé la grille, il plongea la main dans l'ouverture, fraîche puisque le chauffage ne marchait pas, et saisit le scalpel. Il prit le temps d'essuyer le manche du tournevis et de ranger l'outil, d'envelopper la lame du scalpel dans d'autres serviettes en papier pour qu'elle ne fasse pas un trou dans sa poche, et sortit enfin de la maison.

C'était le moment où il était le plus vulnérable : si Latovsky et une voiture de flics déboulaient dans la rue avec un mandat, ils trouveraient sur lui le scalpel qui avait tué cinq femmes et, dans la boîte à gants de la Ford, le Python dont il s'était servi pour Bunner.

Mais il versait dans la paranoïa : impossible que Latovsky obtienne un mandat dans les vingt minutes écoulées depuis qu'il avait quitté la maison de Bunner, quels que soient ses soupçons.

Bien qu'il eût quand même envie de courir, il se força à marcher calmement jusqu'à la voiture au cas où un voisin l'observerait de sa fenêtre et se demanderait pourquoi le jeune médecin du 48 était si pressé.

Il monta dans sa Ford, sa veste alourdie par le poids du scalpel, et démarra.

La rue était déserte.

– Fuller, dit Latovsky, Adam Fuller.

– Ouais, je l'ai, fit Cohen, qui but une bonne lampée de son verre.

A demi éméché, il paraissait en bonne voie de prendre une sérieuse biture. Latovsky l'aurait volontiers imité.

La température avait baissé dans la salle à manger à mesure que la foule se clairsemait et que la dernière « réception » de Bunner s'achevait. Cette pensée serra la gorge de Latovsky, qui détourna la tête.

– Ça vous prend comme ça n'importe quand, hein, fit le psychiatre avec douceur.

– Fuller, rappela le policier.

– O.K., Adam Paul Fuller. J'ai une mémoire photographique, vous savez, fit Cohen avec un petit rire d'homme ivre. En fait, non, ça n'existe pas. Mais je me souviens de lui parce que son problème est intéressant bien qu'assez courant.

– Quel problème ?

– D'abord, quelques éléments biographiques. Adam Paul Fuller, doctorat en médecine à Dartmouth – avec une bourse, s'il vous plaît. Il faut être drôlement brillant pour ça, Dave. Internat au Boston General, venu à Glenvale il y a deux ans parce que nous sommes peut-être un petit établissement mais de premier ordre, un centre hospitalo-universitaire respecté dans le paradis des bouseux...

– Restez dans le sujet, Al.

– D'accord. Il est bien considéré, quoiqu'on ne le trouve pas particulièrement sympathique – ni antipathique, d'ailleurs. Célibataire, pas de petite amie régulière. Il grimpera, deviendra peut-être chef de service s'il reste à Glenvale – ce qu'il ne fera probablement pas puisque les meilleurs s'en vont... excepté les types comme moi et Bunny. Il n'y a plus que moi, maintenant, Bunny n'est plus là.

Cohen se racla la gorge, déglutit avec peine.

– Ça a l'air d'aller, pour lui, fit remarquer Latovsky.

– N'est-ce pas?

– Alors, pourquoi il se faisait soigner par Bunny?

– Parce que ça n'allait pas. Parce que sa vie était pourrie. On vous apprend à gagner en fac de médecine mais on ne gagne jamais parce que tout le monde meurt. Certains claquent avant leur tour et si c'est un de vos malades, ça vous fend le cœur. Difficile d'admettre l'impuissance dans notre monde de supermen. Fuller ne l'admettait pas, il a fait ce que font beaucoup de jeunes médecins, il a baissé le rideau.

– Je ne vous suis pas.

– Il a cessé d'éprouver quoi que ce soit. Ce n'est pas rare, et c'est une bonne défense pendant un certain temps. Mais vient le jour où on a envie d'aimer une femme... un gosse... un chien. Pour ressentir *quelque chose*, mais on a oublié comment, et on a peur de s'en souvenir parce qu'il y a tous ces pauvres gens tristes et malades prêts à se payer votre tête en mourant, alors vous restez froid, vide, indifférent et impuissant...

– Impuissant? Fuller est impuissant? fit Latovsky qui savait que le tueur ne l'était pas.

– Au figuré, Dave. Fuller a effectivement parlé d'une fois où il n'a pas pu bander pour une nana quelconque qui en fait ne lui plaisait pas. Incapable de tirer son coup comme tout bon macho qui se respecte. Un bon point pour lui, je dirais. On a suffisamment de baise à froid comme ça dans le monde. Servez-vous donc un verre, asseyez-vous, qu'on parle un peu de ce genre de baise qui va tuer la moitié de la population de la planète avec l'aide du Sida.

– Une autre fois, Al. Restons sur Fuller.

– Pas grand-chose à ajouter. Hormis cette fois-là, il semble avoir des désirs normaux et une capacité normale à les satisfaire – à un détail près.

– Quel détail?

– Ce dont nous parlions. Le pauvre ne *sent* rien. Il a des envies; quand elles commencent à le tenir éveillé la nuit, il va lever une femme dans un bar et il la tringle. Mais comme il n'éprouve rien pour elle, il jette son numéro de téléphone, rentre chez lui et n'y pense plus jusqu'à ce que l'envie le reprenne. Mais il ne peut pas rappeler la dernière fille parce que, probablement, il ne se souvient même pas de son nom, alors, il en drague une autre, ne sent rien, et ainsi de suite. C'est une chaîne sans fin d'anesthésie émotionnelle qui se nourrit d'elle-même jusqu'à ce que la vie en général et le sexe en particulier deviennent aussi excitants et gais que se laver les dents. Il est donc allé trouver Bunner.

– Et?

– C'était lent mais Bunny avait l'impression qu'ils faisaient des progrès.

Tu parles de progrès. Si Latovsky ne se trompait pas, Fuller avait attiré cinq femmes dans les bois, les avait ouvertes du pubis à la cage thoracique puis avait tiré une balle dans la tête de son médecin. Oh! oui, Adam Fuller faisait de gros progrès.

– Pourquoi vous vous intéressez à lui? demanda Cohen.

Ne pouvant parler d'un médium qui avait vu un tueur aux « yeux de poupée », Latovsky haussa les épaules et répondit :

– Je l'ai rencontré ici, il m'a dit qu'il se faisait soigner par Bunner, ça a éveillé ma curiosité.

Il faisait noir dans la salle d'opération n° 4 et Adam tâtonna à la recherche de l'interrupteur. Quand il finit par le trouver, la lumière inonda la pièce, éclairant l'autoclave adossé au mur.

Adam appuya sur la pédale, le couvercle se souleva, libérant de la vapeur. Il défit les serviettes en papier entourant le scalpel, posa l'instrument d'acier étincelant sur le plateau, parmi d'autres recouverts de gouttelettes. Une demi-heure là-dedans et il faudrait un microscope électronique pour déceler une trace de sang ou de tissu musculaire sur la lame, et les flics de la campagne n'avaient pas de microscope électronique.

Il leva le pied, le couvercle retomba, faisant disparaître l'éclat hypnotique des instruments dans une dernière bouffée de vapeur.

C'était fini.

Il ne pouvait plus courir le risque d'emmener une autre femme dans les bois, mais si cela n'avait rien donné avec cinq, cela ne donnerait rien non plus avec dix, et il ne prenait aucun plaisir à tuer. Ce n'était pas tuer qui était important, comme il avait tenté de l'expliquer à Bunner. Mais le pauvre Bunny était trop terrifié pour écouter.

Il lui restait une chose à faire; *la* trouver, et, grâce au lieutenant, il savait maintenant où chercher.

Raven Lake.

Elle avait vu Abby mourir de l'autre côté du lac (ça, il l'avait appris de Bunner, au dîner dansant) et avait prévenu les flics. Latovsky était venu, elle avait réussi à le convaincre qu'elle avait vu un meurtre par-dessus huit cents mètres d'eau noire, et il l'avait conduite à Bunner pour en avoir confirmation. Les cicatrices de Ken, c'était *ça*, la confirmation. Elle avait laissé Bunner dans tous ses états et elle était retournée à la maison de Raven Lake que le père d'Adam avait louée en été 1960 *parce que c'était là qu'elle vivait.*

Quand il aurait trouvé la maison, il aurait trouvé cette femme.

Il ferait une dernière fois usage du colt avant de le jeter dans l'un des vingt lacs qui se trouvaient entre Raven Lake et Glenvale. L'arme s'enfoncerait dans la vase, y resterait jusqu'à ce que le lac soit asséché, à la fin d'une future ère glaciaire, et le lieutenant Latovsky pouvait se carrer ses soupçons dans le train.

– Continue, dit Lem Meers, qui posa une Labatt devant Latovsky et en prit une pour lui-même.

Assis à la table de cuisine, ses longues pattes de cigogne allongées sur le côté, il faisait face au lieutenant. Joan Meers était dans le salon et regardait les informations. Bien qu'il ne fût que six heures, la vaisselle du dîner était faite. Les Meers étaient des gens de la montagne, ils dînaient à cinq heures, se couchaient à neuf heures. « Si c'est pas arrivé à neuf heures, ça arrivera pas plus à neuf heures et demie » aimait répéter Meers de son accent nasillard. Cette façon de parler était un procédé qu'il utilisait pour rappeler à lui-même et à tous les autres d'où il venait.

– C'était juste une impression, dit Latovsky. Mais forte, Lem. Irrésistible. Un bon exemple de cet instinct de flic que vous me conseillez de ne jamais négliger.

– Et qui t'a dit?

– Qu'il a tué Bunner.

– Le type à l'enterrement.

Latovsky hocha la tête; Meers garda un moment le silence, dessina les anneaux olympiques sur la nappe en plastique avec le fond de sa canette puis leva les yeux vers son lieutenant.

– Parle-moi de lui.

Latovsky s'exécuta et le capitaine parut plus émacié que jamais quand il eut terminé.

– Dave, on peut pas faire ça. C'est un médecin, un notable qui a assez de fric et de cervelle pour nous attaquer en justice jusqu'au siècle prochain.

– C'est pour ça que je suis venu vous voir au lieu de le faire tout simplement.

– Et c'est pour ça que je suis obligé de dire non. Je peux pas aller trouver Linney pour un médecin de Glenvale General avec juste un « instinct de flic » comme preuve.

Linney était le procureur du comté.

– Je ne veux pas que vous alliez trouver Linney. Dites-moi seulement que je peux m'occuper de Fuller en douce.

– Ni en douce ni autrement à moins que t'aies quelque chose qu'on pourrait, en tirant un peu, transformer en fortes présomptions. T'as ça?

– Non... murmura Latovsky en fixant la table.

– Alors Adam Fuller sera traité exactement comme les autres patients de la liste jusqu'à ce que t'aies quelque chose. Ils sont combien, à propos?

– Vingt-six.

– Merde.

– Ouais. Ça prendra des semaines.

Ils se turent. Meers contempla les ronds sur la nappe, Latovsky sirota sa bière puis revint à la charge :

– Et si Cohen dit que c'est Fuller le plus probable?

– Alors, on a un cas de soupçons raisonnables, voire

de fortes présomptions, et on peut invoquer la bonne foi. Il dira ça, Cohen ?

– Probablement pas, marmonna Latovsky.

– Alors, Fuller reste juste un des vingt-six jusqu'à ce que t'aies quelque chose, et si tu passes une seule seconde de plus sur lui sans une justification qui semble vaguement plausible d'un point de vue légal, tu fous l'affaire en l'air. T'as une justification ?

Un médium m'a fait des révélations, pensa Latovsky. Lem Meers était intelligent et imaginatif, incorruptible, équitable, mais Latovsky ne pouvait s'attendre à ce qu'il avale une histoire de voyante du Connecticut. Il secoua la tête.

– Et le mobile ? demanda Meers. Ou tu penses que c'est juste un cinglé qui avait envie de tuer quelqu'un, et Bunner a décroché le gros lot ?

– Je ne crois pas que c'est un cinglé, Lem... Je pense qu'il a fait des aveux à Bunner, qu'il a ensuite paniqué quand il s'est rendu compte de ce qu'il avait dit, et qu'il l'a tué.

– Il a avoué quoi ?

Le lieutenant prit une longue inspiration tremblée avant de répondre :

– Les meurtres des femmes des bois.

La stupeur envahit le regard de Meers, qui mit un moment à retrouver son impassibilité.

– Encore l'instinct de flic, Dave ?

– Oui, et je sais exactement de quoi ça a l'air, pas la peine de me le dire.

Meers contempla l'homme qu'il connaissait depuis vingt ans. Latovsky était le meilleur flic qu'il eût jamais eu mais son ami avait été descendu dimanche, enterré aujourd'hui, et il ne fallait pas se torturer les méninges pour comprendre que Dave confondait peut-être solitude, angoisse et soif de vengeance avec instinct de flic. Meers avait peut-être commis une erreur, finalement, en lui confiant l'affaire Bunner, et il chercha une trace de brume dans les yeux de son lieutenant.

Ils étaient aussi clairs que d'habitude, ces yeux d'une pénétration glacée qui voyaient tout ce qu'ils regardaient, qu'ils le veuillent ou non. Admirable trait chez un flic, qualité moins souhaitable chez un mari ou un amant, pensa Meers. Allison, par exemple, n'avait pas été une si mauvaise épouse. Garce par moments, comme la plupart des gens, peut-être un peu plus que la moyenne, c'était aussi une femme magnifique, avec des yeux de mosaïque byzantine et des nichons comme des ballons de foot. Bonne ménagère et mère consciencieuse par surcroît, et dingue de Latovsky. Un autre aurait fermé les yeux sur ses défauts ou ne les aurait jamais remarqués. Mais Latovsky avait posé la lumière blanche et froide de ses yeux sur la conduite de sa femme; il avait perçu la moindre, petite chose mesquine qu'elle eût jamais faite pour ce qu'elle était exactement – petite, mesquine – et n'avait pu ne pas voir, oublier ou pardonner.

Cette clairvoyance brutale s'était à présent reportée sur un médecin du coin et avait découvert en lui un tueur. Dave en était intimement persuadé, sinon il ne tendrait pas le cul comme ça pour se le faire botter. Et parce qu'il y croyait, parce qu'il était Dave, Meers se devait d'y croire un peu aussi.

En sortant de chez Meers, Latovsky n'avait pas la permission de prendre Fuller pour cible mais le capitaine ne le lui avait pas interdit non plus. C'était un point très important, tous deux le savaient. Meers avait appelé un de ses copains à Quantico, obtenu l'accès à l'ordinateur central sans formulaires ni fax, et n'avait rien trouvé sur Fuller. Latovsky n'y comptait pas : Adam Fuller était un enfant de chœur avec une... petite anomalie.

Il commençait à faire noir, la ville avait fermé boutique. Jusqu'à sept heures du matin, il y aurait plein d'endroits où se garer dans Main Street. *Chez Rose* était bouclé mais des lumières brillaient, aguichantes, aux fenêtres du *Loft*. Latovsky songea à y faire un saut pour dîner et prendre un verre – ou cinq – mais il continua finalement sa route en tâchant de décider ce qu'il allait faire maintenant.

Dormir, se dit-il. Rentrer, mettre une pizza ou une tourte au poulet dans le four à micro-ondes, essayer de se détendre une heure ou deux devant la télé puis dormir et se réveiller avec les idées claires.

Il était parvenu au bout de Main Street quand il prit conscience qu'il se racontait des histoires. C'était le jour de l'enterrement de Bunny et il savait qui l'avait tué. Il ne pouvait rentrer à la maison en prétendant que c'était un jour comme un autre. Il enfonça la pédale de frein, obliqua vers le parking du centre commercial IGA, où les derniers clients poussaient leur chariot vers leur voiture. Les premiers moustiques de la nuit se massaient autour des lampes allumées.

Il arrêta l'Olds et décrocha le téléphone cellulaire. Le poste de police se trouvant à moins de cinq kilomètres, il réussit cette fois à le joindre et eut Barber.

– J'ai besoin de l'adresse d'Adam P. Fuller.

– Z'avez essayé l'annuaire? demanda Barber, sans ironie.

– Quelle brillante idée, rétorqua Latovsky. Je crois bien que j'essaierais si j'en avais un sous la main.

– Désolé, marmonna Barber, qui fit patienter le lieutenant.

Une ou deux minutes plus tard, il revint en ligne avec une adresse à Rusty Pond, à une dizaine de minutes environ d'IGA. Latovsky chercha son stylo pour la noter, se rendit compte que le *48 Rusty Pond Road* s'était gravé dans son cerveau dès qu'il l'avait entendu et y resterait sans doute longtemps après qu'il eut oublié sa propre adresse ou celle de sa mère.

Il embraya, sortit du parking et tourna à gauche, dans la direction opposée à sa maison. Quand il appuya sur l'accélérateur, la phrase ridicule *La chasse est ouverte* lui traversa la tête et son cœur battit un peu plus vite.

Rusty Pond était un cul-de-sac bordé d'un côté par un terrain appartenant à l'État, de l'autre par un lotissement de maisons, de type colonial, probablement équipées de baignoires, de lavabos et de cuvettes de W.-C. pistache sur un fond de carrelage rose. Elles étaient petites et bien entretenues, celle de Fuller méritant la palme avec une pelouse au poil ras, des arbustes taillés à la perfection.

Latovsky alla jusqu'au bout de la rue, fit demi-tour et se gara dans le chemin que l'État avait tracé pour les pêcheurs et les promeneurs. Il attendit que le ciel vire du tourterelle au gris acier, s'aspergea de Cutter, un produit pour éloigner les insectes, et redescendit à pied jusqu'au numéro 48.

La maison était obscure mais Fuller pouvait être rentré de l'hôpital et en train de dîner en solitaire dans la partie arrière. Latovsky tenait de Cohen – qui lui-même le savait par les dossiers de Bunner – qu'Adam Fuller vivait seul.

Le lieutenant s'engagea dans une allée qui séparait le garage de Fuller de la haie de la maison voisine, regarda par la fenêtre de la porte latérale et vit son reflet, sur fond de ciel. Les mains en visière, il regarda à nouveau, ne vit toujours rien. La porte n'était pas fermée à clef, il l'ouvrit, promena le faisceau de sa lampe-stylo sur un garage vide immaculé dont le sol de béton n'était même pas souillé par une tache d'huile.

Il referma la porte, remonta l'allée jusqu'au jardin de derrière.

« Ne te fous pas plus de la Loi qu'il n'est nécessaire », avait insisté Meers, mais Latovsky était déjà en train de le faire, et tout ce qu'il découvrirait – par exemple un tonneau dans lequel Fuller aurait brûlé des vêtements raides du sang séché d'Abigail Reese, ou le coin de terre meuble où il avait enterré le gros flingue dont il s'était servi pour tuer Bunner – serait inutilisable.

Il pourrait toujours raconter qu'il se trouvait par hasard dans le voisinage, qu'il avait jeté un coup d'œil et... mais cette explication vaseuse disparut en fumée quand il tourna le coin de la maison pour s'avancer dans le jardin de derrière, ceint de thuyas plantés si serrés qu'on n'aurait pas vu un feu de bois s'il y en avait eu dans le jardin voisin.

D'ailleurs il n'y avait rien à voir : une véranda, des fenêtres obscures, un tuyau d'arrosage enroulé autour d'un caddy et branché sur un robinet fixé dans le mur. Pas même un barbecue ou une table de jardin : Adam P. Fuller, docteur en médecine et meurtrier en série, n'aimait pas les activités de plein air.

Latovsky dirigea sa lampe vers la véranda, fit briller la vitre de la porte de derrière. Il monta les marches de bois, vit à travers le carreau une cuisine éclairée du couloir. Juste la faible lumière solitaire qu'on laisse allumée pour ne pas rentrer dans une maison obscure, et qui lui montrait une pièce d'une netteté militaire :

pas de carton de lait ou de jus d'orange oublié sur la table, pas de pot à café qu'on laverait plus tard, pas de boîte de céréales posée sur le comptoir ni d'assiettes à vider avant de les mettre dans le lave-vaisselle. La cuisine était irréprochable – comme celle de Latovsky.

La table était recouverte d'une nappe en plastique à fleurs, comme celles de Meers et de Latovsky, comme la plupart des tables de la bourgade, probablement. Le bazar Levy, du centre de Glenvale, devait faire une bonne partie de son chiffre d'affaires en vendant des toiles cirées à motif floral.

Il n'y avait sur les comptoirs qu'une série de pots en céramique et un bocal à gâteaux ancien en forme de tête aux joues gonflées, avec un tricorne faisant couvercle. Curieux pour un homme vivant seul d'avoir un pot à gâteaux. Fuller était peut-être un pédé qui se tapait des femmes pour se prouver le contraire puis se rendait compte qu'il l'était et tuait dans un accès de haine contre lui-même.

Conneries. On n'est pas forcément pédé parce qu'on a un pot à gâteaux.

Il se retourna, remarqua sur la véranda un ensemble de trois poubelles séparées pour le recyclage du verre, du papier et des boîtes de conserve, avec à côté un grand conteneur pour les détritus. Latovsky souleva le couvercle; des odeurs de nourriture gâtée, de marc de café et de pelures d'agrumes pourris s'échappèrent.

Bien qu'il n'en eût aucune envie, il releva les manches de sa veste, déboutonna les manchettes de la belle chemise qu'il avait mise pour les funérailles de Bunner (c'était il y a un demi-siècle, semblait-il), remonta les manches de la chemise et plongea les bras.

Il sentit ici quelque chose de mou, là de visqueux, trouva des emballages de nombreux plats surgelés, en particulier des tourtes au poulet Swanson, sa marque préférée à lui aussi.

Fuller faisait du café frais le matin, comme Latovsky, mais pressait son jus d'orange, ce que Latovsky ne faisait pas. Ses doigts rencontrèrent un objet petit et dur qui ne ressemblait pas au reste du tas de saletés. Il l'extirpa, l'éclaira de sa torche et vit une épaisse couche jaune en laquelle il reconnut la sauce de la tourte au poulet. Il porta sa trouvaille en bas des marches, la nettoya dans l'herbe et braqua sa lampe sur une cassette des sonates de Bach interprétées par Yo Yo Ma.

Fuller avait bon goût en musique, ou plutôt non puisqu'il avait jeté cet enregistrement. Peut-être l'avait-il acheté en vitesse dans un magasin discount en pensant que c'était Two Live Crew ou quelque autre bande de tarés; il l'avait passé en s'attendant à une cacophonie insouciante, avait entendu Bach et l'avait jeté de rage... mais en gardant la boîte?

Pourquoi?

Pour cacher la cassette prise dans le magnéto de Bunner.

La réponse lui était venue sans réflexion ni fanfare, comme ça, subitement, et il sut qu'Eve avait raison pour les yeux de poupée comme pour le reste.

Il fourra la cassette dans la poche de son beau costume, sauce comprise, remonta les marches de bois en faisant vibrer toute la structure de la véranda.

Fini les bonnes manières, pensa-t-il en tournant la poignée. La porte était fermée à clef, évidemment, mais la serrure ne semblait pas bien méchante. Il prit son couteau suisse, qui possédait une sorte de poinçon dont il ne s'était jamais servi. Il s'apprêtait à commettre une effraction : Linney était trop pointilleux pour laisser passer ça. Latovsky risquait de se retrouver en cabane, et même s'il y échappait, la cassette ne serait pas recevable. Pourtant Meers avait des amis parmi les pontes, il trouverait un moyen si son lieutenant lui présentait une preuve formelle que Fuller avait tué Bunner. Il laissa ces pensées traverser son esprit une nano-seconde puis conclut : « *Et merde* », glissa le poinçon dans la serrure... et entendit des pneus sur le gravier. Il se figea quand la porte automatique du garage se releva.

Latovsky ressortit le poinçon de la serrure, s'accroupit.

La voiture entra dans le garage, le moteur s'arrêta. Il y eut un bruit de portière, suivi du claquement de talons en cuir (chaussures spéciales enterrement) sur le béton. La porte de la maison s'ouvrit, se referma; des lumières s'allumèrent à l'intérieur, dessinant des trapèzes sur la véranda où Latovsky était pris au piège.

Il mesurait plus d'un mètre quatre-vingt-dix et pesait cent dix kilos. S'il essayait de descendre les marches avec la légèreté d'une nymphe pour disparaître dans la brume, Fuller l'entendrait, ouvrirait la porte, et il aurait fait tout ça pour rien. Fuller n'était pas idiot, il comprendrait ce qu'il y avait de compromettant chez lui et détruirait la cassette.

Immobile, le policier écoutait Fuller de l'autre côté du mur. De l'eau coula, pas assez pour couvrir le bruit qu'il ferait, puis la chaudière se mit en marche avec une pulsation sourde. Il commençait à faire froid. Latovsky avait les mains poisseuses et glacées. Les mouches, attirées par l'odeur, bourdonnaient autour de sa tête malgré le Cutter. Sa colonne vertébrale lui faisait mal mais il avait l'impression qu'elle craquerait comme un pétard s'il se redressait. Il ne pouvait pourtant rester dans cette position encore très longtemps : dans une minute ou deux, au maximum, il faudrait qu'il bouge.

Il entendit des pas traverser la cuisine, repartir, et les accords de l'ouverture de la Cinquième de Beethoven retentirent dans la maison. Latovsky descendit le perron et fit furtivement le tour du bâtiment pour rejoindre la route.

Adam accrocha sa veste, desserra sa cravate, passa au salon et se laissa tomber dans son fauteuil. Pour une fois, il eut la flemme de défaire les lacets de ses chaussures et les ôta en s'aidant du talon. Sa mère n'aurait pas approuvé.

Il s'accorda quelques minutes de Beethoven avant de se traîner jusqu'à la cuisine. Il ne se rappelait pas avoir été aussi fatigué, en partie à cause de la tension qu'avait fait naître la rencontre avec Latovsky, en partie à cause des mauvaises nouvelles qu'il devait toujours annoncer à Ellen Baines. Il avait essayé de le faire mais elle avait ouvert lentement les yeux, posé sur lui un regard trouble puis les avait refermés.

Il lui parlerait demain.

Adam décrocha le téléphone, fit le numéro de Sawyerville ; son père répondit à la deuxième sonnerie d'une voix plus ou moins pâteuse.

– C'est moi, papa. J'ai parlé au lieutenant, celui qui a laissé la carte, tu te souviens?

– Ouais, j'me souviens.

– Tout ce qu'il veut, c'est savoir si nous sommes bien les Fuller qui ont loué une maison pour l'été à Raven Lake en 1960.

Silence à l'autre bout du fil.

– C'est nous, papa?

– Pourquoi il veut savoir ça?

– A cause d'une affaire sur laquelle il travaille. C'est nous, papa?

– J'avais presque oublié, ça fait si longtemps. Ouais, c'est nous. Le meilleur été qu'on ait jamais passé. Toi et Mikey vous étiez toute la journée en train de barboter ou dans le petit bateau qui allait avec la maison. Ou alors sur la balançoire. Tu en étais dingue de cette balançoire.

Balançoire. Adam vit le ciel basculer à travers un entrelacs de feuilles...

Il s'accrocha à cette image, tenta de l'étendre pour voir la maison et le lac... peut-être aussi lui-même à cinq ans, Mikey à douze. Mais la vision s'estompa jusqu'à ne plus être que des mots : *un ciel basculant à travers un entrelacs de feuilles.*

– Où était-ce, papa?

– A Raven Lake, tu viens de le dire, fit le père avec une petite pointe d'agacement.

– Où à Raven Lake?

– M'en souviens plus – ça fait trente ans.

Il fallait qu'il s'en souvienne, ce vieil abruti. Du parking de *Chez Frank*, Adam avait vu les lumières d'une vingtaine ou d'une trentaine de maisons bordant le lac, et il devait y en avoir d'autres encore inoccupées pendant la saison des moustiques. Il lui fallait l'adresse.

– Essaie, papa.

– J'aurais beau essayer jusqu'à ce que les couilles m'en tombent, mon garçon, je peux pas, c'est t...

Le vieillard s'interrompit, reprit aussitôt d'une voix excitée :

– Attends, attends une minute. Je parie que c'est dans les classeurs de ta mère. C'te femme gardait toute la paperasse qui lui passait par les mains. Tu te rappelles de ses classeurs, fils?

Adam se les rappelait : une série de grandes chemises de carton brun fermées par un élastique. Il les avait examinés des années plus tôt au cas où son père ou son frère, hommes négligents, y auraient laissé des papiers importants. Le carton avait perdu sa couleur, l'élastique son élasticité, pourtant l'écriture nette et penchée de sa mère demeurait noire sur les étiquettes ivoire. Mais après avoir inventorié la moitié du contenu de la première enveloppe, il avait commencé à se sentir mal à l'aise. Le simple fait de toucher quelque chose qu'elle avait touché elle aussi lui donnait la nausée et il avait renoncé.

Tout ce qui avait appartenu à sa mère lui faisait le même effet, exception faite du pot à gâteaux. Il était en forme de tête, avec de grosses joues rouges censées lui donner un air jovial, mais Adam avait toujours imaginé une expression triste aux yeux du pot, et les gouttes de vernis autour des paupières donnaient l'impression qu'ils retenaient des larmes. C'était la seule chose qu'il avait emportée de la maison de Sawyerville, le seul objet venant de sa mère qui ne lui mettait pas les nerfs à fleur de peau.

Il ne parvenait pas à se souvenir de ses traits, autre fait étrange. Il y avait des photos d'elle dans la maison, vêtue d'une de ses éternelles robes à fleurs, et il les regardait, essayait de graver ses traits dans son esprit. Mais ils disparaissaient dès qu'il tournait la tête, le laissant avec l'image d'une robe fleurie et d'une tache floue là où aurait dû être le visage.

Son père revint en ligne, annonça joyeusement :

– J'ai trouvé, mon garçon. Elle a gardé le bail. Le bail d'une maison de vacances qu'on avait louée en 1960. Quelle bonne femme ! Elle aurait dû être documentaliste pour une grande firme ou quèque chose comme ça.

– L'adresse, papa.

– Le bail est établi entre moi et Alan Rodney, de Glenvale. Juillet et août mille neuf cent soixante pour cinq cents dollars. Tu te rends compte ? Cinq cents billets pour la saison dans une maison au bord du lac, assez près pour cracher dans l'eau de la véranda. Je parie que ça en vaut cinq mille, maintenant.

– L'adresse, papa.

– 300 Lakeshore, Raven Lake.

10

Au matin, le vent avait tourné. Il faisait froid et une pluie fine commençait à tomber d'un ciel couleur de cataracte quand Adam passa devant le 300 Lakeshore et se gara sur le bas-côté de la route.

Pas question de remonter l'allée débouchant sur le devant de la maison. La femme pouvait deviner pourquoi il était là en le voyant et appeler à l'aide. Il voulait s'introduire dans la maison à son insu, si possible, mais cela impliquait d'examiner d'abord les lieux. Le mieux, c'était de prendre à travers bois.

Après s'être protégé d'un spray contre les moustiques, il descendit de voiture, s'enfonça dans le bois. Sa progression fut d'abord facile puis les fourrés s'épaissirent, des branches l'égratignèrent, se prirent dans ses vêtements. Ses pieds s'enfonçaient dans une couche de feuilles mortes vieilles de dix ans et rendues glissantes par la pluie. Il aurait déjà dû voir le lac et se demanda avec inquiétude s'il ne l'avait pas longé au lieu de s'en approcher. Si c'était le cas, il devrait retourner à la route (s'il la trouvait) et recommencer en restant plus près de l'allée. Il aperçut alors un éclair d'eau noire et luisante, repéra sa position. Il tourna à droite, et quelques mètres supplémentaires de marche pénible l'amenèrent à la clairière et à la maison.

Celle-ci était petite et jolie, avec un carré de gazon devant, des arbustes le long de la véranda. Mais les fenêtres étaient sombres, il n'y avait pas de véhicule dans l'allée, pas de garage. Ici, on ne pouvait se passer de voiture, la femme devait donc être en ville.

Il était peut-être passé devant sa voiture garée au parking de Grand Union dans Raven Lake, ou peut-être travaillait-elle dans un bureau, dans la petite banque de la rue principale. Il ignorait si elle avait un emploi, si elle était jeune ou vieille, célibataire ou mariée, mignonne ou laide. Il ne savait rien d'elle, sauf qu'elle pouvait *voir* ce que personne d'autre ne voyait et qu'elle était dangereuse.

Pas seulement dangereuse, pensa-t-il. Une idée lui traversa la tête, lui échappa avant qu'il pût la saisir et il se dit que c'était sûrement sans importance. Mais si, lui répondit une voix à l'intérieur de lui-même, c'est très important.

Il s'efforça de la retrouver, n'y parvint pas.

Bah, si c'était important, cela lui reviendrait tôt ou tard, se rassura-t-il, et il s'avança à découvert dans la clairière.

Il ne se souvenait pas de la maison, ni de la balançoire dont son père disait qu'il était dingue. *Erreur, papa.* Il n'avait jamais rien aimé. Mais il avait joué dessus et sans doute crié : « Plus haut, papa, plus haut », comme le font les gosses. Ou plus vraisemblablement : « Plus haut, Mikey », puisque son père passait la semaine à Sawyerville et les week-ends à se pinter assis sur la véranda.

Où était sa mère pendant ce temps-là?

A l'intérieur. Repassant, faisant la cuisine et le ménage. Il essaya de la voir en train de s'affairer mais n'obtint que l'image habituelle de la robe à fleurs, les épaules larges et le robuste pilier d'un cou montant vers la masse floue couvrant l'emplacement du visage.

Il passa devant la balançoire, gravit les marches du perron.

La porte de devant était fermée mais la vieille serrure ne poserait pas de problème. Il pouvait entrer, attendre à l'intérieur qu'elle revienne. Adam sortit de son portefeuille une carte de crédit, la glissa dans la fente de la porte, poussa. Le pène résista une seconde puis céda et revint en arrière. Adam s'immobilisa, tendit l'oreille au cas où, malgré les indices, elle aurait quand même été là. Il n'entendit que le cri d'une oie migratrice menant un vol vers le nord pour l'été. Il ouvrit la porte, entra dans la maison de Raven Lake, trente-trois ans plus tard.

Une petite entrée au sol couvert d'un tapis à points noués conduisait à un grand salon avec une cheminée, d'autres tapis et de gros meubles recouverts de housses. Adam mit un moment à comprendre le sens des housses puis s'appuya au chambranle de la porte, un peu étonné d'être aussi déçu. On ne recouvre pas les meubles de housses pour aller faire des courses en ville. On le fait quand on part pour un long voyage... ou quand le dernier locataire est parti et que le suivant n'est pas encore arrivé. Dans un cas comme dans l'autre, elle n'était plus là. Adam ne savait que faire.

Rentre, se dit-il. Il était un peu plus de dix heures. S'il partait maintenant, il serait de retour à Glenvale pour parler à Ellen Baines avant qu'on ne lui apporte son déjeuner.

Mais puisqu'il était là, autant chercher dans la maison un indice sur l'identité de cette femme ou l'endroit où elle se trouvait. En outre, il était curieux de savoir si quelque chose lui rappellerait ce « meilleur été » qu'ils aient jamais connu.

Traversant le salon en direction du bureau à cylindre placé dans un coin, il évita de marcher sur le plancher ciré qui aurait gardé la trace de ses pas et enfila des gants avant d'ouvrir le cylindre. Les tiroirs étaient vides mais il trouva, au fond de l'un d'eux, une facture chiffonnée d'Adirondack Oil datant de 1988, et un reçu du magasin Ski, Chasse et Pêche de Raven Lake, vieux de onze jours et établi au nom de S. Klein.

S. Klein, ce pouvait être elle ou son mari. Quelqu'un à la boutique de Raven Lake se rappellerait peut-être le ou la S. Klein qui avait dépensé deux cent cinquante dollars pour l'article 406 en bordeaux. Il glissa le reçu dans sa poche, continua ses recherches.

Rien d'autre dans le salon : les tiroirs des tables étaient vides, l'âtre balayé. Rien non plus dans l'armoire à linge ni dans le placard de l'entrée, à part des cintres en métal tordus.

La première chambre dans laquelle il entra fit naître en lui un sentiment bizarre : il ne se rappelait pas cette pièce mais il savait qu'elle avait été celle où Mikey et lui dormaient, qu'il y avait eu des couchettes superposées à la place des lits jumeaux soigneusement faits, séparés par une table des Adirondacks.

Il en fit le tour, ne trouva là encore que des tringles difformes jetant sur le mur du placard des ombres étranges, et passa dans une salle de bains qui sentait le plastique neuf. On avait mis un nouveau rideau de douche pour les locataires qui arriveraient en break avec les gosses, les jouets, les jeux vidéo et la poêle préférée de madame. La salle de bains était immaculée elle aussi. La fenêtre de verre dépoli, percée haut dans le mur, était collée à l'encadrement par la peinture. La lumière s'alluma et un ventilateur se mit en marche quand il abaissa l'interrupteur.

On avait laissé l'électricité branchée.

Cela lui parut important, sans qu'il sût pourquoi.

La chambre suivante était beaucoup plus spacieuse, avec un grand lit couvert d'un dessus-de-lit en chenille d'un blanc aussi aveuglant que celui de la chambre de Sawyerville avant la mort de sa mère. Sa vue provoqua en lui les mêmes frissons, la même légère nausée que dans la maison de son père. Adam dut faire un effort pour franchir le seuil et poursuivre ses investigations. Il découvrit un tube d'aspirine dans une vieille armoire à pharmacie, d'autres cintres et une chaussette d'homme couverte de peluche au fond d'un tiroir.

Dans la pièce suivante, sorte de salon avec des rayonnages de livres, il trouva quelques exemplaires cornés de romans condensés du *Reader's Digest*, un téléphone et un annuaire.

Il ouvrit l'annuaire, fit courir son index le long de la page des K sans grand espoir. Pas de Klein, S. ou quoi que ce soit. Il retourna dans l'entrée.

Comme c'était une petite maison, il ne restait plus à explorer qu'une pièce avec une porte à battant qui devait être la cuisine. En ouvrant cette porte, il vit une pièce de style ancien aussi austère et propre que les salles d'opération de Glenvale General. Comptoirs, évier, éléments et murs blancs, sol de linoléum blanc piqueté de vert, table à plateau de porcelaine blanche avec entailles couleur rouille sur les bords – une de ces solides vieilles tables qui était probablement là depuis un demi-siècle. Au fond, un téléphone noir mural à cadran tournant surmontait un bloc-notes. De l'endroit où Adam se tenait, la première feuille semblait vierge, mais s'il la hachurait doucement avec un crayon – comme dans les films d'espionnage – il verrait peut-être apparaître un message plus révélateur que le reçu. Il y avait peu de chances pour que ça marche mais ça valait la peine d'essayer. Adam s'avança, ne parvint pas à faire passer son pied de l'autre côté du seuil.

Ne pouvant croire à ce qui lui arrivait, il effectua une nouvelle tentative, fit glisser son pied jusqu'au milieu de la barre de seuil, où il resta bloqué.

Il essaya encore et encore mais c'était comme si la connexion entre son cerveau et ses membres inférieurs avait sauté. Absurde. A part respirer, ou cligner des yeux, il n'y a rien de plus simple, de plus automatique que mettre un pied devant l'autre. On en est toujours capable, à moins d'une lésion du système nerveux central. Nouvel essai, cette fois en levant la jambe, comme une cigogne. Son pied s'immobilisa en l'air comme si un mur invisible ou un champ de force barrait la porte. Il essaya avec l'autre pied, obtint le même résultat et décida de sauter. Il se raidit, ses muscles se contractèrent normalement... mais son corps refusa de bouger.

Adam était à présent couvert de sueur, et le Python dont il avait eu l'intention de se servir contre elle faisait comme un bloc de glace humide sous sa ceinture. Il relâcha ses muscles – afin de faire croire à ce qui le bloquait qu'il avait renoncé – puis se raidit à nouveau brusquement pour sauter et en fut incapable.

Appuyé contre l'encadrement de la porte, il examina la pièce en quête d'explication, ne vit que des éléments banals à poignées de verre, de vieux tiroirs à poignées peintes. Puis son regard tomba sur la table au plateau de porcelaine et la voix de sa mère marmonna : « Sale, sale, sale. »

C'était encore plus fou que de ne pouvoir pénétrer dans cette pièce. Sa mère était morte depuis plus de trente ans et il entendait sa voix. Lente, insidieuse, comme une moquerie chantonnée de méchant garçon.

Adam recula, leva les yeux et vit au plafond un gros objet si souvent repeint qu'on n'en distinguait plus les détails et qu'on ne pouvait l'identifier. Il savait pourtant que c'était une poulie, et un flot de vomi brûlant lui emplit la gorge.

L'idée qu'il allait rendre sur le plancher ciré l'horrifia.

L'horrifia!

Il avait éventré cinq femmes, mis en bouillie le visage de Bunner mais l'idée de vomir sur un sol propre l'horrifiait. Il aurait ri aux larmes s'il n'avait eu une nausée aussi forte.

Plaquant une main sur sa bouche, il jeta autour de lui un regard éperdu. Il n'arriverait jamais à temps à l'une des toilettes, et se précipiter au-dessus de l'évier de la cuisine était bien entendu hors de question.

Il courut à la porte d'entrée, l'ouvrit, traversa la véranda et, penché au-dessus de la balustrade, vomit jusqu'à ne plus avoir à rejeter que de longs jets de bile claire. Par la porte restée ouverte lui parvint le fantôme de la voix de sa mère : « Sale, sale, sale... »

Adam demeura un moment collé contre la balustrade, la bouche amère et visqueuse, le colt lui meurtrissant le flanc. Au moins, il avait rendu dans l'herbe, et une bonne pluie ferait disparaître le vomi.

Il tira le pistolet de sa ceinture, le posa sur le plancher, se retourna pour regarder par la porte ouverte le couloir menant à la cuisine.

– Qu'est-ce qui s'est passé? murmura-t-il. Qu'est-ce qui s'est passé, bordel?

Vous le savez, Adam, aurait répondu Bunner. *C'est enfoui... creusez.*

Ce qu'il fit : « Sale, sale, sale », avait chantonné sa mère, en parlant manifestement de la cuisine. A leur arrivée, cet été-là, ils avaient trouvé une cuisine crasseuse, et de la pire façon qui soit : graisse de plats qu'elle n'avait pas préparés, aliments qu'elle n'avait pas achetés moisissant dans un réfrigérateur douteux. Il n'y avait pas d'équipe de nettoyage à cette époque, elle avait dû s'en charger elle-même, furieuse, s'en prenant à lui et...

Foutaises.

La cuisine aurait pu être plus dégoûtante qu'une latrine de Calcutta, le sol et les murs recouverts de plusieurs centimètres de graisse, avec des poils collés dedans; sa mère aurait pu crier, tempêter, le frapper avec une poêle à frire, cela n'expliquait pas la terreur folle qui l'avait assailli comme un loup enragé.

Il s'était passé quelque chose d'autre dans cette pièce, quelque chose de *primordial.*

Bon terme, primordial... mot qui frappe et qui évoque la genèse. *Au commencement...*

Au commencement étaient la cuisine, la table au plateau de porcelaine, la poulie et, surtout, les cicatrices. Elles constituaient la pièce clef du puzzle qu'il essayait d'assembler depuis toujours, c'est-à-dire depuis la mort de sa mère, car il ne se rappelait rien avant le soir où les policiers étaient venus...

« Mr. Fuller, je crois que vous feriez mieux de vous asseoir », avait dit le blond costaud aux yeux de saphir.

Ils s'étaient tous assis, sauf Adam. Il ne se rappelait pas avoir été assis parce que ses impressions remontaient au moment où le policier blond avait annoncé : « Elle est morte, monsieur, je suis désolé. Cette intersection sur la Six, près de la laiterie... Il devrait y avoir un feu rouge. On en mettra sûrement un, maintenant. Mr. Fuller, je crois que vous feriez mieux de vous asseoir. »

Et Adam avait repris connaissance comme Blanche-Neige recrachant le morceau de pomme empoisonnée, et il s'était retrouvé dans la salle de séjour, regardant par la fenêtre la voiture des *troopers* garée dans Barracks Lane.

« Elle est morte sur le coup, ajouta le policier par-dessus les sanglots de Mikey. Elle ne s'est pas rendu compte de ce qui lui arrivait. »

Tout avant ce soir-là n'était qu'un vaste brouillard doux et gris, impénétrable. Il était revenu à lui en entendant le mot « *morte* », à neuf ans, avec un ventre sillonné de cicatrices dont il ignorait l'origine, et une gamme d'émotions allant de la peur à la peur. Jusqu'à ce qu'il lève les yeux vers cette poulie et soit envahi d'une horreur dévorante, meurtrière. La poulie était une pièce de plus qu'il n'arrivait pas à mettre en place... *mais elle le pouvait, elle.*

L'idée ne lui était pas tombée dessus comme une masse, avec en fond sonore l'hymne national retentissant dans sa tête. Elle était là, tout simplement, ce qui l'amena à se demander pourquoi il avait mis si longtemps à y penser. Il avait commencé à le faire quand, observant la maison à son arrivée, il s'était dit que cette femme n'était pas *seulement dangereuse*. L'idée lui avait traversé l'esprit si vite qu'il n'avait pas trouvé les mots pour l'exprimer clairement. Il les avait, maintenant : *elle pouvait*. Elle l'avait fait pour Ken Nevins, elle le ferait pour lui. C'était important qu'on ait laissé l'électricité branchée parce qu'ils auraient peut-être besoin de lumière quand, après l'avoir trouvée, il l'amènerait ici, la placerait sous la poulie et lui ferait dire quel événement primordial (sa version de la genèse) s'était déroulé dans la cuisine. Ensuite il la tuerait.

– S. Klein... dit la femme derrière le comptoir du magasin Ski, Chasse et Pêche de Raven Lake.

La boutique venait sans doute d'ouvrir pour la saison car certains rayons demeurés vides attendaient une livraison.

– C'était il y a onze jours seulement, précisa Adam.

– Je peux lire la date, répliqua-t-elle un peu sèchement.

Du calme, pensa-t-il. *Ne l'irrite pas, n'éveille pas ses soupçons.*

– Je ne vois pas, reprit-elle. Ce n'est probablement pas moi qui m'en suis occupée et je ne sais pas qui l'a fait. Peut-être une de nos vendeuses à temps partiel.

– La personne avait loué la maison au 300 Lake*shore.*

– Désolée, nous ne prenons l'adresse que s'il faut livrer. Mais là, le client a payé comptant et il a emporté l'article.

– Il?

– Sûrement. L'article est un pull d'homme... Pourquoi ne téléphonez-vous pas à Mrs. Rodney? C'est la propriétaire du 300 Lakeshore. Son fils vient pêcher ici, même en hiver. Ils construisent une cabane sur le lac, creusent un trou dans la glace. Il y a des hommes qui sont vraiment fous de pêche.

– Où puis-je trouver Mrs. Rodney?

– A Glens Falls... Glenvale, peut-être. Un instant. Nan! appela-t-elle en se tournant vers le fond de la boutique. Naaan...

– Oui? répondit une voix féminine.

– Tu sais où habitent les Rodney?

Une femme apparut dans l'encadrement d'une porte avec une brassée de blouses qu'elle venait sans doute de déballer.

– Glenvale, dit-elle.

Adam aperçut la Ford Escort bleue sur la bretelle sud de l'autoroute. Il avait l'impression de l'avoir vue derrière lui sur la 128, dans Main Street quand il s'était garé devant le magasin... et elle était encore là.

Il prit la voie du milieu, limita sa vitesse à quatre-vingt-dix. Pas besoin de se faire arrêter avec le Python dans la boîte à gants. L'Escort changea de voie elle aussi, resta quelques voitures derrière. Adam continua à rouler à quatre-vingt-dix jusqu'à ce qu'il approche de la sortie de Warrensburg, obliqua sur la file de droite et ralentit.

L'autre voiture ralentit brusquement, se rabattit malgré les coups de klaxon et se laissa à nouveau distancer.

Ce ne pouvait être que Latovsky pour se conduire de façon aussi inepte.

Adam accéléra un peu, l'Escort fit de même; une heure plus tard, quand il prit la première sortie pour Glenvale, il ne vit pas la voiture bleue sur la bretelle ni dans Cannon Road. Il laissa sa vitesse tomber à soixante pour traverser les faubourgs de la ville, remonta King George en direction de Rusty Pond.

Pas d'Escort. A quelques mètres de sa rue, il écrasa l'accélérateur, la grosse Ford bondit en avant tandis que l'aiguille du compteur montait à cent. Il freina, tourna dans Rusty Pond, accéléra à nouveau, s'engagea dans son allée et s'arrêta à quelques centimètres de la porte du garage dans un grincement de frein.

Il coupa le contact, se laissa glisser sur le siège pour qu'on ne puisse plus voir sa tête par la vitre arrière, inclina le rétroviseur de façon à surveiller la rue. Une minute s'écoula, puis la moitié d'une autre... et la petite Escort bleue passa, condamnée au demi-tour au bout du cul-de-sac.

Tremblant, couvert de sueur, Adam éprouvait une envie quasi irrépressible d'uriner mais il se força à rester immobile, faisant appel à toute sa volonté pour ne pas mouiller son pantalon.

Une minute plus tard, la petite voiture repassa en direction de King George.

On le suivait.

– Ensuite? demanda Latovsky à Dillworthy.

– Ensuite, il s'est arrêté sur le bas-côté de la route juste après le numéro 300, il est entré dans le bois pour aller... quelque part.

– Quelque part?

– Il m'aurait repéré si je l'avais suivi dans le bois.

Du pipeau, tonna intérieurement le lieutenant. La maison était entourée d'arbres, Dillworthy aurait pu suivre Fuller sans se faire repérer en montrant un peu de prudence. Mais il faisait froid et humide, le bois était infesté de moustiques, et Dillworthy était resté au chaud dans la voiture à lire la page sportive.

De ce ton suave que ses hommes avaient appris à redouter, Latovsky demanda :

– Il t'est pas venu à l'esprit qu'il y avait une maison là-bas, que le docteur n'avait pas la clef... mais qu'il entrerait peut-être quand même, qu'on pourrait le boucler pour effraction et obtenir un mandat de perquisition au cas où il planquerait chez lui d'autres objets volés?

– Volés? C'est un toubib, il a rien vol...

– Et merde! fit le lieutenant en se prenant la tête à deux mains. Espèce de sale bouseux flemmard! On avait une chance d'obtenir un mandat, tu l'as foutue en l'air.

– Me parlez pas comme ça, répliqua calmement Dillworthy. Non, il m'est pas venu à l'idée qu'un docteur entrerait par effraction dans une vieille baraque – et vous m'aviez pas dit non plus qu'il risquait de le faire. J'y aurais peut-être pensé tout seul y a quinze ans, mais pas aujourd'hui, et pas ici. C'est Glenvale, ici, pas Boston. Depuis leur sortie de l'école de police, la plupart des gars de la brigade ont fait qu'arrêter des bagarres de bar ou ramasser les morceaux après qu'un connard quelconque a cogné sa grosse avec une batte de base-ball. Si vous voulez des super-flics, Latovsky, appelez les feds, appelez les Marines, mais vous attendez pas à ce que je devienne Sherlock Holmes parce que quelque chose vous tracasse.

A bout de souffle, Dillworthy fixa un point du mur derrière Latovsky. Celui-ci attendit un moment puis se passa la main sur le visage et dit à mi-voix :

– T'as raison, Dill, je suis désolé.

– Ouais... bon, bredouilla Dillworthy en rougissant.

Les excuses du lieutenant ressemblaient à la neige en juin : c'était rare mais ça arrivait. Elles étaient également tout ce qu'il y a de plus sincère.

– Tu l'as laissé où, finalement ?

– Dans son allée. Je savais pas que la rue était un cul-de-sac, je me suis fourré dedans et j'ai dû repasser devant lui après avoir fait demi-tour.

Latovsky le savait, lui, et n'avait pas prévenu ses hommes. Il était aussi nul qu'eux, un péquenot incapable de trouver une merde de chien sous sa semelle.

– Il est rentré chez lui, alors.

– Ouais. Il était planqué dans sa tire, attendant de me voir repasser et bousiller le peu de couverture qui me restait.

– Après ?

– Après, j'ai fini par récupérer mon cerveau tombé au fond de mon dargeot, j'ai tourné dans King George et je me suis garé sur le parking du *Blue Pantry*. Ce coup-là, c'est moi qui étais planqué, et comme de juste, il est passé devant moi pour prendre la direction de l'hosto.

– Ensuite ?

– Je l'ai filé jusque là-bas, j'ai téléphoné à Frawley de venir prendre la relève. Je suis venu ici quand il est arrivé.

– Et Fuller ?

– Toujours là-bas. Frawley a bigophoné y a cinq minutes pour dire qu'il est dans la cabine du foyer des médecins.

Si on le suivait, on avait peut-être mis sur écoute la ligne de son domicile et de son bureau, aussi décida-t-il d'utiliser le téléphone du foyer. Il resta un moment dans la cabine, la main et l'oreille moites, et ouvrit la porte avec soulagement pour retourner dans la salle déserte.

Il avait donné deux coups de téléphone, le premier au cabinet juridique qui s'était occupé des papiers pour l'achat de sa maison. On lui avait passé un certain John Farber, qui l'avait écouté avant de déclarer d'un ton excité que l'affaire était intéressante. La police, c'était l'État, et l'État avait les poches profondes. Farber voyait probablement un nombre à six chiffres danser dans sa tête.

– Quoique je doute que ça aille beaucoup plus loin, avait-il ajouté d'un ton de regret. A moins qu'ils n'aient vraiment quelque chose contre vous – ce qui n'est pas le cas, si j'ai bien compris.

– Rien, avait affirmé Adam avec une parfaite assurance. Ils n'ont rien du tout.

– Alors, ils laisseront tomber. C'est ce que vous souhaitez, je présume?

Au ton, Adam avait deviné que l'avocat espérait que ce ne serait pas aussi simple.

– C'est ce que je souhaite.

– Un coup de téléphone et une lettre devraient suffire. Les flics font gaffe, maintenant.

Conversation très satisfaisante, au terme de laquelle Adam était sûr d'être débarrassé de Latovsky.

La meilleure défense, c'est l'attaque, comme disait sa mère.

Il avait ensuite appelé Mrs. Alan Rodney, propriétaire de la maison de Raven Lake, et le résultat avait été beaucoup moins satisfaisant. Elle ne se souvenait pas comme ça du nom du dernier locataire, il faudrait qu'elle regarde dans ses papiers. Adam avait demandé quand il pourrait rappeler et elle avait réclamé une demi-heure.

Une demi-heure, c'était trop court pour se mettre à autre chose, trop long pour rester assis à fixer le mur ou la page d'un magazine. Il alla à la fontaine d'eau fraîche faire passer le goût d'étain qu'il avait dans la bouche puis descendit voir si Davis avait les résultats du lymphangiogramme d'Ellen Baines.

Ce dernier rangea le film souple dans sa boîte avec un grand sourire.

– Vraiment très beau, dit-il à Adam. Elle est propre comme un sou neuf, maintenant. Bonne nouvelle, hein?

Merveilleuse nouvelle, qu'Adam eut envie de courir porter. Mais il lui aurait fallu plus de temps pour expliquer à Ellen ce qui se passerait ensuite. Sykes insistait pour une chimiothérapie prophylactique et Adam était de son avis. Mieux vaut prévenir que guérir, disait sa mère. Seigneur, comme elle avait dû être banale! Parfaitement assortie au vieux.

– Quoi? aboya Latovsky dans le téléphone.

– C'est Lydia Rodney. J'espère que je ne vous dérange pas.

– Non, non, pas du tout, madame, fit-il d'un ton radouci. Excusez-moi.

– Je viens juste de recevoir un curieux coup de téléphone dont j'ai pensé que vous aimeriez être informé. De Raven Lake – d'une des boutiques de là-bas. Quelqu'un leur a pris pour deux cents dollars de marchandise en laissant juste une signature et n'est pas revenu payer. Cette personne a donné l'adresse de notre maison au bord du lac mais quand ils ont téléphoné, il n'y a pas eu de réponse, naturellement. Ils me disent maintenant qu'ils n'arrivent pas à déchiffrer la signature et me demandent de leur fournir le nom et l'adresse permanente de mon dernier locataire. Que la signature soit illisible, cela ne m'étonne pas. La belle écriture a disparu avec les locomotives à vapeur, je le crains.

– Vous leur avez communiqué...

– Certainement pas, lieutenant. Je leur ai dit que je les rappellerais. Ils ont répondu que c'était moi qui leur rendais service, qu'ils ne voulaient pas me faire payer une communication chère, et qu'ils rappelleraient, eux. Très curieux, comme je vous l'ai dit. Je connais Nan Linz, la propriétaire de la boutique, et je ne l'imagine pas laissant un client emporter deux cents dollars de marchandise contre une simple signature, ni se souciant de ma note de téléphone. Comme vous vous intéressiez à la maison, j'ai présumé que cette histoire vous intéresserait peut-être aussi.

– Bravo, Mrs. Rodney, bravo et Dieu vous bénisse. Parlez-moi de la personne qui a appelé.

– Il n'y a pas grand-chose à dire, en fait. Il m'a paru tout à fait ordinaire.

– Il?

– Sans aucun doute.

Fuller.

Pendant que le policier réfléchissait, Mrs. Rodney eut l'intelligence de ne pas répéter « Allô? Allô? Vous êtes toujours là? »

Fuller était sur la piste d'Eve. Il avait trouvé la maison, le nom de sa propriétaire. Si elle refusait tout net de lui donner les informations qu'il réclamait, il attendrait qu'elle soit sortie, entrerait chez elle par effraction, forcerait le joli petit bureau ancien du salon ou le secrétaire en chêne d'une autre pièce et mettrait la main sur le dernier bail de la maison de Lakeshore, signé par un S. Klein de Bridgeton, Connecticut.

Ou bien il n'attendrait même pas que la vieille dame soit sortie et s'introduirait chez elle en pleine nuit, parce qu'un meurtre de plus n'était pas pour l'effrayer.

– Mrs. Rodney?

– Je vous écoute, lieutenant.

– Ne révélez ce nom à aucun prix.

– Entendu.

– Je dois vous demander autre chose. Il faudra... lui mentir.

Elle garda le silence.

– Je veux que vous lui racontiez que vous ne connaissez pas ce nom – que vous ne vous en souvenez pas ou que vous ne l'avez jamais su. Et que vous ne pouvez pas le retrouver non plus parce que vous avez brûlé par erreur tous les papiers concernant cette maison. Ensuite, Mrs. Rodney, vous les brûlerez *vraiment*.

– Quelle étrange requête.

– Vous me le promettez?

– Vous pensez que je cours un danger quelconque, c'est ça?

Latovsky ne répondit pas.

– C'est difficile d'imaginer ce qui pourrait être un danger pour moi à mon âge, mais je ferai exactement ce que vous m'avez demandé.

Adam avait l'impression d'être resté trop longtemps au soleil; son cœur cognait contre ses côtes. Peut-être était-ce l'excitation de la chasse, mais le mot paraissait faible pour ce qui se passait à l'intérieur de lui-même.

Il glissa une pièce dans l'appareil, composa le numéro, entendit la sonnerie. Il imagina la vieille dame (à sa voix, elle semblait très âgée) traversant un salon tandis que dans sa main noueuse dont elle ne maîtrisait pas le tremblement bruissait une feuille de papier – bail, liste, reçu – portant le nom qu'il avait attendu toute sa vie, lui semblait-il.

Elle avait des jambes frêles, sillonnées de grosses veines sombres et saillantes; aller jusqu'au téléphone était long, pénible. Trois sonneries... quatre... Elle y était presque, pensa-t-il. *Allez, ma vieille.* « Allez! » cria-t-il en tambourinant des doigts sur l'étagère.

Elle décrocha et, en quelques mots, ruina tous ses espoirs.

Pour toute récompense, une douche glacée. Pour toute...

– Je suis navrée, fit-elle, toute bouleversée. C'est une erreur épouvantable mais les papiers ne sont plus que des cendres, je n'y puis rien.

– Mais... mais, commença Adam, faisant appel à tout son sang-froid pour ne pas hurler. Mais vous devez bien vous rappeler la personne qui occupait votre maison la semaine dernière.

– Je devrais, bien sûr. Mais j'oublie tout, ces temps-ci. Tenez, la semaine dernière encore...

Elle se lança dans un long récit confus, se perdit en route et s'interrompit au milieu d'une phrase.

Adam en profita pour insister :

– Il n'y a personne d'autre qui connaîtrait ce nom? C'était un article très cher... du cachemire.

– Du cachemire! J'ai vu un pull en cachemire l'autre jour chez Rosner, à Glenvale, dans Main Street. Trois cents dollars, ils en demandaient, vous vous rendez compte? A *Glenvale*, pas à Monte-Carlo. Je crois que c'était trois cents dollars... Je crois que c'était du cachemire.

– Un membre de votre famille, peut-être...

– Ma famille? Quoi, ma famille?

– Quelqu'un qui saurait...

– Qui saurait quoi?

– Le nom de la personne qui a loué la maison, répondit Adam, dont le ton montait à nouveau malgré ses efforts.

– Non, non. C'est *ma* maison. Je l'ai héritée de mon cher père. C'est moi qui m'en occupe, pas eux...

La voix mourut et il n'entendit plus que sa respiration sifflante, qui devait sentir le dentier. La pauvre vieille idiote qui ne se rappellerait bientôt plus le nom de ses enfants ni même le sien avait brûlé les papiers, et avec eux les chances d'Adam de *la* trouver.

Il raccrocha sans dire au revoir, fit le numéro de la boutique de Raven Lake.

– Encore vous, dit la vendeuse quand il se fut présenté. (Il n'avait pas dû lui laisser un bon souvenir.) Oui, j'ai demandé à Lorraine, elle se souvient de lui parce qu'il était bel homme. Lui, pas elle. Aucun doute. Et elle ne sait rien d'autre. Si vous voulez bien m'excuser... fit la vendeuse avant de raccrocher.

– Et le bail? demanda Latovsky.

– Il flambe joyeusement dans la cheminée, répondit Mrs. Rodney. Si seulement ça m'avait demandé plus d'efforts pour donner l'impression d'avoir le cerveau embrouillé! Est-ce que j'ai éloigné le danger?

– Je pense, répondit le policier, mais je tiens quand même à ce que vous fermiez soigneusement votre porte la nuit, Mrs. Rodney. Je parle sérieusement. Pendant quelques semaines, une voiture de ronde passera toutes les heures devant chez vous dès qu'il fera noir.

– Dites à vos hommes de faire un saut chez moi pour boire quelque chose de chaud. N'importe quand avant dix heures... ou même après. Les vieux n'ont pas besoin de beaucoup de sommeil, vous savez. Encore un vieux dicton de bonne femme qui se révèle juste.

Après avoir raccroché, Latovsky prit la liste des locataires que la vieille dame avait dressée, la photocopie qu'il en avait faite et les déchira en petits morceaux. Il se sentit bien pour la première fois depuis des jours : il venait de briser le dernier lien possible entre Eve et le Tueur des Bois.

Le lieutenant savourait encore ce moment d'autosatisfaction quand Meers téléphona pour le convoquer dans son bureau.

– C'est foutu, annonça le commissaire.

– Qu'est-ce qui est foutu?

– L'affaire Fuller. Je viens de recevoir un coup de fil d'un avocat, un certain John Farber, du cabinet

Macready, Ruskin, Farber, etc., pour nous prévenir que le Dr Adam P. Fuller est prêt à poursuivre la brigade en justice si le harcèlement dont il fait l'objet ne cesse pas illico.

– Il bluffe !

– A propos de quoi, Dave ? De la filature ou du procès ?

– Oh ! il nous a repérés. On n'arriverait pas à filer un sourd-muet aveugle sans se faire repérer. Mais il nous fera pas de procès, Lem. Les assassins n'intentent pas de procès aux flics.

– Tu parierais deux cent mille dollars là-dessus ?

Latovsky ne répondit pas.

– Moi non, reprit Meers, faisant rouler entre ses doigts une cigarette non allumée.

Depuis des années, il essayait d'arrêter de fumer, parvenait à décrocher quelques mois, et son visage perdait un peu de son aspect cadavérique. Puis il faisait une rechute et ses joues se creusaient de plus belle. Latovsky aurait voulu lui prendre la cigarette des mains mais, à vrai dire, il avait lui aussi envie d'en griller une, bien qu'il eût arrêté de fumer depuis des années. Impuissant, il regarda son chef ficher la Marlboro entre ses lèvres, sortir son vieux Zippo et l'allumer. Meers inhala la fumée comme un homme boit de l'eau après cinq jours dans le désert, leva les yeux vers son lieutenant.

– Tu laisses tomber Fuller, il est redevenu ce qu'il était avant-hier : un des vingt-six patients de Bunner ayant entre vingt-cinq et cinquante ans. Et fais-moi plaisir, Dave : discute pas.

Cette dernière requête présentée avec beaucoup de douceur.

– D'accord, Lem, mais pendant que je me plie à toutes les joyeusetés de la loi, que je m'occupe de vingt-six suspects au lieu d'un seul, une autre femme pourrait bien se retrouver en train d'agoniser le ventre ouvert au clair de lune. Qu'est-ce qui se passera, alors ?

– Il se passera qu'on dormira plus des masses, répondit Meers en regardant avec amour le bout rougeoyant de sa cigarette. Ça fait partie de notre boulot. Je pense que c'est dégueulasse, je pense que le système judiciaire est pourri, je pense tout ça depuis vingt ans, tu le sais. Mais il me reste quarante *cents* sur le budget de la brigade – et j'exagère pas autant que tu le crois. Si Fuller nous fait un procès, on est finis. Je peux pas, je *peux* pas prendre le risque de couler toute une brigade pour une « impression » que t'as eue à l'enterrement de ton meilleur ami.

« Occupe-toi de Fuller, occupe-toi des vingt-cinq autres. Fais ton malheureux boulot de flic. Tu finiras par trouver quelque chose que Linney pourra porter à un juge, et si tu trouves rien, c'est parce que c'était pas Fuller, finalement. En attendant...

Meers tira une bouffée, son regard se fit rêveur, et Latovsky se demanda si le tabac ne le faisait pas vraiment planer.

– En attendant, répéta-t-il, je veux que tu prennes ton week-end. Emmène la gosse pêcher, reviens reposé, les idées claires. C'est un ordre, lieutenant.

– Félicitations, Eve, dit Joe Rubin.

Il fit le tour de son bureau, se laissa tomber dans le gros fauteuil de cuir en souriant à la jeune femme.

– Vous en êtes sûr? murmura-t-elle.

– Absolument, et c'est plus avancé que vous ne le pensiez : au début du troisième mois, je crois. Vous serez grosse comme une baleine pendant tout l'été, ce que la plupart des femmes essaient d'éviter. Mais ce n'était pas planifié, je suppose.

Elle ne répondit pas.

Le médecin la regarda avec la tendresse attentive qu'elle était habituée à trouver chez lui. Il devait approcher des soixante-dix ans et si ses joues et ses tempes s'étaient creusées, le regard restait vif, la chevelure épaisse et du même gris acier.

– Eve? Frank m'a dit que Sam était parti.

– L'enfant est de lui, si c'est ce que...

Il leva la main.

– Non, non. Je voulais juste savoir si Sam ou quelqu'un d'autre attend la nouvelle.

– Il est de retour, dit-elle, évasive.

– Bien. Euh... c'est une bonne nouvelle, Evie. Peut-être que cette fois...

Non, pas cette fois, pensa-t-elle. Jamais. Ils essayaient, on le sentait dans tout ce qu'ils se disaient, dans chaque contact hésitant de leur corps. Non, cher Dr Joe, jamais.

La voyant quasiment prostrée sur son siège, il lança d'un ton jovial :

– J'ai quelque chose pour les occasions de ce genre.

Il se leva, alla à un classeur. Elle se leva elle aussi, s'approcha de la fenêtre donnant sur la rue. Elm Street, la rue des ormes, bordée de ces arbres jusqu'à ce que la maladie les tue. Ils avaient été remplacés par une variété chinoise censée être plus résistante et qui aurait quelque allure dans une centaine d'années.

Les maisons d'en face dataient du XVIIIe siècle. L'une d'elles abritait la bibliothèque municipale, d'autres des bureaux ; quelques-unes demeuraient des résidences privées, avec de gracieuses pelouses auxquelles il faudrait bientôt donner, semblait-il, la première tonte de la saison. L'herbe était vert tendre, les feuilles pleines de fraîcheur, et non poussiéreuses comme elles le seraient en juillet, quand il ferait trop chaud et qu'elle serait « grosse comme une baleine ». Un bébé...

Le soleil se reflétant dans une fenêtre la fit cligner des yeux et elle vit une rue de pavés en bois, elle entendit un clopinement de sabots de cheval. Une femme se tenait sous un vieil orme aux branches déployées, comme on n'en avait pas vu à Bridgeton depuis les années 1960. Elle portait une jupe à cerceaux, un corselet serré qui accusait sa taille fine. Ses cheveux bruns – exactement de la même teinte qu'Eve – étaient relevés en une couronne de tresses. Bien qu'elle fût trop loin pour en distinguer la couleur, Eve savait que ses yeux étaient marron, avec des reflets verts qui les faisaient paraître de bronze au soleil.

La femme leva les yeux, ses lèvres remuèrent. Eve s'approcha plus encore de la fenêtre pour entendre, pressa le front contre le carreau, mais la voix était trop faible. La femme parla à nouveau, articulant avec une lenteur qui permit à Eve de lire sur ses lèvres : « Prends garde. »

Elle sursauta, heurta de la tête l'encadrement de la fenêtre.

– Eve ! s'écria Joe Rubin, qui revenait avec un gobelet d'une main, une bouteille de Glenfiddich de l'autre.

Eve vacilla. Il posa précipitamment bouteille et

gobelet sur le bureau, soutint la jeune femme, l'aida à se rasseoir. La tête contre l'épaule du médecin, elle sentit l'odeur de son après-rasage, l'amidon de sa blouse blanche.

– Evie...

– Ça va, dit-elle. Je crois... je crois que je suis un peu sous le choc.

Rubin prit le gobelet, le lui tendit. Tout le monde la faisait boire, ces derniers temps. Si ça continuait, elle deviendrait alcoolique avant le septième mois.

– Pourquoi est-ce un tel choc? lui demanda-t-il gentiment. Qu'est-ce qui risquait de vous arriver, d'après vous, si vous baisiez sans prendre de précautions?

– Je n'y ai pas pensé, je crois.

– Eve, vous n'envisagez pas...

– De me faire avorter? Pas si tout va bien.

Mais tout n'allait peut-être pas bien. C'était peut-être ce que la femme de la vision (une arrière-arrière-arrière-grand-mère, une matriarche Tilden morte depuis longtemps et victime de « la chose ») avait voulu lui dire. Elle avala le scotch, qui coula dans sa gorge comme de la soie liquide.

– C'était le dernier, décréta le médecin. A part un verre le dimanche au dîner : un verre, une fois par semaine. Je vous donnerai des vitamines, du Tylenol si vous avez mal à la tête. Il faut éviter de prendre un tas de saletés quand on est enceinte.

Il était plus de trois heures quand elle quitta le cabinet. La rue avait retrouvé son asphalte, les ormes souffreteux auxquels Eve était accoutumée. Le soleil faisait luire les chromes des voitures garées le long du trottoir et elle se demanda si les petites villes d'Allemagne comptaient autant de Mercedes que Bridgeton.

Fixant l'endroit où lui était apparue la femme en corselet, sous l'orme majestueux, elle demanda : « A quoi, grand-mère? » Au regard interloqué d'un passant, elle comprit qu'elle avait posé la question à voix haute.

Max Jergens tourna la dernière page de l'article de Riley, leva les yeux vers lui. Il faisait très chaud pour début mai; le soleil traversant la vitre sale blanchissait les murs gris terne et leur donnait une couleur presque agréable.

– Le Loup-Garou, fit Jergens, presque respectueusement. C'est bon, Jimmy. C'est très bon. Le Loup-Garou. Qu'est-ce qui t'a donné cette idée?

– Un vieux film, répondit Riley. « Même l'homme au cœur pur peut devenir un loup quand fleurit la mort-au-loup... » déclama-t-il en imitant la voix éraillée de Maria Ouspenskaya.

– C'est quoi, la mort-au-loup?

– De l'aconit. J'ai regardé dans le dico.

– Laisse tomber, alors. La plupart des gens comprendront pas de quoi tu parles.

Riley haussa les épaules.

– Le reste est bon, poursuivit Jergens. Sauf que... sauf que...

– Sauf que quoi?

Jergens avait horreur de dire des choses désagréables. Une des raisons pour lesquelles le *Register* était un canard à l'eau de rose, pensa Riley.

– Sauf que... c'est du vent, Jimmy.

– Ouais, mais du vent qui accrochera le lecteur, pour changer. On est en mai, on a déjà publié seize recettes de tarte à la rhubarbe, avec et sans fraises, vingt-cinq comptes rendus de bals de printemps et autres réceptions, cinquante articles sur les floralies. Au moins, c'est du vent crade et saignant.

– Ça, on peut dire qu'il y a tout, convint Jergens en retournant l'article pour montrer le titre : « Le Flic, la Voyante et le Loup-Garou ». Tout le monde adore le sang, les monstres et les flics tarés.

– Il est pas taré.

– Ah ouais? Il va consulter un médium en pleine enquête sur un meurtrier en série. T'appelles ça comment, toi?

– Un désespéré.

– Et c'est quoi le nom de ce flic désespéré, Jimbo? Et celui du médium?

– Et du Loup-Garou, tant que tu y es.

– Arrête. Comment tu veux publier un article sans nom?

– La femme est riche – je parle de plusieurs centaines de millions, avec une quarantaine d'avocats à son service, sûrement. Si je donne son nom, tu peux aussi bien mettre la clef sous la porte. Le flic... le flic...

– Allez.

– Le flic est un bon flic. Ce qu'il a fait est con, j'attendais mieux de lui, mais c'est quand même un bon flic et je veux pas lui faire de tort.

– Vaudrait mieux que ce soit pas Lem Meers. Il a l'air d'un Abe Lincoln arriéré mais c'est le dernier mec à qui il faut chercher des poux. Et l'autre, le Polack qui lui sert de baron, c'est l'avant-dernier mec à...

Jergens s'interrompit, éclata de rire.

– Les Irlandais à peau blanche peuvent rien cacher. Mon pauvre Jimmy, tu ressembles à un feu rouge. C'est lui, hein ? Le Polack.

– Je ne réponds pas, dit Riley. Et s'il faut à tout prix des noms pour que ça paraisse...

Il tendit le bras vers l'article mais Jergens le devança, abattant sa main sur les feuilles.

– Nous bouscule pas : tu veux pas de noms, on publie sans noms.

11

– Ce sera dur, n'est-ce-pas? demanda Ellen Baines. Elle parlait de la chimiothérapie et Adam savait qu'elle priait pour qu'il lui réponde : « Absolument pas, une partie de plaisir. » Mais ce serait dur, peut-être horrible, selon sa réaction aux médicaments, et il préférait qu'elle soit prête. Pas terrifiée mais prête. Aussi la prévint-il, avec calme et précision, de ce à quoi elle devait s'attendre. Elle ne geignit pas, ne lança pas de « Mon Dieu » ou « Pourquoi moi? » comme la plupart des autres malades. Elle écouta simplement en silence, la tête légèrement inclinée sur le côté, et lorsqu'il eut terminé, elle posa l'unique question qui, aux yeux d'Adam du moins, méritait de l'être :

– Cela en vaut la peine?

– Oui.

– Vraiment la peine, Adam?

Il ne laissait pas ses patients l'appeler *docteur* quand lui les appelait par leur prénom. S'ils tenaient aux formalités, c'était Dr Fuller, Mr. ou Mrs. Untel, sinon ils l'appelaient Adam.

– Je pense que vous échangerez quelques mois douloureux contre des années de vie normale, dit-il.

– Des années!

Elle semblait stupéfaite. Souriant, il prit sa main, gonflée et bleuie par les intraveineuses.

– Des années. Bien sûr, vous pouvez vous faire écraser par un camion en sortant d'ici...

Elle posa ensuite la question que seul un homme chauve n'aurait pas posée :

– Je perdrai mes cheveux ? Il paraît qu'on perd ses cheveux.

On commencerait le traitement dès qu'elle serait suffisamment remise de l'opération – dans deux ou trois semaines, estima-t-il. D'ici là, il la renverrait chez elle, à son mari ; elle verrait ses enfants, ses petits-enfants, et s'occuperait de son jardin.

Mû par une impulsion ne provenant d'aucune émotion dont il eût conscience, il porta brièvement la main d'Ellen à ses lèvres puis descendit déjeuner à la cafétéria.

Au rayon plats chauds, il prit un hamburger qui semblait bouilli, ajouta un peu de salade de chou et un Coca sans sucre, chercha une table des yeux. L'endroit était bondé mais trois internes s'apprêtaient à partir.

– Vous avez terminé ? leur demanda-t-il, son plateau appuyé au dossier d'une chaise.

– Oui, monsieur. On libère la place dans une seconde, dit l'un d'eux.

Le « monsieur » lui fit un drôle d'effet. Il ne connaissait pas encore ces trois jeunes. On était au printemps, de nouveaux internes arrivaient chaque jour à Glenvale, centre hospitalier petit mais réputé. Ils finirent d'empiler leurs assiettes sur leurs plateaux, laissèrent un journal sur la table.

– Hé, votre journal ! lança-t-il.

– Gardez-le.

Adam s'assit, disposa soigneusement devant lui assiette, boîte de Coke, couverts, serviette en papier, ouvrit le journal, le feuilleta en commençant par la dernière page, et mordit dans le hamburger, meilleur qu'il n'en avait l'air. Comme d'habitude, les Red Sox étaient dans le cirage ; les Mets demeuraient en haut du tableau mais dégringoleraient sûrement en milieu de saison au grand désespoir de son père. Il sauta les faire-part de mariage, les recettes de cuisine, les publicités pour les promotions dans les supermarchés... Accroché par le mot *voyante*, son regard s'arrêta. C'était un terme que, dans son esprit, il n'associait jamais avec *elle*, bien qu'il lui plût davantage que *médium* pour les images qu'il évoquait : Mrs. Irma, extra-lucide, maquillage criard et grands anneaux aux oreilles.

Puis il découvrit le titre dans son entier « Le Flic, la Voyante et le Loup-Garou » et entama la lecture de l'article. A la deuxième ligne, il sut que Latovsky était le flic, que lui-même était le loup-garou, et *elle* la voyante. Il lut et relut le texte, espérant y dénicher une information qui lui aurait échappé la première fois. A la fin de l'heure du déjeuner, alors que la cafétéria finissait de se vider, son bipeur sonna. Il le réduisit au silence, continua à lire tandis que des pellicules blanchâtres de graisse se figeaient sur le hamburger. Puis, comme un gosse gardant le glaçage jusqu'à ce qu'il n'y ait plus de gâteau – le meilleur pour la fin – Adam regarda la signature.

– Salut, Dave, fit Riley.

Bien qu'il s'efforçât de prendre un ton désinvolte, le journaliste avait la voix tendue car il savait que l'article flanquerait les boules au lieutenant. Il ne s'attendait cependant pas au masque livide de rage absolue qu'il découvrit quand Latovsky referma soigneusement la porte et se tourna pour lui faire face.

– Dave... geignit Riley.

Le policier brandit l'exemplaire roulé du *Register* qu'il tenait à la main, le lança sur Riley, qui esquiva de la main.

– Au secours! cria-t-il.

Mais c'était l'heure du déjeuner; les rares journalistes restés dans la grande salle se penchaient sur l'écran de leur terminal, et le plafond était couvert de dalles isolantes installées des années plus tôt pour assourdir le crépitement des machines à écrire.

Le colosse qui avançait vers lui tel un mur en marche pouvait lui faire une tête au carré, personne n'entendrait. Le journaliste repoussa sa chaise mais elle toucha le mur: il était coincé.

– Dave... fais pas le con, gémit-il.

Latovsky tendit le bras au-dessus du bureau, saisit Riley par la chemise et le souleva. La hanche du reporter heurta durement le bord du meuble, il lâcha un cri de douleur. Latovsky ramena en arrière un poing gros comme un gant de base-ball, et Riley entendait déjà le bruit sourd, accompagné de craquements d'os, qu'il ferait en s'écrasant sur son visage.

– Dave... David... Me frappe pas, bredouilla-t-il.

– Te frapper? Je vais accrocher tes tripes au mur, oui!

Le poing commença à bouger.

– Arrête ou je le publie une deuxième fois... *avec* les noms! menaça Riley d'une voix aiguë.

– Les noms...

– Les noms, taré. Le sien, le tien... Ensuite, je t'attaquerai en justice et t'auras de la chance si tu pointes le matin sur une décharge de déchets toxiques.

– Les noms... répéta le policier, l'air déçontenancé.

– Les noms, espèce de dingue!

Latovsky lâcha le journaliste aussi soudainement qu'il l'avait empoigné. Déséquilibré, Riley tomba en avant vers le pique-notes, battit des bras pour inverser le mouvement et s'affala dans son fauteuil. Le siège s'inclina en arrière, se redressa avec un craquement qui résonna dans la salle. Personne ne vint s'enquérir de la cause du vacarme.

– Quoi, les noms? marmonna le lieutenant en s'éloignant du bureau.

Riley ramassa le journal, le jeta à Latovsky qui l'attrapa au vol, recula jusqu'à ce qu'il sente l'autre fauteuil derrière lui et s'assit. Il déroula le journal, parcourut la page des yeux.

– Pas de noms, fit-il. Je pensais...

– Dis pas de conneries. T'as juste vu le titre, t'es grimpé dans ta caisse, t'as allumé le gyrophare et t'as foncé ici en faisant monter ta colère comme des œufs en neige. *Penser*, c'est justement ce que tu n'as pas fait.

– Mais tu connais...

– Bien sûr. Eve Tilden Leigh Klein. On dirait une blague, hein? Et elle vit à Bridgeton, Connecticut.

– Comment?

– Par une serveuse de bar de là-bas.

– Une serveuse.

– Ouais, une serveuse...

Riley était trempé de sueur et sa voix chevrotait encore. C'était un couard sur le plan physique, depuis toujours – une poule mouillée qui, à l'école, avait été la cible de tous les bravaches de la cour de récréation. Mais Latovsky n'avait jamais fait partie de ces brutes malgré sa taille (un mètre quatre-vingts à treize ans) et ses colères légendaires... et soudain Riley se rappela Bunner à l'époque. Son nom lui avait dit quelque chose et voilà qu'il mettait enfin un visage dessus. Celui d'un gamin, puis d'un homme mûr. Il se souvint alors que Latovsky et Bunner étaient amis de longue date et il eut honte. Honte d'avoir été assez insensible pour reléguer sa mort en page huit du journal. Les larmes lui montèrent aux yeux. Il regarda le bureau en clignant des paupières pour les refouler. Puis il redressa la tête. Latovsky tenait le journal d'une main molle, les yeux mi-clos, comme s'il allait s'assoupir.

– Dave, je suis désolé. Dave... dis quelque chose...

– Tu m'as suivi...

– Non. T'as téléphoné, Dillworthy a noté d'où tu appelais, il est allé aux chiottes, j'ai jeté un coup d'œil sur son bureau.

Latovsky lâcha le journal qui glissa le long de sa cuisse et tomba par terre.

– On fait une belle bande de culs-terreux, à la brigade, grogna-t-il.

Sa fureur avait disparu, il semblait épuisé. Sa grande carcasse se tassa sur le fauteuil.

– Sûrement pas, dit Riley. J'ai eu du pot, j'ai décroché le gros lot – si on peut appeler ça le gros lot, ajouta-t-il en désignant le journal. L'essentiel, c'est qu'il y a pas de noms, pas de bobo pour personne, sauf pour toi et moi si on continue comme ça.

Le policier regarda devant lui sans rien dire.

– Dave, si on essayait de limiter les dégâts? suggéra Riley, qui tâchait de ne pas avoir l'air d'un adolescent terrifié.

– En faisant quoi?

– En parlant de tout ça devant une bière et un casse-dalle.

Impossible de rester en rogne le ventre plein, disait le père de Riley.

Latovsky ne répondit pas.

– Allez, quoi, Dave...

– Une serveuse, fit le policier, l'air étonné. Y a des trucs qu'on n'imagine pas. Une serveuse.

Riley et Latovsky commandèrent du corned beef, coupé en tranches parfaites par un Noir aux biceps saillants et empilé sur du pain de seigle. Bien que l'endroit fût plein à craquer, ils obtinrent un des boxes à hautes cloisons de bois après avoir attendu quelques minutes et se glissèrent sur les sièges durs recouverts de minces coussins usés.

Tous les deux remués par la scène du bureau, ils mangèrent et burent leurs premières chopes de pression glacée en silence. Quand la serveuse eut apporté une deuxième tournée, Latovsky attaqua :

– Vas-y, Riley. Je t'écoute.

Il ne semblait plus ni furieux ni épuisé ; son regard était froid, attentif.

– Y a pas grand-chose à raconter, répondit Riley. J'ai trouvé la serveuse dans le rade local – le seul en ville – et je l'ai fait parler en lui disant qu'elle pouvait aider à capturer le Loup-Garou. Qu'est-ce que tu penses du nom, à propos ?

Latovsky haussa les épaules.

– Ça vient de ce vieux film, précisa Riley. Tu t'en souviens ?

– Bien sûr. Je l'ai vu à sa douzième rediffusion, à peu près, quand j'étais gosse. Je me souviens de la fin, dit le flic en regardant dans le vide, quand on le tue et qu'il redevient homme... Lawrence Talbot. C'est dingue comme les choses te reviennent. Je me rappelle, il redevient un homme, et ce qui te frappe, c'est qu'il n'a pas voulu tout ça, qu'il est... une victime des circonstances... et ça devient plus triste qu'effrayant...

« Bon, tu vas à Bridgeton, tu trouves une serveuse de bar, tu la fais picoler, elle te baratine à propos d'un médium local, et toi tu la crois.

– Elle, elle y croyait, à son histoire. Moi pas.

– Mais tu l'as publiée.

– Si on publiait que ce qu'on croit, les journaux ne feraient qu'un demi-paragraphe. Et la serveuse n'était ni bourrée ni malintentionnée. Elle aime bien Eve Klein – enfin, autant qu'on peut aimer quelqu'un qui, rien qu'en te touchant, peut te prédire que tu te feras écrabouiller par une bagnole le 4 avril 1997. Elle a de l'admiration pour cette femme, elle avait envie de parler d'elle... de toute la famille. Elle m'a raconté qu'il y en a eu des tas dans la famille à avoir le « don », de génération en génération depuis l'époque de l'attribution des terres. Paraît qu'un Tilden a même été pendu comme sorcier vers l'an 1600 et des poussières. Récemment, ce truc a poussé la grand-mère à se suicider et la mère à s'enfermer dans ce palais pendant vingt ans. Personne ne sait comment ça finira pour la fille, bien sûr. Jusqu'ici, elle a retrouvé une parure d'émeraudes qui avait disparu dans les années 60 et elle a sauvé la vie de la mère de la serveuse.

– Comment?

– Un jour, ton extra-lucide et sa meilleure copine étaient en train de se faire servir quand elle s'arrête au beau milieu de sa phrase et elle sort à la serveuse, avec le ton qu'elle aurait pris pour dire *passe-moi le ketchup tu veux?* « Ta mère est allongée sur le sol de la cuisine, elle ne peut pas bouger. » Affolée, comme n'importe qui d'autre l'aurait été dans ce patelin de Jobardville, la serveuse appelle le médecin et fonce chez elle. Apparemment, la vieille avait eu une attaque et fait une chute, ou l'inverse. On a pu la soigner avant que son cerveau tourne au fromage blanc. Moi j'écoute ces salades et je comprends pourquoi t'es allé à Tilden House. Ça me fout en l'air, d'ailleurs.

– Tu attendais mieux de moi?

– Plus ou moins.

– Désolé de te décevoir, Riley, fit Latovsky, sarcastique. Tu en as parlé à quelqu'un d'autre?

– Personne.

– A Barb?

– Personne, j'te dis.

Le policier déplaça sa pinte sur la table, considéra les volutes humides qu'elle y laissait.

– Nous avions une sorte de pacte, Jim. On en a jamais parlé, mais on le savait, tous les deux. Je ne te mentais pas, tu ne m'attaquais pas par-derrière. Maintenant, tu l'as brisé. (Il leva les yeux vers le journaliste.) J'estime que t'as une dette envers moi. Qu'est-ce que t'en penses?

– Ça dépend, murmura Riley pitoyablement.

– De la dette?

Il acquiesça d'un hochement de tête.

– Ta parole de ne jamais dire à personne ni qui elle est ni où elle vit, dit Latovsky.

Riley eut un sourire de soulagement.

– Je l'aurais jamais fait, de toute façon.
– J'ai besoin de ta parole, Jim.
– Tu l'as.
– Ta parole *explicite*, insista le lieutenant.
Riley aurait voulu répliquer par une phrase cinglante à la Spencer, le détective homme d'honneur des vieux feuilletons de la télé. Mais il n'en trouva pas, et ne s'en serait de toute façon pas servi parce que l'amitié de Dave avait trop d'importance pour lui. Peut-être parce que Latovsky deviendrait commissaire quand Meers prendrait sa retraite, en 97. Mais peut-être plus encore parce qu'il n'avait jamais fait partie de ces monstres poussés en graine qui prenaient leur pied à flanquer des tartes au petit angelot de Jimmy Riley pour le voir pleurnicher.
– Bien sûr, Dave. Sur la tombe de ma mère, si ça peut te faire plaisir.
– Elle est pas morte, ta mère.
– Non.
– Alors, sur sa tête.
Riley pensa aux gamins qui se piquent le doigt pour signer avec leur sang sur une copie perforée à petits carreaux et faillit s'esclaffer. Mais ça n'avait rien de drôle. Latovsky voulait protéger cette femme du Connecticut dont il croyait qu'elle avait le don suprême. Avec une solennité qui le surprit lui-même, il leva la main droite et dit :
– O. K., Dave. Sur la tête de ma mère. T'es content, maintenant ?
– Ouais, fit le lieutenant, qui commença à se lever.
– Hé, où tu vas ?
– On a encore à parler ? fit-il en se rasseyant.
– J' te crois. Qu'est-ce qu'elle t'a raconté sur le Loup-Garou ?
– Je croyais que tu considérais tout ça comme de la merde en bâton.
– C'est vrai.
– Alors, pourquoi ça t'intéresse ?
– Ça m'intéresse pas, mais ça m'intéresse, marmonna Riley avec un sourire penaud. Peut-être que je suis aussi crédule que toi, finalement.
– Ah, Jimmy, je te le raconterais bien mais je suis à la bourre. Je dois passer prendre Jo et Matt, le môme

de Jeanne, dans une demi-heure. Meers m'a ordonné – je dis bien *ordonné* – d'aller à la pêche pour m'éclaircir les idées. Alors, j'emmène les gosses.

Tandis que Latovsky traversait l'étroite allée du bar en direction de la porte, Bill Lyons, nouveau chef du personnel du *Register*, fixait le téléphone sonnant sur son bureau. Il n'était à Albany que depuis trois semaines, avait horreur de cette ville et aspirait à rentrer à Washington, où personne, au-dessus du rang du portier, ne décrochait son propre téléphone. Mais sa foutue secrétaire, qui avait des ongles à la Fu Manchu et un zèle de moucheron, n'était pas encore revenue de sa pause-déjeuner. Le téléphone entama sa troisième sonnerie. A la quatrième, l'appel reviendrait au standard, où l'on prendrait un message, et Lyons avait l'intention de laisser le renvoi se faire, mais Madge Myers, l'administratrice, passa à ce moment-là devant sa porte ouverte et regarda dans son bureau. Elle jeta un coup d'œil au téléphone puis à Lyons et son regard signifiait, *Espèce de feignant de Washington, ici, c'est l'Amérique, la vraie, on se lève à cinq heures, on dîne à six, on déblaie soi-même sa neige à la pelle et on décroche soi-même son téléphone.*

Il lui adressa un sourire tordu, empoigna le combiné.

– William Lyons, annonça-t-il, tandis que l'administratrice s'éloignait.

– Service du personnel? demanda une voix étouffée, déformée.

– Personnel, confirma Lyons.

– Je cherche Jim Riley.

– On peut vous le passer directement.

Lyons tendit la main vers un des boutons en s'efforçant de se rappeler comment transférer une communication.

– Je ne veux pas lui parler, dit l'homme.

– Ah? fit Lyons.

Une sirène d'alarme se déclencha dans sa tête. Il ne donnait jamais d'informations confidentielles au téléphone.

– Qu'est-ce que vous voulez?

– Je suis un de ses vieux copains, répondit le type,

dont le rhume devait être vraiment gratiné. On a été correspondants ensemble pendant quelques années, puis on s'est perdus de vue. Vous savez ce que c'est. Je ne savais même pas ce qu'il était devenu avant de lire son papier, ce matin.

– Ah?

– J'ai tout de suite su au style que c'était *le* Jimbo. Et je me suis dit que ce serait marrant de lui faire une surprise, vous voyez? Me pointer chez lui ce soir avec une bouteille pour parler du bon vieux temps.

– Je vois.

– Seulement, j'ai pas son adresse, et si je la lui demande, ce sera plus une surprise.

– Uh-huh.

Lyons n'aurait jamais donné un numéro de téléphone, mais une adresse, cela semblait sans danger. Après tout, il ne s'agissait ni de Kitty Kelly ni de Teddy Kennedy. Au pire, Riley recevrait un peu plus de pub dans son courrier. Mais si Lyons refusait de l'aider, le type – qui était certainement honnête – appellerait Riley pour se plaindre de l'enfoiré du personnel qui avait torpillé sa petite surprise. Lyons se ferait un ennemi du reporter le plus réputé de ce torchon trois semaines après son arrivée.

– Euh, c'est comment, votre nom?

– Latovsky. Dave Latovsky. Mais ne lui dites pas, d'accord. C'est une surprise.

Personne n'aurait inventé un nom comme Latovsky, pensa Lyons, en faisant apparaître le dossier de Riley sur son écran.

Riley ne vivait pas à Albany comme Adam l'avait supposé mais à Glenvale même, dans Friends Lane, à dix minutes de l'hôpital.

Il remercia l'homme, raccrocha, défit le mouchoir entourant le micro du téléphone puis sortit de sa bouche le protège-dents en plastique.

– Barb, appela Riley, sans obtenir de réponse.

Sa voiture était là mais pas elle. C'était sans doute Lisa qui avait pris la sienne, aujourd'hui.

Barb aurait déjà dû être rentrée, à moins qu'on ne lui ait encore flanqué une réunion de groupe. Elle détestait ça; elle disait que si les profs enseignaient autant qu'ils se réunissaient, ils régleraient en un an le problème de l'analphabétisme aux États-Unis.

Riley accrocha sa veste, descendit le couloir jusqu'à la petite salle d'eau installée sous l'escalier. Sa hanche lui faisait encore mal, ses nerfs vibraient au souvenir du poing de Latovsky, gros comme un rôti de porc, prêt à lui écraser le visage, et par-dessus le marché – glaçage sur le gâteau d'une journée vraiment pourrie – il avait une sinusite. Il desserra sa cravate, déboutonna son col et fit couler l'eau chaude, puis contempla tristement ses yeux gonflés dans le miroir : un mal de crâne d'enfer, il n'y couperait pas. Il attendit que de la vapeur s'élève du lavabo pour tremper un gant et le presser contre sa figure. Ça le soulagerait un peu mais il faudrait qu'il prenne un truc contre la sinusite avant le dîner.

Entendant un bruit, il ferma le robinet pour écouter.

– Barb ?

Pas de réponse. Ce devait être un écureuil trottinant sur le toit, ou une branche giflant la maison. Le vent s'était levé : le long de l'autoroute, il avait agité les sapins, et le ciel était d'une pâleur menaçante quand Riley avait tourné dans son allée. Dave aurait un temps dégueulasse pour sa sortie avec « les gosses » – sa fille Jo et le garçon de Jeanne, dont le nom échappait au journaliste. Jeanne Hinkley était mignonne, brillante, elle avait de longues jambes, de gros nénés et le sens de l'humour. Elle en pinçait pour Dave, et il l'épouserait s'il avait pour deux ronds de cervelle. Quand il ne banderait plus pour sa sibylle du Connecticut.

L'idée avait surgi de nulle part mais Riley savait qu'elle était vraie. Il éprouva de la peine pour son vieux pote parce que la dame riche du Connecticut était mariée et sûrement plus qu'un peu barge. Il regrettait de ne pas l'avoir vue. D'après Mary Owen, Eve Tilden Klein n'était pas exactement jolie, « plutôt ce qu'on appelle " belle ", comme on dit dans les romans ».

A nouveau ce bruit.

– Barb ?

Ne recevant toujours pas de réponse, il tordit le gant, l'accrocha, s'avança vers la cuisine. Et si Barb était en bas, en train de faire la lessive? Non, pas un vendredi, pensa-t-il. Généralement, ils allaient au restaurant ou elle préparait un plat spécial pour fêter le week-end.

Il poussa la porte, vit sa femme attachée sur une chaise, bâillonnée avec un torchon. Il la fixa, ahuri. Elle eut un brusque mouvement de tête comme pour le prévenir de quelque chose mais il ne comprit pas, fit un pas en avant et découvrit l'homme.

Il était tout en noir, avec une cagoule comme un terroriste de film de série B, et braquait un pistolet sur Riley. Un énorme flingue chromé avec des plaquettes de bakélite sur la crosse, dans lequel Riley reconnut – comme l'eût fait n'importe quel journaliste de la rubrique criminelle ou n'importe quel dingue de cinéma – un colt Python.

– A l'intérieur, dit l'homme calmement en accompagnant l'ordre d'un mouvement de son arme avant de la pointer de nouveau sur Riley.

Celui-ci s'accrocha à la porte, sûr de s'écrouler s'il la lâchait.

– J'ai dit « à l'intérieur ».

L'homme agita le colt avec impatience, Riley fit un pas en avant, lâcha la porte. Ses jambes, qui semblaient en bouillie d'avoine, parvinrent cependant à le soutenir quand il pénétra dans la pièce. Libérée, la porte battit dans un sens puis dans l'autre, s'immobilisa. Il comprenait maintenant que Barb avait voulu lui faire signe de s'enfuir tant qu'il le pouvait encore, de se reculer vivement et de courir chez les Edelman pour prévenir la police.

Il avait tout gâché.

Mais ce n'était pas forcément si catastrophique que ça en avait l'air. Pas catastrophique du tout, même, et son esprit se mit à fonctionner malgré le vent de panique qui soufflait dans sa poitrine. C'était juste un cambriolage, ça arrivait tout le temps à toutes sortes de gens. Un toxico d'Albany cherchant du blé pour se payer du crack était monté dans le nord tenter sa chance dans la dernière ville avant le parc, et ce taré avait choisi leur maison.

Ils n'avaient rien : une télé et un magnétoscope à peu près corrects; sa collection de vieux films, qui n'avait de valeur que pour lui, et son ordinateur, couvert par l'assurance. Seule la montre en or de son grand-père serait une vraie perte mais elle était cachée dans une chaussette et quelqu'un d'assez crétin pour choisir leur maison ne la trouverait peut-être pas.

Sachant à présent ce qui se passait, Riley se sentit beaucoup plus calme. Il leva les yeux vers les trous de la cagoule, fosses profondes creusées dans le tricot, et lança d'une voix plutôt ferme (Latovsky aurait été fier de lui) :

– Prenez ce que vous voulez, bordel, et foutez le camp.

Pour une raison ou une autre, ça aidait, de dire « bordel ».

La fente de la bouche se tordit quand l'homme à la cagoule répondit :

– Ce que je veux, bordel, c'est son nom, Mr. Riley.

– Le nom de qui ? fit le journaliste, à nouveau totalement perdu.

– N'est-ce pas remarquable ? On a une pensée tellement incrustée dans l'esprit qu'on s'imagine que tout le monde a la même. Mais bien sûr, il n'en est rien.

La voix était basse, le ton cultivé. « Il n'en est rien », ce n'était pas une expression de camé et la panique s'empara à nouveau de Riley.

– Je parle de la femme de votre article, Mr. Riley. La voyante.

Elle, la femme dont il avait juré sur la tête de sa mère de ne révéler le nom à personne. Dave n'attendait sûrement pas de lui qu'il se laisse péter la cervelle... Il ne l'attendait pas de lui mais Riley essaya une fois quand même.

– Je ne connais pas son nom.

– Oh ? dit l'homme.

Il fit un grand pas qui l'amena près de Barb, s'accroupit à côté d'elle, pressa le canon du colt contre le genou de la prisonnière, l'enfonça dans le tissu de la jupe.

– Qui est-elle, Mr. Riley ?

La lumière du plafond éclaira les trous de la cagoule et Riley découvrit des yeux comme des billes, sans autre expression qu'une légère curiosité quant au temps que toute cette histoire allait prendre. La terreur fit tomber les défenses du journaliste. L'esprit aussi vide que le regard de l'inconnu, il aurait été incapable de dire son propre nom ou celui de sa femme. Certainement pas son adresse, ni le nom de son meilleur ami... encore moins celui d'une femme qu'il n'avait jamais vue et dont il avait entendu parler pour la première fois deux jours plus tôt.

L'homme arma le colt.

Rien ne parvint à percer le brouillard blanc de la panique hormis un petit panneau que le journaliste avait vu sur la route 7, indiquant « Connecticut » et quelque chose sur la réglementation des armes à feu.

– Qui est-elle, Mr. Riley?

– Connecticut! brailla-t-il.

– Ce n'est pas suffisant, dit l'homme d'un ton de regret avant d'appuyer sur la détente.

Barb et Riley hurlèrent par-dessus la détonation; une bruine de sang et de chair pulvérisée se forma dans la pièce. Riley ravala son hurlement, le réduisit à une plainte mais Barb continua à crier sous son bâillon. Elle s'arrêta soudain et tomba en avant, retenue sur sa chaise par la corde à linge. Quand la fumée se dissipa, Riley vit des lambeaux de chair, des tendons tortueux, des éclats d'os là où il y avait eu le genou.

L'homme approcha l'arme de la tête pendante de Barb et, du même ton de regret :

– Une dernière fois, Mr. Riley. Son nom?

L'horreur l'emporta sur la panique, le nom lui revint et il s'écria :

– Eve... Eve... Tilden...

– Adam? Entre, dit Ellsworth Harris.

Adam Fuller s'avança dans un vestibule au plancher blanchi, éclairé par un lustre moderne, étoiles en verre au bout de barres de cuivre courbes. C'était un des objets les plus laids qu'il eût jamais vus.

– J'espère que vous n'êtes pas en train de dîner.

– Non, non... enfin, si, dit Harris, baissant les yeux vers la serviette qu'il tenait à la main. Mais ne t'en fais pas pour ça, viens.

Adam le suivit dans un salon lambrissé de pin brut, tapis et meubles blancs. Seuls les livres et le poste de télévision que les Harris avaient laissé allumé quand ils étaient passés à table apportaient une note de couleur.

Harris s'assit sur un grand canapé blanc devant lequel une structure d'émail blanc soutenait un plateau de table en verre.

– Assieds-toi, Adam. Je te sers un verre?

– Merci, El. Je n'ai pas le temps.

– Euh... bon. Qu'est-ce qui se passe?

– C'est mon père.

– Oh, mon Dieu. J'espère que...

– Je crois que ça ira, dit Adam. J'ai parlé à son médecin, il a eu une attaque, une petite. Mais il faudra quand même le surveiller – tu sais ce que c'est, tu es cardiologue.

Ou plutôt, tu l'étais, pensa Adam. Ellsworth Harris était à présent un lèche-cul à la poignée de main facile qui traînait dans les couloirs de l'hôpital quand il ne s'occupait pas d'administration, quoi que cela impliquât.

– Le vieux a une trouille bleue, poursuivit Adam. Mon frère aussi.

– Je ne savais pas que tu avais un frère.

– Si, Mike... Il a peur lui aussi, alors j'ai pensé que ce serait plus facile pour eux, et pour ma belle-sœur (Claire le squelette ambulant, Claire aux yeux perçants de garce), si j'allais là-bas leur expliquer ce qui se passe au fur et à mesure.

– Bien sûr, dit Harris. Bien sûr.

– Bill Sillbrooke et Chris Tufts pourraient me remplacer, et il y a le nouveau...

– Perkins.

– Perkins, oui. J'ai pensé...

Adam baissa les yeux comme un élève appelé dans le bureau du proviseur. Harris avait léché tant de culs pour obtenir la nouvelle aile de l'hôpital, la bibliothèque rénovée, le scanner, qu'il devait sans doute aimer qu'on lui lèche un peu le sien de temps à autre.

– Naturellement, répondit Harris à voix basse.

Surpris par le ton, Adam leva les yeux. Harris regardait droit devant lui avec une expression affligée. Cela le touche, pensa-t-il, sidéré. Il croit que mon père est malade, il est désolé pour moi. Il *compatit*. Comment, El? Mon Dieu, comment fais-tu? Dis-le-moi. Dis-moi comment avoir cette expression que je te vois en ce moment, et je serai ton esclave pour la vie.

– Mon propre père est mort l'année dernière, dit Harris. Tu t'en souviens?

Adam hocha la tête.

– Je ne savais pas qu'il me manquerait à ce point. Il me manque encore...

Harris regarda Adam dans les yeux et sourit gentiment, avec chaleur, humanité, peine, aussi – sentiments pour lesquels Adam aurait tué. Avait tué.

– Prends tout le temps qu'il te faudra, Adam.

12

Eve plia le pyjama en coton égyptien qu'elle lui avait offert l'année dernière à Noël et remarqua qu'il était encore presque neuf. Il avait dû le prendre pour lui faire plaisir et elle baissa la tête en le mettant dans la valise pour qu'il ne puisse voir ses larmes.

– Où vas-tu? demanda-t-elle d'une voix qui lui sembla normale.

– Chez ma mère. Tu pourras me joindre si tu as besoin de moi, mais... n'aie pas trop besoin de moi, chérie. C'est déjà assez dur.

Elle hocha la tête et il ajouta :

– Je suis désolé, Eve.

C'était la cinquantième fois environ qu'il prononçait ces mots ce jour-là. Elle sentit une pointe d'agacement mais l'agacement était plus facile à supporter que la douleur brûlante, sèche, de sa poitrine. Elle pourrait peut-être s'en défaire en se jetant sur le lit et en fondant en larmes – ce qui n'était pas plus dans sa nature que dans celle de Frances. En outre, sous le chagrin et le sentiment de perte, elle éprouvait une sorte de soulagement parce que Sam avait eu raison lorsqu'il avait dit : « Cela ne marchera pas, Eve. » Elle l'avait su au moment où les mots avaient franchi ses lèvres.

Mrs. Knapp venait de débarrasser le plateau du thé, Larry conduisait Frances à une réunion quelconque, ils avaient le salon pour eux seuls.

Sam s'était penché en avant pour s'expliquer. Eve, qui se tordait les mains, avait failli lui dire de ne pas prendre cette peine : elle comprenait aussi bien que lui que ça n'allait pas. Mais sentant qu'il avait besoin de débiter sa tirade, elle s'était tue.

– J'étais si content de te voir là-bas, Eve. Au comble du bonheur, avait-il dit. Je pensais que j'étais un *yutz* de rester loin de toi... que nous réussirions, d'une façon ou d'une autre... que l'amour vaincrait, et autres foutaises. Je t'aime, Eve, je t'ai toujours aimée.

Viens-en au fait, avait-elle pensé. *Inutile de répéter toutes ces idioties maintenant.*

– Mais quand j'ai vu la maison au sortir du virage, je me suis soudain senti comme un libéré sur parole qui retourne au trou, avait-il poursuivi.

– A ce point-là? s'était-elle étonnée.

– A ce point-là. Pas à cause de toi... jamais à cause de toi. Mais en voyant cette maison, j'ai pris conscience que je me dirigeais vers cinquante ans sans un seul moment d'intimité. Sans pouvoir garder un seul des petits secrets stupides que tout le monde a. A nouveau, quand tu m'embrasserais, le soir, tu me verrais flirter, dans un moment de faiblesse, avec la petite mignonne du bureau, ou me soûler à une soirée et glisser la main sous une jupe pour sentir cette chair inconnue que tout homme désire. Je ne pourrais jamais raconter que j'ai un mal de tête ou un début de grippe pour couper à un dîner au club, à un bridge chez Meg et Tim – tu comprends, Eve? J'essaierais je n'y arriverais pas, et je finirais par devenir cinglé ou par avaler de la mort aux rats.

Ou par renifler les gaz d'échappement d'une Continental 39, avait songé Eve, levant les yeux vers le portrait d'Olivia Tilden.

– Je ne peux pas le supporter, c'est la galère, avait dit Sam.

Exactement ce que son père avait dû déclarer à sa mère, avec l'équivalent du mot « galère » en 1962.

Eve n'avait ni discuté ni supplié, ni parlé du bébé pour le retenir. Elle avait juste répondu qu'elle comprenait – et le plus terrible, c'était qu'elle comprenait vraiment. Elle aussi aurait fui si elle l'avait pu.

Il était à présent presque minuit. Ils avaient décidé qu'il partirait tard dans la soirée pour éviter les questions, les regards noirs de Larry, les larmes de Mrs. Knapp, ou cette terrible expression ultra-aimable qu'avait Frances quand quelque chose la rendait désespérément malheureuse.

Demain matin, Eve leur apprendrait qu'il était parti puis elle sortirait et ne rentrerait pas avant que tout le monde se soit fait à l'idée que leur réconciliation de trois jours était finie.

Elle ferma la valise, commença à la soulever du lit. Il la lui prit des mains.

– Je suis désolé, Eve.

– Arrête de répéter ça, rétorqua-t-elle, réprimant une envie de le gifler.

Bien sûr qu'il était désolé... elle aussi, tout le monde. Un gène anormal s'était glissé dans une vieille famille de pauvres fous milliardaires qui avaient, d'une façon ou d'une autre, emmerdé les dieux, et tout le monde était navré, vraiment navré. Compassion lointaine, comme celle qu'on ressent pour les enfants affamés de Somalie, à moins qu'ils ne viennent agoniser sur votre pelouse. Lointaine pour tous sauf pour elle, pour sa mère et sa grand-mère, pour son arrière-arrière-arrière-grand-mère qui, sous le vieil orme, avait articulé « Prends garde ».

Oh ! je ferai attention, grand-mère, pensa-t-elle en sortant de la pièce à la suite de Sam. Son regard se posa sur la nouvelle télévision qu'elle avait achetée pour son retour et elle faillit éclater en sanglots. *Si seulement je savais à quoi...*

En bas, dans l'entrée, il posa la valise et ils se firent face. Elle avait vingt-quatre ans quand elle l'avait rencontré, vingt-cinq quand elle l'avait épousé. Pendant cinq années, leur entente avait été parfaite. Puis la mère d'Eve était morte, lui laissant l'héritage Dodd Tilden, puce monstrueuse sautant d'un chien mort à un chien vivant, pensa-t-elle. Sam était le seul homme qu'elle ait connu, peut-être le seul qu'elle connaîtrait.

Bien que le sentiment de perte fût quasi insupportable, son penchant naturel à cacher ses sentiments était aussi fort que celui qui faisait d'elle une « médium » et elle leva un regard ferme vers son futur ex-mari. Il fit un geste pour la prendre dans ses bras mais elle savait qu'il ne le voulait pas vraiment parce qu'elle « verrait » peut-être quelque chose, et elle recula.

– Tu penses au système d'alarme? demanda-t-il en reprenant la valise.

– Oui.

– Eve...

– Pars, Sam. Je ne te reproche rien.

Elle s'efforçait d'y croire, comme de ne pas haïr l'ancêtre qui avait commis un acte assez odieux pour attirer cette malédiction sur eux. Quand elle lui ouvrit la porte, il murmura :

– Je t'aime, Eve. Je t'aimerai toujours.

Sa voix se brisa sur le dernier mot; il traversa la terrasse d'un pas pressé, descendit vers la voiture qu'il avait laissée en bas pour ne pas avoir à la sortir du garage.

Elle referma la porte, y appuya la tête et murmura « Je vais avoir un bébé ». Elle avait envie de le crier, mais alors Sam reviendrait... il ferait son devoir... comme son père l'avait fait. Et dans un an ou deux, il partirait, comme son père l'avait fait aussi, ou il avalerait de la mort aux rats.

Elle entendit la voiture démarrer, alla vivement au tableau du système d'alarme, dans la salle à manger. Elle appuya sur le bouton Pause, puis sur celui des grilles, et une ligne de voyants jaunes s'alluma. Sam avait sept minutes pour parcourir l'allée et rejoindre la route. Passé ce délai, si les grilles n'étaient pas fermées, les voyants devenaient rouges, l'alarme se déclenchait. Les grilles se fermeraient, la société de gardiennage enverrait une quarantaine d'hommes, sans parler des flics locaux, automatiquement alertés. Le système s'était déclenché plusieurs fois tout seul avant qu'on ne remédie à ses défectuosités, et on aurait cru que la Troisième Guerre mondiale avait éclaté.

Eve regardait attentivement le tableau. Les voyants clignotèrent quelques minutes plus tard pour indiquer que Sam avait brisé le faisceau en franchissant les grilles puis redevinrent fixes et jaunes comme des yeux de chat. Eve referma les grilles, mit fin à la Pause.

Sam était parti.

Elle alla à la cuisine, se servit un verre de lait et prit deux ou trois cookies que Mrs. Knapp avait faits spécialement pour Sam. La cuisinière verrait que quelqu'un les avait pris, protesterait parce qu'ils étaient destinés à Mr. Klein, Eve expliquerait qu'il était parti. Mrs. Knapp pleurerait, Larry broierait du noir et Frances afficherait une absence totale de réaction, comme quelque élément chimique rare et inerte.

Eve, elle, sortirait et ne rentrerait pas avant le soir. Elle se força à avaler les gâteaux et à boire le lait, devant le comptoir en marbre sur lequel Mrs. Knapp pétrissait son pain, puis rinça le verre et recracha dans l'évier les infimes fragments de noix. Mrs. Knapp aurait une attaque en les voyant, aussi Eve nettoya-t-elle l'évier avec du détergent puis, avec un chiffon, lui rendit son éclat d'origine.

Elle éteignit les lumières de la cuisine, retraversa l'office, passa devant la porte de la pièce réservée au petit déjeuner et entra dans la vaste salle à manger d'apparat qu'ils n'utilisaient presque jamais.

Elle passait devant la table lorsque quelque chose la fit s'arrêter et se tourner vers les fenêtres. Elles étaient hautes et étroites, tendues de damas gris clair. Lentement, sans savoir pourquoi, elle s'en approcha et écarta les doubles rideaux pour regarder au-dehors. Le clair de lune argentait l'allée; la pelouse était un tapis de sol vert sombre se terminant dans les bois noirs, hérissés, impénétrables.

Secouée par un frisson, elle pensa: *Il y a quelque chose là-bas.*

Sam n'avait pas franchi les grilles, finalement; il avait changé d'avis, il était prêt à faire une nouvelle tentative, et elle ne savait pas si elle en était heureuse ou désolée... Sauf que le système d'alarme était branché. Ce ne pouvait pas être Sam.

Glissant les mains à l'intérieur des manches de sa robe pour réchauffer ses bras glacés, elle pensa *Cicatrices.*

Il avait trouvé la route, la maison... et les grilles. Elles étaient en fer forgé et hautes de cinq mètres, surmontées de pointes qui semblaient ornementales mais auraient empalé quiconque eût essayé de les escalader. Le mur courant le long de la route avait la hauteur d'une enceinte de forteresse; ses pierres bien jointoyées offraient peu de prises à l'escalade, autant qu'il pût s'en rendre compte dans l'obscurité.

« Elle est riche ! » avait crié Riley dans son dernier souffle ou presque. « Personne peut toucher à des gens comme ça. »

Riche, elle l'était. Un petit voyant rouge brillait sur une plaque sertie dans un des piliers : le système d'alarme qu'il lui faudrait déjouer pour pénétrer dans cette propriété. Et il tomberait ensuite sur un manoir de trente pièces grouillant de domestiques...

Pour toute récompense, une douche froide...

– Ça suffit ! se dit-il à lui-même.

Il devait y avoir un autre moyen.

Peut-être attendrait-il qu'elle sorte pour la suivre en ville, ou jusque chez une amie habitant un endroit aussi isolé que celui-ci.

Entendant un bruit de moteur, il se redressa, vit des phares éclairer les arbres le long de l'allée. Une autre voiture approchait. Le voyant clignota, les grilles commencèrent à s'ouvrir. Il n'arrivait pas à croire à sa chance. Un rire nerveux lui échappa.

Baisé, Riley, pensa-t-il. Il descendit de sa voiture, se tapit derrière et observa l'entrée par-dessus le capot. Les grilles s'ouvrirent complètement, une voiture d'une petitesse comique comparée aux piliers – comme des tacots de cirque dans lesquels s'entasse une dizaine de clowns – sortit de la propriété et prit la direction de la ville.

Quand le bruit du moteur s'éloigna, Adam s'élança. Les grilles se refermaient mais la route était étroite, il arriverait largement à temps. Il parvint assez près pour sentir le léger souffle de leur mouvement, remarqua que le voyant rouge était passé au jaune.

Si les grilles étaient protégées par un système d'alarme, le reste devait l'être aussi par des faisceaux qui préviendraient silencieusement la police s'il les brisait. Les Tilden étaient riches, les flics ne traîneraient pas pour prendre une dernière tasse de café, ils accourraient et le coinceraient avant qu'il soit parvenu à la moitié de la longue allée qui disparaissait dans les arbres.

Adam se figea, regarda d'un air morne les grilles se rejoindre et se fermer. La lumière rouge réapparut, brillant farouchement dans l'obscurité comme l'œil d'un petit animal féroce.

Les mots « Chambres libres » clignotaient en néon vert. Le motel semblait immaculé, avec des unités fraîchement peintes, pas de mégots ni de gobelets en carton écrasés dans l'allée. Bien, pensa Adam – il n'aurait jamais pu dormir dans un endroit sale, il tenait ça de sa mère. A l'intérieur, le bureau aussi était d'une propreté impeccable, moquette grise et long comptoir en pin ciré. L'homme qui se tenait derrière avait une soixantaine d'années, de fins cheveux clairs et des ongles coupés ras.

– Quarante dollars, annonça-t-il, liquide ou carte de crédit. On se mange la taxe jusqu'en juillet puis la chambre passe à quatre-vingts dollars et c'est vous qui vous mangez la taxe.

Il sourit, exhibant des dents trop parfaites pour être les siennes, fit glisser la fiche à remplir sur le comptoir. Adam lui donna deux billets de vingt et signa A. Harris, Greenville, État de New York (il ignorait s'il existait un tel endroit). Il changea un chiffre de son numéro d'immatriculation au cas ou Latovsky ou quiconque d'autre remonteraient sa piste jusqu'ici après avoir trouvé le cadavre d'Eve Tilden – s'ils le trouvaient.

– Petit déjeuner continental compris, dit l'employé. Jus d'orange, café, viennoiserie, servi de sept à neuf ici même.

De la tête, il désigna une alcôve où une table à tréteaux supportait des tasses empilées et une fontaine à café étincelante, puis il remit au client la clef de l'unité 12.

Adam se doucha et se rasa pour gagner du temps le lendemain matin, se ceignit la taille d'une serviette et s'installa devant le poste de télévision, certain d'être trop tendu pour dormir. Il se réveilla devant un écran noir ronronnant doucement, la nuque douloureuse. Il était quatre heures passées, le ciel virait au gris. Il se massa le cou, défit le couvre-lit pour dormir deux ou trois heures de plus. A neuf heures, il serait à nouveau devant les grilles, prêt quand elle les franchirait.

Il avait presque sombré de nouveau dans le sommeil quand l'idée le frappa qu'elle aurait pu passer devant lui une dizaine de fois sans qu'il le sache parce qu'il ignorait totalement de quoi elle avait l'air.

– Vous avez une date? demanda la bibliothécaire à Adam.

Elle avait une cinquantaine d'années, un visage très allongé et des cheveux aux boucles si serrées qu'ils semblaient sculptés. Elle portait un ensemble rose, sweater et cardigan, qui lui rappelait sa mère pour une raison quelconque. Il l'avait toujours imaginée en robe à fleurs mais elle avait dû porter quelque chose de ce genre parce que le cardigan maintenu sur les épaules de l'employée par une chaînette dorée lui faisait voir les épaules larges de sa mère, la tache floue de son visage.

– Non, j'en ai peur, répondit-il.

– Diable, cela risque de poser un problème. L'index du journal n'est informatisé que depuis 1987, voyez-vous. Avant cette date, on doit farfouiller – je dis bien farfouiller parce que les index antérieurs sont si mal faits que c'est encore pire que rien. Nous avons un journal du comté, un vrai journal, sur ordinateur depuis 1984.

– Ça se trouverait plutôt dans le journal de la ville, répondit Adam. Je peux toujours essayer à partir de 1987.

Elle l'installa dans une cabine percée d'une fenêtre, avec un terminal et les disquettes de l'*Oban-Bridgeton Ledger* de 1987 à nos jours.

– C'est vraiment un mauvais journal, lui confia-t-elle. Ici, on l'appelle le *Poop*[1].

Il lâcha le rire qu'on attendait de lui et elle le laissa seul. Comme le jour pénétrant par la fenêtre se reflétait dans l'écran, il l'abrita de la main, glissa dans l'appareil la disquette Jan.-Juin 1987. Puis il tapa *Tilden, Klein, Leigh*, dans cet ordre, mais la machine retint seulement *Tilden*. Il appuya sur la touche Valider, des lignes de caractères verts apparurent sur l'écran : ce printemps-là, Frances Tilden avait participé aux floralies de Bridgeton, Oban et Sharon; Lawrence Simms, de Tilden House, avait ouvert le défilé des anciens combattants. Sur la disquette suivante, Frances Tilden faisait don d'un nouveau pavillon à l'hôpital d'Oban, offrait un terrain de sport à l'équipe

1. A la fois « information » et « étron, crotte ». *(N.d.T.)*

de la ville, et cinquante dindes à un asile de Torrington pour son dîner de Thanksgiving. Les lignes vertes couraient sur l'écran cependant que Frances Tilden distribuait des centaines de milliers de dollars.

Riche, avait crié Riley. *Personne peut toucher à des gens comme ça.*

Nous verrons, pensa Adam en insérant la disquette suivante.

Frances Tilden faisait d'autres dons, assistait à d'autres floralies, à des soirées au bénéfice de la Télévision Publique de Westport ou du Knapp Museum d'Oban, remportait un tournoi de bridge. Pas d'Eve – Tilden, Leigh ou Klein – pas d'Eve du tout, ses mains commençaient à transpirer. Il les essuya à son mouchoir, prit la troisième disquette. Il avait la bouche amère, le ventre gargouillant : il aurait dû manger plus que le petit déjeuner gratuit du... Cela passa si vite qu'il faillit ne pas le voir et dû revenir en arrière : **Eve Tilden Leigh & Samuel Daniel Klein, le 9 mai 1987**. C'était un faire-part de mariage en page 3 de l'*Oban-Bridgeton Ledger*. Rien ne garantissait qu'il y aurait une photo de la mariée mais c'était probable étant donné le rang de la famille.

Ses mains suaient encore quand la bibliothécaire lui apporta l'exemplaire du journal protégé par du plastique et il dut les essuyer à nouveau pour ne pas laisser de traces de doigts sur le papier en tournant les pages. L'article se trouvait entre les résultats des équipes de football locales et des annonces immobilières dans lesquelles les maisons valaient en moyenne deux millions de dollars. Il était rédigé dans la prose fastidieuse des journaux de petite ville, et il y avait bien une photo. Grenue, prise de loin, digne d'un amateur. Mais la lumière éclairait le beau visage énergique, et Adam sut qu'il le reconnaîtrait n'importe où.

Deux heures après qu'Adam Fuller eut rendu le *Ledger* du 9 mai 1987 à la bibliothécaire avec des remerciements, Lucy Evans sonna à la porte de Jim et Barb Riley. Barb avait dit qu'elle irait au centre commercial à l'heure du déjeuner et Lucy avait envie de l'accompagner.

Pas de réponse. Barb avait dû partir sans elle. Lucy

fit demi-tour, passa devant la porte ouverte du garage, aperçut la voiture de son amie. Elle avait pris celle de Jim, alors – non, elle était là aussi, Lucy la découvrit après avoir fait deux pas de plus. Elle s'arrêta, regarda la maison.

Ils étaient peut-être derrière, en train de jardiner. Elle fit le tour du garage par l'allée de pierres menant au jardin. Il était désert. Elle monta les marches de la véranda, alla à la porte de la cuisine, sonna, appela « Barb », tendit l'oreille pour entendre un bruit d'eau qui coule, le grondement de la machine à laver, mais la maison était silencieuse – trop silencieuse. Un picotement remonta le long de ses bras, courut sur sa nuque.

– Barbara... fit-elle d'une voix hésitante.

Elle frappa au carreau. Personne ne répondit et la sensation de picotement se fit plus forte.

Elle se tourna vers le jardin dans l'espoir de voir Jim s'avancer de la lisière des arbres avec une brassée de branches mortes pour la cheminée mais il n'en fit rien et elle reporta son regard sur la maison.

Les Riley n'avaient pas de vestibule, la porte donnait directement sur la cuisine. Le rideau de crochet blanc était ouvert, elle regarda à l'intérieur, vit son propre visage reflété dans la vitre, la cime des arbres entourant le jardin, derrière elle. Mettant sa main en visière pour faire disparaître le reflet, elle découvrit deux tas de chiffons couverts d'une peinture rouge sombre qui avait aussi éclaboussé le comptoir, les éléments, le sol et les murs. Il lui fallut une seconde pour que son esprit enregistre ce qu'elle regardait. Elle essaya alors de crier mais n'émit qu'un faible bruit étouffé qui lui déchira la gorge. Elle se jeta en arrière, descendit le perron d'un pas titubant en tentant vainement de retrouver sa voix.

– Cette fois, prends un avocat, conseilla Meg.

Eve ne répondit pas.

– Evie, tu m'écoutes?

Eve hocha la tête, marmonna « Avocat » et pensa *Cicatrices, cicatrices, cicatrices*. Le mot l'avait accompagnée toute la nuit et toute la journée, comme un robinet qui fuit ou comme cette torture orientale de la goutte d'eau censée vous rendre fou.

Cicatrices, cicatrices, cicatrices...

– Eve !

– Je t'écoute, Meg. Je devrais prendre un avocat.

– Je parle sérieusement, Eve. Tu es trop riche pour faire ça n'importe comment.

Cicatrices, cicatrices.

Eve cligna des yeux pour se protéger du mot et du soleil qui baignait son visage. Les deux femmes se trouvaient dans le jardin de Grayson, la résidence de Meg. Elles buvaient du gin-tonic – pas trop de tonic – et Eve en avait déjà pris un dans l'espoir de s'enivrer assez pour ne plus entendre le mot. Elle avait la langue pâteuse, la lèvre supérieure engourdie, mais le mot continuait à la harceler. *Cicatrices, cicatrices...*

Cette fois, elle eut une brève vision de la cuisine de Raven Lake, avec cette grosse bosse blanche au plafond. D'où venait cette image ? ce mot ? Tout le monde avait des cicatrices, en particulier Ken Nevin, mais Eve savait qu'elles appartenaient à quelqu'un d'autre. Peut-être étaient-ce celles qu'elle s'était faites elle-même en grattant ses boutons de varicelle, ou la fois où elle avait plongé dans l'eau glacée et s'était entaillé le menton à un rocher. Quant à la raison pour laquelle elle voyait cette cuisine, c'était le mystère total.

– Il y a de l'argent en jeu, rappela Meg.

– De l'argent ? Tu crois que Sam en veut à mon argent ?

Discuter avec Meg la distrairait peut-être. Mais Meg secoua la tête.

– Ça vaudrait mieux : au moins nous pourrions dire du mal de lui et tu te sentirais flouée.

Cicatrices.

Meg fit tourner les glaçons dans son verre avec le doigt.

– Tu en as parlé à Frances ?

– Je les ai tous mis au courant au petit déjeuner. Mrs. Knapp a éclaté en sanglots et s'est réfugiée dans la cuisine sans débarrasser la table. Larry est parti s'occuper des voitures avec la tête de quelqu'un qui vient d'apprendre un décès, et Frances n'a, avec ostentation, pas eu de réaction.

– Gentille Frances.

– Il n'y avait rien de gentil là-dedans. Lui parler, c'était comme s'adresser à la porte du réfrigérateur.

– Quelle est la bonne attitude, alors? demanda Meg avec douceur.

– Je ne sais pas. La tienne... Me dire que tu es désolée, me dire de prendre un avocat, de me soûler.

– Pour te soûler, tu as besoin d'une resucée, fit remarquer Meg avec un sourire.

Elle prit le verre de son amie.

– A propos, Frances vous invite toi et Tim à dîner et à faire un bridge, ce soir, dit Eve en se renversant sur sa chaise.

– Formidable. Pas question de laisser un détail comme la fin d'un couple empêcher le bridge du samedi soir.

Eve sourit pour la première fois depuis des jours, lui sembla-t-il.

– Ce ne serait pas agir en Tilden, dit-elle.

Meg retourna dans la maison avec les verres, Eve offrit son visage au soleil et ferma les yeux.

Cicatrices cicatrices cicatrices... Les mots résonnèrent comme un tambour et la bosse au plafond réapparut. Dave avait dit que c'était une poulie mais cela ressemblait surtout à une pustule géante prête à éclater.

Horrible image. Elle se redressa, ouvrit les yeux, vit Meg revenir avec deux verres givrés au bord décoré d'une rondelle de citron. Elle tendit le bras, pensa *cicatricescicatrices* et le verre qu'elle venait de prendre glissa entre ses doigts, tomba dans l'herbe. Il se renversa, répandant gin-tonic et glaçons, mais ne se cassa pas. Eve se laissa glisser au bas de sa chaise pour le ramasser, tenta de saisir les cubes de glace auxquels adhéraient des brins d'herbe.

– Laisse, Evie, ça ne fait rien, ils fondront.

La rondelle de citron qui paraissait si fraîche et guillerette l'instant d'avant était tordue, molle. Les yeux d'Eve s'emplirent de larmes. Elle détourna la tête pour les cacher à son amie mais Meg la connaissait trop bien. S'agenouillant à côté d'elle, elle lui passa un bras autour des épaules.

– Eve. Oh! Evie... Je suis si désolée...

– Ça va, bredouilla Eve.

– Non, ça ne va pas, fit Meg, furieuse. Ça ne va pas *du tout*. Ils te transforment en hamburger, je les déteste. Tu es extra-lucide, pas incontinente; tu ne mouilles pas ta culotte à table et je suis écœurée de les voir se comporter comme si tu le faisais. C'est un don, un pouvoir qui pourrait être drôle, utile... si utile, grand Dieu.

Dave Latovsky aussi voyait le côté utile de la chose.

– Imagine, Eve ! Imagine ce que tu pourrais en faire. Ce que ta mère en aurait fait si elle n'avait pas été aussi... morbide. C'est la seule femme que j'aie connue capable de contempler un champ de fleurs et de penser à des funérailles. Et ton mari – pardonne-moi, Eve, il est gentil, tendre, beau, et même sexy si on aime ce genre – mais en voilà encore un qui t'a fait haïr ce que tu peux faire. Il s'est laissé émasculer par quelque chose qui aurait dû l'émoustiller, au contraire. Ta mère et lui t'ont fait croire qu'un don est un handicap, un pouvoir une malédiction... Et ils me dégoûtent ! Tu es un *médium*, tu peux voir des choses invisibles aux autres. C'est fabuleux, c'est impressionnant, et surtout, c'est *utile*.

Elle s'interrompit brusquement, prit le verre vide de son amie.

– Excuse-moi mais il y a longtemps que j'avais ça sur le cœur. Tu peux te dire que c'est le gin qui parle, si tu veux, mais je crois que tu sais bien que non.

Meg se releva, emporta le verre dans la maison. Eve la suivit des yeux, surprise par l'explosion. Meg était sincère, ses intentions étaient bonnes. Celles de Dave aussi. Mais ils ne pouvaient imaginer ce que c'était que toucher la chaîne d'une balançoire et voir une femme se vider de son sang et de sa vie, ou se tenir sur le seuil du bureau de Bunner et voir son visage éclater sans pouvoir faire quoi que ce soit. Ou encore voir ce petit garçon terrifié abandonner la balançoire pour rejoindre la femme attendant de lui faire Dieu sait quoi et ne pas pouvoir le protéger. *Cicatricescicatrices...*

Ils ne connaissaient pas la terreur qui la dévorait depuis qu'elle avait touché le magnétophone du psychiatre et vu ces yeux morts dans le miroir... *Cicatricescicatricescicatrices...*

Meg revint avec un verre plein.

Eve était en retard quand elle sortit de chez Meg. Elle devait se hâter de rentrer prendre une douche et tenter de se dessoûler avant l'arrivée de Tim et Meg, des Adams et des Raskins à sept heures.

Quand elle sauta dans la LeBaron, la tête lui tourna. Elle éructa, sentit dans sa bouche un goût de gin. Le Dr Rubin serait très mécontent d'elle. Elle aurait sans doute dû retourner chez Meg et demander à se faire raccompagner par George. Mais c'était samedi, elle n'avait pas vu la grosse Mercedes. George devait être en ville en train de faire les courses de la semaine ou d'attendre que Lila Grayson, la mère de Meg, termine ses visites. En tout cas, il avait suffisamment à faire le samedi sans devoir en plus reconduire chez elles les amies ivres de Meg.

Eve respira l'air doux de fin d'après-midi. Le temps fraîchissait, la température tomberait probablement à dix degrés. Idéal, pensa-t-elle. Dix la nuit, vingt le jour... idéal. Elle se redressa, se rendit compte qu'elle s'était assoupie. Sa tête palpitait, la sueur due à la chaleur du soleil passant par le pare-brise collait ses vêtements à sa peau mais elle se sentait moins soûle.

Elle regarda la maison, se demanda si Meg l'observait et gloussa, agita la main au cas où puis embraya...

Cicatricescicatricescicatrices..

Et descendit l'allée.

C'était tout droit et les grilles restaient ouvertes dans la journée mais une bosse du terrain les cachait et ce n'est que parvenue au sommet qu'Eve découvrit la voiture qui barrait la route. Elle écrasa la pédale de frein, la LeBaron dérapa, s'arrêta, l'aile avant à deux centimètres d'un des piliers de pierre, le pare-chocs touchant presque la portière arrière de l'autre véhicule.

Elle s'affala sur le volant, le visage couvert de sueur, les mains tremblantes. Elle aurait dû demander à George de la ramener, finalement, quel que soit le nombre des courses du samedi.

Relevant la tête, elle essuya la transpiration coulant dans ses yeux, regarda l'autre voiture. C'était une Ford bleu clair, bien plus grosse que la LeBaron, et vide, apparemment. Quelqu'un avait bloqué l'allée de Grayson pour aller tranquillement cueillir des fleurs des champs ou se promener dans la campagne au soleil de l'après-midi.

Eve klaxonna furieusement, passa la tête par la

fenêtre et cria « Bougez-vous de là! ». *Comme une poissonnière,* aurait pensé Frances, sans le dire.

Il ne se passa rien. Personne ne sortit du bois, l'air honteux d'avoir bloqué l'allée de la monstruosité victorienne.

– Hé, vous barrez la route! cria à nouveau Eve.

Sa voix mourut. Il n'y avait pas un bruit excepté le murmure d'un vent léger qui faisait bruire la cime des arbres.

Elle leva la main pour détacher sa ceinture, s'aperçut qu'elle ne l'avait pas mise, ouvrit la portière et descendit. La Ford était si près des piliers qu'Eve dut s'aplatir pour passer de l'autre côté. Elle se retrouva dans l'herbe haute et un essaim de moustiques (rien comparé à ce qu'on subissait dans le nord de l'État, mais désagréable quand même) s'attaqua à ses jambes sous sa jupe. Elle s'avança sur la chaussée, regarda à l'intérieur de la voiture, vit les clefs au tableau de bord, une couverture jetée sur des paquets ou des bagages à l'arrière.

La Ford était peut-être en panne et son chauffeur parti chercher de l'aide en ville. Mais pourquoi n'était-il pas monté jusqu'à Grayson pour demander la permission de téléphoner?

Eve se retourna vers la gigantesque maison de pierre avec sa véranda immense, disproportionnée, et comprit qu'un étranger, intimidé, préférerait faire les cinq kilomètres à pied jusqu'à la station Shell. Sauf que la voiture paraissait trop neuve pour tomber en panne...

CICATRICESCICATRICES...

Le mot résonnait plus fort, avec plus d'insistance. Le sang lui battait aux tempes, sa vision se brouillait.

Même une voiture neuve peut avoir une panne, se dit-elle. Le chauffeur, furieux, était peut-être parti à pied, espérant que quelqu'un la volerait (s'il parvenait à la faire démarrer) et qu'il toucherait l'assurance.

Tu t'es trompé de quartier, mon gars. Personne dans le coin ne faucherait quoi que ce soit en dessous d'une Mercedes de luxe.

Si elle réussissait à la faire démarrer, elle l'avancerait juste assez pour dégager la voie. Eve tendit la main vers la poignée de la portière côté conducteur. Si elle était fermée, elle n'aurait plus qu'à retourner à Grayson appeler une dépanneuse. Mais les clefs se trouvaient à l'intérieur, la voiture devait être ouverte, à moins que le pauvre crétin ait verrouillé les portières avec les clefs dedans. Elle posa la main sur la poignée. *Cicatricescicatrices*, hurlait le mot dans sa tête. Elle vit la poulie peinte en blanc sur la vitre de la voiture... et, par-dessus, le visage de son arrière-arrière-arrière-grand-mère, dont les lèvres remuaient en silence mais avec insistance – prends garde... prends garde...

La vision était si forte qu'Eve recula vivement la main, inspecta la route dans les deux sens. Déserte. Des érables lâchaient leurs petites ailettes dans l'air. Tout était silencieux mais il se passait quelque chose, il fallait qu'elle déplace la voiture et qu'elle quitte cet endroit. Elle saisit la poignée, tira, la portière s'ouvrit. Eve se glissa sur le siège, mit le contact. Une sonnerie lui rappela d'attacher sa ceinture. L'aiguille du réservoir d'essence s'arrêta sur Plein, les autres cadrans indiquèrent que tout était normal.

Eve entendit quelque chose bouger derrière elle. *Cicatrices* lui martelant le crâne, le renflement de la poulie blanche l'aveuglant à moitié, elle regarda dans le rétroviseur et vit des yeux marron clair, des yeux de poupée vides qui la fixaient.

– Dussault, répondit Pete au téléphone.

– Mr. Dussault, je m'appelle Meers, Lemuel Meers. Je travaille avec...

– Je sais qui vous êtes, commissaire. Le patron de Dave.

– Euh... oui.

– Dave est pas là.

– Non... Il est parti pêcher, hein?

– Ouais. Là-bas, à Chalice, et il a eu le temps idéal pour ça.

– Mr. Dussault, je sais que c'est beaucoup vous demander mais il faut que je lui parle. Vous avez un moyen de le prévenir?

Gardant le silence, Pete fit passer son regard du comptoir à la caisse enregistreuse, et derrière, aux étagères de bidons d'huile. La journée avait été superbe, avec un vent assez fort pour empêcher les moustiques de s'installer. Une journée parfaite pour pêcher dans un lac sauvage comme Chalice, même avec des mouflets toujours plus enquiquinants dans un bateau. Il regarda par la fenêtre de devant : personne à la pompe self-service, personne attendant qu'il sorte et vienne servir – il n'avait aucune excuse pour raccrocher. Pete savait qu'il avait dû se passer quelque chose pour que Meers relance Dave jusqu'ici. Et c'était forcément mauvais car personne ne recevait jamais de bonne nouvelle d'un flic. Il espérait que ce n'était pas au sujet de la mère de Dave... ou de sa copine, Jeanne. Une gentille fille, fraîche et jolie, dont le petit garçon se trouvait en ce moment avec Dave et sa fille. De toutes les personnes ayant des relations avec Dave Latovsky, c'était de son ex-femme qu'on pouvait le plus facilement se passer. Cette pensée le fit rougir de honte et il demanda :

– Qu'est-ce qui est arrivé, capitaine?

– Un meurtre – deux meurtres. Des amis de Dave... mais pas des amis intimes, vous voyez ce que je veux dire.

– Ouais.

– C'est pas pour ça que je vous appelle – pas parce que c'étaient des amis. Ça, c'est le genre de nouvelle que je me précipiterais jamais pour donner à Dave. Non, Mr. Dussault, je téléphone pas pour sonner le glas mais parce que j'ai besoin de son aide.

– Je comprends. Mais là, on a un problème. J' sais pas si vous connaissez le coin...

– Non. Je viens du nord de Raquette Lake.

– Ben, à côté de Chalice, Raquette, c'est Central Park, vous voyez. Y a vingt bornes à faire en jeep pour aller à Chalice. Ça prend deux heures, même avec la Cherokee.

Pete Dussault regarda à nouveau dehors. Don Wallbrun faisait le plein de son rafiot; le jour descendait rapidement, des nuages s'amassaient. Il y aurait de la pluie ou de la neige fondue avant minuit – ou les deux.

– En plus, on dirait que ça tourne au mauvais temps...

Le ton était morose parce qu'il savait déjà qu'il serait bien obligé d'aller chercher Dave. Un double meurtre, ça passe avant le mauvais temps.

Une demi-heure plus tard, avec une bouteille Thermos, son sac de couchage et un paquet de sandwiches que Bessie lui avait préparés, Pete Dussault se mit en route pour Chalice. Un lac fabuleux mais pour y arriver, c'était pas de la tarte, et Dave était idiot d'y avoir emmené les mômes – comme l'avait fait Pete quand les siens étaient petits.

Le chemin bifurquait de la route goudronnée à un panneau tout à fait trompeur indiquant, en lettres gravées au feu dans le bois : Chalice Lake, 20 kilomètres. C'était probablement les pires kilomètres de tout l'hémisphère est. Pete doutait même qu'on pût trouver quelque chose de plus affreux aux confins de l'Alaska.

Il s'engagea sur la route – appeler ça une route, c'était comme mettre un beignet et un Paris-Brest dans le même sac, parce qu'ils sont tous les deux ronds – avec ce petit pincement à l'estomac qu'il sentait toujours quand il prenait la direction de Chalice, parce qu'on ne savait jamais à quoi s'attendre. Ça avait dû être une piste de bûcherons au début du siècle, et tout les dix ans, environ, l'État la nivelait et y mettait un peu de cailloux. Impossible d'aller plus loin que les cent premiers mètres avec un véhicule à deux roues motrices. Pete avait dû remorquer une quantité de japonaises « tout terrain » et même deux ou trois Range Rover. C'était une route pour jeep; aucun autre véhicule ne pouvait s'en sortir.

La Cherokee se soulevait au-dessus de rochers à demi enfouis, franchissait des ornières si profondes qu'on en descendait un côté et qu'on remontait l'autre. Pete laissait la jeep trouver elle-même son chemin sur les parties glissantes où avaient jailli des sources qui transformaient la piste (ce nom convenait décidément mieux que route) en bourbier.

Il roula à dix kilomètres à l'heure en moyenne (pas mal du tout pour Chalice Lake Road) et lorsqu'il arriva au bord du lac, sur le « parking », il faisait nuit. Une de ces nuits noires sans étoiles où l'air semble d'encre et avale, dirait-on, les faisceaux des phares.

Il alluma le projecteur latéral, qui n'éclaira pas grand-chose à part la Cherokee de Latovsky garée près de l'embarcadère.

Pete éteignit projecteur et phares, vit le petit point doré du feu de camp de Dave, de l'autre côté du lac. Il était trop loin. Le fond du lac changeait avec les saisons; les arbres morts de l'hiver devaient être en train de remonter. Pete arriverait quand même à traverser; lui et Dave réussiraient peut-être à revenir. Mais ils courraient le risque de s'échouer sur un banc de sable qui ne se trouvait pas à cet endroit l'été dernier, ou d'être heurtés par du bois mort et de chavirer.

Un risque qu'on ne pouvait prendre avec deux enfants.

Il traverserait à l'aube pour les ramener : lui et un gosse dans son dinghy, Dave et l'autre dans le sien. Les amis dont avait parlé Meers ne seraient pas plus morts demain matin.

Eve savait qu'elle était presque au lac mais elle ne vit l'eau que lorsque ses phares l'éclairèrent. Pas mal de gens ne le voyaient pas du tout après quelques verres et s'enfonçaient entre les roseaux avant de se retrouver dans la flotte jusqu'aux enjoliveurs, coincés dans la gadoue.

– A gauche, ordonna-t-il en enfonçant un peu plus le canon dans sa nuque.

La gueule de l'arme érafla le cuir chevelu de la jeune femme, à qui la douleur donna le vertige. Elle tourna et, quelques minutes plus tard, la Ford quitta le goudron de la chaussée pour le gravier de la route passant devant le 300 Lakeshore, la jolie petite maison au bord du lac où son mari s'était réfugié, fuyant elle-même et *la chose*.

– Vous savez où nous allons, n'est-ce pas? fit l'homme à voix basse.

– Oui.

– Vous y étiez cette nuit-là.

– Oui, répondit Eve, sans avoir à demander quelle nuit.

Lorsqu'il pressa l'arme avec plus de force encore, elle prévint :

– Continuez et je tombe dans les pommes.

Il relâcha un peu la pression du pistolet mais Eve devait avoir un bleu énorme. Penché par-dessus le siège, il lui avait enfoncé le canon dans le cou pendant les quatre heures du trajet, avec un court moment de répit lorsqu'il lui avait donné le ticket de péage et l'argent à la sortie de l'autoroute.

Elle savait qu'il allait la tuer. La seule question : pourquoi ne l'avait-il pas déjà fait ? Elle avait d'abord pensé – quand, surmontant sa panique, elle était redevenue capable de réfléchir – qu'il l'emmenait dans quelque lieu écarté pour cacher son cadavre. Lorsque à l'échangeur, il lui avait ordonné de prendre l'autoroute du Nord, elle avait su où ils allaient, mais non pourquoi. Aller à Raven Lake uniquement pour cacher un corps, c'était absurde.

– Tournez, dit-il, quand ils furent à hauteur du 300 Lakeshore.

La Ford grimpa l'allée, les phares balayèrent la petite maison solitaire. Eve s'arrêta près de la balançoire.

– Coupez le contact.

En s'exécutant, elle remarqua à nouveau le petit caducée du porte-clefs. Elle avait été trop terrifiée pour réfléchir à ce détail devant chez Meg, mais au fil des kilomètres, quand la panique avait peu à peu fait place à une sorte de nausée, elle s'était demandé s'il était médecin.

Lorsqu'il se renversa en arrière et que le métal cessa de fouailler sa nuque, Eve ressentit un immense soulagement. Il lui donna alors un coup avec le pistolet. On eût dit une légère tape et elle crut qu'il l'avait frappée par inadvertance en changeant de position, puis sa tête, projetée en avant, heurta le volant et Eve sentit qu'elle glissait en travers du siège.

Quand elle recouvra ses esprits, elle avait la tête en bas ; elle se força à ouvrir les yeux, vit une explosion de couleurs. Elle crut que c'était à cause du coup qu'elle avait reçu puis s'aperçut que c'était le tapis multicolore de l'entrée de la maison. Ils étaient à l'intérieur, il la portait à la manière des pompiers, sa tête pendant sur le dos de l'homme comme celle d'un poulet mort, ses jambes sur sa poitrine. Le milieu de son corps était plié par-dessus l'épaule de l'homme, ce qui faisait sans doute ressortir son postérieur. Elle eut envie de rire mais sa tête lui faisait trop mal et elle fut soulagée de perdre à nouveau conscience.

Une longue et mince lame de douleur monta le long de son bras, telle une ligne de feu. Elle ouvrit les yeux, le vit retirer de sa chair l'aiguille d'une seringue. Il lui avait injecté une substance qui la brûlait jusqu'à l'épaule. Elle tenta de crier, émit un croassement qui attira l'attention de l'homme. Les yeux morts croisèrent ceux d'Eve, qui se rappela son stage de bénévole à l'hôpital d'Oban, où elle s'était occupée d'un ancien combattant du Viêt-nam ayant un œil de verre.

– Ne vous inquiétez pas, Eve, dit-il avec une douceur surprenante. Juste un pré-anesthésique sans danger qui vous endormira un moment. Désolé de devoir agir ainsi mais je... je... (il dut forcer les mots à sortir de sa bouche) je ne peux pas... affronter... cette pièce la nuit.

Il parlait de la cuisine, elle le comprenait tout à fait.

– Vous dormirez, reprit-il. Pas assez profondément pour une opération chirurgicale, mais ce n'est pas à l'ordre du jour.

Il était bien docteur; *docteur-meurtrier en série, baby sitter-tueur à la hache*. Elle gloussa, il lui sourit. Ses yeux et ses dents luirent à la lumière de la lampe. Il avait besoin de se raser; on aurait dit un loup.

Eve ferma les yeux pour le faire disparaître et partit à la dérive.

Le produit qu'il lui avait injecté, quel qu'il fût, agissait vite : la douleur dans sa tête et son bras cessa. Elle se blottit contre le canapé poussiéreux, se sentit étonnamment bien. La fin de la douleur est le seul vrai plaisir, disait sa mère. Oui, ce devait être sa mère; elle ne pouvait imaginer Frances prononçant une telle phrase.

La pauvre Frances devait être bouleversée. On avait sûrement retrouvé la LeBaron, maintenant (quelle que soit l'heure) et elle avait prévenu les flics locaux. Une bande d'incapables s'équipant d'une artillerie suffisante pour livrer une guerre, et qui descendaient Main Street comme s'ils avaient les couilles trop grosses pour serrer les cuisses.

Des incapables.

Frances savait qui elle devait appeler, elle le ferait quelle que soit son antipathie pour lui. Elle aurait appelé le diable pour sauver Eve. *Mais vite, tantine*, pensa Eve, *appelle Dave, vite.*

Le bruit de la pluie sur le toit de la Cherokee réveilla Pete. Il regarda au-dehors, la vit onduler en plaques grises au-dessus du lac dans la lumière de l'aube. Ce serait pénible dans un sens comme dans l'autre – les enfants devraient écoper pendant toute la traversée – mais la visibilité était suffisante, personne ne se noierait.

Il but du café en vitesse à la bouteille Thermos, avala deux des sandwiches de Bessie puis enfila son ciré et sortit la tête pour voir plus loin que l'eau ruisselant sur le pare-brise.

Un groupe de masses sombres se dirigeait vers lui à travers le rideau de pluie. Il appela, entendit Dave lui répondre.

Latovsky ramenait les enfants avant que ça ne tourne à la neige fondue, comme cela ne manquerait pas d'arriver si la température baissait de quelques degrés. Pete releva la capuche de son ciré, s'élança sous la pluie pour les aider à accoster.

Meers sortit un trousseau de clefs auquel pendait une patte de lapin violette que Latovsky avait vu Riley caresser un millier de fois. Détournant les yeux, le lieutenant remarqua que les impatiences plantées par Barb commençaient à percer la terre humide. Ne sachant plus où regarder, il fixa ses pieds, sur le perron de pierre.

Meers brisa les scellés, ouvrit la porte. Un courant d'air chaud enveloppa les deux hommes et le capitaine s'écria :

– Bon Dieu, on a laissé le chauffage! (Il traversa le vestibule, s'approcha d'un vieux thermostat à cadran.) On était tous plutôt secoués, expliqua-t-il. Même Rule.

Il tourna le cadran, la chaudière cessa de gronder.

– Ils étaient dans la cuisine, poursuivit-il, indiquant de la tête un bref couloir qui menait à une porte close. On a enlevé les corps, bien entendu, mais j'ai demandé qu'on ne touche pas au reste pour que tu puisses te faire une idée avant de voir les photos.

« Les gens d'à côté ont entendu des détonations hier soir, ils ont cru que c'était le pot d'échappement d'un camion passant sur l'autoroute, à huit cents mètres d'ici environ. Vers midi, une voisine est venue, elle a vu les corps par la vitre de la porte de derrière et elle a fait une crise de nerfs, ça se comprend. Il lui a fallu un moment pour se remettre, et le temps que son mari téléphone, que les flics locaux comprennent qu'ils pouvaient pas s'occuper d'un double meurtre et qu'ils nous appellent, il était près de quatre heures.

Parvenu à la porte, il s'arrêta, la main sur la poignée.

– C'est pas beau à voir, Dave... désolé.

– Vous n'y êtes pour rien, Lem.

Lorsque le capitaine ouvrit la porte, une puanteur de sang cuit et de viande gâtée les assaillit.

– Merde, grogna Meers. (Il tira son mouchoir de sa poche, le plaqua sur son nez et sa bouche.) Ça chlinguerait quand même moins si on n'avait pas laissé le chauffage.

Respirant par la bouche, Latovsky regarda dans la cuisine des Riley. Un côté de la pièce était couvert de sang, avec des macarons de chair pourrissante collés aux surfaces.

Il eut un haut-le-cœur, tourna la tête puis respira à fond et traversa rapidement la pièce en évitant de marcher sur les traînées de sang, en contournant une grande flaque presque sèche entourant une chaise posée au centre du carrelage. Il ouvrit brutalement la porte de derrière, la fit tourner sur ses gonds dans un sens puis dans un autre pour aérer la pièce. Mais il avait fait chaud et le vent était tombé depuis que la pluie avait cessé; le soleil était une tache argentée derrière un glacis de nuages blancs et rien ne bougeait, hormis l'eau dégouttant de la balustrade de la véranda et du barbecue.

Latovsky se souvint que Riley y avait fait griller des steaks l'été dernier.

Ce qui avait appartenu au mort était toujours plus triste que son cadavre, repoussant, pensa-t-il. Il était content de ne pas avoir vu Riley mort, de garder de lui comme dernière image celle du blond rougeaud levant la main pour jurer dans le bar.

Laissant la porte ouverte, il retourna dans la pièce. Après avoir transpercé les Riley, les balles avaient encore eu assez de force pour fracasser les portes de trois éléments, deux sur le mur, un sous l'évier.

– Il s'est servi de quoi?

– D'un gros calibre, d'après Rule.

Il ouvrit l'élément situé sous l'évier, qui contenait des produits ménagers. La balle avait percé une bouteille de Dawn qui, couchée sur le flanc, répandait une substance collante verte. L'odeur fraîche luttait contre la pestilence de la pièce qu'elle rendait pire encore par contraste, et Latovsky fut soudain à un doigt de vomir. Il sortit son mouchoir, le tint sous son nez. Comme il était resté deux jours dans sa poche, il sentait le poisson, la laine mouillée, mais c'était cent fois préférable aux miasmes qui l'entouraient.

Passant la main entre les détergents, les cires, la poudre à récurer, il toucha le fond de l'élément, qui était aussi le mur de la maison. Il trouva le trou dans le plâtre, mais pas la balle.

– Il les a retirées, dit Meers. Toutes.

Latovsky se releva, regarda autour de lui. Trois coups. Deux pour les Riley...

– C'était pour quoi, la troisième balle ? demanda-t-il.

– Je te le dirai quand on fichera le camp d'ici pour respirer. Et au plus vite.

Le regard de Meers demeurait impassible au-dessus du mouchoir mais son front était d'un blanc verdâtre et luisant.

A nouveau saisi de nausée, Latovsky jeta un dernier coup d'œil à la pièce. A la chaise entourée par la flaque gluante était attachée une corde à linge tachée de sang, et sur le siège, il y avait un torchon maculé de rouge. Cette partie de la pièce était un abattoir. Deux des balles avaient été tirées plus ou moins sous le même angle, presque à la même hauteur, mais la troisième, celle qui avait fini dans l'élément sous l'évier, avait suivi une trajectoire totalement différente et beaucoup plus basse. Du ruban adhésif jaune dessinait un corps sur le mur proche de la porte, avec le contour d'une jambe au pied de la chaise.

– Et l'autre jambe ? voulut savoir Latovsky.

– Plus tard, fit Meers.

– D'accord, sortons d'ici.

Ils se ruèrent vers la porte, la franchirent, découvrirent leur visage et respirèrent un grand coup.

– Bon Dieu ! s'exclama Meers. Allons nous asseoir.

Ils passèrent dans le salon. C'était une pièce agréable

avec un tapis à motifs et un mur d'étagères. Celles du bas étaient occupées par un poste de télévision quasiment neuf, un magnétoscope et une platine laser haut de gamme. L'ordinateur de Riley était posé sur un bureau, près d'une fenêtre laissant entrer une lumière brumeuse, argentée.

– Il a pas pris grand-chose, fit observer le lieutenant.

– Il a rien pris du tout, dit Meers. (Il s'assit dans un fauteuil, devant une modeste cheminée de brique.) La femme avait trois cents dollars en liquide dans le tiroir de sa table de nuit, là où des tas de gens gardent de l'argent pour les cas d'urgence, j' crois bien. Joan le fait, en tout cas.

Allison aussi, pensa Latovsky. Sa « réserve pour se débiner », disait-elle, afin de l'inquiéter. Il ne lui était jamais venu à l'esprit que c'était *lui* qui se débinerait.

– Y avait aussi une montre ancienne dans la commode de Riley, continua Meers. Un truc en or valant plus que tout le reste dans la maison. La femme portait une chaîne en or et sa bague de fiançailles. Pas le diamant Hope, mais ça vaut quelque chose quand même. Il les a pas pris non plus.

– Ils l'ont peut-être surpris en rentrant tôt, suggéra Latovsky.

– Et il aurait attaché la femme sur la chaise? Et il lui aurait pété le genou? C'était ça, le troisième coup, à propos.

– Pété le genou! fit le lieutenant, qui s'assit en face de son chef. Pourquoi, bon Dieu?

– C'est la question, et la réponse évidente, c'est qu'ils étaient dealers et que le tueur voulait savoir où ils gardaient la marchandise.

– Merde, non.

– Riley aurait pas été te le dire, s'il l'était... T'es flic.

– Lem, je l'ai même jamais vu fumer un joint.

– Et sa femme?

– Elle était prof d'anglais à Oneida High – une gentille petite femme qui adorait faire la cuisine. Je la vois pas plus fourguer, renifler ou fumer de la came que ma mère.

– J'avais peur que tu me répondes ça, soupira Meers en se renversant dans le fauteuil. Donc, pas de planque à trouver, et le genou pété reste un mystère.

– Il a peut-être fait ça pour le plaisir, fit Latovsky d'une voix étranglée.

– J'ai demandé à Rule, il dit que non. D'après lui, l'individu qui se livre à la torture source de plaisir – les mots sont de lui, pas de moi – fait durer la chose ; il se sert d'un rasoir, d'une cigarette allumée ou d'une arme de petit calibre. Mais c'était du boulot d'amateur, parce que la grosse Bertha qu'il a utilisée a carrément arraché la moitié de la jambe. C'est ce qui est arrivé à l'autre pied, on l'a retrouvé coincé sous un élément.

Latovsky vit un frisson parcourir Meers mais ce dernier poursuivit calmement :

– Rule dit qu'elle a tourné de l'œil une minute ou deux après, et qu'elle était probablement morte quand il a braqué l'arme sur sa tête. Pas de quoi prendre son pied.

Pas de quoi prendre son pied... La phrase rappela à Latovsky quelque chose qu'il s'efforça de retrouver. Mais il était exténué ; un beignet humide sous une tente trempée à cinq heures du matin constituait son dernier repas. Quand, surmontant sa nausée, il se serait forcé à manger quelque chose, ça lui reviendrait peut-être.

Il alla chez Jeanne récupérer Jo, mais la fillette et Matt, blottis l'un contre l'autre devant la télé, s'efforçaient d'avoir l'air de deux réfugiés orphelins qui mourraient si on les séparait.

– Jeannie dit que je peux rester, annonça Jo, et Matt en a envie.

Jeannie disait toujours qu'elle pouvait rester, Matt en avait toujours envie. Le garçon avait déjà le menton qui tremblait à l'idée de la perdre.

– Ta mère t'attend, argua Latovsky.

Jo fit la grimace. Elle avait atteint l'âge où les desiderata de sa mère ne signifiaient plus grand-chose.

Latovsky jeta un regard de détresse à Jeanne, qui se tenait sous l'arcade séparant le salon de la petite salle à manger.

– J'aimerais bien qu'elle reste, dit Jeanne. Matt aussi. Pourquoi tu ne téléphones pas à Allison ?

Elle retourna à la cuisine pour ne pas entendre la conversation ; il utilisa l'appareil de l'entrée pour que Jo n'entende pas s'il y avait une dispute. Mais Allison se montra très amène, ne prit pas son ton geignard et blessé. Elle avait peut-être un rencart.

Leurs conversations étaient généralement sinistres, brèves, et culpabilisantes pour lui à moins qu'ils ne se querellent, ce qui n'arrivait plus souvent.

Il raccrocha, retourna au salon où les gosses, délaissant la télé, fixaient la porte dans l'attente de connaître leur sort.

– Tu peux rester.

Ils poussèrent un grand « Ouais! », se serrèrent l'un contre l'autre.

Latovsky alla dire au revoir à Jeanne; elle lui donna un long baiser langoureux qui trouva un point faible dans son bas-ventre. Lui aussi aurait voulu rester... mais il n'avait pas le temps.

Il rentra chez lui, ôta la tenue de pêcheur qu'il portait encore – les bottes qui semblaient en plomb, le pantalon dont la laine grattait – et passa sous la douche. Puis il se rhabilla, avala en vitesse un sandwich au beurre de cacahuète et ressortit.

Le soleil dissipait la brume laissée par la pluie; la chaussée et le capot de la voiture fumaient. Il se rendit au poste de police, toujours frais du fait de ses murs de pierre, prit un sandwich au jambon et du café aux distributeurs automatiques puis monta à son bureau lire les rapports préliminaires de Rule et de Lucci. La porte de Meers était fermée, donc il était là. Probablement en train de téléphoner à un copain de Quantico pour savoir si le gros ordinateur avait quelque chose sur un taré qui s'amusait à péter le genou des bonnes femmes avec un Magnum.

L'impression de déjà vu, de déjà entendu revint. Plus forte mais toujours pas explicite. *Un gros calibre... Pas pour prendre son pied...* Le gros calibre, ça lui rappelait Bunner, mais cette histoire de ne pas prendre son pied... Il ne voyait pas en quoi les deux choses étaient liées, ni ce que Barb Riley aurait pu savoir pour que le tueur lui arrache la moitié de la jambe sans y prendre plaisir.

Il laissa les mots se poursuivre l'un l'autre un moment dans sa tête puis renonça et appela le patron de Riley au *Register*. Bien qu'on fût dimanche après-midi, Max Jergens était au travail.

– Désolé de vous demander ça, Mr. Jergens, mais se pourrait-il que les Riley aient dealé de la drogue?

– De la drogue! Bon Dieu, non. Qu'est-ce qui vous a mis une idée pareille dans la tête?

– Barbara Riley a eu le genou fracassé par une balle.

Après un silence stupéfait, Jergens répondit :

– Elle enseignait l'anglais au collège, lieutenant. Alors, on lui a peut-être cassé la rotule pour lui faire cracher les figures de rhétorique. La différence entre une métaphore et une image. Qu'est-ce qui s'est passé?

– Je n'en sais rien.

– Ben, vous devriez le savoir. C'est vous, le flic, merde!

– Désolé, marmonna Latovsky, penaud.

Après un autre silence, Jergens reprit :

– Je suis désolé, moi aussi, lieutenant, je ne voulais pas être cassant. Je suis bouleversé, nous le sommes tous. Le genou fracassé! Je ne comprends pas.

– Nous non plus, Mr. Jergens. Riley travaillait-il sur quoi que ce soit que vous qualifieriez de controversé?

– Assez controversé pour qu'il se fasse tuer et qu'on pète le genou de sa femme? Non. L'affaire du Loup-Garou était la seule...

Le Loup-Garou, pensa le policier, qui sentit les poils de sa nuque se hérisser.

– ... et il rassemblait des informations pour un papier sur Leo Shine, le sénateur de l'État.

– Un rapport possible?

– Non. Shine a quatre-vingts ans, il est à peu près aussi controversé que Dwight Eisenhower. Il est estimé, le vieux bougre, et Riley avait pensé que ça changerait pour une fois d'écrire des gentillesses sur un homme politique. Non, Leo Shine n'a pas tué Jim Riley, lieutenant. Ensuite, il y a eu l'article de vendredi sur la Voyante.

Voyante. Gros calibre, pas de quoi prendre son pied...

Ça y était, il avait trouvé. Il raccrocha. L'interphone se mit à bourdonner une seconde après. Barber annonça que quelqu'un du *Register* voulait lui parler. Le lieutenant crut que c'était Jergens qui rappelait pour ajouter quelque chose mais c'était quelqu'un d'autre.

– C'est vous qui êtes chargé de l'enquête sur l'assassinat de Riley?

– Oui, monsieur. Que puis-je faire pour vous?

– Je m'appelle Lyons, lieutenant. Bill Lyons. Je travaille au service du personnel du *Register*? dit l'homme, comme si c'était une question.

– Oui, monsieur, dit le policier d'un ton patient.

Après un silence, Lyons déclara d'un ton misérable :

– Je crois que j'ai parlé au meurtrier de Jim Riley vendredi.

Et il raconta son histoire.

– Il ne s'appelle pas Latovsky, dit Latovsky.

– Je le sais. Je le sais, maintenant.

– Sa voix avait quelque chose de familier?

– Non. Elle était déformée, comme s'il avait un gros rhume.

– Déformée?

– Oui. Comme s'il était malade, ou alors... peut-être... qu'il déguisait sa voix.

– Déformée, murmura le lieutenant.

– C'est ce que je viens de dire.

C'était un homme à la voix déformée qui avait attiré Bunner dans son bureau et l'avait abattu avec un pistolet de gros calibre. Le Tueur des Bois, selon Eve, le Loup-Garou qui tuait froidement, selon Rule, n'avait pas *pris son pied* en tirant dans le genou de Barb Riley. Il l'avait torturée pour obtenir des informations, mais l'arme était trop grosse, Barb ne pouvait plus rien dire à personne après avoir eu la moitié de la jambe arrachée. Mais qu'est-ce que Barb Riley, professeur d'anglais, *savait*? La différence entre métaphore et image? La boutade de Jergens empêchait Latovsky de réfléchir. Il la chassa de son esprit, prit congé de Lyons. L'interphone bourdonna à nouveau.

– Quoi encore? beugla-t-il dans l'appareil.

Il criait trop, ses hommes finiraient par le détester.

– Une femme qui téléphone d'une autre ville, dit Barber. J'ai essayé de la faire attendre, mais c'est comme faire attendre la reine d'Angleterre... Très hautaine, la dame. Une nommée Tilden.

Eve. Ce n'était pas Barb qui savait quelque chose, c'était Riley. Le Loup-Garou avait torturé la femme pour faire parler le mari; Riley avait entendu Barb hurler de douleur, il avait vu sa chair, son sang éclabousser la cuisine – et il avait tout dit au Loup-Garou.

Latovsky grogna dans l'interphone.

– Ça veut dire que vous la prenez pas? demanda Barber.

– Non, sombre connard! explosa-t-il. Passe-la-moi.

Le cœur battant, il attendit, écoutant les déclics qui le mettaient en communication avec Eve. Dans une seconde, il devrait lui dire qu'il avait finalement mis sur sa trace l'auteur de six-huit meurtres, maintenant. C'était Riley qui avait parlé mais la faute incombait à Latovsky. Eve devait à présent se protéger. Elle avait de l'argent, des gens pour l'aider. Elle pouvait passer l'été en Nouvelle-Écosse, à Vancouver Island, sur la Riviera. Ce ne serait pas si moche, et pendant ce temps, Latovsky le pincerait. Merde pour Meers, Linney et le système judiciaire. Il aurait Adam Fuller et Eve pourrait revenir auprès de son mari, avoir son bébé...

Après un dernier déclic (il y en avait eu assez pour établir la communication avec Oulan-Bator) Frances Tilden commença :

– Lieutenant...

– Eve! s'écria-t-il. Il faut absolument que je parle à Eve.

– J'aurais aimé que ce fût possible, dit-elle.

La cuisine dont Eve avait gardé le souvenir était entièrement blanche et nue, avec un plafond si blanc qu'on ne pouvait le regarder sans ciller, et cette bosse blanc sur blanc.

En réalité, le linoléum était veiné de vert, les éléments et le comptoir avaient pris une teinte ivoire. Le dessus de la cuisinière et le téléphone mural étaient noirs, les rideaux jaunes, et les entailles des bords de la table en porcelaine brun rouille.

– Avancez.

Il la poussa du canon de l'arme. Eve entra dans la pièce, fit quelques pas et se retourna en s'attendant à le voir juste derrière elle. Mais il était resté sur le seuil, et ses yeux avaient enfin une certaine expression. On aurait dit de la peur. La sueur coulait sur son visage, le long de son cou, sous le col de sa chemise propre. Il avait pensé à emporter une chemise de rechange avec tout le reste, y compris une seringue pleine de ce liquide qu'il lui avait injecté la veille.

Ils se fixèrent un moment puis il leva une jambe, la tint en l'air de façon plutôt comique avant de la reposer à la même place. Apparemment, il n'arrivait pas à entrer dans cette pièce. Eve y vit une chance à saisir. Ses yeux firent rapidement le tour de la cuisine, se portèrent sur la porte de derrière, verrouillée et fermée par une chaîne. Elle s'imagina ôtant la chaîne et le verrou, ouvrant la porte, courant... Il l'abattrait avant même qu'elle ait tourné le verrou.

– Pas moyen de s'échapper, Eve, déclara-t-il d'un ton calme. Autant me le dire.

– Vous dire quoi ?

– Ce qui m'est arrivé dans cette pièce.

Au petit garçon terrifié sur la balançoire.

Elle leva les yeux vers la poulie si brusquement que sa nuque craqua et qu'elle fut prise de vertige, reste des effets secondaires du produit injecté. En reprenant conscience, elle s'était sentie très mal mais il avait un serpentin pour faire chauffer de l'eau, du café soluble, des sachets de sucre et de lait, des gobelets en carton. Il lui avait donné un café, l'avait laissée aller aux toilettes et se doucher tandis qu'il restait dehors, braquant sans doute le pistolet sur la porte fermée au cas où elle tenterait de s'enfuir. Pas moyen de s'échapper. Il y avait une petite fenêtre percée haut dans le mur, et Eve monta sur la cuvette des W.-C. pour essayer de l'ouvrir mais elle était collée à l'encadrement par la peinture. Si elle jetait quelque chose pour briser la vitre, il l'entendrait, ferait sauter la serrure d'une balle... et la suivante serait pour elle. Il avait dû vérifier la fenêtre avant de la laisser entrer car il s'était montré très prudent, il avait songé à tout. Il avait même emporté des petits pains sous cellophane saupoudrés de sucre glace dont la première bouchée lui avait rendu l'intérieur de la bouche douloureux parce qu'elle était restée longtemps sans manger.

Le café, la douche, la nourriture avaient eu raison de sa gueule de bois jusqu'à cet instant de vertige quand elle avait levé la tête vers le plafond. Eve s'appuya à la table au plateau de porcelaine, sentit une odeur de cookies au beurre en train de cuire, retira vivement ses mains. L'odeur faiblit, sans toutefois disparaître.

– Je ne peux pas vous aider, dit-elle sans le regarder. Je n'ai aucune idée de ce qui vous est arrivé.

– Non... mais vous pouvez le découvrir. C'est pour cette raison que vous êtes encore en vie.

Elle eut envie de répliquer « C'est absurde », mais si elle le convainquait de l'absurdité de son idée, il la tuerait.

– Peut-être, répondit-elle lentement, en étirant les mots.

Il fallait tout faire lentement, donner à Dave le temps de la trouver.

– Je peux vous fournir un indice, dit-il.

Il posa le pistolet par terre près de son pied, remonta sa chemise et son T-shirt, révéla une poitrine couverte d'une toison châtain clair qui, près du ventre, se réduisait à une ligne de poils disparaissant sous le pantalon. Quand il défit sa ceinture et commença à ouvrir sa braguette, elle détourna le regard. Elle entendit le tintement de la boucle, le zip de la fermeture et ferma les yeux.

– Regardez, ordonna-t-il.

Elle garda les yeux clos jusqu'à ce qu'elle entendît le bruit métallique du pistolet qu'il ramassait et regarda. Il couvrait pudiquement son sexe mais le reste de son corps était nu, et elle vit enfin les cicatrices. Des centaines, courant de la taille au bas-ventre, certaines si fines qu'on les distinguait à peine, d'autres épaisses, couleur foie de veau. C'étaient des coupures, pas des brûlures comme celles de Ken Nevin, et elles ne provenaient pas d'un accident. On les avait faites délibérément !

Elle tenta de dire quelque chose comme : *Oh ! mon Dieu*, ou *Comment a-t-on pu ?*, mais ne parvint à émettre qu'un gémissement plaintif.

– Regardez !

Ordre inutile car Eve n'arrivait pas à détacher ses yeux des cicatrices. L'odeur de cuisson se fit plus forte.

– Il faudra que vous les touchiez ? demanda-t-il.

La chair d'Eve se rida.

– Pourrais pas... balbutia-t-elle.

Il baissa les yeux vers son ventre.

– Oui, sûrement, murmura-t-il. Je ne les vois pas souvent, j'oublie à quel point elles sont horribles.

Il laissa retomber sa chemise, réussit à se rhabiller d'une main en gardant le pistolet braqué sur elle. Avec un sourire triste, il reprit :

– Le spectacle est terminé, Eve. Racontez-moi.

Elle eut envie de lui répondre que ça ne marchait pas comme ça, qu'elle ne verrait peut-être rien, ou n'importe quoi au sujet de n'importe quelle personne qui était passée dans cette pièce. L'ancien fermier donnant à manger à ses poulets, par exemple, ou nettoyant l'écurie. Mais c'était des foutaises, elle le savait. Si elle n'avait pas le pouvoir de mettre fin à une vision, elle « voyait » ce qu'elle voulait quand elle le voulait, et elle ferait mieux de finir par l'admettre ou elle ne quitterait pas cette cuisine vivante.

– Allez, Eve, fit-il du même ton enjôleur que Dave Latovsky ou Meg.

Allez, Eve, dis-moi le passé et le futur, les tenants et les aboutissants. Dis-moi où sont les émeraudes de grand-mère, si mon mari saute une autre femme. Dis-moi qui a joué sur la balançoire et à quoi ressemble le tueur... Dis-moi d'où viennent ces cicatrices.

Eve savait comment faire. La poulie était au cœur de cette chambre d'horreur, la table se trouvait juste en dessous. Elle posa les mains à plat sur le plateau de porcelaine, sentit l'odeur du beurre et du sucre en train de cuire, la chaleur du four... Elle leva les yeux, vit la poulie, non peinte, avec une corde engagée dans sa gorge. Elle grinça doucement en tournant, la corde se tendit et une femme chantonna : « Sale, sale, sale... »

– Miss Tilden, dit Latovsky, restez en ligne, nous allons avoir une conversation à trois avec un nommé Berger du F.B.I. D'accord?

– Je reste juste en ligne? fit Frances docilement.

– Oui, madame. Ça ne prendra qu'une minute.

Se sentant essoufflé, il se força à expirer lentement, profondément, puis appela Barber par l'interphone.

– Écoute-moi bien, Larry, dit-il. (Il n'employait jamais le prénom de Barber, fut même étonné de s'en souvenir.) J'ai une Miss Tilden sur la 3. Je veux que tu la gardes et qu'en même temps, tu me donnes Stan Berger sur la 4, et que tu arranges ensuite une téléconférence.

– Pour que vous puissiez tous parler ensemble? fit brillamment Barber.

– C'est ça, Larry. Et si tu me perds l'un ou l'autre, je te suspends.

Silence.

– Tu m'as compris, Larry?

– Oui, lieutenant, j'ai compris.

Latovsky chercha dans son agenda le numéro de Berger, le donna à Barber, raccrocha, attendit.

Ce n'était pas un kidnapping ordinaire; le F.B.I. ferait son boulot mais il n'y aurait pas de demande de rançon. Eve était déjà morte, ou elle le serait dès que Fuller aurait obtenu d'elle ce qu'il voulait, et ce n'était pas de l'argent.

– Eve...

Il n'avait pas voulu prononcer son nom et fut surpris par le son de sa voix. Le téléphone sonna, il décrocha.

– Bon, Mr. Berger... madame... dit Barber. Vous pouvez y aller.

Latovsky fit les présentations puis laissa les deux autres parler. Après les explications de Frances, Berger déclara qu'on mettrait sur écoute les téléphones de Tilden House – cela au cas où Latovsky se trompait et où il s'agissait bien finalement de l'enlèvement « ordinaire » d'une riche héritière. Le lieutenant attendit un moment pour s'assurer que le courant passait entre les deux autres puis se déconnecta et se mit à la recherche de Lucci. S'il devait bientôt affronter Adam Fuller et son gros calibre, il aurait besoin de soutien.

« Sale, sale, sale », chantonnait la femme d'une voix lente et sournoise qui donnait à Eve l'envie de plaquer ses mains sur ses oreilles. Le jour gris passant à travers les fenêtres fit place à des rayons de soleil; les entailles du bord de la table avaient disparu et le petit garçon de la balançoire y était allongé, sur le dos. Nu à partir de la taille, il avait les genoux attachés à la corde de la poulie et soulevés pour exposer ses fesses et ses cuisses nues. Il pleurait, de faibles sanglots qui firent penser à Eve qu'il pleurait depuis un moment.

Son pantalon et son caleçon étaient soigneusement pliés sur une chaise; la pièce était parfaitement propre; des effluves d'encaustique et d'huile de pin luttaient contre l'odeur des cookies en train de cuire.

« Sale, sale, sale, psalmodiait la voix. Faut nettoyer... faut faire sortir tout ça. »

Un rayon de soleil frappa le visage de l'enfant, qui

tourna la tête. Sur la table, devant son pelvis soulevé, il y avait une serviette blanche comme neige sur laquelle étaient posés un couteau à découper, un couteau à légumes, une lame de rasoir, ainsi qu'un sac à lavement rose, un bassin de lit et un pot de vaseline.

Le cadre s'élargit, Eve vit le large dos de la femme en robe à fleurs. Elle avait d'épais cheveux bruns striés de gris coiffés en un solide chignon lisse. Elle était grande et fortement charpentée, lourde mais pas grosse. Comparé à elle, le garçon ressemblait à un fétu – un fantôme d'enfant.

« Prêt ? » murmura-t-elle. Le gosse geignit, elle lui pinça la cuisse avec une telle force qu'on eût pu croire que ses doigts se touchaient à travers la chair maigre.

« J'ai dit, prêt ? »

« Oui », dit l'enfant d'une voix étranglée.

« Bon, c'était juste pour savoir. »

Elle avait une voix basse, presque masculine mais atone, comme un enregistrement passé à la mauvaise vitesse. Elle se retourna, se dirigea vers la fenêtre, fit face à Eve qui fixa des yeux sombres brillants d'une haine démente. Jamais elle n'avait vu une folie aussi totale, dénuée de toute trace de modération ou de raison.

Le ventre de la femme se renfla contre l'évier quand elle regarda au-dehors.

« Rien en vue, chantonna-t-elle. Juste nous deux... juste toi et moi, petit bâtard. »

Lorsqu'elle revint à la table, l'enfant eut un hoquet de terreur, essaya de dire quelque chose, n'y parvint pas. Elle prit le sac à lavement, retourna à l'évier pour le remplir d'eau froide. Il se gonfla et Eve, oubliant la situation, s'écria :

– C'est trop, vous allez le tuer !

En fredonnant, la femme ajouta un liquide ivoire. « Sale, sale, sale... faut nettoyer dehors et dedans... sale, sale, sale... »

Elle se tourna vers le garçonnet et cria presque cette fois : « Sale ! La propreté, c'est le commencement de la piété. Alors, tu détestes la saleté autant que moi, hein, petit bâtard ?

Malgré ses sanglots, l'enfant parvint à hocher la tête. Elle rapporta le sac sans perdre une goutte de son contenu, trempa la canule dans le pot de vaseline, la regarda briller au soleil.

S'arrachant à la contemplation de l'embout, elle poussa le bassin sous l'enfant et, plissant le front de concentration, écarta les fesses du gosse et enfonça le tube. Eve ferma les yeux mais cela ne marchait jamais ; elle détourna la tête mais l'image tourna avec elle et elle vit les yeux de l'enfant s'agrandir puis se fermer. Il cria, l'eau froide ruissela dans le bassin, se couvrit d'une mince couche de mousse de savon. Les cris se transformèrent en plaintes, s'arrêtèrent ; le visage du petit garçon n'avait pas plus de couleur que le plateau de la table et Eve se dit qu'il avait perdu connaissance.

La femme fit glisser le bassin de dessous ses fesses, le porta hors de la pièce.

La sueur assombrissait les cheveux de l'enfant, dont les paupières semblaient minces comme du tissu ; une petite veine bleue palpitait sur son front blanc. Eve eut envie de caresser sa tête, de relever les mèches mouillées, de protéger ses yeux de la lumière crue du plafond que les paupières trop minces laissaient sans doute passer. Mais elle ne vit pas sa propre main quand elle la tendit.

La femme revint sans le bassin, se pencha au-dessus du garçon. « Ne fais pas le mort, hein... » Elle le gifla. Eve pria pour qu'il reste évanoui et échappe à ce que cette épouvantable garce lui réservait, mais ses yeux clignèrent et s'ouvrirent. Avec un gloussement, la femme prit le couteau à découper.

« Voilà, voilà, voilà, chantonna-t-elle de sa voix de basse, le dessert... » L'enfant vit le couteau, trouva la force de crier à nouveau. La femme sursauta, craignant que quelqu'un l'entende, mais il n'y avait personne ; elle approcha le couteau, le tint de façon à ce qu'il accroche la lumière et menaça : « La ferme, bâtard, ou je te fends en deux. Je te coupe le machin et je te le fourre dans la bouche. Tu m'entends, bâtard ? »

Il se raidit, les yeux de la femme s'illuminèrent comme si elle s'apprêtait à dévorer son plat préféré. Elle posa la lame du couteau sur le ventre lisse (c'était la première fois, il n'y avait pas de cicatrice), pressa légèrement d'un geste hésitant. L'enfant eut un sursaut qui fit s'enfoncer la lame ; le sang jaillit. « Saleté », grogna la femme, qui courut prendre des serviettes en papier au-dessus de l'évier. Elle passa à nouveau devant Eve et celle-ci la supplia :

– Je vous en prie... je vous en prie...

Mais c'était sans espoir ; cette scène d'horreur avait été jouée trente ans plus tôt.

La femme fit un tampon avec les serviettes pour éponger le sang, revint à *une table différente dans une pièce différente*. L'odeur de cookies et le léger clapotis du lac avaient disparu, le soleil avait perdu de son éclat tranchant, le jour s'était fait gris, hivernal.

Cette cuisine-ci avait des éléments en cèdre, un sol de dalles de vinyle beige, des comptoirs de Formica beige avec des motifs de poires et de pommes. Il n'y avait plus de poulie.

La femme avait surmonté la difficulté en attachant les genoux de l'enfant aux poignées des éléments, derrière lui, soulevant ses jambes et son postérieur nus plus haut encore. Plus âgé, il avait pris du muscle mais demeurait aussi décharné. Ses côtes saillaient sous sa chemise, ses genoux, ses chevilles ressemblaient à de grosses bosses osseuses... et il était couvert de cicatrices. Certaines coupures étaient anciennes, guéries, d'autres récentes, à vif. Cela devait durer depuis des années, maintenant, parce que l'enfant paraissait avoir dix ans, bien que son âge fût difficile à estimer du fait qu'il fût si maigre, et probablement sous-développé. Il avait le visage plus long, les traits mieux formés, les yeux vides, exactement comme ceux de l'homme qui se tenait sur le seuil de la porte en cette année 1993.

La femme, elle, n'avait pas du tout changé.

A ceci près qu'elle semblait plus impatiente, qu'elle s'amusait moins. Peut-être parce que l'enfant montrait ce calme incroyable, quasi surnaturel. Il était aussi plus grand, plus dur à mettre en position ; ses parties génitales étaient plus lourdes. Il grandissait ; le temps qui restait à la femme touchait à sa fin ; ses chances de lui faire mal une fois pour toutes et à jamais s'amenuisaient, ou du moins était-elle trop folle, trop stupide pour se rendre compte que c'était déjà fait.

Elle prit un grand couteau, fit une longue incision peu profonde en travers d'autres coupures encore ouvertes. Bien que la douleur dût être insupportable, l'enfant avait l'air de regarder un spectacle ennuyeux d'ombres chinoises au plafond. Le sang coula, elle l'essuya, se tint au-dessus de lui sans savoir que faire maintenant. Puis ses yeux sombres, déments s'éclairèrent comme si elle venait d'avoir une idée exquise, et Eve tenta désespérément de revenir en arrière. *Nous sommes en 1993, la « pacification » au Viêt-nam s'est transformée en une guerre que nous avons perdue ; nous avons envoyé des hommes sur la lune ; une navette spatiale a explosé, faisant sept morts dont un professeur du New Hampshire. Nous sommes en 1993, sous la présidence de Bill Clinton. Je suis enceinte, Sam est parti...*

Mais la vision demeura claire. La femme alla au comptoir prendre une bouteille d'alcool à 90°, en humecta des serviettes en papier, les pressa sur la blessure. Le corps de l'enfant fut pris de tremblements mais ses yeux continuèrent à fixer le plafond d'un regard vide comme si elle avait torturé quelqu'un d'autre.

« De l'acide ! s'écria-t-elle, frustrée. C'est de l'acide qu'il me faut. »

Ses yeux retrouvèrent leur éclat dément ; elle laissa tomber le tampon sanglant, saisit l'organe ratatiné entre les jambes du garçon et chantonna : « Voilà, voilà, voilà... le dessert ! » D'une main tremblante, elle approcha le couteau de la base du pénis. Eve sut que la femme était dévorée de l'envie de le faire, qu'elle était à un doigt de le faire mais qu'elle avait conscience qu'elle ne s'en tirerait jamais. Elle n'avait pas pu le faire puisqu'il avait fait l'amour à Abigail Reese avant de l'éventrer.

« Regarde, regarde bien ce que je vais te faire ! » cria-t-elle d'une voix aiguë. Tombant dans le piège, il leva la tête, vit où se trouvait le couteau. Sa peau passa de l'ivoire au vert et il eut l'air effrayé. Ni terrifié, ni suppliant, ni pitoyable comme l'autre fois. Juste effrayé, puis résigné. Sa tête retomba sur la table, il ferma les yeux et attendit.

La transformation du joli petit garçon vulnérable de la balançoire en ce monstre figé sur le seuil de la pièce était achevée.

Eve tourna vivement la tête pour vomir dans l'évier de cette autre cuisine, vit sur le comptoir un pot à cookies en forme de tête. Mrs. Knapp en avait un aux traits joyeux mais celui-ci semblait triste, comme s'il pouvait voir l'enfant et pleurer pour lui. Le pot disparut, l'évier au-dessus duquel elle se penchait passa de l'inoxydable à l'émail. Eve revint à elle.

– Pourquoi? répétait-il, comme un enfant.

– Je ne sais pas. Je ne vois jamais pourquoi, répondit Eve.

Ils étaient dans la salle de séjour, lui sur une chaise, elle sur le canapé poussiéreux. Elle lui avait donné ce qu'il voulait, lui ôtant son unique raison de la garder en vie. Pourtant, il ne paraissait pas prêt à la tuer et tenait le pistolet d'une main molle, posée sur ses cuisses. Elle n'avait jamais vu une arme à feu d'aussi près, mais se dit que le levier situé au bord de la crosse devait être le cran de sûreté. Il était abaissé. Eve n'arriverait jamais à le lui prendre, aussi mollement qu'il le tînt, mais elle parviendrait peut-être à la porte avant qu'il n'arme, ne vise et ne fasse feu.

– Elle devait bien avoir une raison, insista-t-il.

– Elle vous haïssait.

Eve était plus près de la porte que lui. Elle devrait contourner le bout du canapé, franchir trois mètres pour arriver à la porte. Elle n'osa pas regarder derrière elle mais crut se souvenir qu'il y avait un recoin qui la cacherait. Elle réussirait peut-être à sortir, à traverser la clairière et à se réfugier dans les arbres avant qu'il ne l'abatte. Inutile d'essayer de s'enfuir avec la voiture, il n'aurait jamais eu l'imprudence de laisser les clefs dessus, et la vie n'avait pas préparé Eve à faire démarrer un moteur en mettant la serrure de contact hors-circuit. Elle sourit presque.

– Mais pourquoi? demanda-t-il.

Il aurait probablement le temps de tirer une fois mais elle pouvait arriver aux arbres avec une balle dans l'épaule... sauf qu'il viserait son dos, la partie la plus large de son corps. Ce qui ne voulait pas dire qu'il l'atteindrait. C'était un meurtrier, pas nécessairement un bon tireur.

– Pour quelle raison avait-elle à ce point envie de me faire mal? s'étonna-t-il.

– Elle ne vous faisait pas mal, répliqua Eve. (Le ton était trop sec pour s'adresser à un tueur armé d'un pistolet mais c'était plus fort qu'elle.) Elle vous torturait, elle voulait vous châtrer – elle l'aurait fait si elle avait cru pouvoir s'en tirer.

– Mais pourquoi ?

Toujours la même question – le fou qui pense que les autres ont des motifs tout à fait sains.

– Je l'ignore, marmonna Eve.

– Qu'est-ce que je lui avais fait ?

– Rien. Vous étiez juste un gosse, vous ne pouviez rien lui faire.

Cela devrait mettre fin aux pourquoi, pensa-t-elle, changeant de position pour se rapprocher du bout du canapé. Pourtant, il en sortit un autre :

– Et pourquoi elle me traitait de bâtard ? Ma mère n'était jamais grossière. Si elle utilisait ce mot, c'était dans son sens littéral [1].

Eve le fixait, pétrifiée, oubliant le pistolet, la distance de la porte et son plan d'évasion.

– Pourquoi ? insista-t-il. Ils étaient mariés quand ils ont eu Mike et il a sept ans de plus que moi. Ma mère et mon père...

– Votre mère ! Cette salope n'était pas votre mère !

Latovsky glissa le fil de fer dans la serrure, chercha la gorge dans les rouages.

– A quoi ça sert ? murmura Lucci d'une voix tendue. Il est pas ici.

– Elle y est peut-être.

Le ventre ouvert, mise à sécher au grenier, pensa-t-il. *Ou à la cave, avec une balle dans le visage.*

– Dave, on a pas un seul document légal qui nous autorise à faire ça.

– Tu veux qu'on la laisse ici si on la trouve ?

– Parle pas comme ça.

Le sergent chuchotait quoiqu'il n'y eût personne aux alentours. La maison était sombre, le garage vide. Personne n'avait répondu quand ils avaient sonné ni quand ils avaient frappé aux portes de devant puis de derrière.

Latovsky trouva la gorge qu'il cherchait, tordit le fil de fer. Le pêne revint en arrière avec un déclic et ils entrèrent dans une cuisine obscure (pas de lumière

1. En anglais, *bastard* signifie aussi salaud, salopard. *(N.d.T.)*

éclairant le couloir, cette fois) et entreprirent leur perquisition de la maison parfaitement rangée d'Adam Fuller.

Le sous-sol était sec, balayé, vide. Rien non plus au rez-de-chaussée. Ils montèrent au premier étage, inspectèrent des chambres impeccables. Ils abaissèrent l'escalier pliant du grenier et ce fut Lucci qui grimpa parce que les marches semblaient trop fragiles pour le poids de Latovsky. Quand le sergent eut trouvé l'interrupteur, un rai de lumière passa par la trappe et tomba sur le sol du couloir, puis la tête de Lucci apparut en haut de l'escalier, et Latovsky dut se rappeler de respirer.

– Que dalle, dit le sergent. Pas une seule caisse, pas de vieille machine à coudre ni de mannequin de couturière. T'as déjà vu un grenier vide, toi?

Ils fouillèrent la chambre de Fuller. Couvre-lit soigneusement tiré, commode bien rangée avec, dessus, la photo encadrée d'un homme corpulent d'une quarantaine d'années et de ses deux gosses. Les vêtements accrochés dans la penderie étaient séparés par un espace pour qu'ils ne se froissent pas, les chemises propres protégées par le sac en plastique de la blanchisserie. Les chaussures étaient alignées sur leur râtelier avec une précision militaire – comme sur celui de Latovsky. Il se promit de s'en débarrasser quand il rentrerait.

Dans le tiroir de la table de nuit, ils trouvèrent un agenda avec les numéros de téléphone de Mike au bureau à Sawyerville, de Bunner, de l'hôpital et d'Ellsworth Harris. Le lieutenant nota ce dernier dans son calepin.

Ils sortirent de la pièce et redescendirent sans savoir où chercher, que chercher. La maison silencieuse se moquait d'eux, et Latovsky sut qu'Eve n'y était jamais venue.

Fuller l'avait tuée là où il l'avait trouvée; Berger et compagnie découvriraient le corps dans un bois du Connecticut.

– On a fini, Dave? demanda Lucci d'un ton plein d'espoir.

– Pas encore.

Ils passèrent dans le bureau. Lorsque son regard se

posa sur le magnétophone et les cassettes, Latovsky s'immobilisa si brusquement que son collègue le télescopa.

– Quoi encore? grogna le sergent.

Le lieutenant s'approcha des étagères, promena l'index sur le dos des cassettes jusqu'à ce qu'il parvienne à « Yo Yo Ma/Bach » en lettres blanches sur fond noir. Il déplia son mouchoir d'un geste sec, en entoura sa main droite.

– Dave, bon Dieu, qu'est-ce qu'il y a encore, maintenant?

Latovsky sortit la cassette de son étui, la glissa dans l'appareil.

– T'as vraiment besoin d'écouter du Bach alors qu'on est en train de bousiller notre carrière? protesta Lucci.

Latovsky ne répondit pas. La bande passa en sifflant sur les têtes de lecture puis la voix de Bunner s'éleva : « ... l'essentiel de l'histoire : vous vous trouviez devant une certaine maison...

– C'est pas du Bach, ça, fit Lucci. C'est qui?

– Terence Bunner.

– Pourquoi Fuller aurait enregistré...?

Le sergent comprit; son visage au teint jaunâtre se figea. Il regarda son chef à travers ses cils épais et dit :

– Il l'a pas enregistré, hein? Il l'a pris. C'est...

– C'est lui, Mike.

– Il a tué Bunner.

Et les femmes retrouvées dans les bois et les Riley, pensa Latovsky. Mais ç'aurait été trop d'un coup pour le sergent, qui aurait probablement demandé : « Et le Petit Chaperon Rouge aussi? »

– On a dû vous répondre au standard de l'hôpital que le Dr Fuller est absent, j'en suis sûr, dit Ellsworth Harris.

– Oui, confirma Latovsky, mais il n'est pas chez lui non plus et nous avons pensé que vous sauriez peut-être où il est parti, docteur.

Ils se trouvaient dans le hall d'entrée des Harris, éclairé par un lustre de cuivre et de cristal en forme de tarentule. Le médecin était en tenue de golf et Mrs. Harris, à l'arrière-plan, tordait ses gants de golf en s'efforçant de garder un visage poli dénué d'expression. Elle devrait prendre des leçons auprès de Frances Tilden, pensa le policier.

– Je ne vois pas ce qu'Adam aurait pu faire pour attirer l'attention de la police, fit Harris d'un ton hautain. Trop de contraventions, j'imagine.

Huit meurtres et un enlèvement, songea Latovsky. Mais il répondit :

– Il ne s'agit pas de contraventions.

– Bon, alors, avant toute chose, je devrais peut-être savoir de quoi il s'agit.

Ah, tu devrais... Latovsky sentit qu'il perdait son sang-froid. Il se vit saisir ce trouduc par sa chemise de golf jaune citron ornée d'un petit joueur de polo, et le balancer contre le mur. Il serra les poings, s'éclaircit la voix, et dit d'un ton à peu près calme :

– Jouez à ça, docteur, et je vous arrête pour obstruction à la justice, entrave à un officier de police dans l'exercice de ses fonctions, et peut-être même pour complicité.

Harris pâlit.

– Je ferais mieux d'appeler mon avocat.

– Vous feriez mieux de nous dire où est Fuller, on peut remettre le numéro de l'avocat à plus tard.

Harris considéra l'énorme flic aux poings serrés, les tendons saillants sur son cou comme des lianes sur un tronc d'arbre. Puis son regard passa au sous-fifre maigrichon qui avait les yeux veloutés, les longs cils sombres d'un tueur de film policier.

– A Sawyerville, coassa-t-il. Son père est malade, il a pris un congé.

– Quand?

– Vendredi.

Et il a kidnappé Eve samedi, pensa Latovsky, il y a déjà vingt-quatre heures. Il était impensable qu'elle soit encore en vie. Sentant l'espoir et l'énergie le quitter, il s'efforça de se ressaisir en songeant à Rud Tyler, son meilleur prof à l'école de police. *Votez pour vos espoirs*, disait Rud. *On peut toujours renoncer, c'est ce que les gens font le plus facilement. Quatre-vingts pour cent des criminels s'en tirent parce que quelqu'un a renoncé. Votez pour vos espoirs.*

Il essaya : il n'était pas impensable qu'elle soit en vie.

Elle disposait d'une arme que personne n'avait, et Fuller désirait peut-être en profiter, comme Latovsky l'avait fait. Si elle la jouait fine, elle pouvait rester en vie, et peut-être même trouver un moyen de le liquider avant qu'il ne la liquide.

– Je dois me servir de votre téléphone.

– Je vous en prie.

Harris le précéda dans une pièce lambrissée de pin brut, tapis et meubles blancs, cheminée d'acier inoxydable donnant de l'ensemble un reflet brouillé. Mrs. Harris avait un visage agréable, et c'était sans doute une personne agréable, mais ses goûts étaient exécrables.

– Là-bas, fit le médecin, désignant de la tête un petit téléphone blanc d'aspect incroyablement fragile.

Le dernier cri de la technique, pensa le policier en s'en approchant.

– Lieutenant, fit Harris.

Latovsky s'arrêta.

– J'ai une chose à vous dire. J'ignore de quoi vous soupçonnez Adam mais c'est un excellent docteur, qui aime ses malades. Le meilleur de notre personnel.

Harris semblait sincère et Latovsky s'accorda une seconde pour le regarder. Adam Fuller « aimait ses malades », ce qui signifiait sans doute qu'il tentait de les sauver puis les accompagnait vers la mort avec douceur quand il avait échoué. Entre-temps, il tuait des gens. C'était une contradiction trop étrange pour qu'il se mette à la ruminer et il n'essaya pas. Il décrocha le téléphone, lança à Harris un regard appuyé.

– Vous m'excusez?

– Bien sûr.

Le médecin sortit, ferma la porte.

Latovsky obtint une standardiste au fort accent antillais qui eut des problèmes avec *Sawyerville*. Une fois franchie la barrière des langues, il entendit une voix atone d'ordinateur lui donner le numéro de la maison où il s'était rendu dimanche dernier pour poser des questions sur celle de Raven Lake.

Raven Lake.

Adam Fuller était allé là-bas jeudi, par curiosité ou pour raviver le souvenir d'un été de son enfance... ou pour chercher Eve. Quelle que soit la raison, il avait trouvé une maison isolée, déserte, au bord du lac couleur aile de corbeau.

Raven Lake.

Mais Harris avait dit *Sawyerville* et c'est dans la maison de Barracks Lane que le téléphone sonna. Latovsky essayait d'abord Sawyerville parce qu'il ne voulait pas brûler les étapes. Pas de raccourci, on faisait tout dans les règles. Il laissa même le téléphone sonner cinq fois. La maison était petite mais il ne tenait pas à tout bousiller parce que Donald Fuller était aux gogues, ou bourré, ou ralenti dans sa marche par les petites misères d'un printemps humide. Il laissa mourir la cinquième sonnerie, enfonça l'interrupteur, le relâcha, composa le code général pour obtenir le poste de Jed Brannigan à Echo Lake, situé à dix minutes de Raven Lake. Brannigan n'était pas un génie mais il était méthodique et assez modéré dans ses réactions pour ne pas appeler le S.W.A.T. [1] à la rescousse et jouer au commandant de chars à la bataille de la Crête dès qu'il entendait le mot *kidnapping*. Il était capable de finesse et ne causerait pas la mort d'Eve si elle était encore en vie.

Pourtant, Latovsky enfonça à nouveau l'interrupteur avant que le téléphone ne se mette à sonner : il n'avait pas la moindre preuve que Fuller l'avait enlevée, encore moins qu'il l'avait emmenée à Raven Lake. Brannigan n'accepterait jamais de faire irruption dans une maison sans mandat, ou sans une meilleure raison d'intervenir que celle que Latovsky pouvait lui donner...

Il sortit son calepin de sa poche, y chercha le numéro de Mrs. Rodney et le composa.

– Bien sûr, lieutenant, répondit-elle après qu'il lui eut expliqué ce qu'il voulait. Si vous pensez que c'est nécessaire.

– Je le pense, madame. Ils seront peut-être obligés d'entrer par effraction mais nous couvrirons les dommages éventuels.

– On ne peut pas être plus équitable, estima la vieille dame.

Latovsky raccrocha, appela Echo Lake.

1. Équivalent du G.I.G.N. *(N.d.T.)*

C'était à Brannigan de jouer; si la maison de Raven Lake était vide, Latovsky roulait vers Sawyerville et Raven Lake se trouvait à une heure de voiture dans la mauvaise direction.

Ils repartirent pour attendre au poste de police, laissant Harris les observer de sa porte ouverte, l'air curieusement décontenancé.

Ils burent du café en tâchant de ne pas fixer le téléphone des yeux. Quand le café fut bu, Latovsky détacha des morceaux de plastique du bord de son gobelet. Il était plus de quatre heures; dix heures s'étaient écoulées depuis que lui et Pete avaient fait accoster le dinghy à Chalice Lake et porté les enfants à terre pour qu'ils ne soient pas plus mouillés qu'ils ne l'étaient déjà.

Il arracha un autre morceau au gobelet, l'écrasa entre ses doigts et le laissa tomber sur son bureau.

Une voiture banalisée remonterait l'allée avec un seul flic vêtu d'une veste de sport, d'un pantalon ample, d'une chemise Oxford bleue à pointes de col boutonnées, et d'une cravate en polyester que son gosse lui avait offert pour Noël. C'était une sorte de fatalité : les gosses de flic achetaient des cravates atroces. Pour Noël dernier, Jo lui en avait offert une avec des espèces d'asticots bleus et violets rampant sur un fond d'une couleur qu'on appelait sarcelle, croyait-il.

Le flic seul se gare, gravit les marches du perron. La maison silencieuse a un air secret, masqué, jolie maison au bord du lac transformée en repaire du Loup-Garou, avec des fenêtres semblables à des yeux de verre aveugles, une porte dont on sait qu'elle grincera comme le couvercle d'un cercueil resté cent ans sous terre. Il sonne, s'éclaircit la voix et regarde devant lui en s'efforçant de ressembler à un représentant en encyclopédies.

L'imagination de Latovsky lui fit défaut quant à la suite. Il jeta le gobelet dans la corbeille, recueillit les morceaux au creux de sa main et leur fit suivre le même chemin.

– Tu veux un Milky Way? proposa Lucci.

Il acquiesça; Lucci se levait pour aller au distributeur quand le téléphone sonna. Latovsky décrocha, Brannigan annonça :

– Raté.
– Elle est morte !
– Elle n'est pas là, Dave. Il n'y a personne mais on a trouvé des gobelets en carton avec du café séché dans le fond et des serviettes mouillées dans les toilettes. Comme il fait humide, il leur faut un moment pour sécher. Je dirais qu'on les a ratés d'une heure ou deux. Maximum.
– « Les » ?
– Oui : deux gobelets, deux emballages de petits pains, deux sachets de café soluble... Ils étaient deux, c'est certain.
– Pas de corps... bredouilla Latovsky.
– Non. On a regardé dans la cave – le sol est de terre battue, on n'y a pas touché depuis des années. Dehors, l'herbe est encore mouillée, elle aurait gardé les traces de pas, celles d'un corps qu'on traîne. Personne n'a marché sur cette herbe depuis qu'il s'est mis à pleuvoir.

Brannigan était effectivement méthodique, et plus intelligent que le lieutenant ne l'aurait cru.

– Nous avons commencé à ratisser les bois, poursuivit-il. Rien aux abords immédiats de la maison mais les bois sont vastes, on peut encore la trouver – sauf que j'y crois pas. C'est juste une intuition, remarquez. Je pense qu'il l'a emmenée là où il est allé.

Sawyerville.

Ils raccrochèrent. Latovsky lança un avis de recherche concernant la voiture de Fuller, traversa la grande salle en direction du bureau de Meers. La porte était fermée mais de la lumière passait par en dessous. Il sortit la cassette de Bunner de sa poche, entra sans frapper.

La maison était sinistre, comme toutes celles de la rue, et Eve eut une impression de profonde décrépitude en montant le perron de la véranda délabrée. Comme les marches étaient fendillées, de guingois, elle trébucha et, dans un réflexe, il lui saisit le bras. C'était la première fois qu'il la touchait depuis la piqûre de la veille.

Il retira vivement sa main mais pas avant que quelque chose ne se transmette à elle. Pas une image – elle ne voyait plus rien de ce que cette garce lui avait fait – ni quoi que ce soit d'autre le concernant. Elle eut le sentiment d'une obscurité tourbillonnante, comme si, plongeant dans la gueule d'un animal rugissant, le regard se perdait dans un gosier brûlant de rage.

Une rage qui n'était pas dirigée contre elle, sinon elle serait morte. Il n'avait pas plus de sentiments pour elle que pour un marteau, une scie, n'importe quel outil dont il se serait servi. *Tu vois, Meg, je suis utile,* pensa-t-elle.

Il ouvrit la porte avec une clef en braquant son arme sur Eve, sans chercher à la dissimuler. Il faisait encore clair mais la rue était déserte. Dimanche après-midi : les gens devaient regarder la télévision.

Ils entrèrent, il referma la porte. Des odeurs de vieux tapis, de poussière trop épaisse pour l'aspirateur et de tissu moisi les enveloppèrent.

– Prenez le couloir, ordonna-t-il.

Au bout, il y avait une porte fermée dont elle savait qu'elle menait à la cuisine.

– Ouvrez, dit-il, se servant du canon de l'arme comme d'un aiguillon.

Sa voix s'était durcie; Eve essaya de voir son visage mais il faisait trop sombre dans le couloir.

– Allez-y, ouvrez.

Elle poussa la porte, pénétra dans une pièce où une lumière terne passant par une fenêtre sale entourait toute chose d'un halo gris. Il alluma la lampe et elle vit la deuxième cuisine.

Dans sa vision, la pièce était impeccable, carreaux brillants, éléments et appareils astiqués, rideaux amidonnés d'une blancheur aveuglante. Elle n'était plus maintenant ni sale ni propre, juste défraîchie. Les éléments étaient sans éclat, la porte du réfrigérateur avait jauni; dans l'évier une eau laiteuse cachait des assiettes sales. La garce aurait été navrée de voir ce qu'était devenue sa chambre de torture étincelante – Eve aurait voulu qu'elle puisse vraiment la voir parce qu'elle la haïssait. C'était la première fois qu'elle éprouvait de la haine pour qui que ce soit.

– C'est la même pièce? demanda-t-il.

– Oui.

– Ça s'est passé ici aussi?

– Oui.

– Même femme, même gosse. Vous ne pouvez pas vous tromper?

Eve ne prit pas la peine de lui répondre. Il se laissa tomber sur une chaise, posa l'arme sur la table mais sans la lâcher.

– Alors, c'est ça le grand secret, fit-il à voix basse. Le sombre secret de ma vie. (Il leva les yeux vers Eve.) Des tas de gens martyrisent leurs enfants, vous savez. C'est devenu le sport national. Ils les coupent, les brûlent, leur défoncent le crâne...

Détournant la tête, il poursuivit :

– Je me sens comme un gosse le jour de son anniversaire. Vous vous souvenez? On saute du lit, on court se regarder dans le grand miroir de la salle de bains pour voir si on a changé... et on est le même.

– Je me souviens, dit Eve.

– Je croyais que je changerais, je suis le même.

En fait, il avait changé. Il semblait plus vieux, avait l'air fatigué pour la première fois. Son visage n'avait plus la beauté fade de ces mannequins de clip publicitaire télévisé qu'on se lasse de regarder au bout d'une demi-seconde. Il y avait dans ses yeux quelque chose qui rappela à Eve les feux d'un bateau de pêche qui s'était échoué une nuit sur les rochers au large de Winter Harbor.

– Je croyais sans doute que je serais guéri, comme Ken Nevin.

– Il est guéri?

– Il est vivant. Je l'ai vu *Chez Rose* l'autre jour; il souriait et saluait les gens. Il a mangé un énorme steak, discuté de sports avec le barman. Après son départ, chacun s'accordait à dire qu'on ne l'avait jamais vu comme ça.

Ainsi *la chose* avait sauvé le couple de Meg et peut-être guéri Ken Nevin. Elle avait aussi causé la mort de Bunner, causerait probablement la sienne et mourrait avec elle... Sauf que ce n'est pas comme ça, pensa-t-elle soudain. Ce n'était pas un parasite, une maladie infectieuse qui s'était abattue sur elle à la mort de sa mère. *La chose* faisait partie d'elle-même, comme le timbre de sa voix, le reflet vert de ses yeux. *Elle en avait toujours fait partie*, qu'elle le sût ou non. Un pouvoir, assurait Meg. « Un moment, tu as été une femme possédant un pouvoir, avait-elle dit quand Eve prétendait l'avoir perdu. Maintenant tu n'es plus qu'une pauvre conne comme nous autres. » Elle n'avait pas perdu son pouvoir, et c'était pour cette raison qu'il l'avait enlevée. Pour se servir d'elle. Elle lui avait révélé ce qu'il voulait savoir mais cette révélation débouchait sur d'autres questions : Qui était sa vraie mère ? Où était-elle ? Qui était la garce en robe à fleurs ? Son père était-il vraiment son père ? Des heures d'histoires à dévider pour donner à Dave le temps de la trouver.

– Le vieux n'arrivera pas avant un moment. Asseyez-vous donc, fit-il d'un ton aimable.

Elle tira une chaise à elle, s'assit en face de lui à la table sur laquelle la femme à la robe fleurie l'avait tailladé et avait failli lui couper le « machin ».

– Je vous préviens, reprit-il, il sera sûrement soûl.

– Je peux le supporter, rétorqua-t-elle.

Il s'esclaffa, et Eve voulut croire qu'elle avait vu son rire dans ses yeux.

Des pas traînants se firent entendre à la porte de derrière ; il releva le pistolet. La porte s'ouvrit sur un homme de soixante-dix ans environ qui tenait un sac en papier.

– Adam ! s'écria-t-il. Adam, mon gars.

Ainsi, il s'appelait Adam. Adam et Eve – personnages « primaires », comme dans couleurs primaires. Elle avait envie de rire mais craignait de finir par fondre en larmes.

– Ben, dis donc, tu fais peine à voir. Qu'est-ce... (Le vieillard s'interrompit en voyant Eve.) Qui c'est, ça ?

Adam se leva, l'arme toujours braquée sur le vieil homme, qui semblait ne pas s'en rendre compte. Après un rot sonore, Donald Fuller bredouilla :

– Non, me dis rien, fils. Laisse-moi deviner.

– D'accord, on est là ! brailla Lucci par-dessus le vacarme des rotors. Et puis après ?

Latovsky haussa les épaules.

– Ah ! bravo, grogna le sergent, qui commençait à avoir le mal de l'air. Réclame au moins un soutien, Dave.

– Non. D'après Meers, Soames deviendra dingue d'excitation s'il entend les mots enlèvement, riche héritière, fédéraux. Il la fera tuer si elle est encore en vie.

Lucci ouvrit la bouche pour dire « Y a pas une chance qu'elle le soit », se ravisa.

Une rafale de vent gifla l'hélicoptère, projeta le sergent contre son chef. Il avait l'impression d'être dans le tronc d'un de ces arbres millénaires qu'on s'efforçait de sauver dans l'Orégon, avec la mignonne petite chouette qui mourrait en même temps qu'eux.

Pas une chance de les sauver, eux non plus, pensa-t-il.

– Un sacré vent, marmonna-t-il en essayant d'oublier le malaise au creux de son ventre.

– Ma mère disait que c'est le battement d'ailes des poulets qui rentrent au poulailler.

– Joli. Tu crois que c'est ce qui se passe à Sawyerville ? Il retourne chez lui ?

– Peut-être, répondit Latovsky.

Il saisit le bras de Lucci, lui cria dans l'oreille :

– Mike, Adam Fuller est le Loup-Garou.

– Quoi ?

– Tu as bien entendu. Il a zigouillé les femmes... Il a zigouillé Bunner, ça, nous le savons. J'ai rien pour le prouver mais je sais qu'il a aussi zigouillé les Riley. Ça fait huit. Neuf s'il l'a tuée elle aussi.

Neuf...

– Pas la peine de trop se casser la tête pour la ramener, conclut-il.

Tentant de masquer sa stupeur, Lucci s'exclama :

– Est-ce que j'ai bien entendu ce que j'ai entendu ?

Latovsky acquiesça de la tête. Le sergent se laissa retomber en arrière sur son siège, soudain accablé, seul avec son mal de l'air, le boucan des rotors et les kilomètres de terre labourée défilant sous eux. Il devait faire plus chaud ici qu'à Glenvale car certains champs étaient déjà parsemés de vert.

Dave avait l'intention de tuer Fuller.

Pas d'arrestation, de mise en examen, de déposition ni de procès. Juste *Vous avez le droit de garder le silence... bam bam.*

Lucci ignorait s'il pourrait faire une chose pareille,

ou la fermer si c'était Dave qui s'en chargeait. S'il en était incapable, il devait au moins le prévenir de le laisser derrière avec l'hélico, car on ne peut témoigner de ce qu'on n'a pas vu.

Il devait prendre une décision, il devait la prendre maintenant parce que le bruit des rotors avait changé quand ils avaient commencé à descendre vers les champs s'étirant vers un horizon vide.

Neuf personnes.

Pour Bunner, c'était clair. Fuller avait piqué la cassette dans son cabinet et l'avait planquée chez lui. Fin de la discussion sur l'affaire Bunner. Mais comment Dave savait-il pour les bonnes femmes?

Par *elle*. D'après Dill, Latovsky était allé dans le Connecticut lundi. Or, les voitures garées dans l'allée de la maison de Raven Lake la nuit où Abigail Reese s'était fait charcuter avaient des plaques d'immatriculation du Connecticut.

Cette nuit-là, elle avait posé la main sur la poitrine de Dave, lui avait parlé de sa facture de chauffage, de son ex, de sa gosse, bon Dieu... et Latovsky y avait cru parce qu'il aurait fallu avoir du pudding entre les oreilles pour ne pas y croire.

Il était donc allé dans le Connecticut voir cette femme avec le magnétophone de Bunner, ou son téléphone sans fil, ou son calebar, allez savoir. Elle avait posé sa main frêle, enfantine dessus et lui avait tout expliqué pour Bunner, et aussi, en prime, pour les femmes retrouvées dans les bois.

Ainsi Fuller avait tué six personnes (sans les Riley), sept si on comptait la voyante, qui était certainement morte maintenant.

Pour un meurtre, on le flanquerait en taule. Pour deux, on lui collerait perpète et il ne mangerait plus jamais de Big Mac. Pour sept, on le déclarerait fou, on l'enverrait chez les branques à Duyvilskill. On lui filerait des calmants, des électros; il aurait des séances avec un psy, puis encore des calmants et des électrochocs. Entre deux, il boufferait de la viande hachée avec une cuillère en plastique, regarderait la télé, se ferait mettre par les gardes ou les autres pensionnaires – ou les deux. Au bout de quelques années – sept, peut-être huit – on le déclarerait « sans danger sous calmants » et on le laisserait sortir. C'était déjà arrivé très souvent. Ça voulait dire un an par macchabée, et c'était pas assez, ni pour Bunner ni pour les autres. Pas assez pour la pauvre fille que Lucci avait trouvée dans les bois, les tripes fumant dans l'air de la nuit. Il prit sa décision.

Il ne s'était pas servi de son arme depuis si longtemps qu'il n'était même pas sûr qu'elle fût chargée. Il participait rarement à l'entraînement au tir parce qu'il était une fine gâchette, qu'il l'était depuis que son père lui avait mis son premier flingue en main, à l'âge de dix ans. C'était un de ces tireurs-nés capables de toucher tout ce qu'ils voient. Il dégaina le .38 (il n'avait jamais aimé le 9 mm, sur lequel certains étaient portés), vérifia la chambre. Elle était pleine.

Grand et efflanqué, le vieil homme avait des poches sous les yeux, une peau qui semblait n'avoir pas vu le soleil depuis dix ans. Il leur fit un grand sourire d'ivrogne, s'approcha en titubant du réfrigérateur, entreprit d'y mettre les canettes de bière du sac en papier.

Il poussa sur le côté une laitue jaunie, un pain qui semblait pétrifié, se retourna, une bouteille à la main.

– V'là qu'j'oublie les bonnes manières! Qui c'est qui veut une bière?

– Non, dit Adam.

Eve secoua la tête.

Donald Fuller plaça le goulot de la canette sous un décapsuleur vissé dans le Formica d'un des comptoirs qui brillaient comme un miroir dans la vision d'Eve. Puis il se retourna, leva la bouteille.

– A la bonne nouvelle, beugla-t-il avant de boire une gorgée.

Adam ouvrit la bouche mais son père l'arrêta d'un geste.

– Non, mon garçon, tu dois me laisser deviner.

Le vieux but une autre gorgée, posa l'index le long de son nez et croassa :

– J'ai trouvé.

– Vraiment? fit Eve.

– Bien sûr. Mon fiston, là, le gosse le plus intelligent qui soit jamais passé par le collège de Sawyerville, a fini par poser la grande question, pas vrai, petite madame ? Et vous avez dit oui, Dieu vous bénisse. Et vous êtes venus annoncer la nouvelle et montrer au vieux bonhomme la future mariée.

Eve éclata d'un rire sauvage, des larmes embuèrent ses yeux et elle dut faire appel à toute sa volonté pour ne pas se mettre à pleurer. Elle courut à l'évier, arracha un morceau de papier au rouleau du dévidoir, s'essuya les yeux. Quand elle se fut ressaisie, elle se tourna vers eux, remarqua que le pot à gâteaux au visage triste posé sur le comptoir dans sa vision ne s'y trouvait plus.

– Ce n'est pas pour cela que nous sommes ici, dit Adam. Assieds-toi, père, je dois te parler.

– « Père » ? Merde, alors, fils – 'scusez-moi, petite madame. Tu m'as pas appelé « père » depuis que ta mère est morte. (Il se tourna vers Eve, lui sourit.) Elle disait que « p'pa », c'était bon pour les bouseux, elle tenait à ce que les garçons m'appellent « père ». Quand elle tenait à quèque chose, on le faisait, elle était comme ça.

– En effet, murmura Eve.

– Assieds-toi, répéta Adam.

Il fit un geste avec le pistolet, que le vieillard parut remarquer pour la première fois. Le fixant de ses yeux plissés, il grommela :

– Alors, c'est toi qui l'as pris. J'savais que c'était un de vous deux quand j'ai vu que la boîte avait disparu, et j'me disais que Mike était quand même pas assez bête pour garder un pistolet chez lui avec deux gosses...

Il se tourna à nouveau vers Eve, continua :

– Mon aîné est pas aussi intelligent que çui-là, mais il se rattrape par sa gentillesse... (Il revint à Adam.) T'aurais dû m'le d'mander, fils, j'te l'aurais donné. J'avais même pas regardé dans c'te boîte depuis...

– Assieds-toi, ordonna Adam en armant le pistolet.

Donald Fuller regarda l'arme puis son fils ; sa pomme d'Adam monta et descendit le long de son cou de poulet nageant dans le col de sa chemise. Il se laissa tomber sur une chaise, la main crispée sur sa canette.

– Adam. Adam, mon gars, qu'est-ce qui se passe ?

– Qui était-elle ? demanda le fils, approchant le pistolet à moins de cinquante centimètres du visage du vieillard.

– Q-qui ça? bégaya Donald Fuller.
– La femme qui tenait absolument à ce que je t'appelle « père ».
– Qu'est-ce que c'est que cette question idiote? C'était ta mère, bien sûr.
– Non, dit Eve.
L'air désemparé, le vieil homme protesta :
– Qui c'est, celle-là? Qu'est-ce qu'elle t'a fourré dans la tête? Et baisse ce putain de pistolet! Je suis ton père.
– Tu en es sûr? demanda Adam.
– C'est lui, confirma Eve.
Il ne fallait pas être médium pour constater la ressemblance.
– Absolument, et Barbara Healy Fuller était ta mère!
– Non, dit-elle.
Le vieil homme lui lança un regard brûlant de haine puis se tourna vers son fils.
– Qui tu vas croire, mon garçon? Cette femme sortie de nulle part ou ton papa?
Le doigt d'Adam se raidit sur la détente. Donald Fuller regarda l'arme, son fils; il ferma lentement les yeux comme si ses paupières étaient trop lourdes et les garda clos un moment. Quand il les rouvrit, il avait dessoûlé, et Eve sentit le pouvoir basculer du fils au père, elle sut que celui-ci était prêt à mourir pour protéger son secret. Il n'avait de toute façon plus très envie de vivre. En un éclair, elle entrevit ses journées vides, jeux télévisés le matin, bar local l'après-midi. Elle imagina les conversations insipides, intermittentes, en regardant les feuilletons télévisés, avec des hommes comme lui, jusqu'à ce qu'il fasse noir. Il achetait alors de la bière ou du whisky, selon ce qui lui restait du chèque de la sécurité sociale, rentrait chez lui, faisait réchauffer un plat quelconque au four à micro-ondes, et buvait devant la télé jusqu'à perdre conscience.
Ce terrible secret, c'était tout ce qu'il lui restait.
– Qui était-ce? demanda à nouveau Adam.
– Ta mère, répéta Donald Fuller.
Le fils se tourna vers Eve, dont le moment était venu. L'heure de dire la vérité, de raconter l'histoire finale, pensa-t-elle, désolée, parce que le vieillard avait trouvé une sorte de dignité dans son obstination à mentir, et

qu'elle allait la lui ravir. Si elle refusait, Adam la tuerait, ainsi que son père, probablement, puis lui-même. La cuisine qui avait été l'orgueil étincelant d'un monstre baignerait dans le sang.

Eve ne savait pas combien de temps cela prendrait, si Dave avait une idée de l'endroit où elle se trouvait, mais elle ne pouvait tergiverser. Elle jeta un coup d'œil au comptoir, là où il y avait eu le pot à gâteaux et se demanda ce qu'il était devenu. Puis, avec autant de lenteur qu'elle l'osât, elle s'approcha de la table. Fasciné par le pistolet braqué sur lui, le vieil homme ne lui prêta pas attention.

Elle s'assit à côté de lui, fit glisser sa main sur le plateau de Formica, saisit le bras de Donald Fuller. Il dut avoir l'intuition de ce dont elle était capable car il baissa les yeux comme s'il s'attendait à découvrir une araignée velue sur sa manche. *Allons, ça ne peut pas être aussi terrible*, pensa-t-elle.

Il se dégagea avec une telle brusquerie qu'il renversa de la bière ; son visage triste aux traits avachis, couvert d'une pellicule de sueur alcoolique, devint celui d'une jeune femme qui regardait Eve avec amour.

La caméra logée dans l'esprit d'Eve Klein fit un panoramique arrière et le médium découvrit que c'était en fait une version jeune de Donald Fuller que l'inconnue contemplait. Il avait une épaisse chevelure châtaine et ondulée, la peau tannée par le grand air ; son corps, pas encore ratatiné, était trop volumineux pour le bureau d'écolier à abattant où il s'était péniblement assis.

La femme avait des cheveux châtains, des yeux marron clair et des pommettes saillantes de Slave. Menue, délicate, c'était l'antithèse absolue de la garce solide en robe à fleurs.

Ils se trouvaient dans une salle de classe ancienne, avec un tableau noir et un grand bureau balafré de professeur. La pièce sentait la poussière de craie, la chaleur sèche de radiateurs placés sous de hautes fenêtres donnant sur une pelouse jaunie. Des flocons voletèrent devant les carreaux et il dit : « Il neige, Ed. »

Ed : Edna.

Eve avait finalement « entendu » un nom sans avoir l'impression de couler, ou d'avoir les oreilles bouchées. Ce qui d'ordinaire accompagnait *la chose* avait disparu ; il n'y avait plus qu'*elle* et Eve, et ce qu'elle avait remonté trente ans en arrière pour contempler.

« Il neige, Ed. » Dans la bouche du jeune Donald, la petite remarque banale sonnait comme un poème d'amour. Avec un rire, Edna répondit : « Il fait trop froid pour le camion. Il faut trouver une chambre. »

Pour y faire l'amour, voulait-elle dire.

Elle avait un pull orange qui donnait une couleur fauve à ses yeux et accrochait des reflets d'or à ses cheveux, de la même teinte exactement que ceux de son fils.

C'était une vieille histoire, comme on peut en voir à la télévision à 20 h 30 n'importe quel jour de la semaine. Mais lorsqu'elle fut terminée, qu'Eve baissa la main avec laquelle elle s'était couvert les yeux sans s'en rendre compte, des larmes y brillaient.

– Elle s'appelait Edna, dit Eve.

Le père d'Adam poussa un cri aigu comme si on l'avait piqué.

– Je n'ai pas pu « voir » son nom de famille.

Il se leva d'un bond, pressa son dos contre le réfrigérateur.

– Elle enseignait au collège, poursuivit-elle calmement. Celui que vous avez fréquenté. C'est elle qui vous a appelé Adam.

– Qui c'est, cette femme ? glapit le vieillard, horrifié. Qui c'est ?

Elle le regarda.

– Je suis désolée, vraiment, parce que je sais combien vous l'aimiez. Vous auriez dû l'écouter... Vous auriez tous dû l'écouter.

Elle reporta son attention sur Adam, dont les yeux étaient rivés aux siens. La petite lueur qui y était apparue paraissait plus forte, plus ferme : son visage semblait changer devant ses yeux, mais ce n'était peut-être qu'une illusion née de son désir.

– Votre père avait obtenu le contrat pour l'agrandissement du collège, c'est comme ça qu'ils se sont connus. Elle était intelligente, comme vous, elle s'intéressait aux choses, elle venait voir les travaux pendant son temps libre... et ils sont tombés amoureux. Follement, sauvagement. Je doute d'aimer un jour autant qui que ce soit.

Elle eut pour le vieil homme un regard admiratif puis revint à Adam, dont le visage perdait à chaque instant de son inexpressivité lisse.

– Ils faisaient l'amour dans son camion, continua-t-elle, dans la salle de classe, sur le sol de la bibliothèque, un soir. Quand ils ne trouvaient pas d'endroit et qu'il faisait trop froid pour le camion, ils allaient dans un petit motel en dehors de la ville. Je n'ai pas saisi son nom mais il y avait un pin sur l'enseigne, n'est-ce pas, monsieur?

Le père d'Adam répondit par un grognement sourd.

– Il était marié depuis huit ans quand il a fait la connaissance d'Edna. Il croyait que la vie se réduisait au travail, à la souffrance, à l'alcool qu'il buvait pour s'étourdir, et il l'acceptait. Il était resté fidèle... jusqu'à Edna. Quand elle lui annonça qu'elle était enceinte, il joua cartes sur table, il alla trouver l'autre, il demanda le divorce. C'était idiot mais c'est ce qu'il fit. Elle refusa, bien sûr. Elle ne se contenta pas de dire non, elle se mit en rage, elle hurla, elle essaya de le tuer. Avec un des couteaux dont elle s'est servie sur vous plus tard, j'imagine. Il n'avait jamais vu une telle fureur, une telle haine, n'est-ce pas, monsieur?

Donald Fuller ne répondit pas et Eve poursuivit :

– Elle essaya de le frapper au visage mais il se protégea et c'est au bras qu'elle le blessa. Vous avez encore la marque, n'est-ce pas?

Pas de réponse.

– Elle aimait les couteaux, je crois. Bref, l'heure qu'il passa dans cette pièce après lui avoir parlé d'Edna fut atroce. Après ça, il sut que c'était sans espoir. Pire, il sut que la femme qu'il avait épousée et avec qui il avait eu un enfant était dangereuse, qu'il devait éloigner Edna. Il fit preuve d'intelligence. Pour une fois dans sa vie, il sortit de sa torpeur et fit preuve d'intelligence. Il feignit d'avoir peur, fit croire à Barbara qu'il restait, et elle le crut. Elle était méchante, pas maligne, n'est-ce pas?

Pas de réponse.

– Beaucoup de gens méchants sont idiots. Elle l'était. Bête à manger du foin, disait-il d'elle. Il prétendit donc faire la paix, et se prépara en secret avec Edna. Ils attendirent jusqu'à ce que ce ne soit plus possible, parce que la grossesse d'Edna commençait à se voir et qu'on jaserait au collège. Elle devrait cesser d'enseigner mais il avait le chantier du collège et plein d'autres pour les faire vivre.

« Il attendit que ce soit un dimanche. Tous les dimanches, Barbara allait à l'église, elle faisait des gâteaux pour le thé après la messe ou pour les dîners de la paroisse. On pourrait croire à de la gentillesse de sa part mais c'était en fait pour en remontrer aux autres femmes, qu'elle détestait. Haine, vanité, esprit possessif – c'était tout ce qui l'habitait, n'est-ce pas?

Le vieillard semblait plongé dans la contemplation de sa canette.

– Il gagnait bien sa vie, à cette époque. Il serait peut-être devenu riche si les choses avaient tourné autrement. Il avait de quoi nourrir deux familles. Il laissa à sa femme un gros chèque et un mot promettant qu'il lui enverrait de l'argent chaque mois puis il rejoignit son Edna.

« Ils avaient loué une maison dans un bourg, à cinquante kilomètres d'ici. Un bel endroit entouré de collines mais un peu isolé. Il avait peur que Barbara les retrouve et vienne avec un couteau pendant qu'il était au travail. Il avait tort de s'inquiéter : Barbara Fuller était lâche – les gosses de cinq ans, c'était sa mesure. Elle n'aurait jamais affronté un adulte, pas même quelqu'un qu'elle haïssait autant qu'Edna, et Dieu qu'elle la haïssait! La haine la consumait, la tenait éveillée la nuit, mais elle se taisait par orgueil. Elle ne voulait pas que les autres aient pitié d'elle, qu'ils racontent derrière son dos que son mari l'avait quittée pour une garce impie qui enseignait la biologie.

« Les gens se posaient sûrement des questions mais Donald Fuller se taisait, lui aussi, et personne ne savait au juste où il allait après son travail. Pendant cinq mois, il fut heureux. Les seuls bons moments qu'il connut dans la vie, je crois.

Regardant le vieil homme, elle ajouta avec douceur :

– Certains n'en ont même pas autant, vous savez.

Il ne réagit pas.

– Puis Edna eut son bébé – vous. L'accouchement fut difficile, même pour un premier enfant, et Edna ne cessa de se plaindre par la suite que quelque chose n'allait pas. Mais c'était il y a trente ans, les docteurs étaient des *hommes*, et les hommes ne savent pas plus ce que c'est qu'avoir un bébé que je sais écrire mon nom dans la neige en pissant.

Elle eut un sourire auquel ni le père ni le fils ne répondirent, mais elle ne s'attendait pas à ce qu'ils le fassent.

– Edna sentait que quelque chose n'allait pas mais ils lui dirent qu'elle était hypocondriaque, hystérique, comme la plupart des femmes après l'accouchement, et ils lui donnèrent des tranquillisants. (Son front se plissa.) Du Milltown.

– Un méprobamate, précisa Adam, comme si le nom générique du médicament avait quelque importance.

– Et ils l'ont renvoyée chez elle... Vous ne l'avez pas crue non plus, n'est-ce pas? demanda-t-elle au vieillard.

Pas de réponse.

– Il ne l'a pas crue. Il lui a donné les pilules, il s'est occupé d'elle et du bébé, sûr que les troubles post-partum, quels qu'ils soient, disparaîtraient comme les médecins l'avaient promis, et qu'elle irait bien. Le plus triste, c'est qu'Edna le croyait aussi. Elle prenait des tranquillisants, était calme tout le temps, un peu songeuse, un peu absente. Deux jours plus tard, elle sentit quelque chose qu'aucun homme ne peut comprendre, qu'aucune femme, sans doute, ne peut décrire exactement : l'impression que quelque chose allait jaillir d'elle en bouillonnant. Pensant que c'était normal, elle prit ses serviettes hygiéniques et alla dans la salle de bains. Elle portait un peignoir blanc, n'est-ce pas?

Des larmes brillèrent dans les yeux du vieil homme.

– Quand elle baissa les yeux, elle s'aperçut que la cuvette était pleine de sang. Mais les tranquillisants faisaient leur effet, elle ne s'affola pas, elle ne s'inquiéta même pas. Elle tira la chasse, la tira à nouveau quand elle se fut remplie, la tira encore...

– Arrêtez! cria Donald Fuller.

– ... et encore, lui lança Eve, presque avec haine, et encore...

– Arrêteeez!

Épuisée et triste, elle aurait voulu s'arrêter mais cela faisait vingt-six heures qu'on l'avait enlevée. Tous les flics du coin devaient être à sa recherche. Quelqu'un finirait par la trouver, Dave finirait par la trouver, si elle gagnait du temps. Elle se ressaisit, se lança dans l'histoire des deux cuisines, traînant en longueur, s'attardant sur la description de ce que Barbara avait fait à l'enfant d'Edna. Quand elle eut terminé, il était huit heures, il commençait à faire noir. Donald Fuller avait l'air d'un épouvantail vidé de sa paille et Eve crut que c'était fini : elle avait révélé le mensonge du vieillard, elle n'avait plus rien à raconter.

Puis, lentement, très lentement, comme une poupée en caoutchouc qu'on gonfle, il se redressa, leva la tête et regarda Eve.

– Sale menteuse, dit-il d'une voix basse et rageuse. Putain de menteuse.

Ce mensonge avait ruiné sa vie et celle de son fils mais il s'y accrochait encore. Point d'honneur macho, peut-être. *Un homme doit mentir comme un homme.*

Donald Fuller cracha, se tourna vers son fils.

– Elle t'a raconté une histoire et toi, tu l'as gobée, crétin. Qu'est-ce que tu croyais qu'il se passerait, pauvre idiot?

L'attaque prit Adam par surprise. Il recula, le canon de l'arme oscilla dans l'air.

– Pauvre con! beugla le père. Tu me prends mon colt Python, tu le colles sous le nez de c'te femme, que t'as trouvée j'sais pas où, et tu lui dis : « Raconte-moi l'histoire de mes cicatrices. »

– Tu savais! s'écria Adam.

– Je savais rien. Mais tu m'as interrogé sur ces cicatrices tous les mois pendant vingt-cinq ans, alors je savais qu'elles existaient, non?

– Comment...?

– Comment tu te les étais faites – j'en savais rien. Peut-être que les autres gosses s'amusaient avec toi parce que t'étais une mauviette. Les gamins aiment voir du sang, alors, ils t'attachaient, ils t'écorchaient un peu. Et après?

– Tu veux voir comment ils « m'écorchaient un peu »?

– Non! Bon, peut-être que c'était pas seulement un peu, mais toi, t'en as fait l'histoire la plus sanguinolente depuis Charles Manson. Et t'es allé trouver cette salope. Tu lui as mis un pistolet sous le nez, et elle t'a raconté une belle histoire pour que tu lui éclates pas la tête. Une histoire de mensonges et de torture, où ta mère est pas ta mère, et toi, t'as tout avalé, imbécile.

Adam regarda Eve.

– C'est une possibilité, n'est-ce pas? fit-il d'un ton calme.

– Non, et vous le savez.

– T'en sais *rien*! cria le père. Réfléchis, abruti! *Réfléchis*. Tu crois que les gens de cette ville n'auraient rien dit? Tu crois qu'ils n'auraient pas raconté à leurs gosses qu'Adam Fuller était un bâtard? Tu crois qu'Ida Van Damm aurait pas fini par découvrir une histoire pareille et la raconter à tout le monde?

– Ça se défend, fit remarquer Adam.

Le Python cessa d'osciller, se braqua sur Eve, mais elle n'en fut pas troublée : elle gardait un as dans la manche.

– Tu peux l'dire, cria Donald Fuller d'une voix aiguë. C'est elle que tu devrais menacer, pas ton vieux père. Demande-lui comment une chose pareille aurait pu arriver dans une ville comme ici où tout le monde est au courant chaque fois que tu vas aux chiottes. D'mande-lui!

– Je lui demande.

– Je ne sais pas, dit Eve. Je n'ai rien vu de ce qui s'est passé après sa mort – sauf quelque chose qui est arrivé à Barbara plus tard. (Des années plus tard, mais ce n'était pas le moment d'en parler.) Ils ont peut-être dit qu'ils vous avaient adopté. Ça n'aurait pas fait trop de vagues, même à l'époque. Mais je ne sais pas.

– Ah, tu vois, caqueta le vieillard, elle peut pas répondre.

Adam fit un pas vers Eve, qui joua l'as qu'elle gardait dans sa manche. Elle parcourut la cuisine des yeux, revint à Adam.

– Où est le pot à gâteaux? Le pot au visage triste, posé près de l'évier. On aurait dit qu'il avait de la peine pour vous... comme s'il pouvait voir ce qu'elle vous faisait. Où est-il?

On n'entendit plus un bruit dans la pièce excepté le tic-tac de la pendule puis le père bredouilla :

– Elle l'a vu chez toi ! Elle l'a vu...

Adam traversa la cuisine d'un bond, saisit le devant de la chemise de flanelle écossaise du vieil homme, le projeta contre le réfrigérateur. La bouteille de bière sauta de sa main, roula sur le carrelage en répandant de la mousse. Adam entraîna son père vers la table, le fit asseoir. Comme la tête du vieux tombait en avant, le fils la releva en tirant sur le col de la chemise, glissa le canon de l'arme sous le menton, l'enfonça dans la chair molle.

– Elle ne l'a pas vu chez moi, vieille ordure. Elle n'est jamais venue chez moi. Elle l'a *vu* en même temps que le reste. (Il enfonça un peu plus le colt ; le visage du père devint blême.) Qui était ma mère ? Qu'est-ce qui lui est arrivé ?

Donald Fuller serra ses lèvres sèches, craquelées, et Eve crut qu'il se laisserait tuer plutôt que de renoncer à son mensonge. Elle se raidit dans l'attente du coup de feu mais le vieillard s'affaissa sur sa chaise et gémit :

– Je l'ai tuée.

Adam éloigna le pistolet du cou de son père, recula d'un pas.

– Moi et les docteurs, on l'a tuée, murmura Donald Fuller. Barbara aussi, parce que si j'avais pas eu peur de ce qu'elle ferait, on s'rait restés ici, où y a un bon hôpital, des bons médecins. *Toi aussi*, tu l'as tuée. Machin prévia, ils ont dit.

– Placenta praevia, traduisit Adam.

– Ouais. On était dans un trou perdu, l'ambulance a mis une demi-heure pour arriver. Ça changeait rien, ils ont dit les docteurs, elle s'rait morte de toute façon. Sauf s'ils l'avaient gardée à l'hôpital, comme elle les avait suppliés de l'faire, parce qu'elle savait *qu'il y avait quelque chose*. Elle est morte en se vidant de son sang.

– Et l'autre ?

– Barbara ? fit le père, ébauchant un sourire. Barbara Healy Fuller était prête, elle attendait comme une araignée à l'enterrement de la pauvre Edna. D'autres profs étaient venus, et le principal – me souviens plus de son nom – et quelques élèves, mais Edna était partie depuis cinq mois, les gosses oublient vite. Et Barbara était là. Elle m'a emmené dans une petite pièce pleine de boîtes de Kleenex et de sachets de sels parfumés, elle m'a fait une proposition.

« Elle avait tout prévu, elle avait dû commencer à y réfléchir dès qu'elle avait appris la mort d'Edna. Je t'avais laissé à Stanton chez une autre jeune mère, une femme avec qui Edna avait sympathisé. Elle se faisait facilement des amis, les gens l'aimaient bien. Bref Barb avait pensé qu'on t'emmènerait chez sa mère, à Utica, qu'elle resterait là-bas quèques mois avec toi et Mike, et qu'elle rentrerait avec notre nouveau bébé. Les gens se douteraient p'têt de quelque chose mais tous ceux qui connaissaient Barb avaient un peu peur d'elle, et personne lui a rien dit. D'ailleurs, qu'est-ce qu'y avait à dire ? C'était une femme corpulente, elle aurait pu être enceinte de quelques mois quand elle est partie chez sa mère. C'est comme ça qu'on a fait, fils. C'était sa proposition et j'lai acceptée. J'ai passé un pacte avec ce démon en robe à fleurs : elle t'élevait comme si t'étais à elle, moi je payais les dépenses. J'avais envie de la tuer mais comme elle disait, j'avais pas le choix. Alors, j'ai conclu le pacte, et j'l'ai respecté. Je croyais qu'elle en faisait autant de son côté.

« Oh ! Adam, Adam, je savais qu'elle te tapait dessus plus qu'elle aurait dû parce que tu parlais pas, que tu devenais bizarre. Mais je m'disais que tu t'en sortirais. C'était le lot que la vie t'avait réservé. Pour quelques taloches de plus, t'étais nourri, aussi bien soigné que Mike, et Dieu sait c'que tu serais devenu si je m'étais occupé de toi tout seul. Alors, j'ai laissé faire. Jamais, jamais (il leva la main droite) j'me suis douté qu'elle te tailladait, qu'elle te faisait toutes ces choses qu'elle (il désigna Eve) a dit. J'aurais jamais imaginé ça avant que tu commences à me d'mander d'où venaient les cicatrices. Alors j'ai compris c'que Barbara t'avait fait, c'qu'elle avait fait au bébé d'Edna – mais Barbara était morte, je voyais pas l'intérêt de t'le dire.

« J'aurais dû comprendre tout de suite, continua-t-il d'un ton affligé. J'aurais compris si j'avais fait attention, parce qu'y avait des signes. Tu nous adorais, Mike et moi, tu m'sautais au cou quand je rentrais le soir ; tu suivais Mike partout comme un petit chien. Pis ça s'est arrêté. J'aurais dû me demander pourquoi. J'aurais dû me demander pourquoi elle t'avait donné une chambre pour toi tout seul, au lieu de croire sans me poser de questions que c'était pour que Mike ait sa chambre à *lui*, vu qu'il était devenu un adolescent, à ce moment-là. Je sais maintenant que c'était pour que ton frère ne voie pas ce qu'elle te faisait, parce qu'il l'en aurait empêchée. Il aurait laissé personne te faire du mal.

Il regarda Eve, continua :

– L'hérédité, c'est un drôle de truc, ma fille. Cette affreuse garce a donné naissance au garçon le plus doux qui soit, qui est devenu en grandissant l'homme le plus doux qui soit. Allez comprendre.

– Et ma mère?

– Quoi ta mère?

– Son nom, papa, demanda Adam, presque avec douceur.

– Edna, comme *elle* l'a dit. Comment est-ce qu'elle... ?

– Son nom entier.

– Edna Janecki. Son père était mort quand elle était petite, sa mère quelques années avant qu'on se rencontre. Elle avait un frère mais je l'ai jamais vu. Je sais même pas s'il est au courant de la mort de sa sœur.

– Où est-elle?

– Elle est *morte*, répondit sèchement le vieillard. Pourquoi est-ce qu'on gueule et qu'on chiale depuis une demi-heure? Ta mère est morte.

– Morte où?

– Oh! je vois. A Pine Ridge. Juste séparée de ta... de Barbara par la colline.

13

– Bienvenue à Sawyerville, messieurs, cria le capitaine Burt Soames par-dessus le grondement des rotors.

Quand le bruit cessa, les hommes se présentèrent, échangèrent des poignées de main.

– Bel engin, fit Soames avec un regard d'envie à l'hélicoptère.

– Lem vous a téléphoné... commença Latovsky.

– Oh ! oui. Il m'a demandé de mettre à votre disposition un véhicule et tout ce dont vous pourriez avoir besoin. Ce sera avec plaisir.

– Merci. Nous vous en sommes très reconnaissants.

Deux voitures étaient garées sur la piste, une Olds 88 flambant neuve et une Caprice aux ailes cabossées.

– Nous sommes plutôt pressés, dit le lieutenant en se dirigeant vers elles.

– Je me suis demandé si votre venue n'avait pas un rapport avec le Loup-Garou, dit Soames.

Le Loup-Garou. Le surnom trouvé par Riley était parvenu jusqu'à Sawyerville, il devait figurer sur toutes les dépêches d'un bout à l'autre du pays, à présent. Riley aurait été content, pensa Latovsky.

– Je préférerais ça, répondit-il avec aisance. En fait, c'est une affaire merdique. Une femme riche qui se serait fait kidnapper, mais nous, on n'y croit pas trop. Apparemment, elle a un petit ami dans le coin.

– La riche héritière fugueuse, alors, conclut Soames, l'air déçu.

– On dirait. Nous prenons la Caprice?

– A votre avis? répartit Soames avec une pointe d'agressivité.

– Les clefs sont dessus?

– Lieutenant, il faut que je sache où vous allez. C'est mon secteur, rappela Soames en levant le menton.

Latovsky sourit, feignit d'avoir mal compris.

– Vous en faites pas, capitaine, on connaît le chemin. Merci quand même, merci beaucoup.

Il obliqua brusquement vers la Caprice, les pans de sa veste agités par le vent balayant la piste. Soames s'élança derrière lui mais Lucci le retint par le bras.

– A votre place, je ferais pas ça, capitaine. Il a eu une dure journée. Non, à votre place, je ferais pas ça, je vous assure.

Soames se dégagea, regarda le large dos du lieutenant et resta où il était.

– Merci encore, dit Lucci. Nous ferons un rapport détaillé... s'il y a lieu.

– Vous avez intérêt.

Le sergent rattrapa son chef, monta dans la voiture côté passager.

– Je parie qu'il va nous suivre, grommela Latovsky.

– Je parie que non, vu que j'ai attiré son attention sur ta carrure et ton humeur.

Effectivement, la 88 demeura sur place tandis que la Caprice s'éloignait. L'intérieur de la voiture était propre; un déodorant à l'essence de pin pendait au rétroviseur. Le moteur tournait avec le ronron doux et régulier d'un engin nourri au super. Malgré ses ailes cabossées, elle devait être chouchoutée par un des subalternes de Soames, et Lucci espérait qu'ils ne la lui bousilleraient pas.

Quand ils parvinrent au bout de la clôture anticyclone où commençait la route menant à la ville, Latovsky rappela :

– La bagnole de Fuller est une LTD 93 bleu clair, immatriculée H278MD New York. Comme il n'y a ni garage ni allée, elle doit être garée dans la rue.

Aucune LTD bleu clair, neuve ou non, n'était garée dans Barracks Lane ni dans les rues voisines. L'ampoule de la véranda de la maison de Donald Fuller était allumée mais les fenêtres de devant étaient sombres.

– Qu'est-ce qu'on fait, maintenant? demanda Lucci.
– J'en sais rien.
Le visage de Latovsky était affreux à la lumière du lampadaire; les muscles de sa mâchoire ne cessaient de saillir puis de se tendre. Il descendit et Lucci, le voyant défaire la patte de l'étui de son arme, fit de même. Main sur la crosse, ils gravirent le perron.
– Insignes? murmura le sergent.
– Uh-huh.
Latovsky sonna, attendit, sonna à nouveau; une voix appela derrière eux :
– Lieutenant?
C'était une vieille à la chevelure semblable à une serpillière, aux yeux iridescents comme des ailes de papillon.
– Oui, madame?
– Vous cherchez encore Don? fit-elle à voix basse en montant les marches.
– Oui. On dirait que je l'ai encore raté.
– Nan, il est là. Je l'ai vu entrer, je l'ai vu ressortir. Je parie qu'il est dans la cuisine, écroulé sur la table. Venez, je vous fais faire le tour.
Elle se retourna, Latovsky lui prit le bras.
– Madame...
– Van Damm, lui rappela-t-elle. Vous pouvez m'appeler Ida.
– Ida, vous avez aussi vu son fils?
– Comment vous savez ça? C'est pas sa semaine mais il est bien venu – et ne me serrez pas si fort, j'ai les os aussi cassants qu'un poulet cuit.
Il la lâcha.
– Vous l'avez vu?
– Pour sûr. Je l'ai vu arriver, je l'ai vu repartir. Il avait une femme avec lui.
Latovsky inspira bruyamment, ferma les yeux.
– Elle va bien? demanda-t-il d'une voix rauque.
– Bien, je sais pas. En tout cas, elle tenait sur ses jambes.
– Mrs. Van Damm... Ida... vous avez une idée de l'endroit où ils sont allés?
– Nan, sauf que c'était en direction de la ville, pas vers la route. J'ai pensé que c'était peut-être sa petite amie et qu'il la sortait, au centre commercial des Ormes, par exemple. Sa belle-sœur y travaille.

Latovsky eut un rire étranglé.
– Non, je ne pense pas.
– Alors dans un bar. Le cinéma, on l'a fermé il y a cinq ans. Je ne vois pas où ils auraient pu aller d'autre.
– Mr. Fuller le saurait peut-être.
– Allons lui demander, fit-elle d'un ton excité.
– Mrs. Van Damm...
– Me dites pas que je peux pas venir.
– Vous ne pouvez pas.
Posant sur lui des yeux extraordinaires, elle répliqua :
– Faites pas l'imbécile, lieutenant. Il se passe quelque chose pour que vous veniez fouiner ici un dimanche, que vous me cassiez à moitié le bras quand je vous apprends qu'Adam est venu. Il se passe quelque chose de pas clair, et le vieux Don vous dira même pas l'heure qu'il est, encore moins où son fils est allé. Mais à moi, il le dira peut-être.
Lucci fit passer son regard de l'un à l'autre. Latovsky finit par hocher la tête et la vieille chuchota :
– Bon, suivez-moi.
Elle les conduisit le long d'une allée de ciment raboteuse. Loin de la lumière de la véranda, il faisait sombre, et les deux hommes avançaient prudemment, mais les yeux iridescents d'Ida Van Damm semblaient voir dans le noir et elle ne trébucha pas.
Ils parvinrent à l'arrière de la maison, un bout de cour à demi cimentée, un carré de gazon qui avait déjà besoin d'être tondu. Trois marches de bois menaient à une petite véranda de derrière.
Elle monta, ils suivirent. Comme il n'y avait pas assez de place pour trois sur la véranda, Lucci resta sur la deuxième marche. La vitre de la porte de derrière et toutes les fenêtres étaient éclairées. Ida regarda au carreau, fit d'une voix sifflante :
– Qu'est-ce que je disais : écroulé sur la table. Maintenant, dites-moi ce que vous voulez savoir, lieutenant. Franchement, sinon on perdra beaucoup de temps.
– Où est allé Adam Fuller.
– Vous voulez savoir aussi ce qu'il est venu faire ici, pour commencer, et qui c'est cette femme ?
– Nous savons qui elle est et je me fiche de la raison pour laquelle il est venu. Je veux juste savoir où il est maintenant. Et vite, Ida. Aussi vite que vous pourrez.

Elle ouvrit la porte, qui n'était pas fermée à clef, entra dans la cuisine. Par la fenêtre, Latovsky la vit essayer de réveiller Donald Fuller, dont la partie supérieure du corps était étalée en travers de la table. La tête du vieillard dodelina, la faible lueur d'un globe oculaire apparut entre les paupières. Il semblait mort. Les deux policiers échangèrent un regard puis le lieutenant posa la main sur la poignée de la porte. Au même moment, le vieil homme cligna des yeux. Ida disparut, revint avec un tampon de serviettes en papier humides qu'elle pressa doucement contre la nuque de Donald Fuller. Il frissonna, tenta de lever la tête, n'y parvint pas. Elle maintint les serviettes contre sa nuque; il fit un nouvel essai et cette fois réussit. Il la regarda avec des yeux troubles, s'efforça de sourire – c'est du moins l'impression qu'il donnait d'où les policiers l'observaient. Puis son visage se décomposa et il se mit à pleurer. De faibles sanglots leur parvinrent à travers la porte; la figure du vieillard ressemblait à une feuille de papier froissée par une main invisible.

Quand les sanglots faiblirent, Latovsky saisit à nouveau la poignée de la porte, parce que ça traînait en longueur, mais Lucci posa la main sur son poignet.

– Non, murmura-t-il. Tu vas tout foutre en l'air. Laisse-la faire.

Il avait raison. Latovsky baissa le bras et attendit. Donald Fuller finit par s'arrêter de pleurer, échangea des murmures avec Ida. Elle lui apporta d'autres serviettes avec lesquelles il s'humecta le visage, prit une canette de bière dans le réfrigérateur, la décapsula et la lui donna. Il but une lampée, parla à nouveau. Il avait les yeux injectés de sang comme ceux de Pete Bunner le jour où son père était mort.

Finalement, le vieux piqua à nouveau du nez. Ida attendit un moment puis alla à la porte. Lucci descendit les marches, Latovsky le suivit pour laisser la vieille femme sortir. Elle s'avança sur la véranda, leur fit signe de reculer encore puis descendit à son tour et murmura :

– Pine Ridge. C'est le cimetière protestant situé au nord de la ville – le seul cimetière. Nous n'aimons pas les papistes, ici, et je ne sais pas ce que les trois ou quatre juifs de Sawyerville font de leurs morts. Vous le trouverez à North Ridge, en haut de la colline au pied de laquelle est Barb Fuller. Dieu sait pourquoi.

– Merci.

Latovsky se tournait déjà pour s'éloigner quand les doigts noueux d'Ida Van Damm le retinrent par la manche.

– Don dit qu'Adam a un pistolet, alors débarquez pas comme la brigade antigang. Je le connais depuis toujours, Adam. C'était un gentil petit garçon, au début, pis il est devenu le genre de gosse qui verse de l'essence sur les chats et y met le feu pour les voir courir. Vous devez connaître.

Il hocha la tête.

– Ce que je veux dire, c'est qu'il n'est pas plus gentil maintenant, même s'il est docteur. Si vous lui tombez dessus en fanfare, il fera à cette femme ce que j'ai l'impression que vous avez peur qu'il lui fasse. Sans un battement de cils.

L'inscription était à demi effacée mais toujours lisible : Edna Janecki, 2 novembre 1932 – 16 mai 1956. Avec une épitaphe que Donald Fuller avait dû composer : *Trop bonne pour ce monde.*

Le lopin de terre était à l'abandon, envahi de mauvaises herbes. La pierre tombale, mal posée, penchait vers l'avant et semblait être là depuis des siècles.

– Il ne s'est pas ruiné pour elle, marmonna Adam.

Il se trouvait d'un côté de la tombe, Eve de l'autre. Le pistolet pendait le long de sa jambe mais il le lèverait d'un moment à l'autre parce qu'elle n'avait plus rien à raconter. Il savait tout ce qu'elle pouvait lui dire.

Eve regarda autour d'elle. Il faisait sombre, la lune s'était levée. Le visage, les mains d'Adam se réduisaient à des taches gris foncé; le pistolet était presque invisible. De grandes plages noires s'étendaient çà et là, dont une, au pied de la colline, qui semblait aussi épaisse qu'un velours. Si Eve pouvait y parvenir, s'y jeter à plat ventre, elle disparaîtrait peut-être. Elle portait des vêtements sombres, il ne pourrait pas la voir, elle ramperait jusqu'à la poche d'obscurité voisine, puis jusqu'à la suivante, courrait vers les grilles, gagnerait la route par laquelle ils étaient venus. Elle avait l'air assez fréquentée, Eve arrêterait une voiture.

– Tout cela pour rien... fit Adam.

– Non, pas pour rien, répondit Eve, reculant lentement vers l'ombre impénétrable, haussant la voix pour dissimuler la distance qui croissait entre eux. Vous avez obtenu ce que vous désiriez.

– Ce dont j'avais besoin – du moins, je le croyais, dit-il, les yeux sur la tombe de sa mère. Mais ça n'a rien changé. Bunner prétendait que ça changerait tout. Il disait que la vérité était enfouie en moi, derrière une porte secrète que moi seul je pouvais trouver. Plutôt rebattu, même pour un psy.

Eve recula encore. La mare noire était proche mais pas encore assez pour qu'elle y parvienne d'un bond.

– Je lui avais demandé ce que je découvrirais derrière la porte, continua Adam. Je m'attendais à des fadaises sur la satisfaction inhérente à la conscience de soi, sur la connaissance qui est sa propre récompense. Mais Bunner avait répondu franchement : il n'en savait rien.

– Bunner...

– Vous l'avez rencontré, vous êtes allée dans son cabinet. C'est lui qui m'a parlé de vous.

– A la réception?

– La réception? vous voulez dire le dîner dansant.

Il tourna les yeux, s'aperçut qu'Eve avait reculé, leva l'arme. C'était maintenant ou jamais. Elle se raidit pour franchir d'un bond les deux derniers mètres... et les spots installés au niveau du sol s'allumèrent en réponse à quelque appareil signalant qu'il faisait assez sombre. La tache d'un noir intense se transforma en une étendue verte ondulant doucement qui n'aurait pas caché un écureuil.

– Je suis navré, dit-il. (Son pouce remonta le long de la crosse en direction du levier d'armement.) Réellement, parce que vous avez essayé de m'aider. Ce n'est pas de votre faute si vous n'avez pas pu. Savoir ne suffit peut-être pas. Il faut peut-être être prêt pour ce qu'on sait.

Il arma le pistolet, poursuivit :

– J'aurais dû vous tuer de toute façon, Eve, parce que vous êtes la seule qui sait vraiment, et j'ai peut-être encore une chance de m'en tirer. J'ai été prudent, je ne crois pas que la police ait quoi que ce soit contre moi qui tiendrait devant un tribunal. Vous serez la dernière, si cela peut vous consoler. Je n'ai jamais tué par plaisir, je l'ai fait pour me transformer. Mais c'est impossible, et il faudra que je vive avec cette réalité, si on me laisse vivre. Je continuerai à être un bon médecin.

Il fit le tour de la tombe de sa mère, s'avança vers Eve. A la lumière des spots, il paraissait vieux, épuisé, beau cependant, et torturé. Il ignorait à quel point il avait changé, il ne la croirait pas si elle le lui disait.

Son doigt entoura la détente. Eve luttait contre la panique, forçait son esprit à trouver des mots avec lesquels combattre. Dans sa vision de la première cuisine, Adam n'était qu'un joli garçonnet doux et effrayé, plein d'amour pour le grand frère qui l'avait laissé seul, et voulant probablement aimer aussi cette femme bien qu'elle le terrorisât. Dans la seconde cuisine, celle de Sawyerville, il était devenu ce qu'il croyait être encore, incapable d'éprouver quoi que ce soit, même quand elle s'apprêtait à le châtrer, parce que... parce que... Eve éperonnait son esprit au point d'en avoir le vertige.

Parce que s'il avait senti quelque chose, c'eût été de la rage, de la haine, une envie de tuer. Il ne pouvait s'y abandonner parce qu'elle était sa mère, que tuer sa mère est une chose impensable, le pire des crimes. Pire encore que tuer ses enfants. Médée avait étranglé ses enfants, les dieux avaient envoyé un char pour l'emporter. Oreste avait assassiné sa mère, les Furies le poursuivaient pour l'éternité.

Mais Barbara Fuller n'était pas sa mère.

Eve le dit à voix haute :

– Elle n'était pas votre mère.

– Je le sais. C'est sans importance.

– Mais si, s'écria Eve. Vous pouvez la haïr.

– Je ne la hais pas, je n'éprouve rien pour elle. Vous ne m'avez pas écouté : ça n'a pas marché.

Eve inclina la tête comme l'eût fait sa tante, déclara de son ton le plus froid, le plus arrogant :

– C'est stupide. Bien sûr que vous la haïssez. *Moi* je la hais, et elle ne m'a pourtant rien fait. *Elle n'était pas votre mère.*

Il chancela, le pistolet s'abaissa.

– Elle n'était pas votre mère, répéta Eve de ce ton qui lui donnait parfois envie de gifler Frances. Elle n'était pas votre mère et vous la haïssez, bien entendu. Vous avez naturellement envie de la tuer mais cela ne fait rien, parce qu'elle est déjà morte et qu'*elle n'était pas votre mère*.

– Je vois ce que vous essayez de faire, dit-il en relevant le canon de l'arme. Ça ne marchera pas.

Elle aurait donné n'importe quoi pour pouvoir lui tendre un miroir afin qu'il puisse se voir.

– Il y a une chose que je regrette, dit-il.

Le pistolet était de nouveau braqué sur sa cible, le doigt sur la détente.

– Laquelle? demanda Eve, dont la voix ne trembla pas comme elle s'y attendait.

– Elle n'a pas eu ce qu'elle méritait.

– Si.

– Non. Elle est morte dans un accident. Sur le coup, d'après les policiers.

– Ils ont menti. Vous vous souvenez, je vous ai dit que j'avais « vu » quelque chose qui lui était arrivé des années après la mort de votre vraie mère.

Il la regarda fixement.

– Vous vous en souvenez?

– Oui.

– J'ai vu Barbara Fuller vivante, consciente, pendant qu'on s'efforçait de la sortir de la voiture. Il y avait tellement d'éclats de verre plantés en elle qu'elle ressemblait à un morceau de quartz. La portière s'était enfoncée dans l'un de ses flancs, faisant ressortir de l'autre les bouts déchiquetés de ses os. Elle hurlait; on se serait cru dans un abattoir. Un policier dégaina même son arme, tant c'était insupportable : on achève bien un animal qui souffre. Mais il n'eut pas la force de le faire, et ses collègues non plus. Pourtant, ils pouvaient voir à la lumière des projecteurs de leurs voitures de ronde qu'elle était condamnée : son cerveau dénudé palpitait dans son crâne fracassé. Elle était consciente quand l'ambulance arriva mais l'infirmier ne put parvenir assez près d'elle pour lui faire une piqûre. Elle était toujours consciente quand ils ont enfin réussi à la dégager, consciente lorsqu'ils l'étendirent sur la civière. C'est à ce moment-là qu'elle est morte.

« Oh! elle a eu ce qu'elle méritait, Adam, conclut Eve, l'appelant pour la première fois par son nom. Ça n'a pas duré assez longtemps mais ça a été horrible le temps que ça a duré, si cela peut vous consoler. Et cela *peut* vous consoler, parce qu'*elle n'était pas votre mère*.

La ville se termina abruptement après une courte enfilade de stations-service, d'établissements de restauration rapide, de garages, et ils furent entourés de champs boueux. Croyant avoir manqué le croisement, Latovsky s'apprêtait à faire demi-tour quand il avisa un panneau, PINE RIDGE, avec une flèche et une croix. Il freina brutalement, tourna. Derrière eux, la faible lueur de la ville; devant, rien que l'obscurité et une lumière isolée qui devait être celle d'une ferme au milieu d'un champ. Ils gravirent une hauteur, découvrirent d'autres lumières au niveau du sol. Des spots éclairaient des piliers et des grilles en fer ouvertes surmontées de l'inscription « Pine Ridge, le repos parfait ». Il ne ralentit pas pour les franchir, manqua un virage serré à quatre-vingt-dix kilomètres à l'heure. La Caprice grimpa le long d'une pente en creusant des sillons dans la pelouse, fonça vers un gros monument de pierre gris clair.

Latovsky donna un coup de volant, la voiture revint sur la route. Il appuya sur l'accélérateur, et manqua cette fois la direction de North Ridge. Il écrasa la pédale du frein, la Caprice s'arrêta dans un crissement, le moteur cala.

– Merde! cria-t-il en frappant le volant du poing.

Il redémarra, emballa le moteur, passa en marche arrière.

– Tout à fait l'antigang! protesta Lucci. Exactement ce que la vieille nous a dit de pas faire.

Il avait raison. Latovsky s'accorda une seconde pour recouvrer son calme, repartit, suivit lentement la direction de North Ridge sur cinq cents mètres jusqu'à ce que ses phares éclairent l'arrière d'une LTD bleu clair, immatriculée H278MD. Il éteignit les phares, coupa le contact; la Caprice ralentit, s'arrêta en silence derrière la voiture vide d'Adam Fuller. Latovsky pressa l'interrupteur du plafonnier pour qu'il ne s'allume pas quand ils ouvriraient les portières. Ils dégainèrent leur arme et descendirent.

– Bon sang, vous êtes forte, dit Adam, vraiment forte. Un moment, vous avez failli m'avoir. Non, je ne suis pas content qu'elle ait souffert, Eve. Ça m'est égal.

– Non! s'écria-t-elle, désespérée.

Il ne la crut pas. Elle avait raconté sa dernière histoire, il ne lui restait plus rien pour combattre. Il le savait, elle lut de la pitié dans ses yeux. Mais le sentiment devait être si nouveau, si étranger qu'il n'avait même pas conscience de l'éprouver.

– Ça va être terrible pour vous si vous restez là à me regarder appuyer sur la détente. Ce sera plus facile si vous courez, je crois.

– Plus facile pour vous, rétorqua Eve.

– Non. D'une façon ou d'une autre, je m'en fiche. Je ne joue pas la comédie, Eve. *Je m'en fiche.* Mais vous non – vous avez envie de vivre. Peut-être que je vous raterai, ou que l'arme s'enraiera. C'est un vieux pistolet, vous aurez peut-être de la chance.

Elle vit son doigt se raidir sur la détente. Elle n'aurait pas le temps de faire plus d'un mètre avant qu'il tire, mais elle devait essayer. Faisant soudain demi-tour, elle s'enfuit à toutes jambes.

Ses chaussures dérapaient sur l'herbe humide de rosée, elle n'arrivait pas à prendre de la vitesse. Puis ses semelles adhérèrent au sol et elle courut, attendant de sentir la balle s'enfoncer dans son dos comme un dard et ressortir comme un frisbee, lui arrachant le sternum et la moitié de la poitrine.

Il ne se passa rien.

Une pierre tombale se dressait à quelques mètres d'elle, lui fournirait un abri si elle y parvenait mais elle était trop loin, elle n'y arriverait jamais... elle n'aurait même pas dû aller si loin. *Il aurait déjà dû l'abattre.*

Elle parvint à la pierre, se jeta derrière, ramena ses jambes. C'était de l'ardoise : quand la balle la toucherait, elle lui éclaterait au visage. Eve se laissa glisser en arrière dans l'herbe, attendit. Couverte de sueur, elle avait les cheveux plaqués sur le crâne. Toujours rien.

Elle passa la tête par-dessus le bord de la pierre, regarda, découvrit Adam devant la tombe de sa mère, à l'endroit exact où il se trouvait quand elle s'était mise à courir. Il tenait le pistolet d'une main molle et ne la leva pas quand il la vit.

– Je ne peux pas, cria-t-il. Je ne peux pas. Étonnant, non?

Elle sortit un peu plus de sa cachette; il laissa retomber son bras, arme pointée vers le sol.

– Étonnant, répéta-t-il sur le ton de la conversation. Je ne peux pas. Il s'est passé quelque chose et je ne m'en suis même pas rendu compte. (Le volume de sa voix diminua jusqu'à ce qu'il donne l'impression de se parler à lui-même.) Je ne peux tout bonnement pas.

Lentement, prête à se jeter de nouveau à terre, Eve se leva. Il la regarda, le pistolet pendant au bout du bras, inutile.

Achète-lui un faux passeport, pensa-t-elle follement. *Fais-le passer en Suisse ou en République dominicaine, où l'on accueille sans poser de questions un homme qui possède vingt millions. Avec sa fortune, elle pouvait l'envoyer à Paris, Monte Carlo... soudoyer les flics, les services d'immigration...*

Deux silhouettes apparurent en haut de la colline. Eve reconnut Dave à sa taille, sut que les taches sombres au bout de leur bras étaient des armes.

– Noooon... hurla-t-elle en courant vers Adam. Nooon!

Elle entendit une détonation étouffée, vit une flamme jaillir de l'un des pistolets. Adam tressaillit comme une marionnette aux fils tendus. Son pistolet glissa de sa main, tomba par terre.

– Il n'a plus d'arme! cria Eve. Il n'a plus d'arme!

Le second coup le fit basculer en avant. Ses mains se portèrent à sa gorge comme des papillons pâles dans la lumière des spots. Il tomba à genoux puis sur le visage.

Eve courait, le dos de sa jupe flottant derrière elle, le devant plaqué sur ses cuisses. Elle glissa sur l'herbe humide, faillit faire le grand écart, recouvra l'équilibre et recommença à courir. Adam s'était retourné sur le dos quand elle arriva près de lui. Il tremblait de tout son corps; du sang s'épanchait de son cou, formait une flaque sous sa tête, commençait à imprégner l'herbe. Eve tomba à genoux, tenta d'arrêter le flot avec ses mains mais le sang coulait entre ses doigts. Il remua les lèvres, elle se pencha jusqu'à ce que sa joue touche presque la sienne.

– Quoi? murmura-t-elle. Quoi, Adam?

Il émit une sorte de grognement bas qu'elle reconnut instinctivement bien qu'elle n'en eût jamais entendu. C'était ce genre de bruit que sa mère avait dû faire quand elle avait expiré dans la chambre aux murs gris, décorée de ces gais rideaux de chintz qu'on accrochait dans l'aile privée de l'hôpital d'Oban afin que les riches se sentent chez eux.

Les yeux marron clair d'Adam la regardèrent, la virent un moment puis se fermèrent. Ils se rouvrirent à demi comme s'ils échappaient désormais au contrôle de ses muscles et fixèrent le vide au-delà d'elle.

Latovsky dévala la pente, saisit Eve par les épaules, la fit se lever et promena les mains sur ses bras, son cou, son visage. Il l'examina des pieds à la tête pour s'assurer qu'elle n'était pas blessée, cria son nom, l'attira à lui et l'enlaça. Comme il était trop fort pour qu'elle puisse résister, elle le laissa la serrer dans ses bras, la tête écrasée contre son énorme poitrine, tournée de manière à ce qu'elle pût voir l'ombre allongée de la pierre tombale de la mère d'Adam.

Le petit brun maigrichon qui avait accompagné Latovsky à la maison de Raven Lake la nuit de la mort d'Abigail Reese descendit lui aussi la pente et s'approcha du corps en tenant son arme à deux mains comme dans les films. Il toucha le cadavre du bout du pied, se pencha, pressa l'extrémité de ses doigts sur le cou d'Adam.

– Joli coup, Dave, dit-il. Il est bon pour le fourgon à viande.

Latovsky ne lui prêta pas attention, continua à serrer Eve en murmurant son nom. Il la lâcha, la tint à bout de bras et parcourut à nouveau son corps des yeux comme s'il ne pouvait croire qu'elle fût saine et sauve. Libérée, elle ramena le bras en arrière et le gifla de toutes ses forces.

– Vous cherchez Larry Simms? demanda la serveuse.

Elle était jeune, soignée, avec des cheveux blonds et courts, un air compétent. Elle portait un pantalon de toile bien repassé, une blouse qui garderait son aspect frais et net malgré la chaleur parce qu'elle semblait du genre qui ne transpire pas beaucoup, pensa Latovsky.

Ce devait être Mary Owen, dont la grande gueule avait tué Riley et failli tuer Eve. Il eut envie de le lui dire, de la regarder vieillir sous ses yeux. Mais cela eût été aussi cruel qu'inutile et il s'en abstint.

– Il m'a demandé de vous chercher, si vous êtes le lieutenant, fit-elle d'un ton hésitant.

– C'est moi.

Le visage de la serveuse s'éclaira.

– Alors, il attend dans le fond.

Il se força à la remercier, longea le comptoir jusqu'à une arrière-salle de boxes capitonnés et de tables en pin laqué. Installé dans le dernier, Simms guettait son arrivée. Il lui fit signe, se leva à demi quand ils se serrèrent la main puis déplaça un peu la table pour qu'ils puissent se caser tous les deux dans le box.

– Une bière? proposa Simms.

– Volontiers.

Après que Mary Owen eut posé une chope couverte de buée devant le policier, Simms déclara :

– Je n'ai pas été vraiment surpris par votre coup de fil, lieutenant. Mais je ne sais pas ce que nous faisons ici... Enfin, je le sais plus ou moins, mais je ne vois pas à quoi ça pourrait servir.

– Il fallait que j'essaie, dit Latovsky. Elle refuse de me parler.

– Elle vous hait.

– Je ne comprends toujours pas ce que j'ai fait de mal, se défendit le policier, honteux de sa voix étranglée.

– Vous n'avez rien fait de mal, vous lui avez sauvé la vie. Elle ne s'en rend pas encore compte, moi si. Comme il ne lui a pas tiré dessus quand elle s'y attendait, elle a inventé toute une histoire de crapaud changé en prince. Il y a peut-être du vrai là-dedans. Il n'aurait peut-être jamais tiré, serait devenu prévôt de quartier dans l'établissement où on l'aurait collé, puis serait sorti à soixante ans, après avoir expié huit meurtres. Peut-être. Mais quoi qu'il en soit, ce n'était pas saint François d'Assise.

– C'est ce qu'elle pense?

– Elle est triste à crever, elle ne sait pas que penser. Elle est enceinte de huit mois, elle et Sam ont vu leurs avocats en juin. Le divorce sera prononcé à peu près au moment de la naissance du bébé. C'est bête, parce que Sam l'aime, le pauvre, mais il ne peut vivre avec cette chose... et je ne le blâme pas.

– C'est un imbécile, murmura Latovsky.

– Vous pourriez, vous?

Le lieutenant ne répondit pas. Simms se renversa en arrière et dit :

– J'avais peur que ça tourne comme ça. Et je le regrette...

« En même temps, je ne le regrette pas, parce que vous êtes peut-être celui qui pourrait le supporter. Peut-être. Elle est comme notre enfant, vous comprenez. Franny et moi l'aimons. Elle est à bout, elle a peur.

– De quoi?

– De s'enfermer dans une suite de Tilden House pour laisser d'autres personnes élever un enfant qu'elle craindra de toucher. Comme sa propre mère...

Après un silence, le majordome reprit :

– Vous pourriez l'aider si elle vous le permettait.

– Comment? dit Latovsky.

Il se pencha sur la table, fit basculer tout le box.

– Doucement, fit Simms avec un sourire. Ne cassez pas la baraque.

Latovsky se rassit.

– Comment? répéta-t-il.

– En lui donnant quelque chose à faire, pour lui montrer que cette chose *peut* aider, même si elle n'a pas aidé Adam Fuller.

– Elle a aidé toutes les femmes qu'il aurait emmenées dans les bois de juin à octobre.

– Je le sais – et Eve finira par le comprendre. C'est têtue qu'elle est, pas idiote. Trouvez-lui quelque chose à faire, lieutenant. Franny et moi ferons tout notre possible pour qu'elle s'en occupe.

– Quoi, par exemple?

– Ne soyez pas stupide, répliqua Simms, presque avec colère. Vous êtes flic. Vous devez avoir des tas de choses à faire faire à une femme qui peut aller n'importe où sans mandat.

Après avoir réfléchi un instant, Latovsky répondit d'une voix excitée :

– Une gamine de huit ans a disparu de Ticonderoga depuis trois jours. Eve pourrait peut-être aller là-bas, voir la chambre de la petite, parler à ses parents.

Toucher ses vêtements, pensa-t-il, laissant l'idée courir en lui, toucher son ours en peluche.

– Et si on la retrouve vivante grâce à elle...

– Ou si on la retrouve tout court, dit Simms.

Ouais.

Le policier essuya la sueur qui coulait sur son visage, but une gorgée de bière.

– Il y a des tas d'enfants qui disparaissent, des tas de... d'autres choses. Vous croyez...?

– Oui, je le crois.

Simms venait de donner au policier son premier espoir depuis des mois et celui-ci lui en était éperdument reconnaissant.

– Écoutez, je ne sais pas – si vous lui parlez aujourd'hui... je pourrais peut-être la voir, puisque je suis ici.

– Vous y tenez tant que ça? fit Simms avec douceur.

Oui, tant que ça, pensa Latovsky, mais il se contenta de hausser les épaules.

– Pas moyen, Dave. Elle est à Sawyerville.

– Pour quoi faire? s'écria-t-il.

– Elle a assisté à son enterrement en mai, elle y est retournée en juin, a commandé des pierres tombales pour lui et sa mère; elle y est allée aujourd'hui pour les voir poser. Stupide, insensé, autodestructeur, peut-être. Frances et moi avons essayé de l'en dissuader, mais comme je vous l'ai dit, elle est têtue.

– Ça fait vraiment bien, assura Don Fuller, par gentillesse.

Les pierres semblaient énormes, trop voyantes dans le petite cimetière de tombes humbles et simples qui les entouraient. Eve se reprochait de ne pas avoir écouté le marbrier. Elle avait exigé le plus beau.

– Je regrette, dit-elle à mi-voix. Je vais les faire changer.

Les deux poseurs de pierre soupirèrent, échangèrent un regard, et le vieil homme s'écria:

– Faites pas ça, ma p'tite dame. Elles sont extra, ces pierres. Elles disent à tout le monde : *Je t'em...* Moi je les trouve formidables.

Elle le regarda. Il était à jeun, radieux, sincère, et il avait peut-être raison. Ci-gît Adam Fuller, le Loup-

Garou, monstre huit fois meurtrier... et bon médecin. Et merde à tout le monde. Eve et le vieillard se sourirent tout à coup, comme des conspirateurs.

– Alors, on les enlève ou on les laisse? grommela un des poseurs.

– On les laisse, répondit Eve de sa plus belle voix de Tilden.

L'homme souleva la visière de sa casquette, aurait soulevé son toupet s'il en avait eu un, se dit-elle. Avec son compagnon, il descendit la colline, suivi par la petite pelleteuse.

C'était la fin août; le soleil brûlait la tête de la jeune femme qui, poussant son gros ventre en avant, se sentait énorme et suait plus que les ouvriers. Elle sortit un mouchoir de son sac pour éponger son visage. Le soleil miroirait sur les champs; des odeurs d'oignon, de luzerne coupée emplissaient l'air. Cela valait mieux que lorsque les usines tournaient, qu'on respirait de la fumée et de la suie, pensa-t-elle.

– Vous devriez pas rester au soleil, lui conseilla le père d'Adam. Dans votre état... (Il regarda le ventre d'Eve, rougit, détourna les yeux.) La voiture, elle est climatisée?

Elle acquiesça de la tête.

– Ben, montez. Pas la peine d'être plus mal à l'aise que vous l'êtes déjà. On vous reverra pas, j' suppose.

– Je crois que non.

Il lui tendit la main; elle la serra, ne la lâcha pas.

– Mr. Fuller... Quel genre d'homme aurait-il été?

Il libéra sa main, regarda les énormes pierres du plus beau marbre qu'on pût acheter, secoua la tête.

– Vous m' l'avez déjà demandé la dernière fois. Et la fois d'avant. J'ai pas de réponse, ma p'tite dame. Personne en a. C'est une question plutôt bête, hein? Sans vouloir vous vexer, s'empressa-t-il d'ajouter.

– Je ne suis pas vexée.

– Bon, ben, adieu. J' vous remercie pour les belles tombes pour lui et sa mère. Sincèrement.

Donald Fuller hocha la tête, descendit vers sa camionnette, s'arrêta, se retourna.

– Vous devriez vraiment vous mettre à l'ombre, ma p'tite dame. Le soleil tape drôlement.

– J'y vais, promit-elle.

Eve attendit qu'il eût démarré pour descendre elle aussi la colline jusqu'au vallon peu profond qui courait à sa base. Elle passa devant la plaque d'ardoise derrière laquelle elle s'était abritée la nuit de la mort d'Adam et continua. D'après le vieillard, Edna Janecki était enterrée en haut de la colline par rapport à Barbara Fuller, donc sa tombe devait se trouver quelque part par là. Eve dénicha une série de Fuller remontant aux années 1830. L'un d'eux, un autre Donald, avait droit à une petite plaque en bronze de la Grande Armée de la République fichée sur une barre métallique plantée devant sa tombe, ainsi qu'à des fleurs, mortes depuis longtemps, qu'on avait sans doute déposées sur les tombes des victimes de la guerre de Sécession à l'occasion de Memorial Day [1]. Puis, tout au bout, à côté d'une parcelle vide attendant le père d'Adam, elle trouva Barbara Healy Fuller : née le 9 juin 1929, morte le 20 mai 1965. *Bonne épouse et bonne mère*, affirmait l'épitaphe. « Mon œil, sale garce », murmura Eve à la pierre tombale.

Elle toucha le haut de la pierre, la poussa un peu, à titre d'essai. La chaleur et la sécheresse avaient rendu la terre friable, et la pierre remua légèrement. Eve posa son sac par terre, essuya ses mains à sa jupe et se mit au travail. Tous ses muscles tressautaient sous l'effort et elle fut bientôt épuisée, couverte de transpiration. Ce n'était pas recommandé à une femme enceinte, elle le savait, mais elle fut envahie d'une bouffée de triomphe quand elle réussit finalement à desceller la pierre et à la faire tomber, laissant une profonde entaille dans la terre sèche.

1. Jour de fête nationale en l'honneur des soldats morts pour la patrie. *(N.d.T.)*

OUVRAGES DE LA COLLECTION « TERREUR »

RODERICK ANSCOMBE
La vie secrète de Laszlo, comte Dracula

IAIN BANKS
Le seigneur des guêpes

CLIVE BARKER
Secret Show
Le royaume des devins
Imajica 1
Imajica 2

WILLIAM P. BLATTY
L'Exorciste : la suite

ROBERT BLOCH
L'écharpe
Lori
Psychose
Psychose 2
Psychose 13
Contes de terreur

J. R. BONANSINGA
Black Mariah
Pire que le mal

RANDALL BOYLL
Froid devant
Monssstre
Territoires du crépuscule

MARION ZIMMER BRADLEY
Sara

RAMSAY CAMPBELL
Envoûtement
La secte sans nom
Soleil de minuit

CATHY CASH SPELLMAN
Dans les griffes du diable

MATTHEW J. COSTELLO
Cauchemars d'une nuit d'été
La chose des profondeurs
Né de l'ombre

MARTIN CRUZ-SMITH
Le vol noir

THOMAS DISCH
Le caducée maléfique

KATHERINE DUNN
Un amour de monstres

JEANNE FAIVRE D'ARCIER
Rouge flamenco
La déesse écarlate

JOHN FARRIS
L'ange des ténèbres
Le fils de la nuit éternelle
Sacrifice

RAYMOND FEIST
Faërie

BERNARD FLORENTZ
Noces d'enfer

CHRISTOPHER FOWLER
Le diable aux trousses
L'illusionniste

RAY GARTON
Crucifax
Extase sanglante

CHRISTOPHER GOLDEN
Des saints et des ombres
L'illusionniste

LINDA C. GRAY
Médium

WILLIAM HALLAHAN
Les renaissances de Joseph Tully

BARBARA HAMBLY
Le sang d'immortalité
Voyage avec les morts

THOMAS HARRIS
Dragon rouge
Le silence des agneaux

JAMES HERBERT
Dis-moi qui tu hantes
Fluke
Fog
La lance
Les rats
Le repaire des rats
L'empire des rats
Le survivant
Sanctuaire
Sépulcre
Présages

Shirley Jackson
Maison hantée
La loterie
Le cadran solaire
Nous avons toujours habité le château

Graham Joyce
L'enfer du rêve
Requiem
Sorcière ma soeur
L'intercepteur de cauchemars

Kalogridis Jeanne
Pacte avec le vampire
Les enfants du vampire

Stephen King
La part des ténèbres
Salem
Dolores Claiborne
Les yeux du dragon

Andrew Klavan
Il y aura toujours quelqu'un derrière vous
L'heure des fauves

Dean Koontz
Le masque de l'oubli
Miroirs de sang
La mort à la traîne
La nuit des cafards
La nuit du forain
La peste grise
Une porte sur l'hiver
La voix des ténèbres
Les yeux des ténèbres
La maison interdite
Fièvre de glace
Lune froide
La cache du diable
Mr Murder
Démons intimes
Tic Tac
Etranges détours
Les larmes du dragon
Le rideau des ténèbres
Le visage de la peur
L'heure des chauves-souris
Spectres

Steven Laws
Train fantôme
Gideon

Tanith Lee
La danse des ombres
Le festin des ténèbres
Caïn l'obscur

Charles de Lint
Mulengro
Symphonie macabre
Les murmures de la nuit

Bentley Little
Le postier

Brian Lumley
Nécroscope

Charles McLean
Le guetteur

Robert Marasco
Notre vénérée chérie

Graham Masterton
Démences
Le démon des morts
Le djinn
Le jour « J » du jugement
Le miroir de Satan
La nuit des salamandres
Le portrait du mal
Les puits de l'enfer
Rituels de chair
Hel
Transe de mort
Manitou
La vengeance de Manitou
L'ombre du Manitou
Le trône de Satan
Apparition
La maison de chair
Les guerriers de la nuit
Les rivages de la nuit
Le fléau de la nuit
Tengu
Sang impur
Le maître des mensonges
Les visages du cauchemar
Magie vaudou
Walhalla

Robert McCammon
L'heure du loup
La malédiction de Bethany
Scorpion
Le mystère du lac
Soif de sang

Michael McDowell
Les brumes de Babylone
Cauchemars de sable

Andrew Neiderman
L'avocat du diable
Confessions androgyues

Pierre Pelot
La nuit sur terre

D. Preston/L. Child
Relic

John Pritchard
Les sœurs de la nuit
Les anges du désespoir
Les cavaliers du crépuscule

Garfield Reeves-Stevens
Contrat sur un vampire
La danse du scalpel

Anne Rice
Chronique des vampires
1. Entretien avec un vampire
2. Lestat le vampire
3. La reine des damnés
4. Le voleur de corps
La momie
Le lien maléfique
L'heure des sorcières
Taltos
Memnoch le démon

Anne Rivers Siddons
La maison d'à côté

Fred Saberhagen
Un vieil ami de la famille
Le dossier Holmes-Dracula
Les confessions de Dracula
Un amour de Dracula

John Saul
Cassie
Hantises
Créature

Peter Straub
Ghost Story
Julia
Koko
Mystery
Sans portes, ni fenêtres
La gorge

Michael Talbot
La tourbière du diable

Bernard Taylor
Le jeu du jugement

Sheri S. Tepper
Ossements

Thomas Tessier
L'antre du cauchemar

Thomas Tryon
L'autre
La fête du maïs
Noire magie

Jack Vance
Méchant garçon

Lawrence Watt-Evans
La horde du cauchemar

Chet Williamson
La forêt maudite

Paul F. Wilson
La forteresse noire
Liens de sang
Mort clinique

Bari Wood
Amy girl
Double vue

Bari Wood/Jack Geasland
Faux-semblants

T. M. Wright
L'antichambre
Manhattan Ghost Story
L'autre pays

XXX
Michèle Slung présente :
22 histoires de sexe et d'horreur

Jeff Gelp présente :
Shock Rock

Douglas E. Winter présente :
13 histoires diaboliques

Dernières nouvelles de Dracula
L'année de la terreur

Achevé d'imprimer en mars 1999
sur les presses de l'Imprimerie Bussière
à Saint-Amand (Cher)

POCKET - 12, avenue d'Italie - 75627 Paris Cedex 13
Tél. : 01-44-16-05-00

— N° d'imp. 812. —
Dépôt légal : avril 1999.

Imprimé en France